Prépa BAC

Tle GÉNÉRALE

HGGSP

SPÉCIALITÉ

Réussir l'examen

▶ Christophe Clavel
Professeur d'histoire-géographie-géopolitique

▶ Laurent van De Wandel
Professeur agrégé d'histoire

▶ Florence Holstein
Professeure agrégée d'histoire-géographie

▶ Barbara Jamin de Capua
Professeure certifiée d'histoire-géographie

▶ Jean-Philippe Renaud
Professeur agrégé d'histoire-géographie

Avec la collaboration de Denise Maréchal

ISBN : 978-2-401-09468-0

Hatier

Mode d'emploi

Comment utiliser votre Prépabac tout au long de l'année ?

Commencez par évaluer votre niveau de connaissances grâce au **TEST** en début de chaque chapitre : votre score vous permet d'établir **votre parcours de révision** dans le chapitre.

TEST

moins de 50 % du score total :

PARCOURS PAS À PAS

FICHES DE COURS

SUJETS GUIDÉS & CORRIGÉS

OBJECTIF BAC

50 % ou plus du score total :

PARCOURS *EXPRESS*

MÉMO VISUEL & VIDÉOS

SUJETS GUIDÉS & CORRIGÉS

OBJECTIF BAC

Comment vous organiser dans la dernière ligne droite ?

- Ciblez vos révisions et exercez-vous en priorité avec les **sujets OBJECTIF BAC** que vous n'avez pas encore traités.
- Pour préparer le **Grand Oral** sur une question d'HGGSP, consultez le chapitre 13.

Il ne vous reste plus qu'à vous lancer !

SOMMAIRE

Pour l'épreuve écrite du bac :

– les thèmes suivis d'un astérisque* sont au programme uniquement les années impaires ;

– les thèmes suivis d'un double astérisque** sont au programme uniquement les années paires ;

– les autres thèmes sont au programme chaque année.

Pour le Grand Oral, tous les thèmes doivent être maîtrisés.

De nouveaux espaces de conquête**

1 Affirmations de puissance, rivalités et coopérations

2 La Chine : à la conquête de l'espace, des mers et des océans

Faire la guerre, faire la paix

3 Formes de conflits et modalités de construction de la paix

4 Le Moyen-Orient : conflits régionaux et tentatives de paix

Histoire et mémoires**

5 Histoire et mémoire, histoire et justice

6 Histoire et mémoires du génocide des Juifs et des Tsiganes

Le patrimoine : enjeux géopolitiques*

7 Le patrimoine : usages sociaux et politiques et enjeux de la préservation

8 La France et le patrimoine, des actions majeures de valorisation et de protection

L'environnement : un enjeu planétaire

9 Exploiter et protéger l'environnement face au changement climatique

10 Les États-Unis et la question environnementale : tensions et contrastes

L'enjeu de la connaissance*

11 Produire et diffuser des connaissances : enjeu politique et géopolitique

12 Le cyberespace : conflictualité et coopération entre les acteurs

13 Préparer le Grand Oral sur une question d'HGGSP

ANNEXES

Les vidéos de l'ouvrage

Retrouvez l'ensemble de ces vidéos sur la chaîne Youtube annabac
(playlist : HGGSP Tle (spécialité) – Les notions-clés)

Les États et la maîtrise des océans et de l'espace : enjeux, compétition et coopération
hatier-clic.fr/hgg_Tb_01

Les guerres d'hier sont-elles les mêmes que celles d'aujourd'hui ?
hatier-clic.fr/hgg_Tb_02

Le Moyen-Orient : une paix impossible ?
hatier-clic.fr/hgg_Tb_03

Comment la justice peut-elle contribuer à la compréhension de l'histoire et à l'apaisement des mémoires ?
hatier-clic.fr/hgg_Tb_04

Quels sont les enjeux politiques et sociaux du patrimoine mondial de l'humanité ?
hatier-clic.fr/hgg_Tb_05

Quels rapports les sociétés humaines entretiennent-elles avec l'environnement depuis la Révolution néolithique ?
hatier-clic.fr/hgg_Tb_06

Les États-Unis, un rapport paradoxal à l'environnement ?
hatier-clic.fr/hgg_Tb_07

Comment construire, diffuser et protéger la connaissance ?
hatier-clic.fr/hgg_Tb_08

Thème 1

1 Affirmations de puissance, rivalités et coopérations

La société américaine SpaceX, fondée et dirigée par Elon Musk, envisage de coloniser la planète Mars (vue d'artiste de la future base martienne parue sur le site spacex.com).

TESTEZ-VOUS

→ CORRIGÉS P. 318-319

Faites le point sur vos connaissances puis établissez votre **parcours de révision** en fonction de votre score.

1 Océans et espace : quelles spécificités ?

→ FICHE 1

1. Les technologies nécessaires pour la conquête de l'espace et des océans…

☐ a. n'existent pas encore.

☐ b. existent déjà.

☐ c. ont encore un coût élevé.

2. Vrai ou faux ? Cochez la case qui convient.

	V	F
a. 10 % de la surface des océans sont précisément cartographiés.	☐	☐
b. Il fait plus froid au fond des océans que sur Mars.	☐	☐
c. Les satellites artificiels sont sur la même orbite que la Lune.	☐	☐

…/2

2 Enjeux géopolitiques de la course à l'espace

→ FICHE 2

1. Reliez chaque événement à sa date.

a. Lancement du Spoutnik •	• 1965
b. Gagarine, premier homme dans l'espace •	• 1969
c. Leonov, première sortie extravéhiculaire •	• 2020
d. Lancement des navettes spatiales américaines •	• 1981
e. Neil Armstrong marche sur la Lune •	• 1961
f. Arrêt des navettes spatiales américaines •	• 2011
g. Premier lancement d'un équipage américain par une capsule SpaceX •	• 1957

2. Qui est l'initiateur du projet Starlink ?

☐ a. La NASA

☐ b. L'ESA

☐ c. SpaceX

☐ d. Boeing

…/2

3 Puissances maritimes et zones de tensions

→ FICHES 3 et 4

1. Vrai ou faux ? Cochez la case qui convient.

	V	F
a. L'US Navy représente à elle seule 9 % des dépenses militaires mondiales.	☐	☐
b. La France est le seul pays (hors États-Unis) à disposer d'un porte-avions nucléaire capable de lancer tous types d'avions.	☐	☐
c. La Russie dispose de deux porte-avions, le *Kouznetsov* et le *Varyag*.	☐	☐

2. Dans quel espace maritime est-il question du « collier de perles » ?

☐ a. La Méditerranée

☐ b. L'océan Pacifique

☐ c. L'océan Indien

.../2

4 Enjeux diplomatiques et coopération

→ FICHES 5 et 6

1. Quels véhicules spatiaux ravitaillent l'ISS ?

☐ a. Dragon de SpaceX ☐ b. Soyouz russe ☐ c. ATV européen

2. Associez chaque terme à sa lettre sur le schéma.

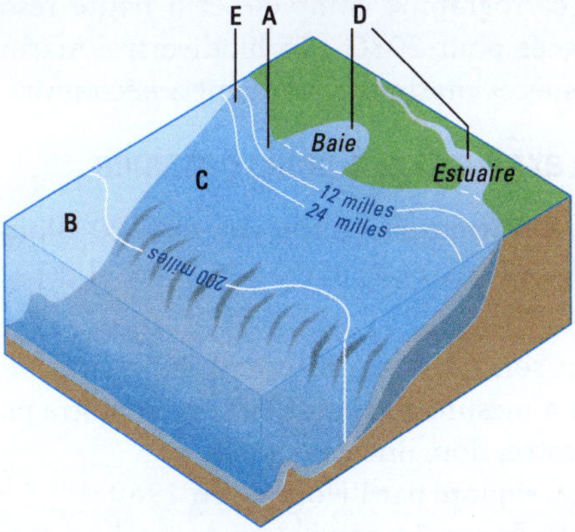

- Zone contiguë : ....
- ZEE : ....
- Mer territoriale : ....
- Eaux intérieures : ....
- Haute mer : ....

.../2

Score total .../8

Parcours PAS À PAS ou EXPRESS ? → MODE D'EMPLOI P. 3

1 Océans et espace : quelles spécificités ?

En bref *Si la surface terrestre est presque totalement appropriée, les océans et l'espace constituent de nouveaux champs d'exploration et d'exploitation pour l'activité humaine, où presque tout est à construire.*

I Une connaissance et une maîtrise en constante évolution

1 La « planète océane » : un espace encore mal connu

- La surface de la Terre est couverte à 71 % par les mers et les **océans**. Si la cartographie de la surface terrestre est achevée, seuls 10 % de la surface océane le sont, généralement près des côtes.

CHIFFRES CLÉS

Les océans totalisent **362 millions de km²** et près de **1 320 millions de km³** d'eau, soit **97 %** de l'eau terrestre.

- Paradoxalement, on connaît mieux la topographie de la Lune et de Mars – dépourvues de masses liquides – que celle des océans. La **bathymétrie** (science de la mesure des profondeurs et du relief de l'océan) demeure **mal connue** : les campagnes de cartographie par sonars multifaisceaux sont longues et coûteuses. La première cartographie complète et à haute résolution du plancher océanique est annoncée pour 2030... La biodiversité marine est ainsi fort mal connue : 90 % des espèces marines resteraient à découvrir.

2 L'espace : une exploration à peine entamée

- L'espace – au-delà de l'atmosphère, soit environ 100 kilomètres d'altitude – est défini comme **tous les objets extérieurs à la Terre**. L'espace est infini au sens mathématique du terme.

- Sa connaissance et son exploration restent donc largement **théoriques**. Cela est d'autant plus vrai à mesure que l'on s'éloigne de notre planète :
  - **espace circumterrestre**, domaine des satellites ;
  - **Lune**, notre satellite, exploré par l'Homme en 1969 ;
  - **système solaire**, exploré par des sondes, surtout Vénus et plus encore Mars ;
  - **objets transneptuniens**, astéroïdes au-delà de l'orbite de Neptune, comètes, abordées par quelques sondes et surtout par télescopes.

- La sonde américaine *Voyager 1*, lancée en 1977, se trouve aujourd'hui à plus de 23 milliards de kilomètres de la Terre et vient d'entrer dans l'espace interstellaire.

II Les dernières frontières ?

1 Des espaces à conquérir

- La « frontière » envisagée ici n'est pas celle qui sépare des États. Ce terme, d'origine américaine (*frontier*), désigne la limite, sans cesse repoussée, entre civilisation et sauvagerie (*wilderness* → FICHE 43).
- Océans et espace constituent les « dernières frontières », sorte de **front pionnier** le long duquel l'Humanité progresse et conquiert de nouveaux espaces.

2 Des milieux qui représentent de réels défis pour l'Homme

Les défis sont multiples : **températures extrêmes** (3 °C dans les océans, – 140 °C dans l'hiver martien et – 273 °C théoriques dans le vide, mais + 465 °C sur Vénus), **pressions** extrêmes (du vide spatial aux 1 000 atmosphères du fond océanique), **luminosité** (à 150 m de profondeur océanique, 99 % de la lumière solaire est absorbé), **radiations** cosmiques dont nous protège la magnétosphère terrestre.

INFO
La protection d'un équipage contre les **radiations cosmiques** nécessite 7 tonnes d'eau par mètre carré de coque.

3 Le défi technologique

- Les technologies nécessaires existent, tant pour la conquête des océans que pour celle de l'espace péri-terrestre, voire martien. Mais le **coût** très élevé constitue le principal **obstacle** à la prochaine étape de l'histoire de l'Humanité.
- Pour la conquête spatiale au-delà de la banlieue terrestre, en revanche, on attend encore des technologies de rupture capables de repousser la *frontière*.

zoom

Les nodules polymétalliques

- Les nodules polymétalliques sont des **concrétions minérales** qui reposent sur le plancher océanique, couramment entre 4 000 et 6 000 m de profondeur.
- Riches en minerais (manganèse, nickel, cuivre, cobalt, fer, silicium), ils présentent un **intérêt économique** évident, notamment en raison de l'épuisement progressif des gisements terrestres.
- Leur **coût d'exploitation** est cependant très élevé car les gisements, très dispersés, sont situés à des milliers de kilomètres des terres et par 500 bars de pression.

2 Les enjeux géopolitiques d'une conquête : la course à l'espace

En bref *La course à l'espace est d'abord le fruit de la rivalité américano-soviétique pendant la guerre froide. La fin de celle-ci permet l'avènement d'une nouvelle ère, faite de coopération, de l'arrivée de nouvelles puissances spatiales, et même de l'irruption du privé.*

I La conquête spatiale pendant la guerre froide

■ Les débuts de la conquête spatiale sont dominés par la **dimension politique**, la conquête de l'espace présentant d'incontestables potentialités **militaires**. Les **Soviétiques** font la course en tête. En 1957, ils lancent le premier satellite artificiel, ***Spoutnik***, puis mettent en orbite la chienne Laïka ; leurs sondes *Luna* survolent la Lune et la photographient ; le 12 avril 1961, le premier homme dans l'espace est **Youri Gagarine** ; en 1965, Alexei Leonov effectue la première sortie extravéhiculaire.

■ Les **Américains** s'efforcent de combler leur retard : en 1958 ils créent la **NASA**, qui lance le programme de vol habité *Mercury*. Le programme *Gemini* leur donne la maîtrise du vol spatial et débouche sur les missions *Apollo*. Et le **21 juillet 1969**, Neil Armstrong et Buzz Aldrin gagnent la **course à la Lune**. De 1969 à 1972, douze Américains foulent le sol lunaire.

> **INFO**
> La **NASA** est la National Aeronautics and Space Administration, l'agence spatiale américaine.

■ Les **Soviétiques** battus se recentrent alors sur des objectifs moins spectaculaires mais essentiels pour l'avenir. De 1971 à 1986 sont placées en orbite **huit stations spatiales**, Saliout, Soyouz, Mir de 1986 à 2001, qui permettent d'accumuler de l'expérience en vol et en vie durable dans l'espace. Les **Américains** font le choix inverse, de **navettes spatiales** réutilisables, capables de missions fréquentes en orbite terrestre à partir de 1981.

II Coopérations et nouvelles puissances spatiales

■ La **fin de la guerre froide**, en 1991, ouvre une nouvelle ère de coopération spatiale en raison de la baisse drastique des budgets spatiaux. La course à l'espace est également devenue **commerciale** : les applications offertes par les satellites représentent plus de 300 milliards de dollars de chiffre d'affaires annuel.

■ La coopération russo-américaine s'est traduite par des séjours communs à bord de Mir, puis le lancement de la **Station spatiale internationale** (ISS → FICHE 5), en partenariat avec les agences spatiales européenne, canadienne et japonaise. Depuis son invasion de l'Ukraine en 2022, la Russie, sous sanctions occidentales, a annoncé son retrait de l'ISS. En 1975 est créée l'Agence spatiale européenne (ESA) : la première fusée Ariane décolle de Kourou en 1979.

- De **nouveaux acteurs étatiques** sont apparus : la Chine, dont les ambitions sont immenses (sa station spatiale a été assemblée fin 2022), et l'Inde, avec des missions à bas coût. Israël, les Corées ou l'Iran se sont également lancés dans la course avec des objectifs militaires évidents (satellites espions, satellites tueurs).

III Le *New Space* : l'irruption du privé dans l'espace

- Essentiellement **américaines**, les entreprises d'Elon Musk (SpaceX), de James Cameron (Planetary Resources) ou de Jeff Bezos (Blue Origin) ne sont que les exemples les plus connus d'une nébuleuse d'**un millier d'entreprises** qui ont investi la course à l'espace.
- Leurs **objectifs** sont commerciaux mais **ambitieux** : fabriquer des lanceurs réutilisables, ravitailler l'ISS, connecter le monde entier à Internet (projet *Starlink*), développer le tourisme spatial, exploiter les ressources minières extraterrestres, coloniser la planète Mars (SpaceX)...
- Or, le traité de l'espace de 1967, qui interdit l'appropriation de l'espace ou des corps célestes par les États, ne concerne pas le secteur privé. En 2015, le Space Act du président Obama a autorisé les sociétés américaines à extraire les ressources minières des astéroïdes et des planètes.

zoom

Starlink, la constellation de SpaceX

- Noël 2019 : dans le sud de la France, de nombreux observateurs affirment avoir repéré des points lumineux alignés dans le ciel nocturne. OVNI ?
- Il s'agit en fait d'une **grappe de microsatellites** du projet *Starlink* de SpaceX, qui prévoit d'en déployer une constellation de 30 000, soit presque 8 fois le total actuel des satellites en orbite terrestre, afin de créer un **accès Internet universel**.
- SpaceX poursuit son déploiement de satellites Starlink en orbite basse : plus de 2000 mi-2022.

3 Les puissances maritimes

En bref *La puissance maritime, sous-marine et aéronavale, est aujourd'hui la composante essentielle de la dissuasion nucléaire et de la projection de puissance à l'échelle mondiale.*

I Le « thalassokrator » américain

■ Inégalée depuis 1945, la puissance maritime américaine s'appuie sur un réseau mondial de bases et facilités navales. Forte de 314 bâtiments de combat, dont 10 groupes aéronavals centrés sur des porte-avions géants de classes Nimitz et Ford, l'US Navy représente, avec 205 Mds $ de budget, 9 % des dépenses militaires mondiales. 14 SNLE de classe Ohio, embarquant 24 missiles Trident II représentant chacun 2 000 fois la bombe d'Hiroshima, assurent la permanence de la dissuasion nucléaire américaine.

MOT CLÉ

Les **SNLE** sont les sous-marins nucléaires lanceurs d'engins, dont la mission consiste à rester cachés au fond des océans en attendant un ordre de frappe nucléaire stratégique.

■ Les États-Unis entendent maintenir leur puissance navale. La classe de SNLE Columbia, en cours de construction, remplacera dès 2031 les SNLE Ohio. Un objectif de 350 bâtiments a été annoncé. Malgré les coûts astronomiques des armements modernes, les États-Unis demeurent la seule puissance capable de projeter victorieusement ses forces simultanément en plusieurs points du monde.

II Les puissances maritimes occidentales

1 La France

■ La France dispose de capacités de projection de rang mondial. Le groupe aéronaval centré sur le porte-avions *Charles-de-Gaulle* – unique porte-avions nucléaire non américain capable de lancer tous types d'avions – peut intervenir rapidement sur les théâtres d'opérations les plus lointains. Ses six sous-marins nucléaires d'attaque, de classes Rubis et Suffren, permettent le contrôle des espaces maritimes et les frappes par missiles de croisière.

■ La dissuasion nucléaire française repose sur quatre SNLE, emportant des missiles nucléaires intercontinentaux. La France dispose ainsi en permanence d'une capacité de seconde frappe.

MOT CLÉ

Il s'agit de la **capacité de représailles** face à un adversaire qui utiliserait l'arme nucléaire en premier.

2 Le Royaume-Uni

■ Première puissance maritime au XIXe siècle, le Royaume-Uni a fait le choix de l'arrimage aux États-Unis : sa dissuasion nucléaire repose ainsi exclusivement sur les SNLE de classe Vanguard équipés de missiles Trident II américains.

- Les autres pays « occidentaux » font progresser leurs marines de guerre depuis quelques années, en particulier pour contrer la menace chinoise et faire respecter leur sécurité territoriale (**Japon**, **Australie**).

III L'affirmation des puissances maritimes émergentes

- La **flotte russe** a nettement réduit son format depuis la fin de la guerre froide. Malgré la modernisation engagée par Vladimir Poutine, qui permet le maintien de la dissuasion nucléaire russe, avec le lancement du sous-marin géant Belgorod en 2022, la projection de puissance à partir du vieillissant porte-avions *Kouznetsov* est illusoire.

- La **Chine**, en revanche, est en plein essor et est à présent la **deuxième du monde** en tonnage, avec plus de 355 navires de guerre (et plus de 460 d'ici 2030) → FICHE 7. Cantonnée au plan régional dans les années 2000, sa capacité de projection s'étend progressivement à l'échelle mondiale.

- L'**Inde**, à son tour, a entamé la modernisation de sa flotte de guerre pour construire une stratégie de sécurité et s'affirmer dans l'océan Indien. 7e au monde par le tonnage, la flotte indienne comprend notamment un SNLE pour la dissuasion nucléaire, des sous-marins français Scorpène, et l'INS Vikrant, deuxième porte-avions mais le premier entièrement conçu en Inde.

zoOm

Le *USS Gerald Ford*, outil de projection de puissance

- Pour un coût de 13 milliards de $, le *USS Gerald Ford* inaugure une nouvelle classe de porte-avions géants (112 000 tonnes), avec des **catapultes électromagnétiques** uniques au monde. Il a été envoyé en Europe fin 2022 dans le cadre du conflit en Ukraine.
- Les groupes aéronavals américains sont capables de déverser une puissance de feu colossale. Leur capacité de projection de force en fait toujours des **outils d'influence politique** ou d'**intervention militaire** inégalés.

4 Les zones de tensions maritimes

En bref *Mers et océans sont des territoires où s'affirment les puissances maritimes et où s'expriment leurs rivalités. L'océan Indien et la mer Méditerranée révèlent particulièrement les recompositions géopolitiques du monde du XXIe siècle.*

I Une zone stratégique : l'océan Indien

1 Contrôler les routes maritimes

L'océan Indien constitue l'un des « ventricules du commerce international ». Sur cet « **océan de transit** » se croisent les routes maritimes commerciales qui connectent l'Asie orientale à l'Europe, *via* la route du Cap ou celle du canal de Suez. C'est également « **l'autoroute des hydrocarbures** ». Or, cet océan n'est connecté aux autres mers et océans que par quatre passages hautement stratégiques.

> **CHIFFRE CLÉ**
> **70 % des hydrocarbures** du Moyen-Orient sont acheminés vers la Chine, le Japon, la Corée du Sud et Taïwan.

2 Assurer la liberté de navigation

- Les **Ve et VIIe flottes américaines**, permanentes, basées à Bahreïn et à Singapour, contrôlent de près les détroits d'Ormuz et de Malacca, et assurent la liberté de navigation. Elles pourraient aussi, en cas de besoin, frapper l'Iran ou couper l'approvisionnement de la Chine en pétrole.
- La **France** est la 2e puissance navale de rang mondial dans la zone. Elle bénéficie de sa présence territoriale à La Réunion et à Mayotte, mais aussi de ses bases de Djibouti et d'Abu Dhabi. Les forces navales et aériennes françaises assurent la liberté de navigation, la sécurité des territoires ultramarins et de leur ZEE, ainsi que la lutte contre la piraterie dans la corne de l'Afrique.

3 L'irruption des puissances émergentes

- La montée en puissance de la **marine de guerre chinoise** → FICHES 7 et 8 bouleverse les données géostratégiques. La Chine dépend en effet des routes maritimes pour ses **exportations vers l'Europe** (400 Mds €) et ses **importations d'hydrocarbures** en provenance du golfe Persique (90 % de sa consommation).
- Aussi la Chine a-t-elle développé un réseau de points d'ancrages et de facilités navales, baptisé le « **collier de perles** ». En 2017, elle a créé sa première base outre-mer, à Djibouti, à côté des bases française et américaine.
- L'**Inde** s'inquiète du déploiement de la puissance chinoise, qu'elle assimile à un encerclement régional. Elle multiplie les accords de défense et les installations de surveillance (îles Andaman). L'Indian Navy se développe → FICHE 3.

II Une zone instable : la mer Méditerranée

- La Méditerranée est parcourue de **flux considérables** : Suez et Gibraltar sont les portes d'entrée qui connectent l'Europe au Moyen-Orient et à l'Asie. Anciens et nouveaux acteurs régionaux et mondiaux (non riverains) tentent d'y affirmer leur puissance ou leur souveraineté.
- Les pays riverains connaissent de fortes **tensions** avec la découverte de **gisements d'hydrocarbures** dans des ZEE mal définies (Israël/Liban ou Chypre/Turquie). Les contentieux anciens ne sont pas réglés, notamment entre la Grèce et la Turquie : en 2022, le président turc Erdogan menace d'invasion les îles grecques de la mer Égée.
- La **Chine**, nouvelle arrivée, développe ses points d'appui en Algérie (El-Hamdania), en Grèce (Le Pirée), en Égypte (Port-Saïd). La **Russie** profite de la guerre en Syrie pour restaurer son influence en Méditerranée orientale (**bases syriennes de Tartous** et Hmeimim).
- Les tensions sont vives en Méditerranée orientale depuis l'invasion de l'Ukraine par la Russie le 24 février 2022. Conformément à la Convention de Montreux de 1936, la Turquie a fermé les détroits du Bosphore et des Dardanelles aux navires de guerre, verrouillant ainsi l'accès à la mer Noire.

INFO

Depuis l'entrée du Monténégro dans l'OTAN en 2017, l'OTAN contrôle tout le littoral nord-méditerranéen. La **base de Tartous** constituait alors l'unique accès russe à la Méditerranée.

zoOm

Les rivalités de puissance dans l'océan Indien

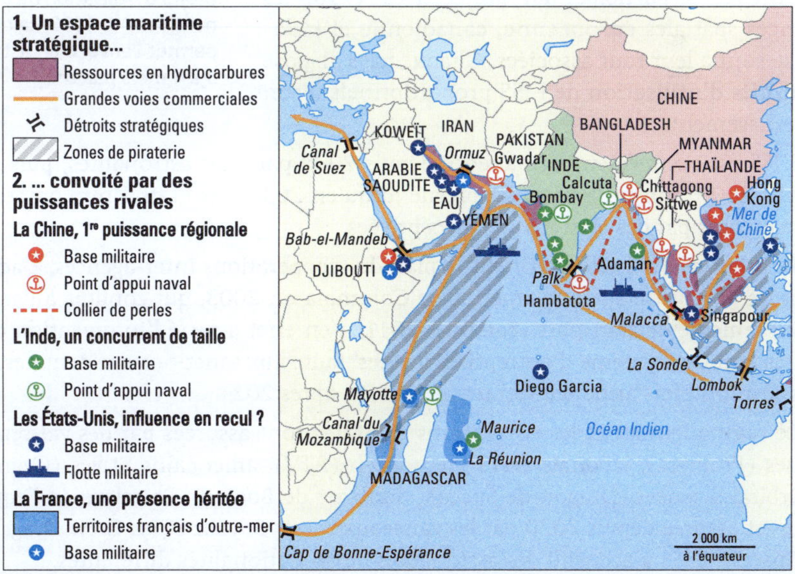

5 Coopérer pour développer la Station spatiale internationale

En bref *La fin de la guerre froide a conduit les puissances spatiales, devant la baisse drastique des budgets militaires, à gérer leurs intérêts communs au travers de coopérations. Le bilan est cependant contrasté, comme le montre l'exemple de la Station spatiale internationale.*

I La Station spatiale internationale (ISS)

- L'ISS est une **station spatiale habitée** en orbite terrestre basse, vers 350 à 400 km d'altitude, ce qui exige moins d'énergie de la part des lanceurs et lui assure une moindre exposition au rayonnement cosmique. Mais cette position génère une traînée atmosphérique qui nécessite des corrections d'orbite périodiques.

- L'ISS est **le plus gros objet artificiel placé en orbite terrestre** : 110 m de long, 74 m de large, 30 m de haut et sa masse est de 420 tonnes. Elle comprend quinze modules pressurisés, dont quatre dédiés aux expériences scientifiques.

II Un exemple de coopération internationale

- Le projet est lancé en 1983 par le président **américain** Ronald Reagan, mais de multiples retards reportent le démarrage à 1998. En 1993, la **Russie** est invitée à participer au projet. Dès 1998, les agences spatiales **européenne**, **canadienne** et **japonaise** sont à leur tour associées. Chaque pays dispose de **droits d'utilisation** de l'ISS proportionnels à son investissement.

> **INFO**
> L'**Agence spatiale européenne** (ESA) dispose de 8,3 % des droits d'utilisation de la partie non russe de l'ISS, ce qui permet l'envoi d'un astronaute 3 à 4 mois par an.

- L'ISS est occupée en permanence depuis 2000 par trois astronautes, puis six depuis 2009. Son utilisation est prévue jusqu'en 2030. Les États-Unis comptent la remplacer par des stations spatiales privées.

- Le **bilan** de l'ISS est **positif** sur le plan des coopérations inter-agences. L'accident de la navette spatiale américaine Columbia en 2003, qui conduit à l'arrêt de ce véhicule de transport spatial en 2011, a en effet amené l'intervention des autres agences et même d'entreprises privées. Suite aux sanctions occidentales, la Russie a toutefois annoncé son retrait de l'ISS après 2024.

- Le **ravitaillement** et les **corrections orbitales** sont assurées par des vaisseaux russes (Progress), japonais (HTV), européen (ATV), américains privés (Cygnus d'Orbital Sciences, Dragon de SpaceX, Starliner de Boeing). La relève de l'équipage est assurée depuis 2020 par les vaisseaux russes Soyouz et les Crew Dragons de SpaceX. L'ISS a accueilli des astronautes de 36 nationalités différentes.

III Un bilan contrasté

> **INFO**
> La station spatiale chinoise (CSS) sera opérationnelle début 2023. D'une masse de 66 tonnes, elle accueillera 3 taïkonautes.

■ Le coût de l'ISS, estimé à 115 milliards de dollars auxquels s'ajoutent 3 milliards par an, les retards accumulés, l'obsolescence rapide des composants, la sous-exploitation des modules d'expérimentation scientifiques et les problèmes budgétaires conduisent à l'**abandon programmé** de l'ISS pour 2030. Aucun **successeur** n'est prévu. Le seul coût du démantèlement et de la désorbitation de l'ISS devrait dépasser 2 milliards de dollars.

■ L'ISS a cependant permis l'**acquisition d'une expérience considérable** en matière de vol spatial. Les futures missions habitées vers la Lune et vers Mars capitaliseront sur cette expérience dans les domaines du vol orbital, de la conception et la maintenance des systèmes spatiaux, de l'adaptation de l'organisme humain à l'espace, des systèmes de support de vie, etc.

zoOm
La nécessaire coopération dans la gestion des débris spatiaux

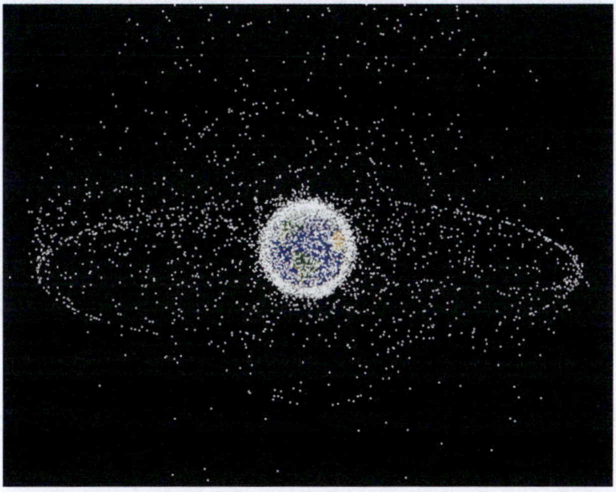

Débris en orbite autour de la Terre (NASA).

■ La coopération internationale est indispensable dans la gestion des débris spatiaux. Les **risques de collision** à l'instant *t* sont faibles. Mais un objet spatial à 1 000 km d'altitude a une durée en orbite de 1 000 ans ; avec une vitesse de 30 000 km/h, les débris parcourent beaucoup de chemin.

■ Le **suivi des débris par radar** est réalisé par les États-Unis et la France. Le risque de collision sur la durée de vie d'un satellite est estimé à 5 %. Chaque année, un ou deux satellites sont perdus et chaque satellite engage en moyenne une manœuvre d'évitement.

6 Rivalités et coopérations pour les ressources des mers et des océans

En bref *Bien qu'encadrée par la Convention de 1982, l'appropriation des mers et océans est loin d'être achevée et moins encore consensuelle. La nécessaire coopération internationale est pareillement fragmentaire en raison des rivalités géopolitiques.*

I L'appropriation étatique des mers et océans

■ Mers et océans connaissent une phase de **territorialisation** croissante → FICHE 1. Ce ne sont pas seulement des espaces de libre circulation, mais aussi des espaces de ressources variées. Les tensions qui en résultent ont conduit à la définition, en 1982, de la convention des Nations unies sur le droit de la mer, dite convention de Montego Bay.

MOT CLÉ

La **territorialisation** est le processus de transformation d'un espace (ici maritime) en territoire, c'est-à-dire un espace approprié et organisé par une société humaine.

■ La convention compartimente l'espace maritime :

– jusqu'à 12 milles marins (1 mille marin = 1 852 mètres), l'État riverain exerce une pleine souveraineté (mer territoriale) ;

– jusqu'à 24 milles marins, un droit de contrôle (zone contigüe) ;

– jusqu'à 200 milles marins, l'État jouit des droits d'exploitation exclusifs des ressources naturelles (zone économique exclusive ou ZEE).

Au-delà se situent les espaces maritimes internationaux, non appropriés. Les détroits internationaux sont réglementés par des conventions *ad hoc*, mais le droit de passage pacifique y est libre.

■ La convention génère des différences considérables entre les États : France, États-Unis et Australie jouissent de ZEE très étendues, à l'inverse de la Chine.

■ De nombreux conflits interétatiques se font jour pour l'appropriation des ressources halieutiques, énergétiques ou minières. C'est notamment le cas dans la zone arctique (Russie, États-Unis, Danemark, Canada) ou en Méditerranée orientale (Turquie, Chypre, Israël → FICHE 4).

II Une nécessaire gestion commune de la biodiversité marine

■ Au-delà des 200 milles marins des ZEE s'étend la haute mer, soit 43 % de la surface du globe. Or, en 2019, 66 % des océans enregistrent des impacts humains cumulatifs qui portent atteinte à la biodiversité.

■ Depuis 2018, la Conférence intergouvernementale sur la biodiversité marine, émanant de l'ONU et qui rassemble tous les États membres, s'efforce de parvenir à un traité permettant la création d'aires marines protégées en haute mer, l'accès équitable entre tous les pays aux ressources marines, notamment génétiques, et rendant obligatoire les études d'impact environnemental lors d'activités en haute mer ou dans les grands fonds marins.

- Les **désaccords entre États**, notamment entre pays développés et émergents, restent très vifs. Une 5e session de négociations, suspendue en août 2022, semble proche d'un accord, malgré les vives tensions internationales.

III Coopération internationale et lutte contre la pollution

- Mers et océans constituent le **déversoir des activités humaines** : 6 millions de tonnes de produits polluants y sont rejetées chaque année, dont un tiers provient des marées noires et autres nettoyages des cuves de pétroliers en pleine mer.
- La **pollution au plastique** est préoccupante. De faible biodégradabilité, la quasi-totalité des 100 millions de tonnes déversées dans les océans depuis un siècle s'y trouve encore. Lentement transportés par les courants, ces déchets s'accumulent dans de gigantesques gyres dont le plus grand est le vortex du Pacifique nord, aussi appelé « septième continent » ou « continent de plastique ».
- Certains États ont adopté des **dispositions légales** contre la pollution au plastique (en France, fin de tous les emballages plastiques à usage unique en 2040). Mais aucune coopération internationale ordonnée n'a vu le jour.

zoOm

L'appropriation juridique des espaces maritimes depuis Montego Bay

- La convention de Montego Bay (Jamaïque) définit un cadre juridique précis des espaces maritimes, de la **souveraineté** et des utilisations de leurs **ressources**.
- Entrée en vigueur en 1994, ratifiée par la France en 1996, elle rassemble aujourd'hui **168 pays**. Mais certains en sont absents, tels les États-Unis ou la Turquie. La Chine, quant à elle, adopte une attitude révisionniste au profit de ses seuls intérêts.

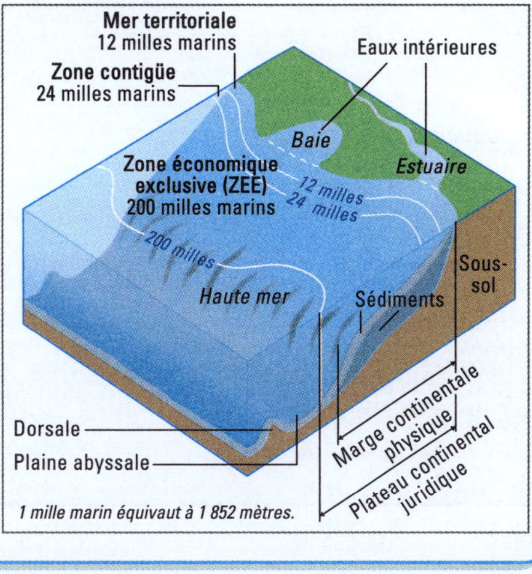

1 mille marin équivaut à 1 852 mètres.

Détroit de Béring
ÉTATS-UNIS
11
Océan Glacial Arctique
Océan Pacifique
Façade pacifique des États-Unis
Façade atlantique des États-Unis
RUSSIE
1
2
ROYAUME-UNI
1
EUROPE
Northern Range
1
FRANCE
Détroit du Bosphore
1
ITALIE
INDE
1
1
ESPAGNE
Canal de Panama
Détroit de Gibraltar
IRAN
Détroit d'Ormuz
Canal de Suez
Océan Atlantique
Détroit de Bab-el-Mandeb
Détroit de Magellan
Canal du Mozambique

Les États et la maîtrise des océans et de l'espace : enjeux, compétition et coopération

Géopolitique des océans et de l'espace

1. Des espaces maritimes hautement stratégiques

- Principales zones de pêche
- Principales façades maritimes
- Principales routes maritimes
- Passages stratégiques (détroits ou canaux interocéaniques)
- Gisements majeurs d'hydrocarbures offshore

2. Des acteurs géopolitiques concurrents

Pays dotés de porte-avions :

- CATOBAR (Catapult Assisted Take-Off But Arrested Recovery : porte-avions complets)
- STOBAR (Short Take-Off But Arrested Recovery : porte-avions limités dans le type et la capacité d'aviation embarquée)
- STOVL (Short-Take Off Vertical Landing : simples porte-aéronefs à décollage court ou vertical)
- Sous-marins nucléaires et/ou conventionnels
- Lancements spatiaux en 2019

3. Des tensions et des convoitises

- Tensions liées aux frontières maritimes
- Zones de piraterie
- États enclavés sans accès à la mer

SUJET 1 | OBJECTIF BAC

DISSERTATION 2 h Les nouveaux acteurs de la conquête spatiale

Le sujet invite à dresser une typologie des nouveaux acteurs de la conquête spatiale. Mais cette typologie doit être problématisée pour éviter le simple catalogue.

LE SUJET

Les nouveaux acteurs de la conquête spatiale.

LES CLÉS POUR RÉUSSIR

→ Reportez-vous à la méthode détaillée de la dissertation p. 314.

Analyser le sujet

Les nouveaux acteurs de la conquête spatiale

Formulation
Axe 1 du programme. Insister sur les différents types d'acteurs et leur rôle géopolitique

Type de sujet
Typologie problématisée

Bornes chronologiques
Époque contemporaine, depuis la guerre froide

Notions et mots clés
- Nouveaux acteurs : États autres que les États-Unis et la Russie ; acteurs privés
- Conquête, rivalités, enjeux géopolitiques

Dégager la problématique

- La guerre froide entre les États-Unis et l'URSS (la Russie aujourd'hui) a initié la conquête spatiale. On peut donc considérer comme de « nouveaux acteurs » les États et compagnies qui s'affirment en dehors des deux superpuissances. Ces nouveaux acteurs accélèrent et complexifient l'appropriation de l'espace.
- Dans quelle mesure les nouveaux acteurs de la conquête spatiale bouleversent-ils la géopolitique duale héritée de la guerre froide ?

Construire le plan

I Anciennes et nouvelles puissances spatiales occidentales	Quelles sont les nouvelles puissances spatiales occidentales ?
II L'irruption des puissances spatiales émergentes	Comment les puissances émergentes recomposent-elles la géopolitique de l'espace ?
III Le boom du *New Space*	Quels sont les enjeux du *New Space* ?

LE CORRIGÉ

Les titres et les indications entre crochets ne doivent pas figurer sur la copie.

Introduction

[accroche] Vous avez 20 millions de dollars pour le budget de vos prochaines vacances ? SpaceX peut vous proposer un séjour à 400 km d'altitude à bord de sa capsule *Crew Dragon*. **[présentation du sujet]** Inaccessible jusque-là, le tourisme spatial fait partie des prestations offertes par certains nouveaux acteurs de la conquête spatiale. Privés ou étatiques, ceux-ci rebattent les cartes autrefois presque exclusivement détenues par les Américains et les Soviétiques, les seuls à ne pas pouvoir être qualifiés de « nouveaux acteurs » de la conquête spatiale, puisqu'ils en furent les pionniers. **[problématique]** Dans quelle mesure les nouveaux acteurs de la conquête spatiale bouleversent-ils la géopolitique duale héritée de la guerre froide ? **[annonce du plan]** Si les Occidentaux – États-Unis exclus – n'ont pas attendu les années 1990 pour se lancer dans l'espace **[I]**, le fait nouveau est l'irruption de pays émergents – certains plutôt inattendus – dans la conquête spatiale **[II]**. Mieux encore, les entreprises du *New Space* présentent des projets aux limites de la science-fiction **[III]**.

LE SECRET DE FABRICATION

Il est important d'accrocher le correcteur, afin de se différencier des autres copies. Un peu d'actualité liée au sujet, formulée sur un ton plus direct, y parviendra.
Il faut ensuite connecter cette accroche au sujet lui-même : ici, le tourisme spatial fait le lien avec les nouveaux acteurs de la conquête spatiale. Veillez aussi à définir les acteurs que vous estimez être dans le sujet.

I. Anciennes et nouvelles puissances spatiales occidentales

1. Les nouveaux acteurs occidentaux

▸ Une **soixantaine de pays** ayant aujourd'hui une agence spatiale, un catalogue exhaustif serait fastidieux et inutile. Les **États de l'Union européenne,** qui créent l'Agence spatiale européenne (ESA) en 1975 et lancent le programme Ariane en 1979, font partie des premiers acteurs.

▸ En **France**, c'est le général de Gaulle qui donne l'impulsion, avec la création du **Centre national d'études spatiales** (CNES) en 1961. La France a toujours été en pointe : jusqu'à fin 2019, elle était le premier contributeur européen à l'ESA ; le site européen de lancement se situe à Kourou, en Guyane.

▸ D'autres puissances occidentales ont rejoint les rangs des puissances spatiales. Le **Japon** crée son agence JAXA en 2003. Ce pays dispose de technologies très avancées, à double usage, civil et militaire, dans le domaine satellitaire, mais aussi des fusées (lanceur H-IIA). **Israël** fonde son agence spatiale en 1983 et a tenté, sans succès, d'envoyer une sonde sur la Lune en 2019.

2. Anciens et nouveaux enjeux spatiaux pour les Occidentaux

▸ Les **enjeux économiques** sont omniprésents pour des États qui fondent une grande partie de leur compétitivité mondiale sur l'innovation et l'avance technologique de leurs produits et services. Les applications liées aux satellites sont légion : télécommunications, positionnement, météo, climatologie, agriculture, prospection… Leur chiffre d'affaires annuel dépasse 300 milliards de dollars.

▸ Les **enjeux militaires** sont moindres pour des Européens dont beaucoup comptent sur la protection américaine. La France a cependant créé en 2019 un Commandement de l'espace. Les satellites militaires français seront équipés de lasers et des nanosatellites patrouilleurs seront lancés à partir de 2023.

▸ Les **enjeux géostratégiques et géopolitiques** sont parfois déterminants, comme c'est le cas pour Israël. Le contexte sécuritaire particulier de ce pays lui fait considérer les technologies spatiales comme indispensables.

[transition] Les activités spatiales ne sont cependant plus aujourd'hui l'apanage ni des pionniers soviétiques et américains ni des acteurs occidentaux. De nouvelles puissances émergentes s'engagent à leur tour dans la conquête spatiale.

II. L'irruption des puissances spatiales émergentes

1. De nouveaux acteurs étatiques émergents

▸ La **Chine** est en pointe en la matière. Le budget spatial chinois, bien qu'opaque, est estimé à 11 milliards de dollars, presque quatre fois le budget russe ! En 2019, la Chine a effectué 56 lancements, contre 45 pour les États-Unis et 25 pour la Russie. Son programme spatial a réussi un alunissage sur la face cachée de la Lune et l'envoi d'un rover Zhurong sur Mars.

▸ Démarré en 1975, le programme spatial de l'**Inde** se caractérise par une certaine **frugalité** (budget de 1,5 milliard de dollars). La mission Mangalyaan (Mars

À NOTER

L'Inde est spécialisée dans le spatial *low cost*, en accord avec le *jugaad*, un terme hindi signifiant « innovation frugale » ou « système D ».

Orbiter), réalisée avant la mission chinoise, n'a coûté que 74 millions de dollars, moins que le film *Gravity* !

- D'autres acteurs émergent, qui tentent chacun de développer leurs capacités spatiales, tels la **Corée du Nord**, l'**Iran** en 2009, ou les **Émirats arabes unis**, qui ont envoyé une sonde martienne en 2021.

2. Nouveaux enjeux pour nouveaux acteurs

- Ces acteurs développent des projets spatiaux pour des raisons **économiques**, afin d'accompagner leur **développement**. Le secteur spatial est également un vecteur d'**innovation technologique** majeur, capital pour des pays lancés à la poursuite de l'Occident dans ce domaine.

- Les projets se déploient simultanément dans le domaine de la **militarisation** de l'espace, avec le lancement de satellites de surveillance et de renseignement, mais aussi d'armes antisatellites (Chine et Inde).

- La conquête spatiale comporte une composante de **prestige**. Ainsi, la Chine a achevé la mise en orbite d'une station spatiale chinoise et prévoit la création d'un établissement chinois permanent sur la Lune, puis une mission martienne.

[transition] Les nouveaux acteurs étatiques reprennent ainsi les objectifs qui furent jadis ceux des Américains et des Soviétiques : prestige politique et innovation technologique. Tel n'est pas le cas des acteurs du *New Space*.

III. Le boom du *New Space*

1. De nouveaux acteurs privés

- L'agence spatiale américaine, la NASA, consacre depuis l'origine environ 80 % de son budget à des tâches assurées par des sociétés privées. Cette contractualisation s'est récemment développée au point que **certaines de ces sociétés ont acquis un rôle indépendant**, et non plus de sous-traitance. C'est le ***New Space***.

- Essentiellement américaines, les entreprises d'Elon Musk (SpaceX), de James Cameron (Planetary Resources) ou de Jeff Bezos (Blue Origin) ne sont que les exemples les plus connus d'une nébuleuse d'**un millier d'entreprises** qui ont investi la course à l'espace.

- Parmi les acteurs non américains, le ***New Space* russe** est surtout constitué de start-up, tels CosmoCourse (tourisme spatial) ou StartRocket (publicité orbitale !). Le *New Space* français est très dynamique, avec Airbus ou bien Kinéis, qui compte envoyer en orbite une mini-constellation de 25 nanosatellites « made in France ».

> **À NOTER**
> L'URSS – farouchement anticapitaliste – a toujours privilégié les agences d'État jusqu'à sa chute en 1991.

2. Des enjeux spécifiques

- L'objectif premier de ces acteurs du *New Space* est la **recherche du profit**, un profit que l'utilisation massive des technologies spatiales rend prometteur. Leurs objectifs sont ambitieux : **ravitailler l'ISS** (Boeing, SpaceX), connecter le monde entier à **Internet** (projet Starlink), développer le **tourisme spatial** (Virgin Galactic, Blue Origin), exploiter les **ressources minières extraterrestres**, **coloniser Mars** (SpaceX)...

- Or, **le traité de l'Espace de 1967**, qui interdit l'appropriation de l'espace ou des corps célestes par les États, ne concerne pas le secteur privé. En 2015, le *Space Act* du président Obama a autorisé les sociétés américaines à extraire les ressources minières des astéroïdes et des planètes. Les perspectives à moyen et long terme sont alléchantes, quoique risquées.
- Les acteurs du *New Space* témoignent d'une dynamique capitaliste. Toutefois, le **goût de l'aventure** n'en est pas absent. La rentabilité de projets comme celui d'Elon Musk de coloniser Mars et de rendre l'espèce humaine « multiplanétaire » paraît lointaine et le retour sur investissement hasardeux. Mais n'était-ce pas déjà le cas du projet de Christophe Colomb ?

Conclusion

[réponse à la problématique] La conquête spatiale, autrefois chasse gardée des deux superpuissances de la guerre froide, s'est donc largement démocratisée, voire banalisée. Mais l'affirmation de ces nouveaux acteurs étatiques traduit aussi l'émergence d'un monde multipolaire. La conquête spatiale est toujours un facteur de puissance et de prestige, où les nouveaux acteurs sont pour l'essentiel non occidentaux. Faut-il y voir une nouvelle manifestation du déclin de l'Occident, malgré l'entrée en force d'un *New Space* presque exclusivement occidental ?

[ouverture] Tout n'est cependant pas géopolitique dans la conquête spatiale. L'aventure en demeure partie intégrante. Ainsi la conquête de Mars et la proclamation de SpaceX, *Making life multiplanetary* : slogan ou promesse ? À l'heure où des questions se posent sur l'épuisement des ressources terrestres, la conquête spatiale apporte – certes à long terme – une nouvelle espérance.

SUJET 2 | OBJECTIF BAC

ÉTUDE CRITIQUE DE DOCUMENTS 2 h

Espace, mers et océans : les ressources énergétiques et minières

Une grande partie des rivalités entre acteurs s'explique par les convoitises générées par les ressources, notamment énergétiques et minières. Évidentes pour les océans, ces ressources le sont moins pour l'espace.

LE SUJET

Vous analyserez l'apport des deux documents à la question du partage, de l'exploitation et de la préservation des ressources dans les mers et océans et dans l'espace.

Document 1 L'espace, un gisement de matières premières pour demain ?

Il est convenu de dire que l'homme consomme la Terre. Il consomme entre autres ses minéraux et ses énergies fossiles. Or, la Terre est finie, au sens de limitée. Parmi les matières non organiques ou renouvelables, ce qui est consommé est détruit. [...] Certaines matières premières sont dites critiques lorsque les risques de pénuries sont élevés alors qu'un défaut d'approvisionnement aurait des conséquences importantes. [...]

Ces matières premières ont été recherchées sur terre d'abord, puis dans le sol de plus en plus profondément. Aujourd'hui, les océans sont la nouvelle frontière. Les plateformes pétrolières et gazières se multiplient dans le monde. [...] En fait, on connaît peu le potentiel minéral de la Terre. [...] Des matières premières sur le sol ou dans le sous-sol des planètes, on ne connaît quasiment rien.

On s'est interrogé au tournant des années 2010 sur la pertinence et la nécessité d'entreprendre des recherches minières hors de la Terre. La réponse est encore en suspens. D'une part, la Terre n'a pas révélé toutes ses ressources. Elle reste une inconnue, notamment ses 4/5e recouverts par les mers et les océans. D'autre part, de nouvelles matières, des substitutions technologiques, apparaissent régulièrement. Enfin, l'exploitation des déchets industriels n'en est qu'à ses débuts. Et, ultime point, on ne connaît ni l'évolution de la demande en matières premières, ni le temps éventuel de la rupture. [...]

Il y a donc une forte attente pour conquérir l'espace afin de s'assurer la fourniture de matières premières. Et cette conquête est le fait de sociétés privées, même si les contrats d'État (SpaceX) assurent une base importante d'activité. [...] Le prochain marché est l'exploitation minière des planètes. C'est l'affaire de quelques dizaines d'années. Il faut se poser sur des planètes, tester leur sol et leur sous-sol. L'accélération viendra d'une prochaine hausse des prix des matières premières, comme en 2009-2011.

Philippe Cahen, « Demain, l'espace : pourquoi, comment, avec qui ? » *Diplomatie, Les Grands Dossiers* n° 34, Areion Group, Paris, août-septembre 2016.

Document 2 Appropriations et ressources de l'espace maritime mondial

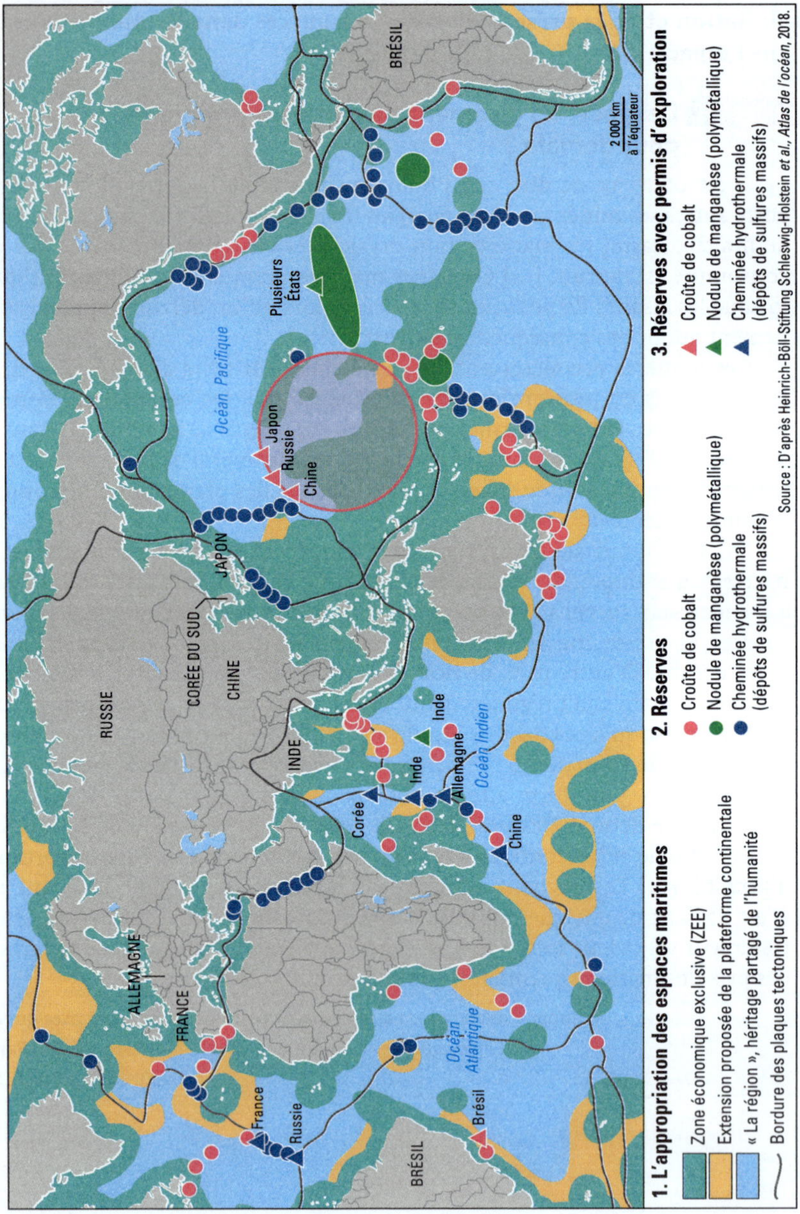

Source : D'après Heinrich-Böll-Stiftung Schleswig-Holstein *et al.*, *Atlas de l'océan*, 2018.

LES CLÉS POUR RÉUSSIR

→ *Reportez-vous à la méthode détaillée de l'étude critique de document(s) p. 316.*

Identifier les documents

Documents 1 et 2

Nature, genre, source
- **Doc. 1** : texte de prospective ; revue géopolitique *Diplomatie*
- **Doc. 2** : carte de synthèse ; *Atlas de l'océan*, 2018

Espace et échelle(s)
- **Doc. 1** : des espaces maritimes à l'espace extraterrestre
- **Doc. 2** : l'espace maritime mondial

Auteur et destinataire
- Texte et cartes de spécialistes
- Public averti, voire grand public

Thème
- **Doc. 1** : des ressources terrestres aux ressources de l'espace
- **Doc. 2** : appropriation et ressources maritimes mondiales

Comprendre la consigne

▸ Quelles informations les documents donnent-ils sur le partage, l'exploitation et la préservation des ressources océaniques et spatiales ? Conformément au programme, on peut distinguer les rivalités mais aussi les coopérations entre les acteurs.

▸ Le document 1 passe des océans à l'espace, dont l'étude constitue l'essentiel de l'article ; le document 2 se concentre sur l'espace maritime. Il faut donc montrer les spécificités de chaque espace.

Dégager la problématique et construire le plan

Dans quelle mesure l'exploitation des ressources océaniques et spatiales fait-elle l'objet de coopération ou de rivalité entre les acteurs ?

I Quels besoins pour le monde de demain ? — Montrez le contexte dans lequel se situe l'exploitation des ressources océaniques et spatiales.

II Des appropriations différentes — Comment États et acteurs privés s'approprient-ils les espaces océaniques et extraterrestres ?

III Les nouvelles frontières énergétiques et minières — Faites le point des ressources spécifiques à chaque espace, océanique et extraterrestre.

LE CORRIGÉ

Les titres et les indications entre crochets ne doivent pas figurer sur la copie.

Introduction

[accroche] Les écologistes alertent depuis des années sur l'épuisement des ressources naturelles, énergétiques et minières, de la planète. **[présentation du sujet]** Deux documents – un texte tiré des « Grands Dossiers » de la revue *Diplomatie* et une carte issue de l'*Atlas des océans* de 2018 – présentent de nouveaux éléments de bilan de ces ressources. **[problématique]** Dans quelle mesure les nouvelles frontières que constituent l'espace, les mers et les océans sont-elles à même d'apporter à l'Humanité les ressources dont elle aura besoin ? **[annonce du plan]** Si la satisfaction des besoins du monde de demain inquiète, la pénurie de ressources ne semble justement pas pour demain **[I]**. Espace et océans constituent en effet des réserves de ressources considérables **[II]**. Mais ces espaces convoités sont appropriés de façon très différente par l'Humanité **[III]**.

LE SECRET DE FABRICATION

L'annonce du plan est toujours un moment délicat. Plutôt que des formulations lourdes (« dans une première partie nous verrons que… »), résumez votre plan en quelques phrases.

I. Quels besoins pour le monde de demain ?

1. Un monde en pénurie ?

- Le document 1 pose la question de la pénurie des ressources énergétiques et minières (« ses minéraux et énergies fossiles », l. 2). En effet, celles-ci ne sont **pas renouvelables** à l'échelle humaine. Le texte reprend ainsi la critique écologiste du modèle de développement productiviste : « l'homme consomme la Terre. » Il pose dès lors la question de « risques de pénuries » (l. 5).

- **Les ressources énergétiques et minières terrestres sont finies**, et leur « défaut d'approvisionnement aurait des conséquences importantes » (l. 5-6), mettant en péril l'équilibre de nos civilisations. Pour le pétrole, par exemple, qui représente encore aujourd'hui l'essentiel de l'énergie utilisée dans les transports routiers, maritimes et aériens, se pose la question du pic de Hubbert : celui-ci se produit lorsque la moitié des réserves – la plus facile et rentable à exploiter – est atteinte ; dès lors, la production ne peut que décliner et le coût s'élever.

2. Une pénurie à relativiser

- Nous sommes encore loin de la pénurie. C'est en effet méconnaître les **lois de l'offre et de la demande** : « on ne connaît ni l'évolution de la demande en matières premières, ni le temps éventuel de la rupture » (l. 19-20). Une demande plus forte en énergie et en minerais va se traduire par une élévation de leur prix, et ainsi permettre la mise en exploitation de gisements autrefois délaissés. Par ailleurs, l'augmentation des prix va favoriser le développement des énergies renouvelables et donc leur rentabilité, ou encore celui du recyclage (« l'exploitation des déchets industriels », l. 18-19) et donc le passage à une économie semi-fermée où la consommation des ressources est moindre, réduisant ainsi la demande.

- **C'est ensuite méconnaître l'innovation technologique.** Les « substitutions technologiques » (l. 17-18) améliorent également les procédés existants. Ainsi, depuis 2005, aux États-Unis, la fracturation hydraulique couplée aux forages horizontaux permet l'exploitation des gaz et pétrole de schiste et aussi des hydrocarbures lourds. Cette nouvelle technologie a permis de repousser la date du pic de Hubbert pour le pétrole et a propulsé les États-Unis au rang de premier producteur mondial de gaz et de pétrole !

> **CONSEIL**
> Réutiliser la même expression rhétorique permet de connecter les deux paragraphes et d'amorcer la transition vers la deuxième partie.

[transition] Mais c'est enfin méconnaître le nouveau champ qui s'offre à la découverte des ressources : l'espace et les océans.

II. Les nouvelles frontières énergétiques et minières

1. Mers et océans : anciennes et nouvelles ressources

- Le texte établit en effet que « **les océans sont la nouvelle frontière** » (l. 8-9), que les progrès de l'Humanité permettent de repousser sans cesse. De fait, la Terre « reste une inconnue, notamment ses 4/5e recouverts par les mers et les océans » (l. 16-17). Au gré des découvertes, « les plateformes pétrolières et gazières se multiplient dans le monde » (l. 9-10), par exemple dans l'Arctique, ou grâce aux techniques de forage de l'**offshore profond**, notamment au large de l'Angola ou du Brésil. La carte ne permet cependant pas de les étudier.

> **MOT CLÉ**
> L'**offshore profond** se situe au-delà de 500 m de profondeur. Les installations de forage opèrent jusqu'à 3 000 m de profondeur des puits qui peuvent dépasser 7 000 m.

- La carte se concentre en effet sur de **nouvelles ressources minières** offertes par les océans, qui constituent donc des réserves potentielles. Dans les océans reposent ainsi des concrétions rocheuses, riches en minerais variés, qui font jusqu'à 25 cm d'épaisseur sur 6,35 millions de km². Leur exploitation très difficile explique que, sur la carte, ne figurent que des réserves et des zones avec permis d'exploration. C'est le cas au large du Brésil ou dans le Pacifique central. Les cheminées hydrothermales, situées en bordure de plaques tectoniques, sont d'exploitation tout aussi malaisée.

2. Les ressources spatiales : demain l'eldorado ?

- Les ressources offertes par l'espace extraterrestre sont **plus mal connues encore** : « Des matières premières sur le sol ou dans le sous-sol des planètes, on ne connaît quasiment rien » (l. 10-12). La conquête spatiale n'en est en effet qu'à ses débuts. Les applications spatiales demeurent centrées sur l'espace terrestre.
- Pourtant, le texte (l. 24-27) ouvre des perspectives à « quelques dizaines d'années », en cas de forte « hausse des prix des matières premières ». Dans un tel contexte, et avec l'abaissement des coûts des lancements spatiaux, **l'exploration des ressources de l'espace extra-atmosphérique n'est plus une utopie**. Le texte ne le précise pas, mais la Lune offre déjà des possibilités, comme l'hélium-3, carburant idéal pour un futur réacteur nucléaire à fusion contrôlée.

[transition] Si l'eldorado énergétique et minier n'est sans doute pas pour tout de suite, nombreux sont les acteurs qui se pressent déjà pour s'en disputer la propriété.

III. Espace, mers et océans : des appropriations différentes

1. Mers et océans : une appropriation massive

- La carte montre en effet **l'appropriation de l'espace maritime mondial par les États**, à travers les ZEE. Ces zones économiques exclusives, qui délimitent une zone de 200 milles marins (environ 360 km) où les ressources économiques sont la propriété exclusive de l'État concerné, ont été instituées par la convention des Nations unies sur le droit de la mer, dite **convention de Montego Bay** (1982).

- La carte montre le **caractère massif des zones appropriées.** Les trois Méditerranées, européenne, caraïbe, asiatique, le sont en entier. Les grands océans le sont partiellement. L'océan Arctique l'est en totalité sur cette carte, mais la coupure ne montre pas **la totalité de cet espace**. La plupart des États qui en ont eu la possibilité ont d'ailleurs déposé des demandes d'extension, dont la carte effectue un recensement. La France, par exemple, a déposé des demandes d'extension pour 800 000 km², autour des îles Kerguelen notamment. Que reste-t-il pour les eaux internationales, dites « héritage partagé de l'humanité » ? Un espace mité, qui se réduit au fil des ans.

> **À NOTER**
> L'océan Arctique n'est en réalité pas approprié en totalité. Il est l'objet de concurrences acharnées entre les États riverains, dont la Russie.

2. Espace : le champ des possibles

- Pour l'espace extra-atmosphérique, en revanche, l'appropriation par les États est absente des documents. En fait, le **traité de l'Espace de 1967**, qui fait toujours référence, **interdit l'appropriation de l'espace ou des corps célestes par les États**. Il prévoit aussi la non-militarisation de la Lune et l'interdiction de mise en orbite d'armes nucléaires. Selon les Nations unies, l'espace extra-atmosphérique rejoint le statut de la haute mer ainsi que le continent antarctique.

- Or, **ce traité de l'Espace ne concerne pas le secteur privé**, en dépit d'arguties juridiques jusqu'ici vaines. Cela explique sans doute que, en 2015, le Space Act du président Obama ait autorisé les sociétés américaines à extraire les ressources minières des astéroïdes et des planètes…

Conclusion

[réponse à la problématique] Espace et océans permettent donc, dans une très large mesure, d'infirmer les prophéties apocalyptiques sur la pénurie des ressources naturelles, énergétiques et minières. À deux nuances près : ces espaces, nouvelles frontières de l'Humanité, sont encore mal connus et leur exploitation économique appartient à un futur plus ou moins proche ; surtout, leur appropriation inégale par les États, voire par les entreprises privées, est annonciatrice de conflits géopolitiques aiguisés à mesure que la donne énergétique et minière terrestre sera bouleversée. **[ouverture]** Enfin, l'exploitation de ces ressources ne sera-t-elle pas compromise par la lutte contre le réchauffement climatique ?

Thème 1

2 La Chine : à la conquête de l'espace, des mers et des océans

Tir d'une fusée Longue Marche 11, le 5 juin 2019, depuis une plateforme en mer Jaune, entre la Chine et les Corées.

TESTEZ-VOUS

→ CORRIGÉS P. 318-319

Faites le point sur vos connaissances puis établissez votre **parcours de révision** en fonction de votre score.

1 La Chine : une volonté politique d'affirmation

→ FICHE 7

1. Classez les objectifs de la Chine en cochant la case correspondante.

	Objectifs géoéconomiques	Objectifs géopolitiques
a. Sécuriser les routes maritimes d'approvisionnement	☐	☐
b. Briser le confinement de la première chaîne d'îles	☐	☐
c. Contrôler la mer de Chine méridionale	☐	☐
d. Contrôler le détroit de Malacca	☐	☐
e. Assurer la liberté de circulation maritime	☐	☐
f. Réintégrer l'île de Taïwan à la Chine continentale	☐	☐

2. Vrai ou faux ? Cochez la case qui convient.

	V	F
a. Le budget spatial chinois est le premier du monde.	☐	☐
b. La Chine est n° 1 mondial des lancements spatiaux en 2019.	☐	☐
c. En quatre ans, la Chine a construit une flotte d'un tonnage équivalent à celui de la flotte britannique.	☐	☐

.../2

2 Des enjeux économiques et géopolitiques considérables pour la Chine et le monde

→ FICHE 8

1. Quels sont les objectifs du projet chinois des « nouvelles routes de la soie » ?

☐ a. Sécuriser l'accès de la Chine aux ressources énergétiques et minières.

☐ b. Intégrer les économies d'Asie du sud-est et d'Afrique orientale.

☐ c. Connecter les économies d'Europe et des États-Unis.

2. Reliez chaque élément chinois à son nom officiel.

a. Lanceur lourd •	• Chang'e
b. Future station spatiale •	• Tianwen 1
c. Mission lunaire •	• Tiangong 3
d. Mission vers Mars •	• Longue Marche 7

3. Complétez la légende en associant chacun des lieux nommés à une lettre figurant sur la carte.

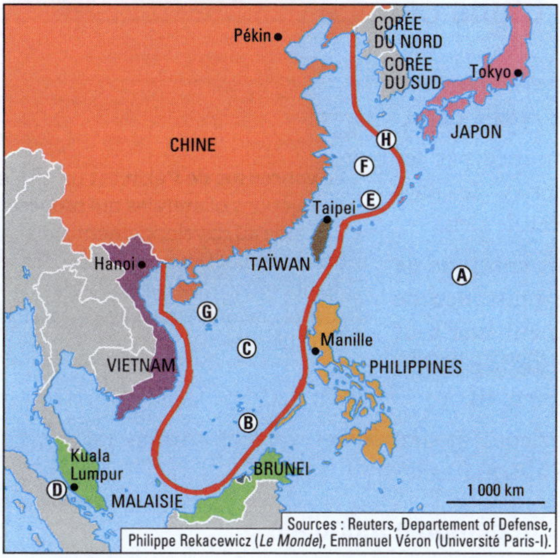

Sources : Reuters, Departement of Defense, Philippe Rekacewicz (*Le Monde*), Emmanuel Véron (Université Paris-I).

Mers, océans, îles

Océan Pacifique : ....

Mer de Chine orientale : ....

Mer de Chine méridionale : ....

Îles Senkaku : ....

Îles Paracels : ....

Îles Spratleys : ....

Éléments géographiques

Ligne en neuf traits : ....

Détroit de Malacca : ....

4. Les îles Mariannes et Guam font partie de...

☐ a. la première chaîne d'îles qui bloque le déploiement maritime chinois.

☐ b. la deuxième chaîne d'îles qui bloque le déploiement maritime chinois.

☐ c. la troisième chaîne d'îles qui bloque le déploiement maritime chinois.

5. Vrai ou faux ? Cochez la case qui convient.

	V	F
a. Les nouvelles routes de la soie concernent aussi les États-Unis.	☐	☐
b. La Chine ne dispose pas de système équivalent au GPS.	☐	☐
c. Taïwan est un territoire de la République populaire de Chine.	☐	☐

.../5

Score total .../7

Parcours PAS À PAS ou EXPRESS ? → MODE D'EMPLOI P. 3

7 Une volonté politique d'affirmation

En bref *Après 40 ans d'une croissance économique exceptionnelle, la Chine commence à en percevoir les dividendes géopolitiques. Elle s'affirme comme une grande puissance, moins dans ses discours que dans les investissements de souveraineté qu'elle réalise dans les domaines maritime et spatial.*

I L'affirmation de la Chine comme grande puissance

1 Des discours mesurés…

- Après le « siècle de la honte » (1842-1949), durant lequel la Chine fut dominée par les puissances coloniales européennes, le pays retrouve peu à peu le rang qui était le sien.
- Si le discours officiel chinois continue de se défendre d'une volonté de puissance de niveau mondial, ses actes donnent une tout autre image. Déjà, le consensus de Pékin s'affirme comme un modèle alternatif.

INFO
Le **consensus de Pékin** est un modèle de relations bilatérales qui propose une aide au développement sans condition politique, en particulier démocratique, ce qui en fait le modèle favori de tous les dictateurs de la planète.

- L'extraordinaire croissance, depuis quarante ans, du PIB chinois lui donne aujourd'hui les moyens de son affirmation.

2 … mais une lutte pour l'hégémonie mondiale

- Une lutte géopolitique s'annonce entre les États-Unis et la Chine, dont les manifestations s'expriment dans les domaines spatial et océanique.
- Le « rêve chinois » tant vanté par le président Xi Jinping n'est-il pas celui, prévu pour 2049 – le centenaire de la République populaire – de la domination mondiale ?

II Nouveaux investissements, nouvelles appropriations

1 Des objectifs géostratégiques et géoéconomiques

- Les objectifs stratégiques chinois dans le domaine océanique sont d'abord géoéconomiques : sécurisation des routes maritimes d'approvisionnement en énergie et matières premières, mais aussi d'exportation des produits manufacturés qui font du pays « l'usine du monde » et dont dépend la croissance (stratégie du « collier de perles » dans l'océan Indien → FICHE 4).
- Les objectifs sont aussi géopolitiques : revendiquer le contrôle des « mers proches » (mers de Chine orientale et méridionale), remettre la main sur Taïwan, briser le confinement de la « première chaîne d'îles » (Japon, Taïwan, Philippines,

Bornéo) contrôlée par les Américains, accéder au-delà de la deuxième chaîne d'îles (Mariannes, Guam) à une **capacité de projection globale** : en 2017, la Chine a ainsi ouvert sa première base militaire à l'étranger, à Djibouti.

2 | Des moyens navals considérables

- Entre 2014 et 2018, la Chine a mis à l'eau l'équivalent de la **totalité de la puissance navale britannique**. C'est la première au monde en nombre d'unités.
- Symboles de la puissance navale et de la capacité de projection mondiale, les **porte-avions chinois** sont déjà au nombre de trois : le *Liaoning*, racheté à l'Ukraine puis rééquipé, le *Shandong*, premier porte-avions entièrement construit en Chine, et le *Fujian*, plus grand et plus moderne. D'autres sont en construction.
- Les **progrès** sont significatifs et le **budget** pour les armes nouvelles (missiles hypersoniques, canons électromagnétiques) en plein essor.

3 | Des ambitions spatiales affirmées

- Le budget spatial chinois, bien qu'opaque, est estimé à **11 milliards de dollars**, presque quatre fois le budget russe ! En 2021, la Chine a effectué **56 lancements**, contre 45 pour les États-Unis et 25 pour la Russie.
- Significativement, la **coopération** avec les autres puissances en matière spatiale est très faible, notamment du fait des États-Unis.

zoom

Longue Marche sur l'eau

- Le 5 juin 2019, la Chine tire une fusée Longue Marche 11 depuis une plate-forme flottante en mer Jaune, entre la Chine et les Corées. C'est le 3e pays à avoir réalisé ce type de lancement.
- Le lancement depuis la mer permet de **rapprocher le site de lancement au plus près de l'équateur**, ce qui autorise des charges utiles plus élevées.

8 Des enjeux économiques et géopolitiques considérables

En bref *Les projets chinois en matière de conquête des océans et de l'espace constituent des enjeux qui se situent à l'échelle planétaire.*

I Des enjeux géoéconomiques planétaires

1 Une économie chinoise au cœur de la mondialisation

- Aujourd'hui, **90 % des produits manufacturés** sont acheminés dans le monde par voie maritime, de même que la **quasi-totalité des matières premières énergétiques et minières** dont la Chine a besoin. Le pays consomme en effet autant de métaux que le reste du monde et est le premier importateur mondial de pétrole.
- Il est donc essentiel de **contrôler les routes maritimes et les passages stratégiques**, dont le blocage entraînerait l'asphyxie de la machine économique chinoise.

2 La Chine, future clé de voûte du commerce en Eurasie

- Les **nouvelles routes de la soie** (plus de 1 000 milliards de dollars d'investissements) prévoient de développer les infrastructures de transport. Elles comprennent un volet maritime (création d'infrastructures portuaires).

INFO
Les « **nouvelles routes de la soie** » ont porté plusieurs noms : « One Belt, One Road » (**OBOR**) et plus récemment la « Belt and Road Initiative » (**BRI**).

- Les **objectifs de la BRI** sont de sécuriser l'accès aux hydrocarbures et matières premières, d'intégrer à l'économie chinoise les économies du Sud-Est asiatique, mais aussi d'Afrique orientale, et de connecter le marché européen. Significativement les États-Unis – le grand rival – sont peu concernés par cette initiative.

3 L'espace, un enjeu économique

Les projets spatiaux doivent **stimuler l'innovation scientifique et industrielle** chinoise au moment où le projet de puissance chinois conduit à un rattrapage effréné en matière technologique. La moitié environ des lancements spatiaux sont destinés à des **usages civils commerciaux ou mixtes**, tel le système chinois de positionnement par satellite Beidou-2.

II Des enjeux géopolitiques vitaux

1 Contrôler les mers de Chine orientale et méridionale

- L'espace de la mer de Chine orientale et méridionale constitue aujourd'hui le lieu de **déploiement de la puissance chinoise**. Unique façade maritime de la Chine, elle est fermée par la première chaîne d'îles → FICHE 7.

- Cet espace est l'objet de **contestations** avec tous les pays riverains, et le détroit de Malacca, verrou fondamental de la sécurité chinoise, est hors de portée. D'autant que la dissuasion nucléaire chinoise par SNLE, lesquels sont basés à Hainan, est hypothéquée par le **confinement** auquel l'astreint la marine américaine.
- La Chine a donc pour objectif de faire de cet espace sa « ***mare nostrum*** » (bétonisation d'îlots et installation de bases aéronavales), dans une politique du fait accompli au mépris du droit de la mer de la Cour permanente d'arbitrage de La Haye dans l'optique prochaine d'une réunification par la force de Taïwan au continent.

2 | Développer un programme spatial ambitieux

- La **militarisation de l'espace** se traduit par le lancement de satellites de surveillance et de renseignement, notamment **électromagnétiques**, mais aussi d'armes antisatellites.

> **INFO**
> Les **satellites ELINT** (*electronic intelligence*) surveillent les communications électroniques, pour prévoir les actions de l'ennemi.

- La Chine pousse également ses **projets de conquête spatiale** : la station spatiale chinoise, Tiangong-3, est opérationnelle depuis fin 2022 ; la mission Chang'e-5 a permis de rapporter des échantillons lunaires en 2020 et de découvrir un nouveau minéral baptisé Changesite ; un établissement chinois permanent sur la Lune est prévu ; la mission Tianwen-1 a déployé sur Mars un orbiteur et un rover d'exploration en 2021.

zoOm

Les nouvelles routes de la soie : trois objectifs pour une domination

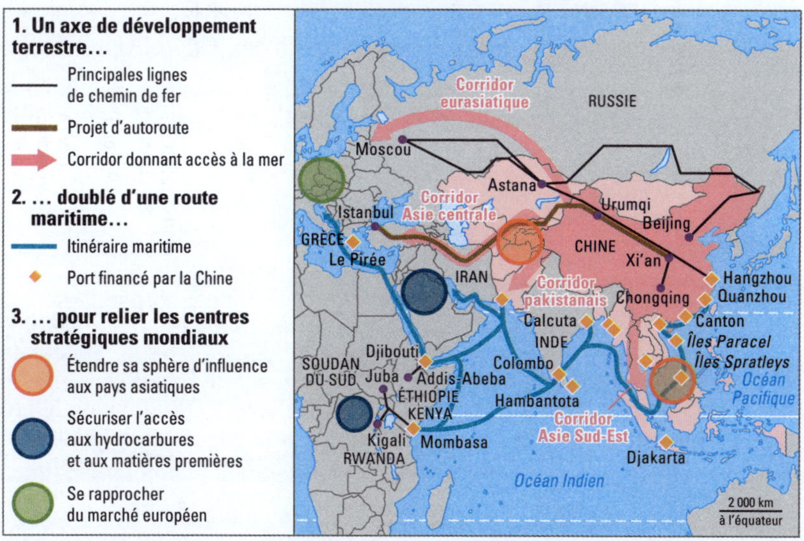

MÉMO VISUEL

Le monde vu par la Chine

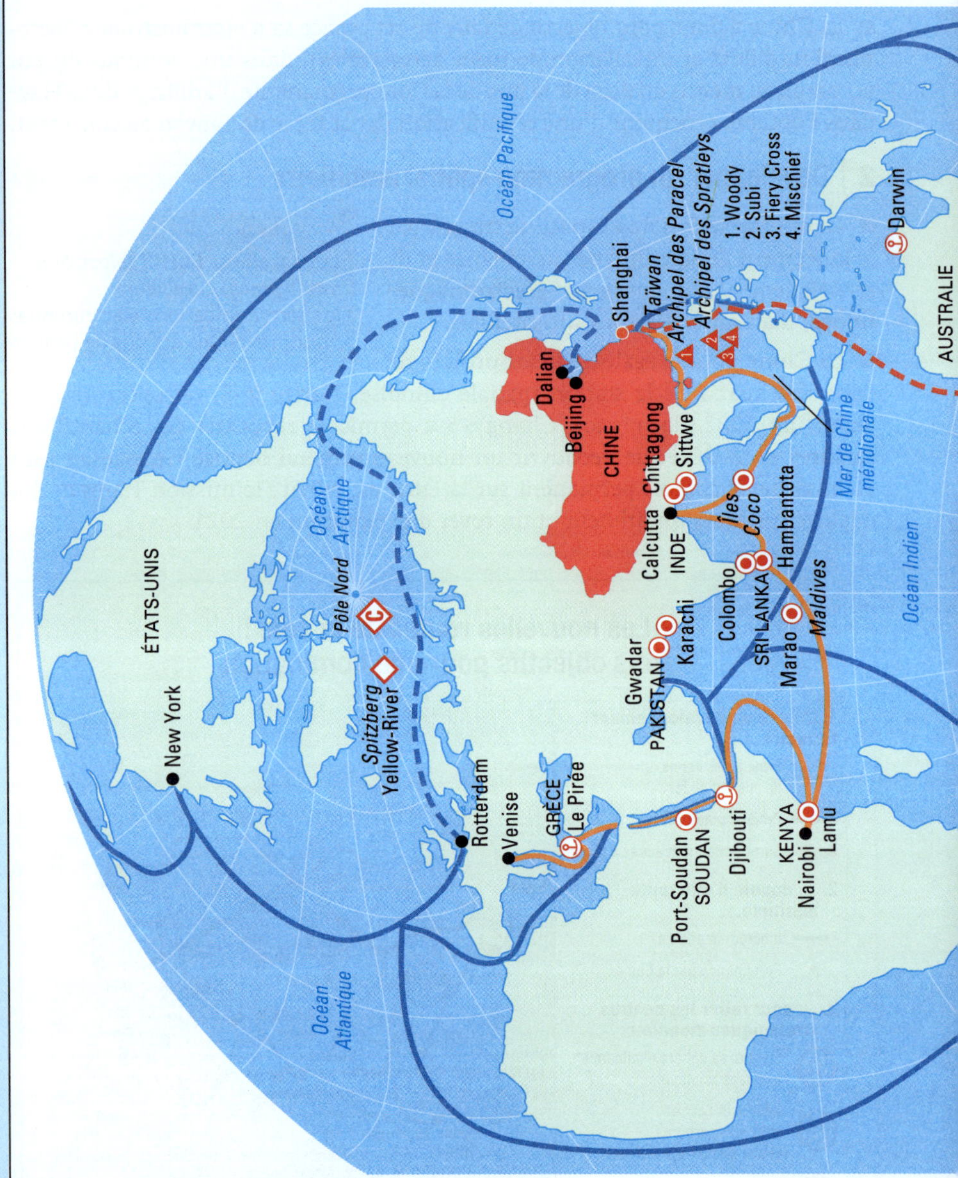

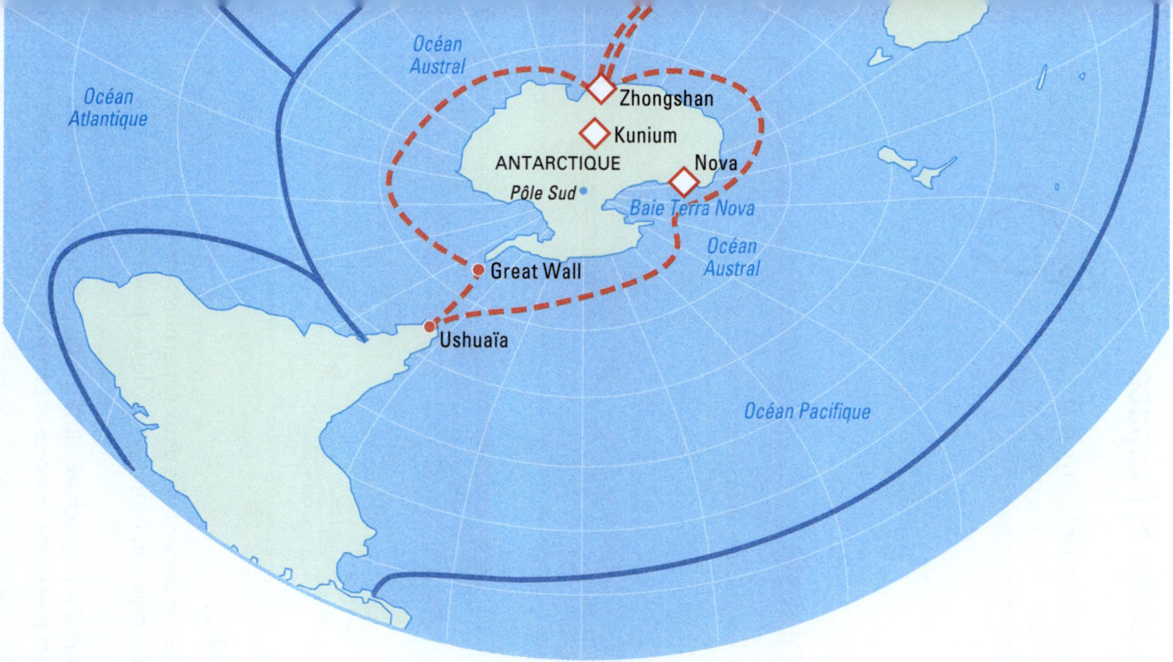

1. Des ambitions maritimes planétaires

- Principales routes maritimes
- Route maritime des « nouvelles routes de la soie »
- Installations portuaires
- Facilités navales

2. La mer de Chine méridionale

- Militarisation de récifs et d'archipels contestés

3. La Chine, État « quasi arctique » et antarctique

- Station polaire chinoise
- Expédition antarctique
- Observateur permanent au Conseil de l'Arctique
- Route du Nord ouverte par le réchauffement climatique

NB : pour le gouvernement chinois, l'île de Taïwan fait partie intégrante de la République populaire de Chine.

SUJET 3 | OBJECTIF BAC

DISSERTATION 2 h La Chine et l'espace

Le sujet vous invite à analyser les liens entre la puissance géopolitique de la Chine et le domaine spatial. En quoi l'un renforce-t-il l'autre ?

LE SUJET

La Chine et l'espace.

LES CLÉS POUR RÉUSSIR

→ Reportez-vous à la méthode détaillée de la dissertation p. 314.

Analyser le sujet

La Chine et l'espace

Formulation
Deux termes simples : le sujet repose sur leur connexion

Type de sujet
Sujet analytique

Bornes chronologiques et spatiales
- La Chine et le domaine spatial
- Depuis la guerre froide

Notions et mots clés
- Conquête spatiale
- Course à l'espace
- Puissance

Dégager la problématique

- Le domaine spatial a vu l'affrontement des deux superpuissances (États-Unis et URSS) pendant la guerre froide. Or, l'émergence de la Chine réactive les rivalités dans ce domaine.
- Dans quelle mesure la course à l'espace exprime-t-elle l'affirmation géopolitique et géoéconomique de la puissance chinoise et comment la renforce-t-elle ?

Construire le plan

I Le « Grand Rattrapage »	▸ Détaillez les étapes de la course à l'espace côté chinois. ▸ Relativisez ce « Grand Rattrapage ».
II Des projets qui ouvrent une nouvelle ère	▸ Faites le point des projets spatiaux chinois. ▸ Montrez en quoi ces projets sont avancés et soulignent les ambitions chinoises en la matière.
III Des enjeux considérables	▸ Analysez les enjeux géoéconomiques et géopolitiques. ▸ Analysez les obstacles auxquels la Chine doit faire face.

LE CORRIGÉ

Les titres et les indications entre crochets ne doivent pas figurer sur la copie.

Introduction

LE SECRET DE FABRICATION

Parfois, une accroche un peu différente des autres copies ou des pratiques habituelles peut surprendre le correcteur. C'est le cas ici : partez d'un élément de la mythologie chinoise (la déesse de la Lune, Chang'e) et rapprochez-la d'un des éléments du sujet (ici, la sonde spatiale Chang'e) pour mener le lecteur vers le sujet.

[accroche] Il y a très longtemps vivait Chang'e, l'épouse de l'archer Houyi. Ayant avalé à tort une double dose d'élixir d'immortalité, Chang'e perdit le contrôle de son corps et s'envola dans la Lune, où, depuis, elle vit éternellement. **[présentation du sujet]** Cette légende chinoise nous rappelle que l'empire du Milieu s'est toujours intéressé à l'espace. Mais cet intérêt prend aujourd'hui des formes davantage technologiques. **[problématique]** Dans quelle mesure la course à l'espace exprime-t-elle l'affirmation géopolitique et géoéconomique de la puissance chinoise et comment la renforce-t-elle ? **[annonce du plan]** La Chine, partie en retard dans la course à l'espace, s'est en effet lancée dans un « Grand Rattrapage » **[I]**. Ses projets pour un avenir proche montrent qu'elle va aujourd'hui au-delà du simple rattrapage de l'Occident **[II]**. En effet, les enjeux tant économiques que géopolitiques liés au domaine spatial sont considérables **[III]**.

I. Le « Grand Rattrapage »

1. La Chine dépendante de l'aide soviétique

- En 1956, en pleine guerre froide, le dirigeant chinois Mao Zedong inaugure un **programme de missiles balistiques** : l'objectif est militaire, mais il peut aussi servir à entrer dans la course à l'espace.

- Avec l'aide des Soviétiques, les Chinois lancent en 1970 un premier satellite artificiel, Dong Fang Hong 1, au moyen d'une fusée **Longue Marche** 1. La Chine devient ainsi, après l'URSS, les États-Unis, la France et le Japon, la **5e puissance spatiale** de l'Histoire.

> **À NOTER**
> Ce nom, Longue Marche, fait référence au périple de l'Armée populaire de libération dirigée par Mao pendant la guerre civile chinoise en 1934-1935.

2. Le tournant des années 2000

- C'est cependant à partir des années 2000 que **la Chine devient une puissance spatiale à part entière**. Son exceptionnelle croissance économique depuis 1979 lui en donne enfin les moyens. Le budget spatial chinois – officiellement 11 milliards de dollars par an – semble modeste (48 milliards pour la NASA), mais il est en fait particulièrement opaque en raison de son caractère stratégique. Il finance en effet un programme spatial à marche forcée : le « **Grand Rattrapage** ».

- En 2003, un premier **taïkonaute** est envoyé autour de la Terre dans une capsule Shenzhou 5. En 2008, un Chinois à bord d'une capsule Shenzhou 7 effectue une première sortie extravéhiculaire. En 2011, la Chine lance sa première station spatiale, Tiangong 1. La Chine est aujourd'hui **numéro 1 en matière de lancements spatiaux**, assurant en 2019 un tiers des lancements. Elle multiplie les mises en orbite de satellites.

> **MOT CLÉ**
> Un **taïkonaute** est un spationaute chinois. Ce nom a été construit à partir du mot chinois *taikong*, « espace » et du suffixe *-naute* « navigateur ».

3. Objectif Lune ou le début de l'ère Chang'e

- En 2013, la Chine franchit une nouvelle étape et **rejoint le rang des puissances lunaires**. Cette année-là, la mission Chang'e 3 dépose à la surface de notre satellite naturel un petit *rover* automatique, Yutu (« Lapin de jade »). En 2018, l'agence spatiale chinoise, la CNSA, récidive en lançant sa sonde lunaire, Chang'e 4, qui comprend un atterrisseur et un autre *rover*, Yutu 2, lesquels se posent sur la **face cachée de la Lune** le 3 janvier 2019.

> **À NOTER**
> La Lune tourne autour de la Terre en lui présentant toujours la même face.

- Chang'e 5 a rapporté des échantillons lunaires en 2020, parmi lesquels un nouveau minéral, la Changesite, contenant de l'hélium 3, possible combustible miracle pour les futurs réacteurs à fusion.

[transition] Le Grand Rattrapage est aujourd'hui à peu près terminé. La Chine est désormais une **puissance spatiale de premier plan**. Autrefois fondé sur des transferts massifs d'anciennes technologies soviétiques puis russes, voire sur un espionnage non moins massif des technologies occidentales, son programme spatial est à présent autonome. Une nouvelle ère s'ouvre.

II. Des projets qui ouvrent une nouvelle ère

1. Une station spatiale chinoise permanente

- Si les Américains ont annoncé leur retrait de la station spatiale internationale (ISS) à partir de 2030, le gouvernement chinois exploite depuis 2022 sa station spatiale nationale, pleinement opérationnelle en 2023. Cette station, Tiangong 3 (« palais céleste »), permettrait alors à la Chine d'être le seul pays au monde à disposer d'une station orbitale.

- La station spatiale chinoise est destinée à **mettre au point les technologies spatiales** dont manque la Chine, à **préparer les équipages à des vols spatiaux de longue durée**, et aussi à effectuer des **expériences scientifiques en microgravité**.

2. Une base lunaire habitée

- Cette expérience du vol spatial sera en effet déterminante pour la poursuite des projets spatiaux chinois. Le Grand Rattrapage de la Chine dans la conquête spatiale serait en effet incomplet sans l'envoi d'un humain sur la Lune, puisque cela a été fait par les États-Unis dès 1969. La Chine veut cependant aller plus loin, avec la création, d'ici 2030, d'une **base lunaire permanente**, peuplée dans un premier temps par des robots, puis par des humains.

- Un simulateur de base lunaire a été construit à Pékin par l'université de Beihang, pour s'entraîner à des séjours de longue durée. Des échantillons lunaires ont été rapportés par la mission Chang'e 5 et Chang'e 6 est prévue pour 2023-2024. Chang'e 7 et 8 devront explorer complètement le pôle Sud de la Lune et mener les essais technologiques préalables à l'installation de la base lunaire. Celle-ci sera le **point de départ pour d'autres projets**, plus ambitieux encore.

3. Des projets à plus long terme

- La Chine a en effet d'autres projets en cours. Certains sont directement **liés à la station spatiale chinoise (CSS)**, comme la création de centrales solaires dans l'espace. Ce projet, qui utilise des technologies bien connues, est déjà en cours de réalisation : une station solaire expérimentale devrait fonctionner entre 2021 et 2025.

- D'autres projets sont **liés à la future base lunaire**, comme l'extraction de l'hélium-3 ou de minerais lunaires. Enfin, la Chine tourne ses regards vers **Mars** : la décennie 2020 devrait être celle de l'envoi de sondes martiennes, avec des *rovers* d'exploration, des retours d'échantillons vers 2030, et même la colonisation de la planète après 2040.

[transition] La Chine a donc certes toujours du retard dans la course à l'espace : ses grandes réussites d'aujourd'hui sont celles des États-Unis et de l'URSS des années 1960. Il est néanmoins hors de doute que les efforts de Pékin vont au-delà du simple rattrapage. Les enjeux sont en effet considérables.

III. Des enjeux considérables

1. Des enjeux économiques

- L'innovation spatiale est en effet clairement un **levier de développement**, qui entraîne de nombreux secteurs économiques. Or, la Chine a placé le développement technologique au premier plan de ses préoccupations, avec le plan *Made in*

China 2025. Les dépenses de R&D ont augmenté de 900 % en dix ans et atteignent aujourd'hui 400 milliards de dollars. L'économie chinoise de 2049, date de réalisation du « rêve chinois » du président Xi Jinping, doit être le **leader technologique mondial**.

▸ Les **technologies spatiales** sont donc un vecteur essentiel de ce développement technologique, par les **applications infinies** qui en découlent. La technologie solaire spatiale permettra un développement propre et peu coûteux. Les ressources minières lunaires repousseront les limites de l'épuisement annoncé des ressources terrestres.

2. Des enjeux géopolitiques

▸ La maîtrise spatiale est un **atout géopolitique et symbolique** majeur, qui renforce le **prestige**, donc le ***soft power*** du pays, ce qui explique le silence sur les échecs et la publicité donnée aux succès spatiaux chinois. Sur le plan intérieur, la fierté nationale est un outil de gouvernement essentiel pour l'État chinois, obsédé par le contrôle de sa propre population.

▸ Sur le **plan géostratégique**, les applications militaires de l'espace sont légion : navigation satellitaire, détection des missiles balistiques, guidage des drones, satellites d'observation optique et électronique… Or, les activités spatiales chinoises sont sous le contrôle de l'Armée populaire de libération, et la plupart de ces activités sont mixtes, c'est-à-dire à double emploi civil et militaire.

3. L'espace, prochain théâtre d'affrontement ?

▸ La Chine ayant fait la preuve régulière de ses capacités d'espionnage, les États-Unis leur appliquent la **réglementation ITAR**. Aucun composant électronique américain sensible ne peut ainsi figurer dans les satellites lancés par la Chine ou dans toute autre activité spatiale.

MOT CLÉ
L'***International Traffic in Arms Regulation***, réglementation sur le trafic d'armes international, existe depuis 1976.

▸ **L'isolement de la Chine dans le domaine spatial** est donc lié à des raisons économiques et géostratégiques, les États-Unis considérant à juste titre Pékin comme son principal rival au XXIe siècle. Il est vrai que le partage de technologies sensibles avec un partenaire qui a régulièrement montré sa capacité à copier illégalement des technologies étrangères ne va pas de soi.

Conclusion

[réponse à la problématique] Le Grand Rattrapage chinois dans la course à l'espace, même s'il doit pour le moment être encore relativisé, débouche sur des projets susceptibles d'assurer à la Chine du XXIe siècle une suprématie totale. Le domaine spatial renforce en effet le développement économique par les effets d'entraînement technologique qu'il implique. **L'espace est donc un des leviers d'affirmation économique de la Chine.** Mais la maîtrise du domaine spatial a également des implications militaires et géostratégiques majeures, à la fois de *hard* et *soft power*. En cela, **l'espace participe de l'affirmation géopolitique de la puissance chinoise et la renforce de façon itérative. [ouverture]** Le « rêve chinois » du président Xi Jinping comporte manifestement une dimension spatiale. Hollywood ne s'y est pas trompé : dans le film *Seul sur Mars*, la NASA accepte une offre de sauvetage chinoise impliquant une fusée secrète. Finalement, l'honneur est sauf et c'est un vaisseau américain qui sauve Matt Damon. Mais pour combien de temps encore ?

SUJET 4 | OBJECTIF BAC

ÉTUDE CRITIQUE DE DOCUMENT 2 h

La géopolitique maritime de la Chine

Une grande partie du « rêve chinois » du président Xi Jinping se déploie dans l'espace maritime. La Chine y affirme son projet de puissance.

LE SUJET

Vous analyserez, éclairerez et critiquerez l'apport du texte concernant le projet géopolitique chinois.

Document **La Chine, « pays maritime fort », pour quoi faire ?**

Première exportatrice de biens manufacturés et première importatrice d'énergie, l'économie chinoise dépend aujourd'hui à 90 % de la mer pour ses échanges, contre seulement 9,8 % à la fin des années 1970. La nécessité pour Beijing de protéger ses routes maritimes se traduit depuis dix ans par des patrouilles antipiraterie dans le golfe d'Aden et par une diplomatie navale active dans les mers lointaines. Mais [...] la Chine reste avant tout focalisée sur ses intérêts fondamentaux : dissuader le séparatisme taïwanais et son corollaire, une intervention américaine au secours de l'île rebelle, et préserver le *statu quo* dans « ses mers » où des différends l'opposent à au moins sept pays. Dénoncée pour son intransigeance, elle cherche pourtant à promouvoir la coopération avec tous, à travers un plan « gagnant-gagnant », la route maritime de la soie, que ses détracteurs dénoncent comme la constitution d'un réseau d'influence et de points d'appui, bientôt mondial. [...]

Si la Chine nie toute intention hégémonique de peser sur la terre, [...] ses instruments navals de « pays maritime fort » pourraient affecter le futur de Taïwan, en rendant moins probable une assistance américaine en cas d'invasion.

La Chine semble en effet vouloir se doter de cinq porte-avions en complément du *Liaoning*, l'ex-*Varyag* (65 000 t), mis en service en 2012. En 2019, la marine recevra son deuxième porte-avions, qui en est dérivé. La classe suivante (002, deux unités) déplacerait 85 000 t et serait doté de trois catapultes électromagnétiques, la première unité étant déjà sur cale. Viendraient ensuite deux analogues de porte-avions nucléaires Ford américains (100 000 t) [...]. [Mais] l'argument de la défense des routes maritimes n'a pas grand sens pour un porte-avions.

Alexandre Sheldon-Duplaix, « La Chine, "pays maritime fort", pour quoi faire ? », *DSI. Défense et Sécurité Internationale*, n° 138, Areion Group, Paris, nov.-déc. 2018.

LES CLÉS POUR RÉUSSIR

→ *Reportez-vous à la méthode détaillée de l'étude critique de document(s) p. 316.*

Identifier le document

Document

Nature, genre, source
- Texte d'analyse
- Revue de géostratégie *DSI : Défense et Sécurité Internationale*

Date et échelles
- Novembre-décembre 2018, donc récent.
- Échelles nationale (Chine), régionale (Asie orientale) et mondiale.

Auteur et destinataire
- Spécialiste de l'histoire navale
- Public averti

Thème

Les aspects de la puissance maritime chinoise.

Comprendre la consigne

- Quelles informations le texte donne-t-il pour comprendre les aspects maritimes du projet de puissance de la Chine ? Dans quelle mesure vos propres connaissances permettent-elles d'expliciter certains de ces aspects ? Dans quelle mesure permettent-elles de critiquer certains passages du texte ?
- Le document doit être analysé avec soin pour dégager plusieurs thèmes que vous étudierez ensuite de façon critique.

Dégager la problématique et construire le plan

Dans quelle mesure la dimension maritime du projet géopolitique chinois peut-elle remettre en question les rapports de force internationaux actuels ?

I Les intérêts fondamentaux de la Chine : Montrez les différents aspects des intérêts fondamentaux de la Chine en matière maritime.

II Des signes d'affirmation de puissance mondiale : Dans quelle mesure le déploiement de la puissance maritime chinoise est-il le signe d'une volonté de puissance ?

LE CORRIGÉ

Les titres et les indications entre crochets ne doivent pas figurer sur la copie.

Introduction

[accroche] Longtemps la Chine a tourné le dos à la mer. On se souvient des voyages de l'amiral Zheng He, entre 1405 et 1433, qui ne débouchèrent sur rien. **[présentation du sujet]** Ce désintérêt pour la mer a vécu. La Chine contemporaine déploie au contraire des efforts soutenus pour devenir « un pays maritime fort ». C'est ce qu'aborde cet article d'un spécialiste des affaires maritimes, Alexandre Sheldon-Duplaix, dans la revue *Défense et Sécurité Internationale*. **[problématique]** Dans quelle mesure cette dimension maritime du projet géopolitique chinois peut-elle remettre en question les rapports de force internationaux actuels ? **[annonce du plan]** Si la préservation des intérêts fondamentaux de la Chine contemporaine garantit à l'espace maritime une place de choix **[I]**, le pays donne de la défense de ces intérêts une vision pacifique contredite par des actes qui sont ceux d'une puissance mondiale en voie d'affirmation **[II]**.

I. Les intérêts fondamentaux de la Chine

1. La dépendance maritime de la Chine

▸ Le document établit le **changement fondamental du paradigme maritime chinois** : autrefois dépendante de la voie maritime pour « 9,8 % à la fin des années 1970 » (l. 3), c'est-à-dire avant les réformes de Deng Xiaoping, « l'économie chinoise dépend aujourd'hui à 90 % de la mer pour ses échanges » (l. 2-3). Entre-temps, le PIB de l'empire du Milieu s'est envolé grâce à une insertion réussie dans la mondialisation.

LE SECRET DE FABRICATION

Dans une étude de document, il est capital de citer le texte, de l'insérer entre guillemets, et d'en préciser les numéros de lignes. Si le sujet ne donne pas ces numéros de lignes, il faudra le faire vous-même, à la main. Tentez ensuite d'expliquer, d'illustrer, de mettre en perspective, voire de critiquer le texte à la lumière de vos connaissances.

▸ Or, **cette dépendance concerne aussi bien les importations** (d'énergie) **que les exportations** (de produits manufacturés) : le pays est le premier exportateur mondial (l. 1), mais aussi le 2e importateur mondial derrière les États-Unis. On comprend mieux, dès lors, « la nécessité pour Beijing de protéger ses routes maritimes » (l. 3-4), notamment celle du détroit de Malacca, et sa lutte « antipiraterie dans le golfe d'Aden » (l. 5), sur la route du canal de Suez.

2. Taïwan et les mers de Chine

▸ Mais la Chine « reste avant tout focalisée sur **ses intérêts fondamentaux** » (l. 6-7). La **question taïwanaise**, brûlante depuis 1949, fait partie des *casus belli* pour la Chine continentale, qui n'a jamais accepté le séparatisme de l'île contrôlée par le **Kuomintang**. Or, à plusieurs reprises, les velléités de récupérer l'île rebelle se heurtèrent à la puissance de l'US Navy (1954-55, 1958, 1995-96).

> **À NOTER**
> Le Kuomintang est le Parti nationaliste chinois qui perdit la guerre civile contre le Parti communiste mené par Mao Zedong.

▸ De même, dans **les mers de Chine méridionale et orientale**, les « intérêts fondamentaux » (l. 7) de la Chine se heurtent, d'une part, aux pays riverains, d'autre part, aux puissances occidentales, qui mènent des opérations pour assurer la liberté de navigation. En mer de Chine méridionale, les revendications chinoises (la ligne à neuf traits) s'expriment au mépris du droit maritime de la convention de Montego Bay. **[transition]** La préservation de ces intérêts fondamentaux s'exprime-t-elle toutefois, comme semble l'indiquer l'auteur, par des voies pacifiques ?

II. Des signes d'affirmation de puissance mondiale

1. *Statu quo* et coopération ?

▸ L'auteur affirme en effet la volonté chinoise de « préserver le *statu quo* » (l. 8-9). Une affirmation difficile à valider en l'état. En effet, le ***statu quo*** signifie pour la Chine la **reconnaissance de la toute-puissance de la marine américaine** dans la zone, et donc une situation de sujétion incompatible avec les discours nationalistes (« le rêve chinois ») du président Xi Jinping.

▸ La « **coopération avec tous**, à travers un plan "gagnant-gagnant", la route maritime de la soie » (l. 11-12), est la face publique d'une stratégie de « constitution d'un réseau d'influence et de points d'appui, bientôt mondial » (l. 12-13). Le **changement d'échelle** montre bien que le projet de puissance chinois s'affirme.

2. Les porte-avions chinois, outils de projection de puissance

▸ La **montée en puissance de la marine chinoise** n'est pas décrite dans le document : rappelons cependant qu'en quatre ans, la Chine a construit l'équivalent en tonnage de la marine française ou britannique !

▸ L'article conclut sur **les porte-avions chinois**. Non seulement 6 unités sont prévues, mais elles se modernisent – catapultes électromagnétiques pour le type 002 (l. 19-20), et les navires de type 003 seraient tout à fait comparables aux mastodontes américains (classe Gerald Ford, 100 000 tonnes, l. 22). Or, les porte-avions sont par essence des **outils de projection de puissance**, des outils donc incompatibles avec l'image d'une Chine pacifique centrée sur la défense de son seul espace maritime proche.

Conclusion

[réponse à la problématique] La Chine est donc fortement dépendante de la mer, sans avoir encore pour autant les moyens de contrôle de son espace maritime aux différentes échelles. Sa stratégie de constitution d'une puissance maritime de rang mondial vise la défense de ses intérêts, mais remet aussi en question les structures d'une planète océane où la marine américaine fait la loi. **[ouverture]** Preuve supplémentaire de l'intérêt nouveau de la Chine pour la dimension maritime : en 2005, le pays a célébré en grande pompe le 600e anniversaire des voyages de l'amiral Zheng He, après l'avoir laissé dans l'oubli le plus complet pendant six siècles.

Thème 2

3 Formes de conflits et modalités de construction de la paix

Ivan Marquez, le négociateur des FARC (à gauche) serre la main d'Humberto de la Calle (à droite), le négociateur du gouvernement colombien, lors de l'accord de paix historique pour la Colombie conclu à La Havane, le 24 août 2016.

TESTEZ-VOUS

→ CORRIGÉS P. 318-319

Faites le point sur vos connaissances, puis établissez votre **parcours de révision** en fonction de votre score.

1 Les conflits armés actuels

→ FICHES 9 et 10

1. Que signifie le sigle OTAN ?

☐ a. Organisation du traité de l'Amérique du Nord

☐ b. Organisation du traité de l'Atlantique nord

☐ c. Organisation du traité de l'Antarctique nord

2. Dans quelle région Boko Haram opère-t-il ?

☐ a. L'Afrique de l'Ouest

☐ b. L'Afrique du Sud

☐ c. L'Afrique du Nord

3. Vrai ou faux ? Cochez la case qui convient.

	V	F
a. La majorité des conflits actuels sont des conflits interétatiques.	☐	☐
b. Les sociétés militaires privées agissent pour le compte des États.	☐	☐
c. Le conflit du Cachemire opposant l'Inde et le Pakistan a été résolu par un traité de paix.	☐	☐

.../3

2 La guerre selon le modèle de Clausewitz

→ FICHES 11 et 12

1. Les enjeux de la guerre de Sept Ans sont essentiellement...

☐ a. économiques. ☐ b. idéologiques. ☐ c. politiques.

2. Le champ d'action d'Al-Qaida et de l'État islamique se déploie à l'échelle...

☐ a. mondiale. ☐ b. continentale. ☐ c. nationale.

3. Complétez le texte avec les mots qui conviennent.

Avec l'essor du terrorisme islamiste, les conflits du XXIe siècle prennent la forme de guerres .... ou .... Ils se caractérisent par des enjeux .... et l'abolition des limites .... , ... et .... Face à ces guerres d'un genre nouveau, les États semblent ....

.../3

3 Faire la paix par les traités : les traités de Westphalie

→ FICHE 13

1. La paix de Westphalie résout la guerre de…

☐ a. Sept Ans. ☐ b. Trente Ans. ☐ c. Cent Ans.

2. Associez chaque événement à sa date.

a. Traités de Westphalie •	• 1618
b. Paix des Pyrénées •	• 1648
c. Défenestration de Prague •	• 1659

3. Vrai ou faux ? Cochez la case qui convient.

	V	F
a. La paix de Westphalie renforce le Saint Empire.	☐	☐
b. Le « système westphalien » existe toujours aujourd'hui.	☐	☐
c. L'équilibre entre les États est l'un des principes des traités de Westphalie.	☐	☐

…/3

4 Faire la paix par la sécurité collective : les actions de l'ONU

→ FICHE 14

1. Quel est l'effet du principe de responsabilité de protéger ?

☐ a. Il renforce la souveraineté nationale.

☐ b. Il affaiblit la souveraineté nationale.

☐ c. Il n'a aucun effet sur la souveraineté nationale.

2. Vrai ou faux ? Cochez la case qui convient.

	V	F
a. Boutros Boutros-Ghali est le successeur de Kofi Annan.	☐	☐
b. La Cour pénale internationale juge les auteurs de crimes de guerre.	☐	☐
c. En 1999, le Kosovo passe sous tutelle administrative de l'OTAN.	☐	☐

3. Associez chaque événement à sa date.

a. Kofi Annan, prix Nobel de la paix •	• 1998
b. Création de la Cour pénale internationale •	• 2000
c. Objectifs du millénaire pour le développement •	• 2001

…/3

Score total …/12

Parcours PAS À PAS ou EXPRESS ? → MODE D'EMPLOI P. 3

9 Panorama des conflits armés actuels

En bref *En 2022, on dénombre 23 conflits armés dans le monde. Différentes échelles permettent de les appréhender.*

I À l'échelle mondiale : une forte concentration

1 Un « arc de crise » ?

- La majeure partie des conflits armés sont concentrés dans un espace allant de la bande sahélo-saharienne jusqu'à l'Asie centrale : il s'agit de l'« arc de crise » défini par le *Livre blanc sur la défense et la sécurité nationale* de 2008.
- Avec l'invasion de l'Ukraine par la Russie en février 2022, le continent européen est à nouveau touché par la guerre.

2 Des foyers de conflits de forte intensité

- Le Proche et Moyen-Orient apparaissent comme un épicentre des conflits armés dans le monde : les **guerres en Syrie**, au Yémen, en Irak, en Afghanistan ou encore au Pakistan sont de loin les plus meurtrières.

CHIFFRE CLÉ
La guerre en Syrie a causé la mort de **400 000 personnes**, sur 12 millions d'habitants.

- L'Afrique saharienne, de la Mauritanie au Soudan, est le second foyer d'instabilité majeur, surtout depuis le déclenchement des révolutions arabes en 2011.

II Aux échelles continentale et régionale : l'exemple des conflits africains

1 Un continent déstabilisé par les conflits

- La majeure partie du continent africain est le théâtre de conflits armés de plus ou moins grande intensité. Depuis les années 1960, marquées par l'accès aux indépendances, les guerres ont causé la mort de près de 10 millions de personnes.
- Les trois grandes régions de conflits sont : le Sahara et sa frange sahélienne, foyer du terrorisme international ; la corne de l'Afrique et le golfe de Guinée, hauts lieux de la piraterie ; l'Afrique équatoriale.

2 Une région conflictuelle : le Sahara

- Depuis le début du XXIe siècle, le Sahara est devenu un théâtre d'action du terrorisme international avec l'implantation d'AQMI (Al-Qaida au Maghreb islamique), puis de groupes liés à Daech.
- La chute du régime du colonel Kadhafi en Libye en 2011 puis la guerre civile entraînent des flux d'armes et de combattants qui alimentent ce foyer régional.

III À l'échelle nationale et locale : l'exemple de l'Afghanistan

1 Un conflit de quarante ans

■ Depuis l'invasion militaire soviétique de 1979, l'Afghanistan est en guerre de façon quasi permanente. De 1979 à 1988, l'Armée rouge est aux prises avec la **résistance afghane** aidée par les États-Unis. Le pays est ensuite déchiré par les **luttes entre les seigneurs de la guerre**. En 1996, les **talibans** s'emparent du pouvoir et accordent refuge à Al-Qaida.

■ Après les **attentats du 11 septembre 2001**, l'OTAN intervient militairement contre le régime des talibans. Mais cette intervention s'enlise. De 2011 à 2014, l'OTAN transfère à une armée nationale la responsabilité de la sécurité du pays. En 2021, les talibans reprennent le pouvoir.

MOT CLÉ
L'**Organisation du traité de l'Atlantique nord** est créée en 1949 à l'initiative des États-Unis pour assurer une protection militaire aux pays occidentaux.

2 Un épicentre : Kaboul

■ La capitale est un **théâtre d'affrontement privilégié** : espace densément peuplé, siège du pouvoir politique, présence de bases militaires étrangères.

■ Kaboul est ainsi le lieu d'**attentats-suicide menés par les talibans** au nom de la lutte contre le pouvoir en place et la présence de soldats de l'OTAN, puis par l'État islamique contre les talibans. Les **civils** en sont la cible privilégiée.

zoOm

Le Sahara, foyer du terrorisme international

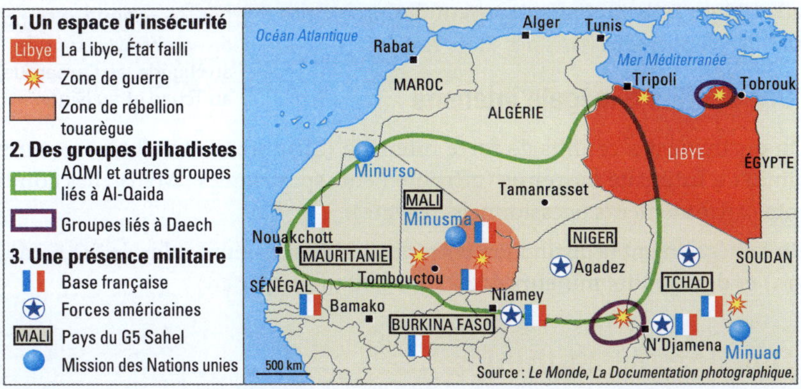

Source : *Le Monde, La Documentation photographique.*

Comme le souligne la diversité des acteurs impliqués, les conflits du Sahara sont à envisager à **différentes échelles**, liées à **différents enjeux** : échelle mondiale (lutte contre le terrorisme), régionale (souveraineté des États) et nationale (légitimité d'un pouvoir politique).

10 Nature, acteurs et modes de résolution des conflits

En bref *Tenter une typologie des conflits armés dans le monde nécessite de prendre en compte leur nature, les acteurs impliqués et leurs modes de résolution.*

I Des conflits de natures diverses

1 Des conflits inter et intra-étatiques

■ La grande majorité des conflits armés actuels sont des **conflits intra-étatiques**. Ils opposent des gouvernements et des groupes armés rebelles (Pakistan). Les **conflits interétatiques** sont peu nombreux mais plus médiatisés (invasion de l'Ukraine par la Russie en 2022).

■ Cependant, l'**intervention de puissances étrangères** brouille la différence entre conflits inter et intra-étatiques (interventions américaine et russe en Syrie).

2 De multiples enjeux

■ Les enjeux sont d'abord **politiques** : **rivalité** entre puissances (Arabie saoudite et Iran au Moyen-Orient) ; **contentieux territorial** (Inde et Pakistan au Cachemire) ; **séparatisme** à base identitaire (Tchétchènes en Russie).

■ Ils sont aussi **économiques** : maîtrise des routes commerciales ; accès aux ressources naturelles (pétrole au Sud-Soudan).

■ Ils sont enfin **idéologiques** : « guerre sainte » anti-occidentale (**Boko Haram** au Nigeria, Cameroun, Tchad et Niger). Ils masquent souvent des problèmes de mal-développement dans des États fragiles.

> **INFO**
> Boko Haram est une **organisation terroriste islamiste** fondée en 2002 et responsable de nombreux attentats au Nigeria, au Cameroun, au Tchad et au Niger.

3 Des conflits d'inégale intensité

■ On distingue des conflits de **forte intensité** (affrontements armés fréquents : Ukraine) ; d'**intensité moyenne** (affrontements sporadiques : Mali) ; des **conflits latents** (affrontements occasionnels : Égypte).

■ On fait également la distinction entre des **conflits majeurs** (plus de 1 000 morts par an) et des **conflits mineurs** (de 25 à 1 000 morts par an).

II Des acteurs multiples

■ Les **États** sont des acteurs majeurs des conflits grâce à leur puissance militaire. Les **États-Unis**, présents dans le monde entier (flottes et bases militaires → FICHE 3), restent leaders. Ils sont toutefois concurrencés par la **Chine** et la **Russie**.

- L'**Organisation des Nations unies** (ONU) intervient dans les zones de conflit en envoyant ses Casques bleus avec pour mission de maintenir la paix. Des **organisations régionales** (OTAN, Union africaine) mènent des opérations militaires ayant le même objectif.
- Des **sociétés militaires privées** agissant pour le compte des États interviennent sur les théâtres d'opération (Irak, Mali). Des **combattants irréguliers** (milices) affrontent des armées régulières (mission de l'OTAN en Irak depuis 2018).

III Des conflits inégalement résolus

- Les **traités de paix** signés entre les belligérants permettent de mettre fin à un conflit (en 2016, accord entre les FARC et le gouvernement colombien).

> **INFO**
> Les **FARC** (Forces armées révolutionnaires de Colombie) sont une guérilla marxiste agissant depuis 1964.

- Les **cessez-le-feu** fixent l'arrêt des combats, en attendant un éventuel accord de paix (cessez-le-feu au Cachemire depuis 1949 entre l'Inde et le Pakistan).
- Certains conflits sont **en attente de résolution**. Bien qu'ils soient suspendus par une opération de maintien de la paix (mission de l'OTAN en Afghanistan depuis 2015), ils perdurent sous d'**autres formes** : attentats, assassinats, etc.

zoOm

Les sociétés militaires privées

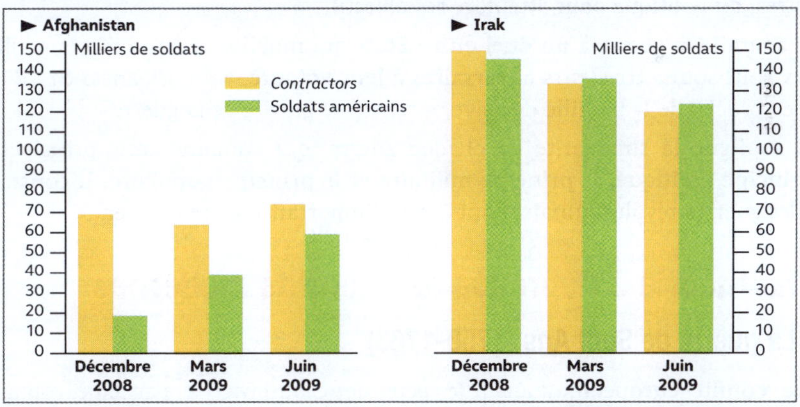

Source : Département de la Défense, États-Unis.

- Durant les guerres en Afghanistan (2001-2014) et en Irak (2003-2011), les États-Unis font massivement appel à des ***contractors***, c'est-à-dire à des combattants membres de sociétés militaires privées.
- Le recours à ces sociétés contribue à réduire les coûts d'entretien de l'armée régulière et à diminuer les pertes humaines. Cependant, il constitue un **transfert de souveraineté** de l'État vers des acteurs privés.

11 La guerre selon le modèle de Clausewitz

En bref *Le Prussien Carl von Clausewitz est considéré comme le grand théoricien de la guerre moderne. Ses réflexions s'avèrent souvent pertinentes au regard des conflits qui déchirent l'Europe, de la guerre de Sept Ans (1756-1763) aux guerres napoléoniennes (1793-1815).*

I La théorie militaire de Clausewitz

1 Clausewitz, homme d'action et intellectuel

- Carl von Clausewitz (1780-1831) participe en tant qu'officier prussien aux guerres contre la France révolutionnaire (1792-1794) et impériale (1806-1814). Il combat notamment la Grande Armée lors de la **bataille de Waterloo** (1815).
- Parallèlement, il enseigne à l'École générale de guerre de Berlin à partir de 1810. Il en devient directeur à partir de 1818, poste qu'il occupe jusqu'en 1830. Il élabore alors une **théorie militaire** qu'il développe dans son traité *De la guerre*, publié à titre posthume à partir de 1832.

2 Un théoricien de la guerre moderne

- Selon Clausewitz, « la guerre n'est que la **simple continuation de la politique par d'autres moyens** » (livre I) : il estime que la guerre n'est qu'un moyen, parmi d'autres, du politique pour atteindre ses objectifs.
- Il assimile la guerre à un **duel entre États** qui mobilisent leurs moyens militaires pour **soumettre leurs adversaires à leur volonté**, voire les anéantir : d'où l'enjeu crucial de la **bataille décisive**, « centre de gravité de la guerre ».
- Il souligne la singularité de chaque guerre, qui combine trois principes : le **principe politique**, le **principe militaire** et le **principe populaire**. Il constate que les guerres révolutionnaires ont accru l'importance de ce dernier.

II La théorie à l'épreuve des conflits modernes

1 La guerre de Sept Ans (1756-1763)

- Ce **conflit européen**, auquel le père de Clausewitz a participé, oppose l'Angleterre et la Prusse d'une part, à la France, l'Autriche et leurs alliés (Russie, Suède, Espagne, princes allemands) de l'autre.
- Les enjeux sont bien **politiques** : l'Autriche veut reprendre la Silésie, perdue lors de la guerre de Succession d'Autriche, à la Prusse ; la France et l'Angleterre rivalisent pour étendre leurs empires coloniaux.
- Cette guerre oppose des États qui sont les **grandes puissances militaires du XVIIIe siècle**. Elle est ponctuée de **batailles décisives** comme celle de Rossbach (1757)

remportée par l'armée prussienne sur l'**armée française**, considérée jusque-là comme la première d'Europe.

À NOTER
La guerre de Sept Ans marque le **recul de la puissance française** en Europe et outre-mer.

2 Les coalitions contre la France révolutionnaire et impériale (1793-1815)

- De 1793 à 1815, durant la Révolution puis l'Empire, la France fait face à **sept coalitions européennes successives**. Les enjeux en sont **idéologiques** (lutter contre les principes révolutionnaires pour éviter la « contagion révolutionnaire ») et politiques (renverser la domination française pour rétablir un équilibre européen).
- Il s'agit bien d'une **confrontation entre États** : la France affronte quasiment seule de nombreux États coalisés (en particulier l'Angleterre, l'Autriche, la Prusse et la Russie). La bataille d'Austerlitz (1805) permet à Napoléon Ier de consolider sa domination sur l'Europe.
- La **mobilisation populaire** souligne la singularité française : le système de la **conscription** (1798) permet la constitution d'une véritable armée nationale.

MOT CLÉ
Selon le système de la conscription institué par la loi Jourdan (1798), **tous les Français âgés de 20 à 25 ans** peuvent être mobilisés.

zoom

Un cas d'école : la bataille d'Austerlitz (1805)

François Gérard, *La Bataille d'Austerlitz*, huile sur toile, 9,58 x 5,10 m, 1810 (Musée national du château de Versailles).

- Le 2 décembre 1805, la bataille d'Austerlitz, en Autriche, oppose la Grande Armée aux troupes austro-russes : c'est la « bataille des Trois Empereurs ». Le peintre souligne ici l'éclatante victoire militaire de Napoléon Ier.
- Mais il s'agit tout autant d'une **victoire symbolique** (jour anniversaire du sacre de l'empereur) que **politique** (domination de la France sur l'Europe).

12 Le modèle de Clausewitz à l'épreuve des « guerres irrégulières »

En bref *Avec l'essor du terrorisme islamiste, une partie des conflits du XXIe siècle prennent la forme de guerres irrégulières et asymétriques : ils opposent des États à des groupes moins puissants mais qui les frappent sur leurs points faibles. La théorie militaire de Clausewitz est alors remise en cause.*

I L'affirmation d'acteurs non étatiques

1 L'émergence d'Al-Qaida

■ À partir des années 1990, les États, États-Unis en tête, se trouvent confrontés à une organisation terroriste agissant en réseau à l'échelle mondiale : Al-Qaida. Le monde entre alors dans l'ère du terrorisme global. La guerre change de nature : elle devient à la fois **irrégulière** et **asymétrique**.

■ Al-Qaida (« la base » en arabe) est fondée en 1988 par le Saoudien Oussama Ben Laden, ancien allié des États-Unis dans la lutte antisoviétique en Afghanistan. Les attentats du 11 septembre 2001 contre le World Trade Center à New York et le Pentagone à Washington lui donnent une visibilité mondiale.

MOTS CLÉS

Une **guerre irrégulière** est un conflit armé sans distinction entre combattants et non-combattants ni terrain d'affrontement circonscrit.

Une **guerre asymétrique** se caractérise par un déséquilibre notable des forces militaires antagonistes.

■ Si le président américain George W. Bush déclare alors « la guerre au terrorisme », son adversaire n'a ni direction centralisée, ni territoire défini. Al-Qaida est une nébuleuse qui se ramifie dans le monde entier.

2 L'essor de Daech

■ À partir de 2014, l'organisation État islamique en Irak et au Levant, ou Daech, prend le nom d'État islamique (EI). Celui-ci se dote d'un territoire qui fait fi des frontières étatiques puisqu'il s'étend sur 200 000 km^2, à cheval sur la Syrie et l'Irak.

■ Grâce au recrutement de djihadistes venus du monde entier et à l'affiliation de groupes terroristes locaux (Boko Haram au Nigeria), l'EI multiplie les attentats à l'échelle planétaire. Il s'agit d'un terrorisme hybride, à la fois global et territorial.

II Des conflits d'un genre nouveau

1 Des enjeux transnationaux

■ L'enjeu des guerres menées par ces organisations terroristes est avant tout idéologique : il s'agit, au nom d'une interprétation littérale et stricte du Coran, de lutter contre les valeurs occidentales. D'où l'importance de la **propagande** développée *via* Internet et les réseaux sociaux.

- Pour les États ciblés par les attentats, l'enjeu est avant tout **sécuritaire** et **politique** : protéger les citoyens et leur prouver la capacité à le faire (Patriot Act).

2 L'abolition des limites humaines, spatiales et temporelles

- Al-Qaida et l'EI ne font **aucune distinction entre les combattants et les non-combattants**. Les civils sont les principales victimes de leurs attentats (attentats de janvier 2015 en France).
- Leur champ de bataille est **planétaire**. Si les pays occidentaux sont des cibles privilégiées, l'Irak, l'Inde, la Somalie, le Pakistan ou le Nigeria sont particulièrement touchés.
- Enfin, il n'y a **pas de bataille décisive**. Ainsi, la disparition du territoire de l'EI en mars 2019 ne met pas fin aux attentats perpétrés par des djihadistes qui s'en réclament (Sri Lanka, avril 2019 ; Afghanistan, septembre 2022).

3 L'impuissance des États

- Face à un adversaire protéiforme qui peut frapper à tout endroit, à tout moment, les États semblent **impuissants**. Même coalisés, comme en Syrie, ils ne viennent pas à bout de leur ennemi. La « guerre contre le terrorisme » montre là ses limites.
- C'est sans doute qu'ils en sous-estiment les raisons profondes : **les retards de développement** et les **fortes inégalités sociales** qui alimentent le vivier des djihadistes.

zoOm

Les attentats du 11 septembre 2001

- Les images des tours jumelles en feu le 11 septembre 2001 tournent en boucle pendant des dizaines d'heures sur les chaînes de télévision du monde entier.
- Elles révèlent la **vulnérabilité** des États-Unis frappés au cœur de leur territoire et provoquent un **choc psychologique** au sein de l'opinion publique.

13 Faire la paix par les traités : les traités de Westphalie (1648)

En bref *De 1618 à 1648, la guerre de Trente Ans voit s'affronter les États européens. Au terme de négociations entamées en 1644, ceux-ci signent les traités de Westphalie. Ces textes consacrent le rôle primordial des États dans les relations internationales.*

I La guerre de Trente Ans (1618-1648)

1 Les enjeux du conflit

■ L'enjeu de la guerre est avant tout **politique** : il s'agit pour la dynastie des Habsbourg de Vienne d'imposer la domination du Saint Empire romain germanique sur l'Europe. Ce projet est contrarié par le **morcellement politique** de son territoire, qui comprend plus de 350 États, et par le **caractère électif de la couronne impériale** (les souverains élisent l'empereur).

■ L'enjeu est en même temps **religieux** : les Habsbourg entendent imposer le **catholicisme** à une Europe divisée entre catholiques et protestants. Cependant, au sein même de leurs territoires, ils font face à des **princes protestants** comme l'Électeur palatin.

2 Un conflit à plusieurs échelles

■ Le conflit est d'abord **interne au Saint Empire** : après la **défenestration de Prague** (1618), il oppose les Tchèques protestants de Bohême, aidés des princes allemands protestants, à l'empereur Ferdinand II, soutenu par les Habsbourg d'Espagne. Ce dernier, qui réprime férocement la révolte, l'emporte dès 1620.

> **DATE CLÉ**
> Le **23 mai 1618**, en réaction à la fermeture de deux temples, des protestants de Bohême jettent par la fenêtre du Conseil de la ville deux gouverneurs impériaux.

■ Le conflit devient ensuite **européen** avec l'intervention, aux côtés des princes protestants, du Danemark, de la Suède puis de la France. Finalement, à la suite de **victoires décisives de l'armée française** sur les armées espagnoles (Rocroi, 1643) et à l'offensive suédoise au cœur de l'Empire, l'empereur Ferdinand III doit se résigner à la paix. C'est pourquoi, dès 1644, les États belligérants entament des négociations.

II La paix de Westphalie

1 La réorganisation territoriale de l'Europe

■ En 1648, **deux traités**, appelés traités (ou paix) de Westphalie, mettent fin à la guerre de Trente Ans. Le premier est signé à **Osnabrück** entre l'empereur Ferdinand III et la Suède ; le second à **Münster** entre l'empereur et la France.

■ Le Saint Empire **perd de nombreux territoires** au profit de la Suède et de la France : la première reçoit une partie de la Poméranie, ce qui lui permet de contrôler les embouchures de grands fleuves comme l'Elbe ; la seconde obtient l'Alsace (sans Strasbourg). De plus, les Provinces-Unies et la Confédération helvétique gagnent leur **indépendance**. Enfin, le Brandebourg s'étend.

2 | De nouvelles règles internationales

■ Les traités de Westphalie instaurent de nouveaux principes devant présider aux relations entre les États d'Europe : c'est la naissance d'un « **système westphalien** », en vigueur jusqu'au début du XXe siècle.

■ En premier lieu, les traités affirment le **rôle fondamental des États**, égaux entre eux, dans les relations internationales. Ensuite, ils reconnaissent la **souveraineté** de chacun d'eux et excluent toute ingérence dans les affaires internes, qu'elles soient religieuses ou politiques. Enfin, ils visent à un **équilibre** entre États, garant de la paix.

■ Par ailleurs, les traités confirment le principe de l'**unicité de la confession du prince et de ses sujets** en vertu de l'adage « ***Cujus regio, ejus religio*** » : en reconnaissant la division religieuse de l'Europe, les États enterrent le rêve impérial d'une religion catholique universelle.

INFO
La maxime « ***Cujus regio, ejus religio*** » (« Tel prince, telle religion ») signifie que la religion d'un peuple doit être nécessairement celle du souverain.

zoOm

L'Europe après la paix de Westphalie

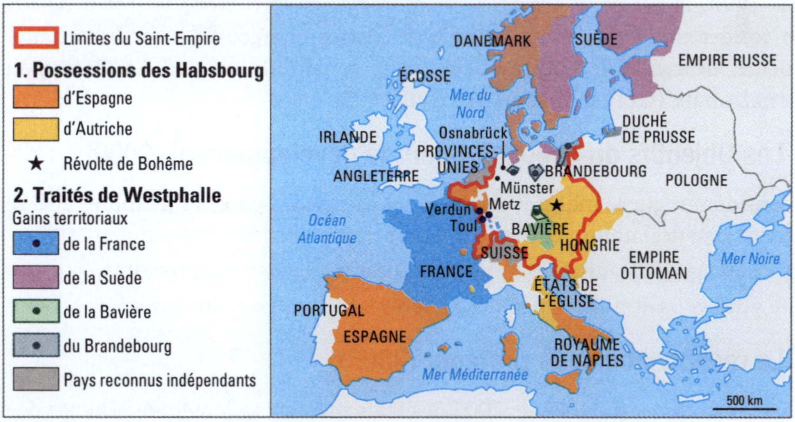

En 1648, les traités de Westphalie soulignent le recul des Habsbourg au profit d'États comme la **France** et la **Suède**. En 1659, la paix des Pyrénées, entre la France et l'Espagne, confirme l'**influence française** sur le continent.

14 Faire la paix par la sécurité collective : l'ONU sous Kofi Annan

En bref *Secrétaire général de l'Organisation des Nations unies de 1997 à 2006, Kofi Annan est confronté à un monde multipolaire où les sources de conflits sont nombreuses. Dans ce contexte, il œuvre en faveur de la sécurité collective pour faire la paix.*

I Un contexte nouveau

- Pendant la **guerre froide** (1947-1991), le fonctionnement de l'Organisation des Nations unies (ONU) est **paralysé** par l'opposition entre les États-Unis et l'Union soviétique, qui usent de leur droit de véto comme une arme géopolitique.
- À partir des années 1990, avec la **disparition du bloc soviétique**, 30 nouveaux États intègrent l'ONU, dirigée par l'Égyptien Boutros Boutros-Ghali. Le Ghanéen **Kofi Annan** lui succède en 1997. En poste jusqu'en 2006, il s'efforce de développer les instruments de la **sécurité collective**.

MOT CLÉ
La **sécurité collective** est le principe selon lequel les États doivent répondre collectivement aux atteintes à la paix.

II Les avancées de la sécurité collective

1 La création de la Cour pénale internationale (1998)

- Au début des années 1990, l'ONU crée des **tribunaux pénaux internationaux** pour l'ex-Yougoslavie (1993) et le Rwanda (1994) → FICHES 22 et 23. Mais ils restent provisoires et la procédure est très lente.
- En 1998, la majorité des États membres de l'ONU signe le **statut de Rome** pour fonder une cour internationale de justice chargée de juger les auteurs de génocide, de crime de guerre et de crime contre l'humanité. La **Cour pénale internationale** (CPI) se met en place en 2002.

2 Les Objectifs du Millénaire pour le développement (2000)

- Considérant que **le mal-développement menace la paix**, les membres de l'ONU adoptent une déclaration commune fixant huit objectifs à atteindre en 2015.
- Il s'agit notamment de réduire l'extrême pauvreté, d'assurer l'éducation primaire pour tous et d'instaurer un partenariat mondial pour le développement.

3 La responsabilité de protéger (2005)

- Lors du Sommet mondial de 2005, les États membres adoptent le principe de responsabilité de protéger : il s'agit de la responsabilité juridique des États souverains à protéger leur population contre les **génocides**, les **crimes de guerre**, les **nettoyages ethniques** et les **crimes contre l'humanité**.

■ En cas de défaillance d'un État au regard de cette responsabilité, la communauté internationale doit intervenir par des **moyens pacifiques**. Il s'agit ici d'un contournement de la souveraineté nationale.

III La sécurité collective à l'œuvre : l'intervention au Kosovo (1999)

1 Une étape du démembrement de l'ex-Yougoslavie

■ Depuis 1992, la Fédération yougoslave est en pleine décomposition. En 1995, l'**OTAN** intervient en Bosnie-Herzégovine contre la Serbie pour protéger les civils → FICHE 23. Les **accords de Dayton** scellent le partage de la Bosnie-Herzégovine en deux.

■ En 1997, le Kosovo, province serbe autonome peuplée d'une majorité d'Albanais musulmans, se soulève. Le président serbe **réprime** ce mouvement.

2 Une intervention militaire et diplomatique

■ Après l'intervention militaire de l'OTAN contre l'armée serbe au printemps 1999, le Kosovo passe **sous tutelle des Nations unies**.

> **INFO**
> La **Mission d'administration intérimaire des Nations unies au Kosovo** (MINUK) est confiée au Français Bernard Kouchner.

■ Les Nations unies ambitionnent de rétablir la **paix**, instaurer la **démocratie** et reconstruire l'**économie** sur un territoire peu développé et dévasté par la guerre.

■ Mais de nombreuses **exactions** sont commises à l'encontre des **minorités ethniques**. Lorsque le Kosovo proclame son indépendance en 2008, celle-ci n'est même pas reconnue par la Russie ni la Chine, membres permanents du Conseil de sécurité.

zoOm

Kofi Annan (1938-2018)

■ Kofi Annan a fait toute sa carrière au **service des Nations unies**. Après en avoir gravi les échelons, il devient en 1993 sous-secrétaire général chargé du département du maintien de la paix. Fort de son expérience et du poids de l'Afrique subsaharienne dont il est originaire, il est élu secrétaire général en 1997 puis réélu en 2001. La même année, il reçoit le **prix Nobel de la paix**.

■ En 2012, l'ONU lui confie une mission de paix en Syrie, qui se solde par un échec.

Dessin de Plantu, 19 août 2018.

MÉMO VISUEL

Des conflits inter et intra-étatiques

Jusqu'au XXIe siècle :

- Des enjeux politiques ou idéologiques
- Affrontements entre États
- Principe populaire (Clausewitz)

Des affrontements armés qui suivent des logiques différentes

Des conflits d'un genre nouveau

Au XXIe siècle :

- Des enjeux transnationaux et idéologiques
- Montée en puissance d'acteurs non étatiques (organisations terroristes)
- Logique de déterritorialisation

FAIRE LA GUERRE

Les conflits dans le monde depuis 1989

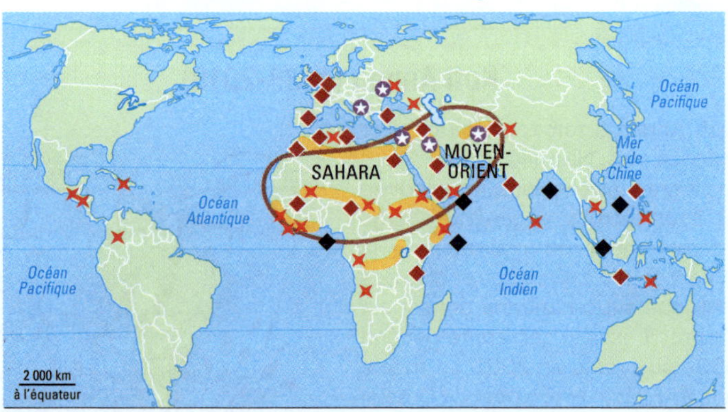

- Conflits internationaux
- Autres guerres et conflits majeurs
- Grande zone de conflits
- Arc de crise
- Attentats terroristes islamistes
- Principales zones de piraterie

Les guerres d'hier sont-elles les mêmes que celles d'aujourd'hui ?

FAIRE LA PAIX

Le défi de la construction de la paix

Des conflits inégalement résolus

- Traités de paix (ex. : FARC et gouvernement colombien)
- Cessez-le-feu (ex. : l'Inde et le Pakistan depuis 1947)
- En attente de résolution (ex. : Irak) ou latents (ex. : Haïti)

Des modalités de construction diverses

La paix par les traités entre États

- Rôle fondamental des États
- Souveraineté nationale
- Recherche de l'équilibre entre États

La paix par la sécurité collective

- Rôle de l'ONU (Kofi Annan)
- Limites : surtout opérations de maintien de la paix

SUJET 5 | OBJECTIF BAC

DISSERTATION 2 h Les conflits contemporains

Ce sujet, de difficulté modérée, vous permettra de mobiliser ce que vous avez retenu du cours ainsi que vos connaissances personnelles liées à l'actualité. Il sera l'occasion de valoriser vos qualités d'analyse.

LE SUJET

Les caractéristiques des conflits dans le monde d'aujourd'hui.

LES CLÉS POUR RÉUSSIR

→ *Reportez-vous à la méthode détaillée de la dissertation p. 314.*

Analyser le sujet

Les conflits contemporains

Formulation
Phrase nominale

Bornes chronologiques et spatiales
- Aujourd'hui : depuis la fin du XXe siècle
- Échelle mondiale (sans exclure d'autres échelles)

Type de sujet
Sujet tableau

Notions et mots clés
- Caractéristiques : ce qui fait leurs particularités
- Conflits : guerres ; terrorisme

Dégager la problématique

- Depuis la fin de la guerre froide, les conflits dans le monde sont devenus plus complexes. Concentrés dans un « arc de crises », ils sont majoritairement intra-étatiques et fondés sur de multiples enjeux. De plus, à côté des États, des acteurs non étatiques s'affirment.
- La problématique est clairement indiquée par le libellé du sujet : comment se caractérisent les conflits dans le monde d'aujourd'hui ?

Construire le plan

La compréhension des conflits contemporains nécessite de prendre en compte différents paramètres : un plan thématique s'impose.

I Une concentration géographique
- Quelles sont les différentes échelles des conflits ?
- Quels exemples peuvent les illustrer ?

II Des conflits de natures diverses
- Quels critères permettent de distinguer les conflits ?
- Quelle est la pertinence de ces critères ?

III Des acteurs multiples, des modes de résolution variables
- Comment distinguer les protagonistes des conflits ?
- Peut-on limiter la résolution des conflits à la notion de paix ?

LE CORRIGÉ

Les titres et les indications entre crochets ne doivent pas figurer sur la copie.

Introduction

[accroche] « L'espoir d'un monde sans guerre fait rêver l'humanité depuis longtemps. Mais la fin de la guerre froide, contrairement aux espoirs suscités, n'a pas débouché sur la fin des conflits », écrit Pascal Boniface en 2019 dans son ouvrage *La Géopolitique*. **[présentation du sujet]** En effet, en 2022, on compte encore 23 conflits armés dans le monde. **[problématique]** Comment se caractérisent les conflits dans le monde d'aujourd'hui ? **[annonce du plan]** Pour répondre à cette question, nous soulignerons d'abord leur forte concentration géographique **[I]** ; puis nous présenterons la diversité de leur nature en termes de types d'affrontement, d'enjeux et d'intensité **[II]** ; enfin, nous en préciserons les acteurs et les modes de résolution **[III]**.

LE SECRET DE FABRICATION
L'introduction débute par une citation qui situe les conflits actuels dans une période longue. Cela permet ensuite de souligner ce qui fait leur particularité par rapport à la période de la guerre froide (1947-1991).

I. Des conflits concentrés géographiquement

1. À l'échelle mondiale : un « arc de crises »

- La majorité des conflits actuels sont concentrés dans un **espace allant de la bande sahélo-saharienne jusqu'à l'Asie centrale**, qualifié parfois d'« arc de crises ».

- Le foyer principal en est le **Proche et le Moyen-Orient** où se déroulent les guerres les plus meurtrières : Syrie, Yémen, Irak, Afghanistan et Pakistan. Ainsi, depuis 2011, le conflit syrien a entraîné la mort de 400 000 personnes.
- Le foyer secondaire correspond à l'**Afrique sahariennes**, de la Mauritanie au Soudan. Depuis 2011, date du début des révolutions arabes, son instabilité s'est accrue ; la chute du colonel Kadhafi, dirigeant de la **Libye**, a favorisé la dissémination d'un gigantesque stock d'armes dans toute la région.

2. Aux échelles continentale et régionale : l'exemple des conflits africains

- **La majeure partie du continent africain est le théâtre de conflits armés.** Ces derniers se concentrent dans quatre régions : le Sahara et sa frange sahélienne ; la corne de l'Afrique ; le golfe de Guinée et l'Afrique équatoriale.
- À l'échelle régionale, les **pays riverains du golfe de Guinée** sont représentatifs des conflits actuels. Depuis 2002, l'organisation terroriste **Boko Haram** agit dans la région, multipliant les attentats-suicides contre les intérêts occidentaux et contre les chrétiens.

> **À NOTER**
> En 2015, l'organisation terroriste Boko Haram a prêté allégeance à Daech pour se donner une plus grande visibilité.

3. Aux échelles nationale et locale : l'exemple de la Centrafrique

- Depuis 2003, la **République centrafricaine** est en proie à une **guerre civile** dans laquelle s'affrontent l'armée régulière et des milices. **La France est partie prenante** de ce conflit avec l'envoi de militaires en 2013 (opération Sangaris). Malgré la signature d'accords de paix en 2019, le pays connaît une forte instabilité.
- **Bangui est l'épicentre de ce conflit** : capitale de la République centrafricaine, ville la plus peuplée du pays, lieu de stationnement des militaires français. C'est à Bangui qu'ont lieu les différents coups d'État et les nombreux massacres de civils.

II. Des conflits de différentes natures

1. Une majorité de conflits intra-étatiques

- **Depuis la fin de la guerre froide**, les conflits armés sont majoritairement des **conflits internes aux États** : ils opposent souvent les forces gouvernementales à des groupes armés rebelles (ex. : les Touaregs au Mali).
- **Les conflits interétatiques sont peu nombreux** mais plus médiatisés (guerre larvée en Irak entre les États-Unis et l'Iran, guerre en Ukraine).
- Cependant, la **distinction entre conflits intraétatiques et interétatiques est à nuancer** en raison de l'intervention fréquente de puissances étrangères dans des conflits internes (ex. : l'Arabie saoudite et l'Iran dans la guerre civile au Yémen).

2. De multiples enjeux

- Les enjeux des conflits sont avant tout **politiques** : ils sont souvent dus à une rivalité entre États. C'est le cas du Cachemire disputé par l'Inde et le Pakistan depuis 1947. L'enjeu pour chacun de ces États est d'affirmer sa puissance face à son rival.

- Ils sont également **économiques** : les ressources naturelles suscitent rivalités et convoitises. Ainsi, la restriction de l'accès à l'eau imposée par l'État d'Israël aux Palestiniens des territoires occupés engendre de fortes tensions.
- Ils sont parfois **idéologiques** : c'est le cas de la « guerre sainte » anti-occidentale menée par Boko Haram au Nigeria, au Cameroun, au Tchad et au Niger.

3. Une inégale intensité

- Les conflits de forte intensité se caractérisent par des **affrontements armés réguliers**, comme en Syrie ou en Ukraine. Mais d'autres conflits connaissent des affrontements plus sporadiques : en Afghanistan, le pouvoir taliban est confronté à des attentats perpétrés par l'État islamique.
- L'intensité et la durée des conflits permettent de distinguer des **conflits majeurs** entraînant des pertes humaines supérieures à 1 000 morts par an (Syrie) et des **conflits mineurs** dont les pertes sont moindres (Burkina Faso).

III. Des acteurs multiples pour des conflits inégalement résolus

1. Acteurs traditionnels et nouveaux acteurs

- Par leur puissance militaire, les **États** restent les acteurs majeurs des conflits. Ainsi, forts de leurs flottes et de leurs bases militaires dans le monde entier, les États-Unis sont partie prenante de nombreux conflits (Afghanistan, Irak, Niger).
- Par ses opérations de maintien de la paix, l'**Organisation des Nations unies (ONU)** demeure également un acteur important. Ainsi, la mission de l'ONU en République démocratique du Congo (MONUC) permet d'éviter un conflit majeur dans cet État.
- Cependant, de nouveaux acteurs s'affirment depuis le début du XXIe siècle. Parallèlement ou conjointement avec l'ONU, des **organisations régionales** (OTAN, Union africaine) mènent des opérations de maintien de la paix. Sur les champs de bataille interviennent désormais aussi des combattants n'appartenant pas aux armées régulières : membres de **sociétés militaires privées** agissant pour le compte des États (États-Unis, Russie) ; combattants irréguliers membres de **milices** (ex. : le Hamas contre l'armée israélienne à Gaza).

2. Des conflits inégalement résolus

- Certains conflits sont réglés par la signature de **traités de paix** qui établissent les bases d'une **paix durable**. Ainsi, l'**accord entre les FARC et le gouvernement colombien** en 2016 a mis fin à cinquante ans de guérilla.

À NOTER
Depuis 2018, cet accord est toutefois contesté par le président colombien et d'anciens chefs guérilleros.

- D'autres conflits sont arrêtés suite à un **cessez-le-feu** qui fixe l'arrêt provisoire des combats (ex. : l'accord entre l'Ukraine et la Russie en 2015, remis en cause par l'invasion russe de 2022).
- De nombreux conflits sont **en attente de résolution** malgré la présence de forces de maintien de la paix. C'est le cas du Kosovo où, depuis 1999, une force de l'OTAN, la KFOR, est chargée de la stabilité de la région.

Conclusion

[réponse à la problématique] Ainsi les conflits dans le monde aujourd'hui se caractérisent, en premier lieu, par leur forte concentration géographique, de l'échelle mondiale à l'échelle locale ; ensuite, par la domination de guerres intra-étatiques, la multiplicité des enjeux et une inégale intensité ; enfin, par l'affirmation d'acteurs non étatiques aux côtés des acteurs traditionnels et par des modes de résolution très inégaux. **[ouverture]** En somme, les conflits du XXIe siècle sont plus complexes dans un monde multipolaire.

SUJET 6 | OBJECTIF BAC

DISSERTATION 2 h Guerre et paix dans l'Europe moderne

Ce sujet vous invite à aller au-delà d'une simple restitution de votre cours. Vous devez analyser les conflits européens des XVIIe et XVIIIe siècles à la lumière de la théorie militaire de Clausewitz.

LE SUJET

Faire la guerre, faire la paix en Europe aux XVIIe et XVIIIe siècles.

LES CLÉS POUR RÉUSSIR

→ *Reportez-vous à la méthode détaillée de la dissertation p. 314.*

Analyser le sujet

Guerre et paix dans l'Europe moderne

Formulation
- Deux propositions séparées par une virgule
- Bornes chronologiques indiquées

Bornes chronologiques
- Début du XVIIe siècle : guerre de Trente Ans
- Fin du XVIIIe siècle : coalitions contre la France révolutionnaire

Type de sujet
Sujet analytique

Notions et mots clés
- Faire la guerre : logique des conflits armés
- Faire la paix : règles présidant à la résolution de ces conflits

Dégager la problématique

- Les guerres européennes de l'époque moderne se caractérisent par l'affirmation du rôle des États. Ce phénomène a été théorisé par Carl von Clausewitz (1780-1831) au début du XIXe siècle.
- La problématique que vous formulerez doit mettre en relation les conflits et les modalités de leur résolution avec cette théorie militaire.

Construire le plan

Chaque conflit étudié en cours ayant sa spécificité, le plus simple est d'adopter un plan chronologique. Cependant, vous devez toujours penser à les analyser à la lumière de la théorie militaire de Clausewitz.

I La guerre de Trente Ans et sa résolution (1618-1648)

- En quoi la guerre de Trente Ans valide-t-elle la théorie de Clausewitz ?
- En quoi la paix de Westphalie constitue-t-elle une rupture historique ?

II Les guerres du XVIIIe siècle et leur résolution

- Dans quelle mesure la guerre de Sept Ans est-elle un cas d'école ?
- Quelle est la spécificité des guerres révolutionnaires ?

LE CORRIGÉ

Les titres et les indications entre crochets ne doivent pas figurer sur la copie.

Introduction

[accroche] « La guerre n'est que la simple continuation de la politique par d'autres moyens », affirme Carl von Clausewitz dans son traité *De la guerre* paru à partir de 1832. Cette idée-force permet d'analyser la guerre à l'époque moderne. **[présentation du sujet]** Aux XVIIe et XVIIIe siècles, l'Europe est le théâtre d'affrontements entre les États qui cherchent à affirmer leur puissance mais instaurent également de nouveaux modes de résolution des conflits. **[problématique]** Dans quelle mesure la théorie de Clausewitz permet-elle de comprendre les guerres et leur résolution en Europe pendant cette période ? **[annonce du plan]** Pour répondre à cette question, nous étudierons d'abord les ressorts de la guerre de Trente Ans et de la paix de Westphalie pour la première moitié du XVIIe siècle **[I]** ; puis la logique de deux conflits du XVIIIe siècle, à savoir la guerre de Sept Ans et les guerres de la France révolutionnaire **[II]**.

I. La guerre de Trente Ans et sa résolution (1618-1648)

1. Des enjeux politiques et religieux

- L'enjeu de la guerre de Trente Ans est **avant tout politique** : la dynastie des Habsbourg de Vienne entend étendre sa domination sur le Saint Empire romain germanique.
- L'enjeu est en même temps **religieux** : les Habsbourg veulent imposer le catholicisme à une Europe divisée entre catholiques et protestants. Cependant, au sein même de leurs territoires, ils font face à des princes protestants comme l'Électeur palatin.

2. Un affrontement interétatique

- Si la guerre de Trente Ans est d'abord un **conflit interne au Saint Empire, elle devient rapidement internationale.** Ainsi, les armées des Habsbourg de Vienne et d'Espagne affrontent le Danemark, la Suède puis la France, qui soutiennent les princes protestants. Selon la terminologie de Clausewitz, le conflit s'apparente à un **duel entre États.**

À NOTER
De 1618 à 1620, l'empereur Ferdinand II réprime la révolte des princes protestants de Bohême, soutenus par les princes protestants allemands.

- Dans cette logique, **le conflit est rythmé par des batailles décisives**. Ainsi, à **Rocroi**, en 1643, l'armée française met en déroute l'infanterie espagnole, réputée invincible. Des négociations de paix débutent dès 1644.

3. Les traités de Westphalie (1648)

- En 1648, les traités de Westphalie mettent **fin à la guerre de Trente Ans**. Ils sont signés par l'empereur du Saint Empire romain germanique, la Suède et la France. Ils aboutissent à une **réorganisation territoriale de l'Europe** aux dépens du Saint Empire.

CONSEIL
Ne détaillez pas les modalités de cette réorganisation, accessoires au regard de la problématique.

- Ils instaurent également de **nouvelles règles internationales** : l'égalité entre les États ; la souveraineté nationale ; l'équilibre international, garant de la paix. Pour préserver l'intégrité de chaque État est adopté le principe de l'unicité de la confession du prince et de ses sujets.

[transition] Par ses enjeux, son déroulement et sa résolution, la guerre de Trente Ans illustre parfaitement les principes de Clausewitz, qui souligne la dimension politique de la guerre et le rôle fondamental des États.

II. Les guerres du XVIIIe siècle et leur résolution

1. La guerre de Sept Ans (1756-1763)

- Les enjeux du conflit sont **politiques et territoriaux** : il s'agit pour la Prusse de combattre l'influence autrichienne dans l'Empire et de conserver la Silésie ; pour la France et l'Angleterre d'étendre leurs empires coloniaux.
- Il s'agit avant tout d'un **affrontement entre les grandes puissances militaires européennes** du XVIIIe siècle : l'Autriche, la France et leurs alliés (Russie, Suède, Espagne, princes allemands), d'une part, la Prusse et l'Angleterre, de l'autre.

À NOTER
Sous le règne de Frédéric II (1740-1786), la Prusse s'affirme comme la principale puissance militaire européenne.

- La guerre de Sept Ans est ponctuée par des **batailles décisives**. Ainsi, en 1757, la bataille de Rossbach remportée par la **Prusse** sur la France marque le recul de la puissance française en Europe après un siècle de domination.
- Les traités de paix signés entre les États belligérants s'inscrivent dans la **logique des traités de Westphalie**, notamment dans la recherche d'un équilibre européen. Par le traité de Paris (1763), la France cède à l'Angleterre de nombreuses possessions coloniales (Canada, Indes). Par le traité de Hubertsbourg (1763), l'Autriche cède définitivement la Silésie à la Prusse qui réussit à faire contrepoids à la puissance autrichienne.

2. Les guerres de la France révolutionnaire

- De 1793 à 1799, **la France révolutionnaire doit** successivement **affronter deux coalitions** des monarchies européennes.
- L'enjeu de ces guerres est **idéologique** : pour les États coalisés contre la France, il s'agit de combattre les principes révolutionnaires. Il est aussi **politique** : ils entendent lutter contre l'impérialisme français en Europe.
- Les guerres donnent l'occasion à la France d'obtenir des **victoires décisives** : ainsi, la bataille de Fleurus (1794) permet de repousser la menace d'une invasion autrichienne et d'ouvrir le chemin des Pays-Bas aux armées révolutionnaires.
- La singularité de ces guerres réside dans l'**importance de la mobilisation nationale** chez les Français (principe populaire de Clausewitz). Par la **levée en masse** (1793) puis le système de la conscription (1798), la guerre devient l'affaire de toute la nation.

MOT CLÉ
La **levée en masse** décrétée par la Convention en 1793 institue un véritable service militaire obligatoire pour sauvegarder l'intégrité du territoire.

Conclusion

[réponse à la problématique] Ainsi, la théorie militaire de Clausewitz permet de comprendre les conflits européens et leur mode de résolution aux XVIIe et XVIIIe siècles. En effet, la guerre de Trente Ans et les traités de Westphalie montrent que la guerre est un moyen pour les États d'atteindre des objectifs politiques. On retrouve cette logique lors de la guerre de Sept Ans. Toutefois, les guerres opposant la France révolutionnaire aux monarchies coalisées soulignent une singularité : au principe politique et militaire prédominant jusqu'au milieu du XVIIIe siècle succède le principe populaire avec la mobilisation de la nation française à la fin du XVIIIe siècle. **[ouverture]** La théorie de Clausewitz reste une grille d'analyse pertinente des conflits jusqu'au milieu du XXe siècle. Elle inspire des stratèges aussi divers que le général allemand Ludendorff, Lénine ou Mao Zedong.

LE SECRET DE FABRICATION
Cette ouverture repose sur une affirmation, et non sur une question ouverte qui risquerait d'être évasive. En faisant le lien entre ce que vous avez développé et la période postérieure, elle montre au correcteur la solidité de vos connaissances.

SUJET 7 | OBJECTIF BAC

ÉTUDE CRITIQUE DE DOCUMENT 2 h

Sécurité collective et limites de la paix

Le texte proposé présente de façon explicite les difficultés de l'ONU à agir en faveur de la paix par la sécurité collective. Vous n'aurez donc pas de difficulté majeure pour le comprendre et l'exploiter à la lumière de vos connaissances.

LE SUJET

Analysez ce document pour souligner les limites de la paix par la sécurité collective depuis les années 1990.

Document **Les Nations unies et la paix**

Au fil du temps, la paix est devenue pour les Nations unies un état précaire à préserver plutôt qu'à rétablir par des méthodes d'action et de présence inédites. Vient un temps, en effet, où les régimes coloniaux disparus, les populations d'un État se trouvent confrontées à elles-mêmes. Commence alors la lutte pour le pouvoir – guerres, guerres intérieures, un peu partout en Afrique, de la Guinée-Bissau au Kenya, en passant par la Côte d'Ivoire, la République centrafricaine, la République démocratique du Congo, etc.

Alerté, le Conseil de sécurité ne peut décider d'une action collective, militaire ou d'une prise de sanctions contre un gouvernement coupable. Tout le monde, dirigeants comme opposition, sont plus ou moins fautifs. Du moins faut-il tenter d'empêcher les affrontements les plus sanglants, bref de s'interposer. D'où le choix naturel, sans besoin d'un grand débat juridique sur la source de ces dispositions, de dépêcher des forces de maintien de la paix qui n'ont pas pour mandat de punir un agresseur, de repousser un envahisseur, mais de préserver entre factions opposées un peu de tranquillité. C'est, on le sait, le développement le plus massif des activités de l'ONU.

Des dizaines d'opérations ont été déployées dans le monde, particulièrement en Afrique, avec des dizaines de milliers d'hommes. D'innombrables problèmes, carences, déficiences, lacunes, excès, etc. les ont accompagnés. [...]

Ici, en République démocratique du Congo, la tension s'affole. Plus de vingt ans que les factions changent de bord. Et que l'on ne dise pas que l'avènement de la Cour pénale internationale clarifie la lecture des responsabilités. Les verdicts surprennent. La lenteur des procédures inquiète. Les chefs de bandes préfèrent se cramponner à leur vie tourmentée plutôt que de courir le risque d'attendre, en prison, indéfiniment un jugement. La paix, qui elle, à juste titre, justifierait cet adjectif passe-partout de « durable », n'est pas pour demain.

Alain Dejammet, « Les Nations unies et la paix »,
Questions internationales n° 100, 2019, La Documentation française © DILA.

Note : Alain Dejammet est un ancien ambassadeur de France aux Nations unies.

LES CLÉS POUR RÉUSSIR

→ *Reportez-vous à la méthode détaillée de l'étude critique de document(s) p. 316.*

Identifier le document

Document

Nature, genre, source
- Article de presse
- Géopolitique
- Revue *Questions internationales*

Auteur
Alain Dejammet (ancien ambassadeur de France aux Nations unies)

Date et contexte, échelle
- 2019, près de 75 ans après la création de l'ONU
- Échelle mondiale

Thèmes
- La définition de la notion de paix
- Les difficultés de l'ONU à préserver la paix

Comprendre la consigne

- La consigne est centrée sur trois mots et expressions clés : « limites », « paix » et « sécurité collective ». Cette dernière correspond au principe selon lequel les États doivent répondre collectivement aux atteintes à la paix.
- Les bornes temporelles du sujet sont explicites : il s'agit d'étudier la période post-guerre froide. L'échelle mondiale est à privilégier.

Dégager la problématique et construire le plan

- Le sujet vous invite à réfléchir de façon nuancée sur les difficultés des Nations unies à agir en faveur de la paix par la sécurité collective.
- La problématique suivante peut vous permettre de répondre à la consigne : Quelles difficultés l'ONU rencontre-t-elle pour mettre en œuvre la sécurité collective depuis les années 1990 ?

I Un nouveau contexte international	Quels nouveaux types de conflits ? Quels défis pour l'action de l'ONU ?
II Les difficultés du maintien de la paix	Quelle réponse onusienne aux conflits ? Quelles difficultés de mise en œuvre ?
III Le bilan de l'action de l'ONU	Quelle est l'efficacité la Cour pénale internationale ? Quel avenir pour la paix ?

LE CORRIGÉ

Les titres et les indications entre crochets ne doivent pas figurer sur la copie.

Introduction

[présentation du document] Le document proposé est un article géopolitique extrait de la revue *Questions internationales* rédigé en 2019 par Alain Dejammet. Cet ancien ambassadeur de France aux Nations unies dresse un bilan mitigé de l'action de l'ONU en faveur de la paix. **[problématique]** Nous étudierons de façon critique ce texte pour répondre à la question suivante : quelles difficultés les Nations unies rencontrent-elles pour mettre en œuvre la sécurité collective depuis les années 1990 ? **[annonce du plan]** Pour ce faire, nous présenterons d'abord le nouveau contexte international de l'après-guerre froide **[I]**, puis les difficultés du maintien de la paix dans les zones de conflits **[II]** ; en dernier lieu, nous réfléchirons aux échecs et aux succès des Nations unies en termes de sécurité collective **[III]**.

I. Un nouveau contexte international depuis les années 1990

1. Des conflits d'un type nouveau

- De 1945 à 1991, durant la guerre froide, dominent les conflits interétatiques. Cependant, dès les années 1960, avec l'accès à l'indépendance de nombreuses colonies, débutent **de nombreuses guerres civiles**, notamment en Afrique (l. 3-7).

- Depuis les années 1990, ces **conflits intraétatiques s'amplifient et se multiplient**. C'est le cas en particulier en République démocratique du Congo qui est le théâtre d'une guerre civile depuis 1997, aggravée par l'ingérence d'États voisins (l. 20-21).

2. De nouveaux défis pour l'ONU

- Pour instaurer la paix dans ces zones de conflits, l'ONU ne peut agir contre des gouvernements clairement identifiés tant **les responsabilités sont partagées entre des acteurs multiples**, au pouvoir ou dans l'opposition (l. 8-10). Ainsi, lors de la guerre civile en République centrafricaine de 2003 à 2013, le président Bozizé tout comme les milices rebelles se rendent coupables de nombreuses exactions.

LE SECRET DE FABRICATION

En développant un exemple simplement évoqué par le document (ici, celui de la République centrafricaine), vous valorisez votre copie : en effet, vous explicitez les propos de l'auteur tout en montrant au correcteur la solidité de vos connaissances.

- L'autre difficulté pour l'ONU est la grande **volatilité des situations politiques** (l. 20-21) : le soutien d'hier devient l'adversaire de demain. Ainsi, **Laurent Gbagbo**, président de la Côte d'Ivoire de 2000 à 2010 est d'abord un interlocuteur des Nations unies avant d'en devenir un adversaire.

À NOTER

En 2011, Laurent Gbagbo est inculpé par la Cour pénale internationale pour crimes contre l'humanité.

II. Les difficultés du maintien de la paix

1. Les objectifs et les moyens des Nations unies

- Comme le rappelle l'auteur aux lignes 10 à 12, l'objectif principal des Nations unies est de **s'interposer entre les protagonistes d'un conflit interne**. Il ne s'agit donc plus d'agir contre un État qui aurait violé la souveraineté de ses voisins.
- Pour y parvenir, **le Conseil de sécurité envoie des Casques bleus dans le cadre de missions de maintien de la paix,** en particulier sur le continent africain (l. 12-16).

2. Des missions à risques

- Les Casques bleus sont souvent la **cible d'attaques** qui les poussent à riposter et à remettre en cause un cessez-le-feu, comme au Liban. Leurs adversaires, comme le Hezbollah, ont alors beau jeu de critiquer leur « partialité ».
- Dans d'autres situations, ils doivent **rester à l'écart des affrontements** pour ne pas envenimer une situation explosive, d'où le **reproche de passivité** qu'on peut leur formuler. On peut penser à l'impuissance de la Mission des Nations unies au Rwanda (MINUAR) face au génocide des Tutsi par les Hutu en 1994.
- Parfois même, les soldats missionnés pour maintenir la paix se rendent complices ou **coupables d'excès** voire d'**exactions** (l. 18-19). Ainsi, l'opération Turquoise lancée par la France au Rwanda en 1994 avec l'aval de l'ONU a été l'objet de vives critiques en raison du soutien français aux génocidaires.

III. Échecs et succès de la sécurité collective

1. Une paix impossible ?

CONSEIL

L'usage du conditionnel vous permet par la suite de nuancer le point de vue, forcément subjectif, de l'auteur.

- Selon Alain Dejammet, **les Nations unies ont échoué à rétablir la paix** ; leurs actions se limitent à éviter que les conflits ne dégénèrent (1re phrase). Son verdict est sans appel : « La paix [...] "durable" (l. 25-27) n'est pas pour demain ». En d'autres termes, l'ONU **aurait failli** à sa mission première.
- Dans cette perspective, il pointe les **limites du fonctionnement du Conseil de sécurité**, qui agit constamment dans l'urgence.
- De même, il souligne les **faiblesses de la Cour pénale internationale** mise en place à partir de 2002, en particulier la clémence de certains verdicts et la lenteur des procédures : autant d'éléments peu dissuasifs pour les criminels (l. 21-25). Ainsi, l'ancien président soudanais, Omar el-Béchir visé par un mandat d'arrêt international en 2009 pour crimes contre l'humanité, se déplace en toute liberté.

2. De réels succès

- **L'ONU a évité le déclenchement d'une troisième guerre mondiale.** C'est à la fois le résultat des négociations encadrées par les Nations unies et des nombreuses opérations de maintien de la paix dans le monde (85 depuis 1948).
- À l'échelle nationale, **l'action de l'ONU a évité l'extension de certains conflits.** Ainsi, la MONUSCO (Mission de l'organisation des Nations unies pour la stabilisation en République démocratique du Congo) lancée en 2010 a évité la désintégration du territoire de cet État et le massacre de nombreux civils.

LE SECRET DE FABRICATION

Cette dernière sous-partie donne une dimension critique à votre devoir. Il ne s'agit pas seulement d'expliciter les propos de l'auteur mais également de confronter son point de vue aux faits historiques. En adoptant ce recul, vous valorisez votre copie.

Conclusion

[réponse à la problématique] À partir des années 1990, les Nations unies agissent dans un nouveau contexte international pour mettre en œuvre la sécurité collective. Avec la fin de la guerre froide et les dernières indépendances, elles sont confrontées à des défis inédits, en particulier la multiplicité des protagonistes des conflits et la grande volatilité des situations. C'est pourquoi l'ONU multiplie l'envoi de Casques bleus en mission d'interposition, ce qui les place souvent dans des situations complexes. Cependant, le bilan des Nations unies ne peut se résumer à un échec au regard d'une « paix durable » ; de nombreux succès sont à mettre à son actif. **[ouverture]** Toutefois, dans un monde de plus en plus multipolaire, le géopoliticien Pascal Boniface estime que l'on assiste aujourd'hui à une « crise du multilatéralisme » qu'est censée incarner l'ONU.

Thème 2

4 Le Moyen-Orient : conflits régionaux et tentatives de paix

Pendant la première guerre du Golfe (1991), les images diffusées par les médias américains comme CNN font de l'opération *Tempête du désert* un grand spectacle. Elles véhiculent l'idée d'une « guerre propre » permise par des « frappes chirurgicales » de la coalition.

TESTEZ-VOUS

→ CORRIGÉS P. 318-319

Faites le point sur vos connaissances, puis établissez votre **parcours de révision** en fonction de votre score.

1 Guerres et paix au Moyen-Orient (de 1945 à nos jours)

→ FICHE 15

1. Quels sont les peuples sans État au Moyen-Orient ?

☐ **a.** Les Juifs

☐ **b.** Les Palestiniens

☐ **c.** Les Kurdes

2. Vrai ou faux ? Cochez la case qui convient.

	V	F
a. La Mecque abrite les lieux saints des trois religions monothéistes.	☐	☐
b. Dans les années 1980, la Syrie et l'Irak sont des puissances régionales au Moyen-Orient.	☐	☐
c. Le traité de paix signé entre l'Égypte et Israël en 1979 est le seul signé au Moyen-Orient.	☐	☐

3. Complétez le texte avec les mots qui conviennent.

Le conflit syrien se joue à différentes .... Il se caractérise par une multiplicité d'................ . À l'échelle locale, les forces du régime de .... combattent notamment celles de l'État .... À l'échelle régionale, des puissances comme l'................ et l'................ s'affrontent par acteurs interposés. À l'échelle mondiale, de grandes puissances comme les .... et la .... participent au conflit.

.../3

2 Les tentatives de paix dans les conflits israélo-arabe et israélo-palestinien

→ FICHE 16

1. Quel est le principal enjeu des conflits israélo-arabes ?

☐ **a.** Le droit du peuple palestinien à fonder un État en Palestine

☐ **b.** Le contrôle des ressources pétrolières

☐ **c.** La reconnaissance de l'existence d'un État hébreu en Palestine

2. Vrai ou faux ? Cochez la case qui convient.

	V	F
a. La première guerre israélo-arabe se déroule en 1967.	☐	☐
b. L'OLP est une organisation nationaliste.	☐	☐
c. Les accords d'Oslo sont cosignés par Yasser Arafat et Yitzhak Rabin.	☐	☐

3. Associez chaque événement à sa date.

a. Pourparlers de Camp David •	• 1948
b. Proclamation de l'État d'Israël •	• 1964
c. Début de la seconde intifada •	• 1978
d. Création de l'OLP •	• 2000

4. Complétez le texte avec les mots qui conviennent.

La guerre des Six-Jours se déroule en.................. Elle oppose Israël aux États arabes voisins (................. , ... et.................). Elle permet à l'État hébreu de conquérir de nombreux territoires : .... , ..., ... et .... Cette occupation militaire est condamnée par la résolution................. de................. .

.../4

3 Les deux guerres du Golfe (1991 et 2003) et leurs prolongements

→ FICHE 17

1. Quel pourcentage des réserves mondiales de pétrole l'Irak aurait-il contrôlé s'il avait annexé le Koweït en 1990 ?

☐ a. 20 % ☐ b. 30 % ☐ c. 40 %

2. L'opération *Tempête du désert* est...

☐ a. unilatérale. ☐ b. multilatérale. ☐ c. diplomatique.

3. Vrai ou faux ? Cochez la case qui convient.

	V	F
a. La première guerre du Golfe s'achève par un traité de paix.	☐	☐
b. Saddam Hussein évoque « un nouvel ordre mondial » en 1991.	☐	☐
c. Les soldats américains évacuent l'Irak en 2011.	☐	☐

4. Reliez chaque événement à sa date.

a. Création de l'État islamique •	• 1980
b. Début de la guerre Irak-Iran •	• 1991
c. Première guerre du Golfe •	• 2003
d. Invasion de l'Irak par l'armée américaine •	• 2014

.../5

Score total .../11

Parcours PAS À PAS ou EXPRESS ? → MODE D'EMPLOI P. 3

15 Guerres et paix au Moyen-Orient (de 1945 à nos jours)

En bref *Depuis la fin de la Seconde Guerre mondiale, le Moyen-Orient est devenu le principal foyer de conflits dans le monde.*

I Des guerres aux multiples enjeux

1 Des enjeux économiques

- Le Moyen-Orient détient les plus grandes **réserves d'hydrocarbures** au monde. C'est une région vitale pour les **pays industrialisés**.

CHIFFRES CLÉS
Actuellement, le Moyen-Orient possède **50 % des réserves de pétrole** et **40 % des réserves de gaz** mondiales.

- La région est un lieu de passage incontournable pour le **trafic maritime mondial** (pétrole). Le détroit d'Ormuz en est un point stratégique.
- La compétition entre États pour l'**accès à l'eau** est source de vives tensions (partage des eaux de l'Euphrate entre la Turquie, la Syrie et l'Irak).

2 Des enjeux politiques

- À l'**échelle mondiale** : la rivalité américano-soviétique pendant la guerre froide ; l'instauration d'un « nouvel ordre mondial » par les États-Unis dans les années 1990 ; la lutte contre le terrorisme depuis 2001.
- À l'**échelle régionale** : la reconnaissance de l'État d'Israël par les pays arabes → FICHE 16 ; l'alliance avec les États-Unis (Arabie saoudite) ou leur rejet (Iran).
- À l'**échelle nationale** : le droit des peuples sans État (Palestiniens en Israël, Kurdes en Turquie et en Syrie) ; la démocratisation de régimes autoritaires revendiquée lors des printemps arabes de 2011.

3 Des enjeux culturels et idéologiques

- La présence des **lieux saints des trois religions monothéistes** (islam, christianisme, judaïsme) fait de villes comme Jérusalem ou La Mecque des lieux à forte charge symbolique et des théâtres de tensions religieuses.
- L'influence des **idéologies** (sionisme, nationalisme arabe, islamisme) est source de conflits à différentes échelles.

II Des acteurs étatiques et non étatiques

- Les **grandes puissances** (États-Unis, URSS puis Russie) font de la région un des théâtres de leur affrontement par **États interposés**.
- Les **puissances régionales** cherchent à imposer leur **hégémonie** : l'Égypte jusqu'en 1970 ; la Syrie et l'Irak dans les années 1980 ; l'Arabie saoudite et l'Iran actuellement.
- L'**ONU** a multiplié les opérations de maintien de la paix depuis 1948.

■ Les **organisations terroristes transnationales** (Al-Qaida, EI) mènent des **guerres irrégulières** qui déstabilisent les stratégies des États. Les **combattants irréguliers**, membres de milices (Hezbollah au Liban) ou de mouvements nationalistes (Hamas à Gaza, Kurdes), agissent en relayant souvent les **stratégies des États** (Iran pour le Hezbollah, Occidentaux pour les Kurdes).

III Différents modes de résolution

1 | Traités et processus de paix

■ Deux traités de paix entre États ont été signés sous l'impulsion des États-Unis : **entre l'Égypte et Israël en 1979** ; **entre Israël et la Jordanie en 1994**.

■ La **Déclaration de principes d'Oslo**, signée en 1993 entre Israël et l'Organisation de libération de la Palestine (OLP) sous l'égide des États-Unis, est censée amorcer un processus de paix, encore inachevé faute de traité de paix.

2 | Cessez-le-feu et conflits latents

■ Des cessez-le-feu imposés par l'ONU ont mis fin à certains conflits comme la **guerre Iran-Irak** (1980-1988) ou la **première guerre du Golfe** (1991) → FICHE 17.

■ Des conflits internes sont en attente de résolution : le **conflit syrien** (depuis 2011) où s'affrontent puissances mondiales et régionales ; le **conflit au Yémen** (depuis 2013) devenu l'arrière-cour des puissances saoudienne et iranienne.

zoOm

La guerre civile en Syrie : fronts et parrains de la guerre

■ Le conflit syrien se joue à **différentes échelles** : mondiale, régionale, nationale et même locale. Il se caractérise par l'intervention d'une **multiplicité d'acteurs**, ce qui explique l'enlisement de la guerre.

■ Si l'État islamique s'est effondré en 2019, les combats se poursuivent entre les autres protagonistes.

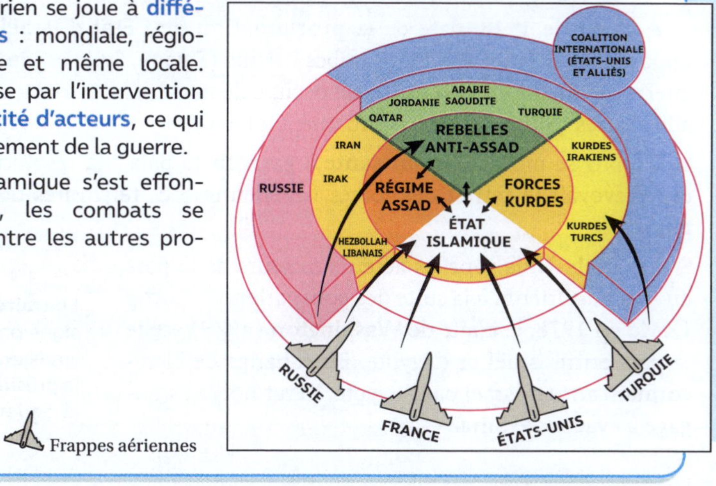

16 Les tentatives de paix au Proche-Orient

En bref *De 1948 à 1987, le Proche-Orient est secoué par des guerres à répétition opposant l'État d'Israël à ses voisins arabes. Si ces conflits ont été en partie résolus, celui entre l'État hébreu et les Palestiniens demeure entier.*

I Les enjeux des conflits

1 Les conflits israélo-arabes

L'enjeu principal est la **reconnaissance de l'existence d'un État hébreu** en Palestine par les États arabes. Le **sionisme** s'oppose ainsi au **nationalisme arabe**, qui entend unir tous les Arabes contre l'« ennemi sioniste ».

2 Le conflit israélo-palestinien

- L'enjeu majeur est le droit du peuple palestinien à fonder un **État en Palestine**.
- La question de l'**accès aux sanctuaires de Jérusalem-Est** nourrit les tensions intercommunautaires entre juifs, musulmans et chrétiens.
- Enfin, se pose le **problème de l'accès à l'eau** : Israël impose aux Palestiniens une tutelle hydraulique qui les prive d'une grande partie de leurs ressources.

II Les tentatives de résolution (1948-1995)

1 La résolution des conflits israélo-arabes (1948-1979)

- À partir de 1948, date de la **proclamation de l'État d'Israël**, quatre conflits opposent ce dernier aux États arabes voisins (Égypte, Syrie et Jordanie). Lors de la guerre des Six Jours (1967), Israël occupe de nombreux territoires conquis sur ses adversaires (Sinaï, Gaza, Cisjordanie, Golan).
- L'ONU se montre **impuissante** à garantir la paix : la résolution 242 (1967), qui prévoyait le retrait des forces israéliennes des territoires occupés, n'est pas appliquée.
- Les **États-Unis** sont les acteurs majeurs de la paix au Proche-Orient : à la suite des pourparlers de **Camp David** en 1978, le **traité de Washington** (1979) scelle la paix entre Israël et l'Égypte. En échange de la reconnaissance d'Israël par l'Égypte, l'État hébreu s'engage à évacuer le Sinaï.

> **À NOTER**
> Le **traité de Washington** est signé par le Premier ministre israélien Menahem Begin et le président égyptien Anouar el-Sadate.

2 De la guerre à la paix israélo-palestinienne (1964-1995)

- À partir de 1964, un **conflit asymétrique** oppose les combattants de l'Organisation de libération de la Palestine (OLP) à l'armée israélienne. Organisés en commandos sous l'autorité de **Yasser Arafat**, agissant à partir de la Jordanie puis du Liban, ceux-ci privilégient la guérilla et le terrorisme.
- À partir de 1987, lors de la **première intifada**, les civils palestiniens des territoires occupés se soulèvent à leur tour contre l'armée israélienne.
- Dès 1988, Yasser Arafat opte pour la **voie diplomatique**. Ses efforts, soutenus par les États-Unis, aboutissent à la signature des **accords d'Oslo** en 1993 et en 1995 : outre la reconnaissance mutuelle d'Israël et de l'OLP, ils prévoient l'autonomie des territoires occupés, confiés à une **Autorité palestinienne**.
- En 1994, les États-Unis poussent la Jordanie à signer un **traité de paix** avec Israël.

III Un processus de paix en panne (depuis 1995)

- Dès 1993, les accords d'Oslo sont rejetés par le **Hamas** palestinien, rival de l'OLP, et la droite israélienne. En 1995, l'**assassinat du Premier ministre israélien Yitzhak Rabin**, signataire des accords, fragilise le processus de paix.
- La **relance de la colonisation israélienne** en Cisjordanie réduit comme peau de chagrin les territoires confiés à l'Autorité palestinienne.
- Depuis 2000, la **seconde intifada** et la **répression militaire israélienne** enclenchent l'engrenage de la violence. À partir de 2007, le **blocus israélien** imposé à Gaza dans une relative indifférence internationale laisse les Palestiniens seuls face à l'armée israélienne.

> **MOT CLÉ**
> Le Hamas, fondé en 1987, est un **mouvement islamiste palestinien** très influent à Gaza.

zoOm

La première intifada (1987-1993)

- La première intifada oppose de jeunes Palestiniens aux soldats de l'armée israélienne présents dans les territoires occupés (Gaza et Cisjordanie).
- Il s'agit d'un **conflit asymétrique** : aux jets de pierres répondent des tirs à balles réelles et, parfois, à l'arme lourde.

17 Les deux guerres du Golfe et leurs prolongements

En bref *À deux reprises, les États-Unis et leurs alliés entrent en guerre contre l'Irak dirigé par Saddam Hussein. Si la première guerre du Golfe est avalisée par l'ONU, la seconde est engagée unilatéralement par les États-Unis.*

I La première guerre du Golfe (1991) : une guerre interétatique ?

1 Des enjeux de puissances

- Pour financer la guerre contre l'Iran (1980-1988), l'Irak s'est fortement **endetté** auprès du Koweït qui refuse d'effacer sa dette. Son **annexion** permettrait de régler ce contentieux, tout en contrôlant **20 % des réserves mondiales de pétrole**.
- Les **États-Unis** veulent profiter du déclin de l'Union soviétique pour affirmer leur **leadership mondial** tout en sécurisant leur approvisionnement en **pétrole**.

2 Une guerre éclair

- En août 1990, **l'Irak envahit le Koweït**. Aussitôt, l'ONU exige le retrait des forces irakiennes. Fin août, le Koweït est annexé.
- En novembre, l'ONU autorise l'emploi de la force en fixant un **ultimatum** pour janvier 1991. Saddam Hussein le rejette.
- En janvier-février 1991, une **coalition internationale de 34 États**, commandée par les États-Unis, lance l'**opération *Tempête du désert*** pour libérer le Koweït. En face, l'armée irakienne, dépourvue d'alliés et mal équipée, est rapidement battue.

3 Une résolution imparfaite

- En mars 1991, Saddam Hussein doit signer le **cessez-le-feu** imposé par le **Conseil de sécurité** de l'ONU. Celui-ci prévoit notamment la destruction des missiles et des arsenaux chimiques et biologiques irakiens.
- Les **États-Unis** sont les grands **vainqueurs** de ce conflit, assumant le rôle de garants d'un « **nouvel ordre mondial** ».
- Cependant, dès 1991, Saddam Hussein **réprime férocement** le soulèvement des chiites du Sud du pays et des Kurdes du Nord, ce qui conduit à l'instauration d'une zone d'exclusion aérienne au Nord et au Sud.

DATE CLÉ
Lors de son **discours au Congrès du 6 mars 1991**, le président des États-Unis George H. W. Bush évoque un nouvel ordre mondial fondé sur la liberté et les Droits de l'homme.

II La seconde guerre du Golfe (2003) : un conflit asymétrique

1 Une guerre au service des intérêts américains

- Depuis 1991, l'Irak freine le travail des experts internationaux qui inspectent ses **sites militaires et nucléaires**.
- Selon **George W. Bush**, l'Irak fait partie des « États voyous » qui soutiennent le terrorisme en fabriquant des armes de destruction massive. Malgré **l'opposition du Conseil de sécurité de l'ONU**, les États-Unis et certains de leurs alliés de l'OTAN envahissent l'Irak en mars 2003.
- Dès le mois de mai, l'armée irakienne est battue et **Saddam Hussein chassé du pouvoir**. Pour le président Bush, la guerre est finie.

2 Vers la guerre civile

- L'éviction de Saddam Hussein et la démobilisation de l'armée irakienne plongent le pays dans une guerre civile où s'affrontent **chiites, sunnites et Kurdes**. Elles favorisent l'ingérence des **puissances régionales**, comme l'Iran qui soutient les chiites irakiens, et l'action des **organisations terroristes** comme Al-Qaida.
- Les soldats américains **évacuent l'Irak** en 2011, en plein chaos. En 2014, l'État islamique s'y implante et proclame le **califat universel**. En 2019, son effondrement favorise encore davantage l'ingérence de l'Iran.

zoOm

Les Kurdes au Moyen-Orient

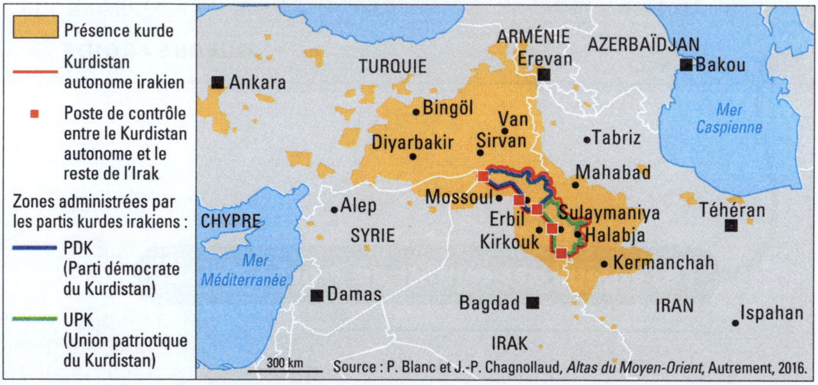

Source : P. Blanc et J.-P. Chagnollaud, *Altas du Moyen-Orient*, Autrement, 2016.

- Combattus par la Turquie, les Kurdes sont **persécutés** en Irak et ne sont reconnus dans leur identité ni en Syrie ni en Iran.
- Cependant, forts de l'appui des États-Unis, ils bénéficient depuis 2005 d'un **territoire autonome** : le Kurdistan irakien.

LE MOYEN-ORIENT : CONFLITS RÉGIONAUX ET TENTATIVES DE PA

Les enjeux des conflits dans le golfe Persique

- L'approvisionnement en pétrole
- La sécurité d'un lieu de passage stratégique
- Un « nouvel ordre mondial » (années 1990)
- La « guerre contre le terrorisme » (depuis 2001)

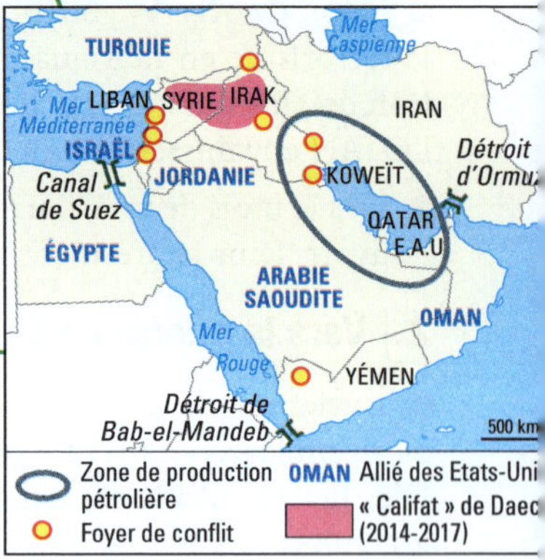

Création de l'État d'Israël **1948**

Création de l'OLP **1964**

Traité de Washington **1979**

1949 — **1re guerre israélo-arabe**

1967 — **Guerre des Six Jours**

1973 — **Guerre du Kippour**

1980 — **Guer**

GUERRE FROIDE

Les enjeux des conflits au Proche-Orient

- La reconnaissance de l'État d'Israël
- Le droit à un État palestinien
- Le statut de Jérusalem
- Les idéologies

Le Moyen-Orient : une paix impossible ?

Des acteurs multiples

- Les armées régulières (États-Unis, Irak)
- Les sociétés militaires privées
- Les combattants irréguliers : rebelles irakiens
- Les organisations terroristes : Al-Qaida, État islamique

'emière intifada 1987

Traité de paix Israël/Jordanie Accords d'Oslo 1993-1994

Seconde intifada 2000

Création de l'État islamique 2014

1988 | 1991 | 2003 | 2011

ın-Irak

1re guerre du Golfe

2de guerre du Golfe

NOUVEL ORDRE MONDIAL

Une paix inachevée

- Pas de paix entre Israël d'une part, et le Liban et la Syrie d'autre part
- Processus de paix israélo-palestinien en panne

SUJET 8 | OBJECTIF BAC

DISSERTATION 2 h Moyen-Orient : une paix impossible ?

En vous appuyant sur vos connaissances du cours et votre réflexion personnelle, vous pourrez mettre en valeur vos qualités d'analyse et de synthèse pour expliquer le fait que la paix au Moyen-Orient semble impossible.

LE SUJET

Moyen-Orient : une paix impossible ?

LES CLÉS POUR RÉUSSIR

→ Reportez-vous à la méthode détaillée de la dissertation p. 314.

Analyser le sujet

Moyen-Orient : une paix impossible ?

Formulation
- Formule interrogative
- Pas de bornes chronologiques explicites

Bornes chronologiques et spatiales
- Implicitement : de 1945 à nos jours
- Le Moyen-Orient (au sens large)

Type de sujet
Sujet analytique

Notions et mots clés
- Paix : état durable de non-guerre
- Impossible : irréalisable

Dégager la problématique

Depuis 1945, le Moyen-Orient est le théâtre de guerres à répétition. Seuls deux traités de paix y ont été signés.

On peut donc se demander pour quelles raisons cette région est conflictuelle de façon chronique. Le sujet étant déjà problématisé, vous pouvez en reprendre la formulation telle quelle en guise de problématique.

Construire le plan

Pour mettre en évidence les raisons de la conflictualité quasi-permanente de cette région, un plan thématique est le plus adapté.

I Les faiblesses des États

- Comment se manifeste l'absence de cohésion nationale ?
- Comment l'autorité des États est-elle bafouée par d'autres acteurs ?

II Les ingérences extérieures

- Comment les puissances extérieures interviennent-elles dans les conflits de la région ?
- Comment les puissances régionales s'ingèrent-elles dans ces conflits ?

LE CORRIGÉ

Les titres et les indications entre crochets ne doivent pas figurer sur la copie.

Introduction

[accroche] En 2019, dans la revue *Questions internationales*, le géopoliticien Jean-Paul Chagnollaud constate : « Depuis des décennies, des conflits de toutes sortes ne cessent de défigurer le Moyen-Orient. Aucun n'a été réglé même s'il ne faut pas oublier l'importance des traités de paix signés entre Israël et deux États arabes. » **[présentation du sujet]** En effet, depuis 1945, le Moyen-Orient est le théâtre de guerres interétatiques et de guerres civiles amplifiées par des interventions extérieures : la région est ainsi devenue l'épicentre de l'« arc de crises ». **[problématique]** Dans cette perspective, nous nous attacherons à répondre à la question suivante : pourquoi la paix au Moyen-Orient semble-t-elle impossible ? **[annonce du plan]** Pour ce faire, nous soulignerons d'abord les profondes faiblesses des États de la région **[I]** puis les effets sur leur stabilité des ingérences extérieures **[II]**.

I. Les faiblesses des États du Moyen-Orient

1. L'absence de cohésion nationale

- Mis à part l'Arabie saoudite et les pays du Golfe, les États du Moyen-Orient, dont les frontières ont été tracées par la France et le Royaume-Uni en **1920**, ont une faible cohésion nationale. **Différentes communautés culturelles et religieuses coexistent sur des territoires créés de toutes pièces.**

> **À NOTER**
> Par le traité de Sèvres (1920), la France et le Royaume-Uni se voient confier l'administration des provinces arabes issues du démantèlement de l'Empire ottoman.

▸ Dans ces États, la **logique communautaire** l'emporte bien souvent sur la logique de l'État-nation. Ainsi, le système politique libanais repose sur le confessionnalisme, c'est-à-dire une répartition du pouvoir proportionnelle au poids de chaque communauté religieuse (chrétiens maronites, musulmans chiites ou sunnites, druzes). La guerre civile qui a ensanglanté le pays de 1975 à 1990 a opposé ces communautés.

▸ Dans d'autres États, **une communauté minoritaire impose son pouvoir** au reste de la population. C'est le cas de la Syrie, à majorité sunnite, dirigée par la minorité alaouite (chiite) du clan El-Assad. Depuis 2011, cette minorité réprime férocement un soulèvement populaire.

▸ Enfin, certains **États fondés sur des idéologies nationalistes** comme la Turquie et Israël refusent de reconnaître les droits de leurs minorités (Kurdes pour la première, Palestiniens pour le second).

2. L'autorité bafouée des États

▸ Dans les États touchés par une guerre civile, on assiste à une **« privatisation de la violence »** (Jean-Pierre Chagnollaud). En effet, lorsqu'un État, qui a le monopole de la violence (arbitraire) s'effondre, d'autres acteurs non étatiques l'exercent à sa place. C'est le cas au Liban, en Syrie et en Irak.

LE SECRET DE FABRICATION

Vous pouvez commencer une sous-partie en développant une notion générale, ici la privatisation de la violence. Rappelez-en l'auteur pour justifier votre propos. Cela vous permet par la suite de présenter des exemples.

▸ Ainsi, des **milices armées**, souvent liées à des communautés religieuses et culturelles, imposent leur loi, comme le Hezbollah chiite au Liban.

▸ Des **mouvements nationalistes** participent également à cette privatisation de la violence. Les Kurdes combattent ainsi en Irak, en Syrie et en Turquie pour défendre leur **autonomie.**

À NOTER

Depuis 2005, la Constitution fédérale irakienne reconnaît l'autonomie du Kurdistan.

▸ Enfin, les **organisations terroristes** profitent de l'effondrement des États pour s'implanter et agir au Moyen-Orient. Ainsi, de 2014 à 2017, l'organisation État islamique s'est taillé un immense territoire à cheval sur la Syrie et l'Irak.

II. Les ingérences extérieures

1. L'intervention des grandes puissances

▸ À partir de 1945, les **États-Unis** interviennent régulièrement au Moyen-Orient. Il s'agit pour eux de sécuriser leur approvisionnement en pétrole, de garantir la libre circulation maritime dans la région, de soutenir leur allié israélien et, à partir de 2001, de lutter contre le terrorisme.

LE SECRET DE FABRICATION

Pour donner de la consistance à votre dissertation, il est utile d'aller au-delà de la simple description ou narration. Ainsi, en présentant les enjeux des interventions américaines, vous adoptez une démarche analytique qui sera valorisée dans l'évaluation de votre copie.

- Ainsi, lors de la **première guerre du Golfe**, ils interviennent en réaction à l'invasion du Koweït par l'Irak en 1990. Avec l'aval de l'ONU, ils mettent sur pied une coalition internationale qui, en février 1991, contraint l'Irak à demander un cessez-le-feu. Ce conflit ruine l'Irak et appauvrit sa population, soumise à un **embargo** de douze ans.

MOT CLÉ
Un **embargo** est une mesure prise à l'encontre d'un pays, interdisant l'exportation de certains produits vers celui-ci.

- En 2003, lors de la **seconde guerre du Golfe**, les États-Unis envahissent l'Irak au nom de « la guerre contre le terrorisme », cette fois sans mandat de l'ONU. Cette intervention est prolongée par huit années d'occupation militaire et d'administration américaine. Elle entraîne l'effondrement de l'État irakien, le démantèlement de son armée et le réveil d'antagonismes religieux entre chiites et sunnites.
- Cependant, à partir de 2015, **la Russie s'est affirmée comme une grande puissance** en intervenant en Syrie aux côtés du régime de Bachar El-Assad, alimentant la guerre civile dans ce pays.

2. L'ingérence des puissances régionales

- L'ingérence des puissances régionales, soucieuses de défendre leurs intérêts et leur influence, contribue à **amplifier les conflits** et en **accroître la complexité.**
- Jusqu'à la fin du XXe siècle, les puissances régionales interviennent dans deux types de conflits : les **conflits israélo-arabes** et les **conflits déclenchés par l'Irak.** Ainsi, lors des différentes guerres israélo-arabes, l'État hébreu affronte une coalition d'États arabes.
- Lors de la première guerre du Golfe, qui oppose d'abord l'Irak au Koweït, **de nombreux États de la région participent à la coalition internationale** réunie par les États-Unis (Égypte, Syrie, Arabie saoudite, Émirats arabes unis).
- Depuis le début du XXIe siècle, **deux puissances régionales** s'opposent en intervenant dans de multiples conflits : l'**Arabie saoudite** et l'**Iran.** En **Syrie**, en proie à la guerre civile depuis 2011, l'Iran soutient le régime de Bachar El-Assad tandis que l'Arabie saoudite prend parti pour les rebelles. Au **Yémen**, l'Arabie saoudite, à la tête d'une coalition d'États arabes, soutient le gouvernement tandis que l'Iran aide les rebelles houtistes.

CONSEIL
Lorsque vous donnez des exemples, limitez-vous à l'essentiel pour éviter de diluer votre démonstration dans des détails.

Conclusion

[réponse à la problématique] En somme, aux yeux de divers observateurs, la paix au Moyen-Orient semble chose impossible. En effet, l'absence de cohésion nationale de nombreux États et la privatisation de la violence accentuent une logique communautaire. Par ailleurs, l'ingérence répétée des États-Unis et des puissances régionales contribue à amplifier, complexifier et faire durer certains conflits. **[ouverture]** Cependant, des solutions diplomatiques proposées par les Nations unies laissent entrevoir des possibilités de sortie de conflit comme au Yémen à propos duquel des pourparlers de paix ont été entamés en décembre 2018.

SUJET 9 | OBJECTIF BAC

ÉTUDE CRITIQUE DE DOCUMENT 2 h

Les guerres au Moyen-Orient

Ce sujet vous permettra, à partir d'un document explicite, de mobiliser vos connaissances des conflits au Moyen-Orient. Vous penserez à porter un regard critique sur le document.

LE SUJET

D'après le document proposé, vous montrerez la diversité des conflits au Moyen-Orient depuis 1948.

Document Les grands conflits au Moyen-Orient depuis 1948

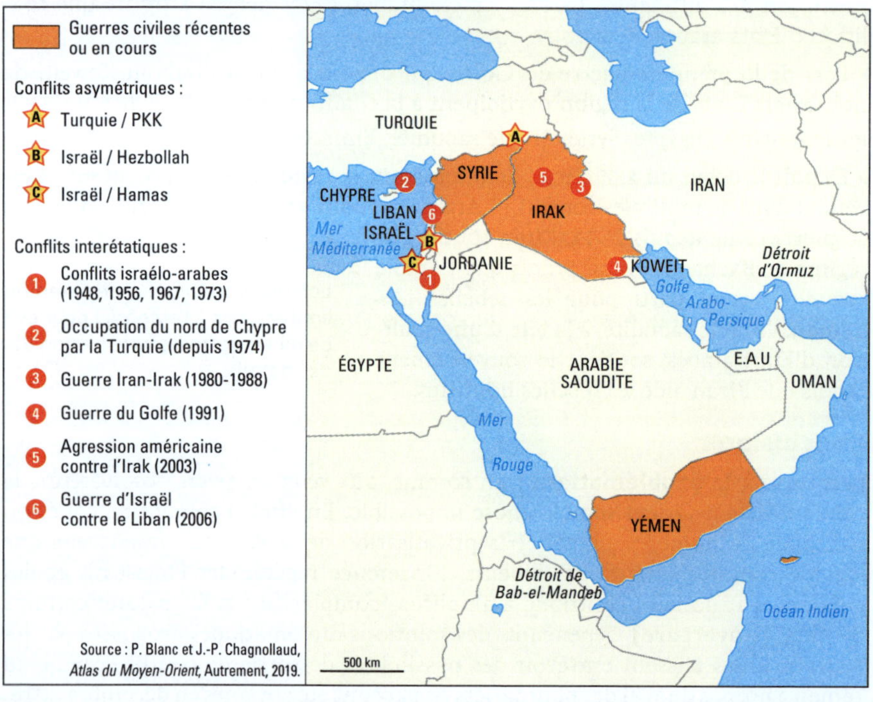

Source : P. Blanc et J.-P. Chagnollaud, *Atlas du Moyen-Orient*, Autrement, 2019.

LES CLÉS POUR RÉUSSIR

→ *Reportez-vous à la méthode détaillée de l'étude critique de document, p. 316.*

Identifier le document

Nature, genre, source
- Carte thématique géopolitique
- *Atlas du Moyen-Orient*

Auteurs
Pierre Blanc et Jean-Paul Chagnollaud

Document

Date et contexte
2019 : pendant les guerres civiles (Irak, Syrie, Yémen)

Thème
Les différents types de conflits au Moyen-Orient depuis 1948

Comprendre la consigne

- Depuis 1948, année de la fondation de l'État d'Israël, le Moyen-Orient est un foyer majeur de conflits.
- La légende de la carte vous en propose une typologie. Celle-ci est un des éléments de la diversité des conflits. Vos connaissances doivent vous permettre d'en trouver d'autres.

Dégager la problématique et construire le plan

- Depuis 1948, les conflits au Moyen-Orient sont à la fois nombreux, de différents types et fondés sur des enjeux qui s'enchevêtrent. Il s'agit pour vous d'en souligner la diversité tout en brossant un tableau d'ensemble.
- La problématique de votre étude peut être ainsi formulée : Qu'est-ce qui fait la diversité des conflits au Moyen-Orient depuis 1948 ?

I De multiples enjeux
- Quels sont les différents enjeux des conflits ?
- À quelles échelles se déroulent ces conflits ?

II Des acteurs divers
- Quels sont les acteurs étatiques et non étatiques de ces conflits ?
- Comment interviennent-ils dans les conflits ?

III Différents modes de résolution
- Quels conflits ont été résolus ?
- Quels conflits sont en attente de résolution ?

LE CORRIGÉ

Les titres et les indications entre crochets ne doivent pas figurer sur la copie.

Introduction

[accroche] Le document proposé est une carte thématique géopolitique extraite de l'*Atlas du Moyen-Orient* réalisé par les géographes Pierre Blanc et Jean-Paul Chagnollaud en 2019 durant les guerres civiles en Syrie, en Irak et au Yémen. À l'échelle régionale, il localise les différents types de conflits au Moyen-Orient depuis 1948, année de la création de l'État d'Israël. **[problématique]** Nous analyserons ce document pour montrer ce qui fait la diversité des conflits dans cette région du monde. **[annonce du plan]** Aussi présenterons-nous d'abord les différents enjeux des conflits **[I]** puis les acteurs, étatiques et non étatiques qui y participent **[II]** ; enfin, nous aborderons les modes de résolution de ces conflits **[III]**.

I. Des conflits aux multiples enjeux

1. Des enjeux économiques

- Le Moyen-Orient détient **50 % des réserves de pétrole** et **40 % des réserves de gaz** mondiales. Le contrôle de ces ressources en hydrocarbures a été l'enjeu majeur de la première guerre du Golfe en 1991 (**numéro 4 sur la carte**) : en effet, les États-Unis ne peuvent accepter qu'à la suite de l'annexion du Koweït par l'Irak, ce dernier contrôle à lui seul 20 % des réserves mondiales de pétrole.

> **CONSEIL**
> Pour justifier votre propos, faites régulièrement référence au document.

- Le Moyen-Orient est un **lieu de passage stratégique pour le trafic maritime mondial**, notamment pour le transport de pétrole. Le détroit d'Ormuz est une zone particulièrement sensible. Lors de la guerre Iran-Irak (1980-1988), l'Iran menace à plusieurs reprises de fermer le détroit pour faire pression sur les alliés occidentaux de l'Irak.
- L'**accès à l'eau** dans cette région aride est aussi un facteur de conflits : ainsi, le conflit israélo-palestinien s'explique en partie par la tutelle hydraulique d'Israël qui prive les Palestiniens d'une grande partie de leurs ressources.

2. Des enjeux politiques

- À l'échelle mondiale, les guerres israélo-arabes de 1967 et de 1973 peuvent être lues comme une traduction de la **rivalité américano-soviétique** (Israël étant soutenu par les États-Unis, et ses adversaires arabes par l'Union soviétique).
- À l'échelle régionale, la guerre civile au Yémen (depuis 2013) est un des théâtres de l'**affrontement entre l'Arabie saoudite et l'Iran.**
- À l'échelle nationale, la **lutte de peuples sans État** est aussi une source de conflits. C'est le cas de la guerre menée par la Turquie contre les Kurdes du **PKK** (A sur la carte).

> **MOT CLÉ**
> Le **PKK** (Parti des travailleurs du Kurdistan) est une organisation kurde armée considérée comme terroriste par la Turquie.

3. Des enjeux culturels et idéologiques

▶ **Jérusalem**, ville sainte du judaïsme et de l'islam, est le lieu de fortes **tensions religieuses**. L'occupation militaire israélienne de la partie est de la ville consécutive à la guerre des Six-Jours (1967) est un point d'achoppement entre Palestiniens musulmans et Juifs.

▶ Le **nationalisme** est aussi une source de conflits : ainsi, l'occupation turque du nord de Chypre depuis 1974 (numéro 2 sur la carte) cristallise les tensions gréco-turques.

[transition] Ainsi, les conflits du Moyen-Orient sont fondés sur des enjeux à la fois économiques, politiques, idéologiques et culturels. C'est autour de ces enjeux que s'affrontent des acteurs de natures diverses.

II. Des acteurs étatiques et non étatiques

1. Les États, acteurs traditionnels des conflits

▶ La carte mentionne de nombreux conflits **interétatiques** depuis 1948. Ils opposent soit deux États entre eux (ex. : guerre Iran-Irak), soit un État à une coalition (guerres israélo-arabes ; première guerre du Golfe). En dehors des puissances régionales, de grandes puissances en sont parties prenantes comme les États-Unis qui envahissent l'Irak en 2003 (numéro 5).

À NOTER
De 1948 à 1973, **quatre guerres** opposent Israël à ses voisins arabes qui refusent l'existence d'un État hébreu en terre arabe.

▶ L'**Organisation des Nations unies**, non mentionnée sur la carte, est aussi un acteur des conflits. En 1956, des Casques bleus sont envoyés à la frontière israélo-égyptienne à la suite de la crise de Suez.

2. L'affirmation d'acteurs non étatiques

▶ Les **organisations terroristes internationales** sont impliquées dans les conflits : de 2014 à 2017, l'organisation État islamique affronte l'armée du président syrien Bachar El-Assad ; depuis 2013, Al-Qaida agit au Yémen contre les intérêts saoudiens.

▶ Les **combattants irréguliers** mènent une guerre asymétrique contre des forces militaires étatiques (« conflits asymétriques » en légende) : le Hamas, à Gaza (C sur la carte) ; le Hezbollah, au Liban, contre l'armée israélienne (B sur la carte) ; le PKK contre l'armée turque (A sur la carte).

LE SECRET DE FABRICATION
Pour rédiger ce paragraphe, vous vous appuyez sur une des parties de la légende (conflits asymétriques). Ainsi, vous montrez au correcteur que vous partez du document tout en valorisant des connaissances personnelles mises au service de la réponse à la problématique. Le lien que vous établissez entre acteurs non étatiques et conflits asymétriques est particulièrement pertinent.

[transition] Des États et des acteurs non étatiques sont donc parties prenantes des conflits au Moyen-Orient. Ce sont ces mêmes acteurs qui permettent ou empêchent leur résolution.

III. Différents modes de résolution

1. Quelques traités de paix

- En **1979, Israël et l'Égypte** signent un traité de paix mettant fin à trois décennies d'affrontement. En échange de la reconnaissance de l'État hébreu, l'Égypte récupère le Sinaï.
- En **1994**, un traité normalise les relations et confirme les frontières entre **Israël et la Jordanie**.

À NOTER
Ce traité de paix israélo-jordanien s'inscrit dans la continuité du processus de paix israélo-palestinien, entamé à partir de 1993 sous l'impulsion des États-Unis.

2. Des conflits partiellement ou non résolus

- Des **cessez-le-feu** ont mis un terme provisoire à certains conflits. C'est le cas de la guerre Iran-Irak : en 1988, le Conseil de sécurité de l'ONU parvient à imposer aux belligérants un cessez-le-feu et le respect des frontières initiales ; c'est aussi le cas à la suite de la guerre menée par Israël au Liban en 2006.
- Un **processus de paix israélo-palestinien** a été enclenché par les accords d'Oslo de 1993 et 1995. Depuis, il a été remis en cause par l'opposition du Hamas, la seconde intifada et la reprise de la colonisation israélienne en Cisjordanie.
- De nombreux conflits sont encore **non résolus**, comme les guerres civiles en Syrie (2011), en Irak (depuis 2011) et au Yémen (depuis 2013). La multiplicité des acteurs impliqués (grandes puissances, puissances régionales, État, organisations terroristes, combattants irréguliers) rend d'éventuelles négociations de paix très improbables ; d'autant que ces différents acteurs ont plus à perdre qu'à gagner en cas de paix.

Conclusion

[réponse à la problématique] Les conflits au Moyen-Orient depuis 1948 se caractérisent par une grande diversité : de par leurs enjeux, économiques, politiques et culturels ; de par leurs acteurs, étatiques ou non ; de par leurs modes de résolution. **[ouverture]** C'est l'ensemble de tous ces paramètres qu'il faut considérer pour rendre compte de la complexité de ces conflits.

Thème 3

5 Histoire et mémoire, histoire et justice

Le procès de Nuremberg (20 novembre 1945-1er octobre 1946) juge 24 responsables du IIIe Reich ainsi que les institutions nazies. Il crée un nouveau chef d'accusation : le crime contre l'humanité.

TESTEZ-VOUS

→ CORRIGÉS P. 318-319

Faites le point sur vos connaissances, puis établissez votre **parcours de révision** en fonction de votre score.

1 Histoire et mémoire

→ FICHE 19

1. Qu'est-ce que la mémoire ?

☐ **a.** Une reconstruction affective du passé en fonction des besoins présents

☐ **b.** Une volonté de rendre un hommage civique aux victimes du passé

☐ **c.** Une reconstruction objective du passé

2. Vrai ou faux ? Cochez la case qui convient.

	V	F
a. Un régime mémoriel est une étape de l'histoire des mémoires.	☐	☐
b. Une mémoire officielle est souvent à l'origine d'un mythe.	☐	☐
c. Les historiens favorisent une approche émotionnelle du passé.	☐	☐
d. L'association Liberté pour l'histoire a été créée par Henry Rousso.	☐	☐

3. Le travail de l'historien consiste à répondre à…

☐ **a.** un devoir de mémoire.

☐ **b.** un devoir d'histoire.

☐ **c.** ni l'un ni l'autre.

…/3

2 Crime contre l'humanité et génocide

→ FICHE 19

1. Complétez ce texte avec les mots qui conviennent.

L'expression « crime contre l'humanité » est apparue pour la première fois en 1915 pour qualifier les violences commises contre les ……………… . Mais c'est le tribunal de ……………… qui lui donne sa valeur juridique en 1945. Ce crime est exceptionnel parce qu'il constitue une violation grave des droits ……………… . C'est la raison pour laquelle il est imprescriptible et ……………… .

2. Qui a défini le concept de génocide ?

☐ **a.** Winston Churchill

☐ **b.** Raphaël Lemkin

☐ **c.** La Cour pénale internationale

…/2

3 Histoire et mémoire d'un conflit

→ FICHES 20 et 21

1. Quelle question concernant la Première Guerre mondiale les historiens dans les années 1920 interrogent-ils ?

☐ a. L'histoire des alliances militaires avant 1914

☐ b. Le sort des Arméniens pendant la Première Guerre mondiale

☐ c. La responsabilité des pays dans le déclenchement de la Première Guerre mondiale

2. Quels aspects de la Grande Guerre intéressent aujourd'hui l'historiographie ?

☐ a. Les aspects sociaux et culturels.

☐ b. Les aspects militaires.

☐ c. Les aspects diplomatiques.

3. Vrai ou faux ? Cochez la case qui convient.

	V	F
a. Des lois d'amnistie instaurent l'oubli de la guerre d'Algérie après 1962.	☐	☐
b. Les archives algériennes de la guerre sont ouvertes dès 1962.	☐	☐
c. L'expression « guerre d'Algérie » devient officielle en 1999.	☐	☐
d. Les mémoires de la guerre d'Algérie sont aujourd'hui apaisées.	☐	☐

.../3

4 Histoire, mémoire et justice

→ FICHES 22 et 23

1. Associez chaque tribunal à son échelle de juridiction.

a. Tribunaux *gacaca* •	• Internationale
b. Cour pénale rwandaise •	• Locale
c. TPIR •	• Nationale

2. Vrai ou faux ? Cochez la case qui convient.

	V	F
a. Le TPIY a été créé avant la fin du conflit en ex-Yougoslavie.	☐	☐
b. Les comptes rendus du TPIY sont des sources pour faire l'histoire.	☐	☐

.../2

Score total .../10

Parcours PAS À PAS ou EXPRESS ? → MODE D'EMPLOI P. 3

18 Histoire et mémoire

En bref *Donner la parole aux témoins d'un événement, c'est solliciter leurs mémoires et les considérer comme une source pour faire l'histoire. Si la mémoire et l'histoire mettent le passé en récit, elles peuvent entrer en conflit.*

I Deux notions distinctes

■ L'**histoire** est une reconstruction scientifique du passé qui se veut **objective**. Le travail de l'historien est de construire un récit le plus proche possible de la vérité.

■ L'historien périodise et **contextualise** des événements : il base son travail sur des **sources** variées qui évoluent (**archives**) et sur les travaux de ses collègues.

> **MOT CLÉ**
> **Contextualiser** revient à mettre en relation des faits avec les circonstances politiques, économiques et sociales dans lesquelles ils se sont produits.

■ La **mémoire** est une reconstruction affective du passé, elle est **subjective**. Elle est une manière dont les sociétés interprètent le passé en fonction de leurs besoins présents : il n'y a pas une mémoire mais des mémoires.

II Deux notions complémentaires

■ La mémoire est devenue un **objet de recherche** pour les historiens depuis la fin des années 1980 (Pierre Nora). Les historiens analysent l'évolution des mémoires que les sociétés ont d'un événement, souvent traumatique, depuis son origine.

■ L'historien distingue plusieurs types de mémoire :

– la **mémoire officielle**, celle des États, est liée à des enjeux politiques : elle se traduit par une politique mémorielle (commémorations, mémoriaux) ;

– la **mémoire des acteurs** : ils peuvent avoir des souvenirs qui s'opposent, il y a donc une grande diversité de mémoires ;

– la **mémoire sociale** : c'est celle de l'opinion publique, elle évolue en fonction des préoccupations du temps présent.

■ Concernant la Seconde Guerre mondiale, des historiens (Henry Rousso) identifient trois étapes de la mémoire, c'est-à-dire des **régimes mémoriels** :

– d'abord, la mémoire est souvent refoulée par celles et ceux qui ont vécu des événements douloureux : c'est le temps de l'**amnésie** et de la mise en place d'une mémoire officielle, d'un « **mythe** » construit dans un but politique ;

– puis, cette mémoire est ravivée par des témoignages, des œuvres artistiques, des travaux d'historiens : c'est le temps de l'**anamnèse**, de la prise de conscience ;

– enfin, la troisième étape est celle de l'obsession mémorielle, l'**hypermnésie**, qui se manifeste par la multiplication des commémorations.

III Deux notions en débat

1 Les lois mémorielles…

■ Face aux mythes, l'historien doit poursuivre son travail scientifique et non répondre à un « **devoir de mémoire** ». L'histoire ne juge pas : elle décrit et explique.

■ En 1990, la loi Gayssot fait du **négationnisme** un délit. Dès lors, les **lois mémorielles** se multiplient : sur la reconnaissance du génocide arménien (2001), sur la traite négrière et l'esclavage qui les qualifie de **crimes contre l'humanité** (2001), sur les souffrances des Français rapatriés d'Afrique du Nord (2005).

MOT CLÉ

Le **devoir de mémoire** est l'obligation morale et civique de se souvenir d'un événement traumatisant afin de rendre hommage aux victimes.

2 … suscitent la réaction des historiens

■ Face à cette **inflation mémorielle**, des historiens dénoncent des revendications communautaristes, accusent l'État de favoriser une approche émotionnelle du passé, de le criminaliser et de gêner ainsi la recherche historique. En 2005, Pierre Nora crée l'association **Liberté pour l'histoire**.

■ Un autre collectif d'historiens, réunis dans le **Comité de vigilance face aux usages publics de l'histoire** (CVUH), intervient dans les médias quand une polémique mémorielle éclate : sans s'opposer aux lois mémorielles, ils donnent leur avis de scientifiques, résument l'avancée des recherches.

■ Pour apaiser les tensions, une commission parlementaire préconise en 2008 de ne plus adopter de loi mémorielle.

zoOm

Les lois mémorielles en France

■ Les lois mémorielles donnent un point de vue officiel sur des événements historiques : si elles ont un rôle symbolique, elles peuvent **créer de nouveaux délits** et accorder ainsi des **droits aux victimes**.

■ Leur vote entraîne la **multiplication des commémorations**. Le choix de la date commémorant la fin de la traite négrière et de l'esclavage (10 mai) a nécessité 18 mois de débat. Il s'est accompagné de la construction d'un monument au jardin du Luxembourg, à Paris, devant lequel on voit ici le président François Hollande, en 2013. Le monument fait encore débat.

19 Les notions de crime contre l'humanité et de génocide

En bref *Les notions de crime contre l'humanité et de génocide sont nées dans le contexte de l'après-guerre. Ces deux notions juridiques ont profondément marqué l'histoire du droit international.*

I Histoire de deux notions juridiques

1 Le crime contre l'humanité : une notion ancienne

- Pendant la Seconde Guerre mondiale, on s'interroge déjà sur la façon de nommer les massacres de masse commis par l'Allemagne nazie. Dès 1943, Winston Churchill évoque « un crime sans nom ».
- Le 8 août 1945, l'accord de Londres établit un tribunal militaire international à Nuremberg afin de juger des criminels nazis accusés de complot pour dominer l'Europe, de crime contre la paix (déclenchement, organisation et poursuite du conflit), de crime de guerre (mauvais traitement des prisonniers, violences contre les civils, pillages) et de **crime contre l'humanité**.

> **MOT CLÉ**
> Un **crime contre l'humanité** concerne « l'assassinat, l'extermination, la réduction en esclavage, la déportation et tout autre acte inhumain commis contre les populations civiles avant ou pendant la guerre » (ONU).

- L'expression, utilisée par la France et le Royaume-Uni en 1915 pour qualifier les violences commises contre les Arméniens, n'était pas une notion juridique.
- Alors que, dans sa définition, le crime contre l'humanité recouvre le crime de guerre, le tribunal lui donne une dimension juridique nouvelle : il est le premier crime rétroactif, car il constitue une violation grave des Droits de l'homme.

2 La création de la notion de génocide

- Le juriste Raphael Lemkin élabore en 1943 le concept de génocide. Mais le tribunal militaire de Nuremberg ne le retient pas. Les actes commis contre les Juifs et les Tsiganes ne sont pas dissociés des autres crimes commis par les nazis.

> **MOT CLÉ**
> Un **génocide** est un acte « commis dans l'intention de détruire, ou tout ou en partie, un groupe national, ethnique, racial ou religieux ». Il est donc dirigé intentionnellement contre un groupe.

- Le 9 décembre 1948, les Nations unies rendent officiel le concept de **génocide**.

II Deux notions complémentaires en évolution

1 Le génocide : une catégorie de crime contre l'humanité

- Les crimes contre l'humanité ne visent pas la destruction d'une population définie. Un génocide est donc une forme de crime contre l'humanité mais tous les crimes contre l'humanité ne sont pas des génocides.

- Différentes autorités s'arrogent le rôle de reconnaître des génocides : des **autorités politiques** (parlement national ou assemblée internationale) et des **autorités judiciaires** (tribunal national ou international).
- Les **historiens** peuvent identifier des génocides. Certains d'entre eux s'opposent au fait que des parlementaires reconnaissent officiellement un génocide et s'arrogent le droit d'écrire l'histoire → FICHE 18.

2 Des notions en évolution

- En 1948, l'ONU fait entrer le chef d'accusation pour crime contre l'humanité dans le **droit international** et le rend **imprescriptible** en 1968.
- Trois génocides ont été reconnus par les autorités judiciaires internationales : celui des **Juifs et des Tsiganes** pendant la Seconde Guerre mondiale, celui des **Tutsi** en 1994 → FICHE 22 et le génocide commis sur le territoire de l'**ex-Yougoslavie** à partir de 1991 → FICHE 23. D'autres génocides ont pourtant été commis.
- La **Cour pénale internationale (CPI)** est aujourd'hui la seule juridiction pénale permanente et universelle. Créée entre 1998 et 2002, elle précise et élargit la notion de crime contre l'humanité à la torture, au viol, à l'apartheid et à la disparition forcée de personnes. La définition du crime contre l'humanité est appelée à évoluer.

zoOm

Un génocide oublié : les Hereros et les Namas

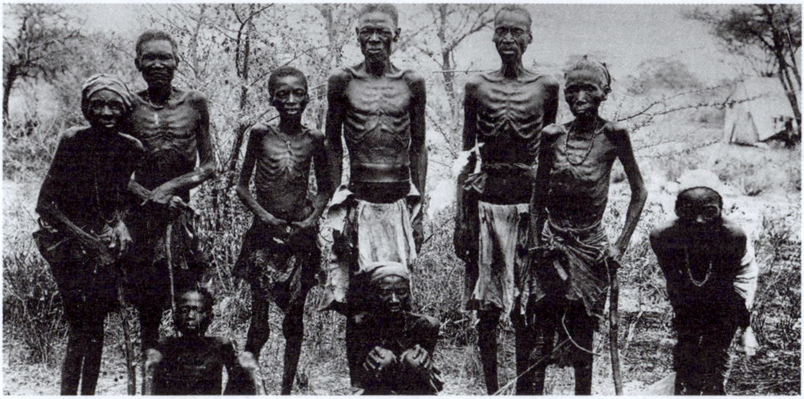

Survivants hereros en Namibie, 1907.

- Entre 1904 et 1908, en Namibie, alors colonie allemande, **environ 65 000 Hereros et 20 000 Namas** sont massacrés par les **soldats allemands** pour s'être révoltés contre les colons.
- Ces tueries ont été organisées de façon méthodique par l'Empire allemand qui a formulé un **ordre d'extermination** : fusillades, tirs sans sommation, empoisonnement des points d'eau, déportation.

20 Un débat historique : les causes de la Première Guerre mondiale

En bref *La question des causes de la Première Guerre mondiale a longtemps divisé les historiens. En France, cette question n'est plus d'actualité mais, dans le passé, elle a eu d'importantes implications politiques.*

I Après la guerre : une histoire diplomatique et politique

1 L'Allemagne accusée et condamnée

■ Par l'article 231 du traité de Versailles, l'Allemagne est jugée responsable de la Première Guerre mondiale, et contrainte à ce titre de verser de lourdes réparations. Cette question des **responsabilités** obsède l'**historiographie** de l'immédiat après-guerre.

> **MOT CLÉ**
> L'**historiographie** est l'étude des recherches historiques sur un sujet donné.

■ Dans les années 1920, les écrits historiques sont encore peu nombreux. Chaque État cherche à se disculper en publiant des documents officiels. En France, l'État et l'opinion publique, soutenus par l'historiographie, sont convaincus que l'Allemagne est « **responsable de tout** ».

■ L'Allemagne dénonce la légitimité du traité de Versailles, vécu comme un « **diktat** » : elle se pense dans un **état de défense légitime** face à l'encerclement « menaçant » de ses ennemis, effrayés par sa puissance et opposés à son expansion en Europe et en Afrique. La France est vue comme agressive et revancharde.

2 Un travail historique qui cherche à nuancer les responsabilités

■ Dès 1925, l'historien français **Pierre Renouvin** nuance la responsabilité des empires centraux et accuse la Russie de n'avoir pas freiné la Serbie après l'attentat de Sarajevo.

■ En 1933, **Jules Isaac** montre que la guerre n'était pas inéluctable et incrimine davantage l'attitude de la France : celle-ci s'était préparée à la guerre en augmentant la durée du service militaire français à trois ans en 1913 et aurait poussé la Russie à mobiliser ses troupes. Cet historien cherche alors à éduquer la jeune génération dans la haine de la guerre alors que le parti nazi arrive au pouvoir en Allemagne.

II Après 1945, une histoire plus sociale

1 L'influence de l'historiographie

■ Dans les années 1950, la Seconde Guerre mondiale domine les débats historiques. En Allemagne, l'idée que le pays a été « catapulté dans la Grande Guerre » à la suite d'un « **engrenage** » est soutenue : cette **vision déterministe** de

> **MOT CLÉ**
> Une **vision déterministe** défend l'idée que des événements sont déterminés par des précédents, suivant une loi de causes à effets, limitant le rôle joué par les acteurs historiques.

l'histoire permet de présenter le nazisme comme un « incident de parcours » et d'affirmer que le pays n'est pas expansionniste par nature.

- En 1961, l'historien allemand **Fritz Fischer** publie *Les Buts de guerre de l'Allemagne impériale (1914-1918)*. Il y présente son pays comme entièrement responsable, confiant de sa supériorité militaire et poussé par un fort **sentiment nationaliste**. Il cherche à montrer une continuité dans la politique allemande, de Bismarck à Hitler, une politique expansionniste par nature.

- En Allemagne de l'Est (RDA), l'écriture de l'histoire se fonde sur une **vision marxiste** et ancienne de la guerre : les rivalités coloniales et commerciales ont poussé l'Europe au conflit.

2 | Des débats historiques qui persistent

- Le déclenchement du conflit n'est plus un sujet discuté par les historiens français, plus intéressés par une histoire culturelle de la guerre. Mais, en 2013, à l'occasion de la sortie des *Somnambules*, de l'historien australien **Christopher Clark**, l'opinion publique allemande redécouvre ce sujet dont la mémoire a longtemps été occultée par celle du nazisme.

- Christopher Clark insiste davantage sur le rôle joué par la Serbie dans le déclenchement du conflit. L'historien allemand **Gerd Krumeich** craint que le succès de Clark illustre la volonté des Allemands de se déculpabiliser de ce passé.

zoOm

L'attentat de Sarajevo : le « feu aux poudres » ?

- Le 28 juin 1914, l'héritier du trône d'Autriche-Hongrie et son épouse sont assassinés à Sarajevo par un nationaliste serbe, Princip, qui refuse la domination autrichienne sur la Bosnie-Herzégovine.

- Par le jeu des alliances, le soutien apporté à la Serbie par la Russie et par l'Allemagne à l'Autriche-Hongrie précipite l'Europe dans un conflit européen.

- Ce raisonnement accrédite la **thèse de l'engrenage**, affirme que la guerre était inévitable et donne ainsi une vision déterministe de l'histoire. Pourtant, les causes du conflit sont **multiples** et sont encore **sources de débats historiographiques** outre-Rhin.

Une du *Petit Journal*, 12 juillet 1914.

21 Mémoires et histoire de la guerre d'Algérie

En bref *La guerre d'Algérie (1954-1962) a causé un profond traumatisme des deux côtés de la Méditerranée. Elle a donné lieu à l'émergence de multiples mémoires.*

I Des constructions mémorielles différentes en France et en Algérie

1 Des mémoires inversées (1962-1970)

- Après les accords d'Évian (19 mars 1962), la volonté d'oublier la guerre domine en France. Le pouvoir gaulliste organise un **« oubli officiel »** par des **lois d'amnistie**. On se contente d'évoquer les « **événements** ».

- En Algérie, le Front de libération nationale (FLN) impose une mémoire officielle de cette **guerre de décolonisation**. Il glorifie « un million de martyrs ».

MOT CLÉ
Une **loi d'amnistie** arrête les poursuites et annule les condamnations relatives à un crime ou un délit commis pendant une période donnée.

2 La fin de l'amnésie (1970-1990)

- En France, la jeunesse, portée par les événements de 1968, remet en question le passé colonial du pays. Des historiens, comme Pierre Vidal-Naquet, évoquent la torture (1972) et des films **dénoncent la guerre d'Algérie**.

- Dans les années 1980, des descendants de **harkis** revendiquent la **reconnaissance des souffrances** de leurs parents. Des anciens combattants militent pour faire entrer le conflit dans les programmes scolaires.

- En Algérie, de 1992 à 2002, la guerre civile entre les islamistes et le FLN ravive la mémoire de la guerre d'Algérie. Le **mythe d'un peuple uni** vole en éclats.

3 Le choc des mémoires (depuis les années 1990)

- En France, une partie des **archives** est ouverte en 1992. En 1997, le **procès de Maurice Papon**, préfet impliqué dans la répression de manifestations organisées par le FLN et le PCF à Paris en 1961 et 1962, réveille le besoin de vérité historique.

- L'expression « **guerre d'Algérie** » est officialisée par une **loi de 1999** et les souffrances des rapatriés, les **pieds-noirs**, sont reconnues par une **loi de 2005**. Ces lois ravivent une « **guerre des mémoires** » entre la France et l'Algérie.

MOTS CLÉS
Les **harkis** sont des Algériens ayant combattu comme supplétifs au sein de l'armée française, tandis que les **pieds-noirs** sont les Français qui vivaient en Algérie.

- En 2016, François Hollande reconnaît la **responsabilité de l'État français dans les souffrances des harkis** et, en 2019, un dispositif de réparation est créé.

II Un cloisonnement des mémoires à dépasser

1 Les groupes mémoriels en France et en Algérie

■ En France, plusieurs groupes réclament la reconnaissance de leurs souffrances :
- les **pieds-noirs** entretiennent la mémoire d'un paradis perdu, ou « nostalgérie » ;
- les **harkis**, rejetés en Algérie puis regroupés en France dans des camps de transit entre 1962 et 1968, souhaitent aujourd'hui le vote d'une loi mémorielle ;
- les **appelés du contingent**, qui ont effectué leur service militaire pendant la guerre d'Algérie, se sont regroupés dans des associations comme la FNACA.

■ En Algérie, les anciens combattants du FLN et les nationalistes véhiculent la mémoire d'une guerre de libération, source d'**unité nationale**.

2 Le travail des historiens pour décloisonner les mémoires

■ En France, il faut attendre 1988 pour que soit organisé un **premier colloque** sur la guerre d'Algérie. En Algérie, les historiens sont contrôlés par le pouvoir. Certains (**Mohammed Harbi**) se réfugient en France pour effectuer leurs recherches.

■ Les thèses se multiplient grâce à l'ouverture des archives en 1992 : **Raphaëlle Branche et Sylvie Thénault** étudient la torture et une trentaine de chercheurs français et algériens travaillent ensemble sous la direction de **Benjamin Stora et Mohammed Harbi** pour rédiger *La Guerre d'Algérie, la fin de l'amnésie* (2004).

■ En 2021, à la demande du président Macron, Benjamin Stora rend un rapport sur les mémoires de la guerre d'Algérie et présente des propositions concrètes pour les réconcilier.

zoOm Commémorer la fin de la guerre d'Algérie

■ Le 5 décembre 2002, Jacques Chirac inaugure le **mémorial de la guerre d'Algérie et des combats du Maroc et de la Tunisie**, au quai Branly à Paris (photo). Cette date est choisie pour rendre hommage aux victimes de la guerre, mais ne correspond à aucun événement du conflit.

■ Depuis 2012, c'est le 19 mars, jour du cessez-le-feu, que les victimes civiles et militaires de la guerre d'Algérie sont commémorées. Les pieds-noirs et les harkis critiquent ce choix car les violences ont continué après cette date.

22 La justice à l'échelle locale : les tribunaux *gacaca* au Rwanda

En bref *En 1994, au Rwanda, entre 800 000 et un million de Tutsi sont massacrés par une majorité de la population civile hutu. Ce génocide « de proximité » pose la question de la reconstruction civile et morale du pays. Les tribunaux gacaca cherchent à concilier justice et impératif de vivre ensemble dans une nouvelle nation réconciliée.*

I Des tribunaux pour punir

1 Plusieurs échelles de juridiction

■ En juillet 1994, le Front patriotique rwandais (FPR) prend le pouvoir après avoir mis fin au génocide des **Tutsi**, qui s'est déroulé entre le 17 avril et le 17 juillet. L'ONU met alors en place le **Tribunal pénal international pour le Rwanda (TPIR)** pour juger les **planificateurs** du génocide.

■ Compte tenu du nombre d'accusés, le TPIR mais aussi la **cour pénale rwandaise** sont vite dépassés. Le gouvernement rwandais propose alors, en 2001, de confier en parallèle à des **tribunaux populaires**, les ***gacaca***, les procédures des personnes accusées de meurtres, de viols et de pillages.

MOT CLÉ
Les **tribunaux *gacaca*** (prononcer « gatchatcha ») sont des tribunaux traditionnels au Rwanda. Le mot « gacaca » signifie « sur l'herbe » (les procès ont lieu à l'extérieur).

2 L'organisation des procès

■ Les massacres ont été exécutés par des groupes d'attaquants **hutu**, les Ibitero, et des juges doivent définir le rôle précis des accusés au sein de chaque groupe : organisateurs, tueurs, acteurs de violences graves ou pilleurs.

INFO
Les **Tutsi** et les **Hutu** (sans « s » car le pluriel n'existe pas dans la langue parlée au Rwanda) sont les deux principales ethnies du pays.

■ Les juges, élus, sont des **anciens du village**. Non juristes, souvent victimes ou témoins du génocide, ils jugent leurs voisins à l'échelle locale.

■ Au total, **près de 12 000 tribunaux populaires** ont jugé près de 2 millions de personnes de 2005 à 2012 (contre 93 pour le TPIR). Un million de personnes ont été déclarées coupables, surtout de destructions matérielles et de pillages (67,5 %), de meurtres et de torture (29 %) et de violences sexuelles (3,5 %).

II Des tribunaux pour l'histoire et la réconciliation

1 Raconter l'histoire du génocide

■ Ces procès sont l'occasion de construire un **récit historique**, de mettre à jour des **charniers** et de commencer un **processus de deuil**.

- Ils mettent également à jour des **formes de résistance** au génocide : sauvetages de Tutsi par leurs voisins hutu, tentatives d'élus locaux pour limiter la violence.

2 | Une justice de réconciliation

- Les tribunaux *gacaca*, qui existaient depuis des siècles au Rwanda, ont pour but d'inclure toute la population afin de favoriser la **réconciliation nationale**.
- En privilégiant ces juridictions, le gouvernement rwandais cherche à idéaliser le passé précolonial du pays, à **véhiculer la mémoire d'un peuple uni**. Pourtant, même si elles ont été exacerbées par les colonisateurs belges, les tensions entre les communautés étaient sans doute en partie préexistantes à la colonisation.
- Les accusés ont la possibilité de voir leur peine commuée en **travaux d'intérêt général** s'ils plaident coupable. Leur peine est souvent plus courte s'ils avouent.

III Une justice imparfaite

- Les tribunaux *gacaca*, qui ont cessé leurs activités en 2012, ont été l'objet de nombreuses critiques : juges sans formation, **manque d'impartialité** des cours, **corruption**. Plusieurs organisations non gouvernementales (ONG) ont dénoncé l'absence de défense des accusés, la possibilité de fausses accusations, le fait de ne pas juger les crimes de guerre commis par le FPR lors de la libération du Rwanda.
- Des Rwandais ont hésité à témoigner du fait d'intimidations, et les biens des Tutsi n'ont pas été restitués. Cela reste un obstacle à la cohésion nationale.

zoOm

La réconciliation sud-africaine

- Après la fin de l'apartheid en 1994, le nouveau président d'Afrique du Sud, Nelson Mandela, met en place une **Commission de la vérité et de la réconciliation**. Il offre un compromis aux criminels coupables de ségrégation raciale : la vérité contre une amnistie.
- Monseigneur Desmond Tutu, prix Nobel de la paix, est à la tête de la Commission. Celle-ci n'a pas le pouvoir de sanctionner les criminels mais elle permet à la nation « arc-en-ciel » de ne pas sombrer dans la guerre civile.

Nelson Mandela et Desmond Tutu lors de la remise du rapport de la Commission de la vérité et de la réconciliation (Pretoria, Afrique du Sud, 1998).

23 Une justice pénale internationale pour l'ex-Yougoslavie

En bref *Le Tribunal pénal international pour l'ex-Yougoslavie (TPIY) est le premier tribunal pénal international convoqué depuis les procès de Nuremberg et de Tokyo en 1945. Il cherche à établir les faits pour ne pas rendre une justice des « vainqueurs » et à pacifier des sociétés déchirées par des conflits.*

I Un tribunal pour établir les faits

1 Un tribunal créé en plein conflit

- La **Yougoslavie**, fondée en 1918 lors du règlement de la Première Guerre mondiale, devient en 1945 un État fédéral constitué de six républiques. Avec l'effondrement du communisme, cette fédération **éclate entre 1989 et 1992** lorsque quatre de ses républiques proclament leur **indépendance** : la Croatie, la Slovénie, la Macédoine et la Bosnie-Herzégovine.
- **Slobodan Milosevic**, président de la Serbie, État central de la fédération, entend protéger les Serbes vivant dans ces régions. C'est le début de plusieurs guerres (1991-1999), pendant lesquelles les Serbes mènent des campagnes de « **nettoyage ethnique** » contre les Croates et les Bosniaques afin de créer une « **Grande Serbie** ». Les moyens utilisés sont les massacres, les viols et les pillages.

MOT CLÉ
Le **nettoyage ethnique** (ou « épuration », « purification » ethnique) désigne une politique visant à faire disparaître un groupe d'un territoire, par la force ou l'intimidation, en fonction de son identité ethnique.

- En mai 1993, alors que la guerre fait rage en Bosnie-Herzégovine, le Conseil de sécurité de l'ONU crée le **TPIY**. Il masque ainsi son incapacité à mettre fin aux conflits et répond aux pressions des ONG et de l'opinion publique internationale.

2 Un tribunal pour l'histoire

- Le TPIY siège entre 1993 et 2017 à La Haye (Pays-Bas). Il doit juger l'ensemble des **violations du droit humanitaire** commises en Croatie et en Bosnie-Herzégovine, quelles que soient les parties. Il s'agit d'établir des **responsabilités individuelles** et non collectives. Les compétences du tribunal sont ensuite élargies aux crimes commis au Kosovo en 1998-1999.
- Plus de 4 500 témoins sont entendus et le tribunal produit plus de deux millions de pages de comptes rendus : des documents pour faire l'histoire et décrire avec précision des événements comme le **massacre de Srebrenica**.

II Un tribunal au bilan mitigé

1 De réelles avancées pour le droit international

■ Slobodan Milosevic est le premier chef d'État en exercice à être inculpé en 1999. Comparaissent également Radovan Karadzic (dirigeant politique des Serbes de Bosnie) et Ratko Mladic (dirigeant militaire).

■ La plupart des affaires concernent des Serbes, mais le TPIY poursuit aussi des Croates, des musulmans de Bosnie et des Albanais du Kosovo. Tous les fugitifs sont progressivement arrêtés et traduits en justice.

2 Un bilan contrasté

■ Quatre-vingt-dix personnes, sur 161 jugées, sont condamnées pour un conflit ayant fait plus de 100 000 morts. Slobodan Milosevic meurt en prison en 2006 avant la fin de son procès. D'autres, comme Slobodan Praljak, le chef de la milice croate en Bosnie, parviennent à se suicider dans leur cellule ou en plein tribunal.

■ Les procédures sont longues : la justice est parfois rendue plus de 20 ans après les faits. Entre 2012 et 2013, le tribunal acquitte en appel des accusés auparavant condamnés à des peines lourdes. À chaque jugement, les dirigeants politiques de l'un ou l'autre camp radicalisent leur discours et attisent les divisions.

■ Toutefois, le TPIY a condamné de nombreux criminels. Il a inspiré la création d'autres tribunaux internationaux, notamment au Rwanda → FICHE 22 ainsi que la Cour pénale internationale en 2002. Il a ouvert la voie à l'espoir de pouvoir un jour traduire en justice des criminels de guerre, d'où qu'ils viennent. Malheureusement, il n'a pas permis de réconciliation entre les anciens ennemis.

zoOm

Le massacre de Srebrenica : un génocide ?

■ En juillet 1995, plus de 8 000 hommes sont assassinés à Srebrenica, en Bosnie-Herzégovine, par l'armée de la République serbe de Bosnie. Ratko Mladic est reconnu coupable de génocide et de crime contre l'humanité.

■ La Serbie et certains historiens contestent la qualification de génocide : les femmes, les enfants et les vieillards ayant été évacués avant le massacre, l'intention de détruire tout un groupe est discutée.

Tombes et mémorial de Potocari-Srebrenica inauguré en 2003.

Histoire et mémoire

Deux notions distinctes mais complémentaires

Histoire	Mémoire
reconstruction scientifique du passé : objective	reconstruction affective du passé : subjective

La mémoire, un objet de recherche pour les historiens
- plusieurs types de mémoire : officielle (États), des acteurs, sociale (opinion publique)
- plusieurs étapes de la mémoire : amnésie, anamnèse, hypermnésie

Deux notions en débat
- Existe-t-il un risque de politisation de l'histoire ?
- Faut-il répondre à un devoir de mémoire ?
- Faut-il instaurer des lois mémorielles ?

HISTOIRE, ET

Histoire et mémoire des conflits
- Des implications politiques importantes et toujours en débat (causes de la Première Guerre Mondiale)
- Des constructions mémorielles différentes et divergentes (guerre d'Algérie)

Comment la justice peut-elle contribuer à la compréhension de l'histoire et à l'apaisement des mémoires ?

MÉMOIRE JUSTICE

Histoire et justice

Qualifier les crimes

- Crimes de guerre (charte de Londres, 1945)
- Crime contre l'humanité (charte de Londres, 1945)
- Génocide (ONU, 1948)

→ **limites** : quelle juridiction pour reconnaître les génocides ?

Juger les responsables

- La justice pénale internationale : Nuremberg, TPIR, TPIY, CPI
- La justice nationale et locale : tribunaux *gacaca* (Rwanda), commission Vérité et Réconciliation (Afrique du Sud)

→ **limites** : justice des vainqueurs ?

Restaurer la paix et réconcilier les sociétés ?

- Affirmer les Droits de l'homme
- Établir une vérité historique
- Prononcer une peine juste

→ **limites** : une justice pénale internationale dépendante de la collaboration des États et de la reconnaissance de l'autorité de la justice internationale

SUJET 10 | OBJECTIF BAC

DISSERTATION ⏱ 2 h — Mémoires et justice : des sources pour l'histoire ?

Ce sujet met en relation mémoires, justice et histoire. Il permet une approche du métier d'historien et met en avant le rôle des témoins, des procès et des historiens dans la reconstruction des sociétés après des conflits.

LE SUJET

Mémoires et justice : des sources pour l'histoire ?

LES CLÉS POUR RÉUSSIR

→ Reportez-vous à la méthode détaillée de la dissertation p. 314.

Analyser le sujet

Mémoires et justice : des sources pour l'histoire ?

Formulation
Deux notions et une question

Bornes chronologiques
Non précisées : a priori, depuis 1945

Type de sujet
Sujet analytique : on peut répondre « oui » et « non », il faut donc nuancer la première réponse

Notions et mots clés
- mémoire : reconstruction affective du passé
- justice : institution chargée d'appliquer le droit
- histoire : science qui étudie le passé et recherche la vérité

Dégager la problématique

▸ Les témoignages de personnes ayant vécu des événements traumatisants, les procès d'accusés de crimes de masse sont des éléments et des moments qui cherchent à faire éclater la vérité, ce qui est aussi le but de l'histoire.

▸ Mais ces notions ne sont pas synonymes. Alors comment les mémoires et la justice peuvent-elles servir le travail de l'historien ? Celles-ci sont-elles des sources suffisantes pour faire l'histoire ?

Construire le plan

Le sujet étant formulé sous forme de question, un plan analytique s'impose. On peut répondre à cette question de façon affirmative avant de nuancer cette réponse dans une seconde partie.

I Mémoires et justice permettent de retracer les événements du passé...

- En quoi les récits des victimes, des témoins et les procès sont-ils des sources historiques importantes ?
- Quelles sont les formes que prennent ces sources ?

II ... mais ce sont des sources incomplètes et subjectives dont ne peut se contenter l'historien

- Montrez la subjectivité de ces sources : elles peuvent être incomplètes et manipulées.
- En quoi consiste le travail de recherche de l'historien ?

LE CORRIGÉ

Les titres et les indications entre crochets ne doivent pas figurer sur la copie.

Introduction

[accroche] Le XXe siècle a été le siècle des conflits et des meurtres de masse : destruction des Juifs d'Europe et des Tsiganes pendant la Seconde Guerre mondiale, guerre d'Algérie, génocide des Tutsi au Rwanda, épuration ethnique en ex-Yougoslavie. **[présentation du sujet]** Chacun de ces conflits a profondément traumatisé les sociétés. Ils laissent des mémoires blessées, des témoignages multiples et ont parfois donné lieu à des procès, locaux ou internationaux. Ainsi la mémoire et la justice participent à l'écriture de l'histoire puisqu'ils sont des matériaux pour connaître le passé. **[problématique]** Cependant, les sources mémorielles et juridiques peuvent-elles permettre à l'historien d'atteindre la vérité historique ? **[annonce du plan]** Si elles permettent de retracer les événements du passé **[I]**, les mémoires et la justice sont des sources incomplètes, subjectives et répondent le plus souvent à des préoccupations du présent plutôt qu'à un « devoir d'histoire »**[II]**.

LE SECRET DE FABRICATION

Il est important de rappeler les exemples vus en classe (les jalons) qui vont vous servir à répondre au sujet dès votre introduction, que ce soit dans l'accroche, comme ici, ou lors de la présentation du sujet. Les termes du sujet étant complexes, ils demandent des définitions précises, que vous pourrez présenter dans le corps du devoir.

I. Les mémoires et la justice, des sources pour l'historien

1. Définir mémoires et justice

▸ La mémoire est le vécu tel qu'on se le remémore, elle cherche à **donner un sens au passé**, elle est **émotionnelle**. Les souvenirs sont sélectionnés en fonction des besoins de ceux qui les portent : **il n'y a pas une mémoire mais des mémoires.**

▸ La justice, quand elle concerne des événements traumatisants du passé, a pour rôle de **qualifier les crimes** (comme ce fut le cas à Nuremberg en 1945), d'examiner les preuves, d'exprimer ou non une culpabilité et de **punir les coupables.** Elle ne peut être qu'**individuelle** et se base sur des textes de lois.

2. Les procès : des moments qui cherchent à relater les faits

▸ Lors du procès de Nuremberg (1945-1946), des procès *gacaca* au Rwanda (entre 2005 et 2012) et du TPIY (1993-2017), **des témoins et des accusés sont appelés à s'exprimer** : 4 500 pour le conflit en ex-Yougoslavie, plusieurs millions au Rwanda.

▸ Les comptes rendus d'audience deviennent alors des **sources pour l'historien.** Ainsi, les tribunaux *gacaca* permettent d'établir le rôle de chaque personne au sein des Ibitero (groupes d'attaquants hutu) mais aussi de montrer que certains ont résisté et tenté de limiter les violences. Sans la libération de cette parole, beaucoup d'aspects du génocide des Tutsi au Rwanda seraient sans doute restés inconnus. De même, le TPIY a produit plus de deux millions de pages de comptes rendus : des documents pour décrire avec précision les événements.

CONSEIL
Votre argumentation doit s'appuyer sur des dates et des chiffres précis, ce sont des exemples attendus. Ne multipliez pas les exemples, un ou deux bien choisis suffisent.

3. Les mémoires : des témoignages précieux

▸ Les personnes ayant vécu la Seconde Guerre mondiale, la Shoah, la guerre d'Algérie, le génocide des Tutsi ou les opérations d'épuration ethnique en ex-Yougoslavie, par leurs **récits**, leurs **témoignages**, constituent des **sources pour l'historien.**

▸ Ces témoignages oraux ou écrits aident l'historien à **retracer la chronologie des faits**, à tracer un portrait des victimes et de leurs bourreaux, à **analyser les politiques de destruction** à toutes les échelles.

[transition] Si les mémoires et la justice constituent des sources pour faire l'histoire, elles n'en restent pas moins **des sources souvent orientées,** parfois manipulées et il convient à l'historien de les **analyser de façon critique.**

II. Des sources incomplètes et subjectives

1. Les mémoires et la justice, des sources subjectives

▸ **Les mémoires diffèrent** selon les expériences personnelles vécues : concernant la guerre d'Algérie, les mémoires des partisans de l'Algérie française (harkis, pieds noirs) sont différentes de celles des anciens combattants appelés du contingent. Ils entretiennent une nostalgie d'une « terre perdue » et rappellent les violences du FLN en occultant celles commises par l'armée française.

- Lorsqu'ils évoquent le passé, les témoins peuvent occulter certains faits, ils ont une vision des événements **limitée à leur propre expérience**. Aujourd'hui très âgés, les rescapés de la Shoah oublient certains détails, leurs témoignages changent.
- Enfin, si **la justice** cherche à être impartiale, elle ne l'est pas toujours et peut être **imparfaite** : au Rwanda, par exemple, des ONG ont relevé des cas de fausses accusations, des jugements rapidement rendus, des intimidations de témoins.

2. Des sources qui répondent surtout à des besoins du présent

- Les mémoires sont le reflet des besoins du présent, elles évoluent donc constamment. Ainsi, en 1945 quand l'urgence est à la reconstruction et à la cohésion nationale, la mémoire du génocide des Juifs est mise de côté en France au profit de la mémoire résistante. De même, en 1962, l'État français organise l'oubli officiel de la guerre d'Algérie, pour minimiser la perte d'influence et de prestige du pays. Les mémoires permettent alors aux sociétés de **vivre plus sereinement le présent**, loin des souvenirs qui divisent et évoquent des attitudes condamnables.
- De même, **la justice n'est pas toujours partiale quand elle sert des intérêts politiques**. Au Rwanda, les tribunaux locaux ont aussi cherché à favoriser la réconciliation d'une nation divisée. C'est pour cette raison que les violences commises par le Front patriotique rwandais n'ont pas été jugées.

3. Des sources parmi d'autres

- Le rôle de **l'historien** est de **reconstruire scientifiquement le passé**, de faire un récit le plus objectif possible de ce qui n'est plus. L'histoire ne juge pas, elle tente de décrire et d'expliquer, de mettre en relation des faits avec les circonstances politiques, économiques et sociales dans lesquelles ils se sont produits.
- L'historien fonde son travail sur des sources variées qui évoluent en fonction de l'**ouverture progressive des archives** (militaires, policières, privées, etc.). En 1992, l'ouverture d'une partie des archives de la guerre d'Algérie a permis à une nouvelle génération d'historiens de travailler sur la torture, par exemple.

À NOTER
La fin de la guerre froide et l'accès aux sources de l'ancien bloc soviétique ont permis d'importantes découvertes sur le génocide des Juifs et des Tsiganes.

Conclusion

[réponse à la problématique] L'historien ne peut se contenter des mémoires et de la justice pour écrire l'histoire. Celles-ci constituent des sources précieuses, mais il doit les confronter à d'autres types de sources pour les confirmer ou les infirmer. Se rapprocher de la vérité permet de regarder l'histoire « en face » et faire toute la lumière sur des événements particulièrement sombres, douloureux et difficiles à accepter par les sociétés. **[ouverture]** Plus que des sources, les mémoires et dans une moindre mesure la justice sont devenues des objets d'étude pour l'historien depuis les années 1990. Observer leur évolution, retracer leur histoire est aujourd'hui un sujet historique à part entière.

CONSEIL
L'ouverture de votre conclusion doit prolonger votre réflexion et, comme ici, montrer que vous êtes capable d'aller plus loin dans votre analyse du sujet.

SUJET 11 | OBJECTIF BAC

ÉTUDE CRITIQUE DE DOCUMENTS 2 h

Les enjeux mémoriels de la guerre d'Algérie

Les mémoires de la guerre d'Algérie ne sont pas encore apaisées. L'enjeu de ce sujet est de présenter les différents acteurs de ces mémoires et de comprendre leurs divisions. Ce sujet présente également la position actuelle de l'État français dans un contexte qui a évolué depuis la fin de la guerre d'Algérie.

LE SUJET

À l'aide des documents et de vos connaissances, vous présenterez les enjeux mémoriels actuels de la guerre d'Algérie.

Document 1 Les mémoires douloureuses de la guerre d'Algérie

Le travail des historiens sur la guerre d'Algérie n'a jamais cessé. Il a commencé très tôt, dès les années 1970 et 1980, et des deux côtés de la Méditerranée. Et il continue. En revanche, les saignements de mémoire de cette guerre n'ont jamais cessé, alimentés par les très nombreux groupes porteurs de cette mémoire. En France, les enfants d'immigrés algériens ou de harkis, les pieds noirs, les très nombreux soldats partis là-bas... Tous ces groupes ont eu et gardent le sentiment de n'avoir été ni écoutés ni reconnus [...]. [Emmanuel Macron] est le premier à aborder le sujet globalement, en traitant de la question coloniale, donc avant le déclenchement de la guerre elle-même. On se souvient de la polémique, pendant sa campagne en 2017, quand il avait qualifié la colonisation de crime contre l'humanité. Il a ouvert le premier cette brèche, et l'a agrandie en 2018 en se saisissant de l'affaire Maurice Audin[1] en demandant pardon à sa veuve, au nom de la France qui avait enlevé et tué ce militant anticolonialiste. [...]

Cette guerre d'Algérie est instrumentalisée par des lobbys politiques qui en ont fait une rente mémorielle [...]. Dans les deux pays, des groupes politiques s'en servent comme objet politique pour se maintenir ou tenter d'accéder au pouvoir. En France, l'extrême droite en a fait un aspect très important de son programme, et on voit que cela perdure. En Algérie, c'est le parti au pouvoir qui s'en sert depuis soixante ans pour se légitimer. [...]

[En France] il n'y a jamais eu de procès, du fait des nombreuses lois d'amnistie. Personne n'a été poursuivi en justice ou condamné à quoi que ce soit [...]. Si on veut comparer avec la question de la Shoah, outre le travail historique, les procès – celui de Klaus Barbie ou de Maurice Papon – ont été de formidables accélérateurs, des moments de cristallisation, de dévoilement historique des réalités. L'absence de procès sur le conflit algérien est un véritable obstacle. [...] La grande nouveauté, c'est que la nouvelle génération, en France comme en Algérie, veut se réapproprier une histoire qui ne soit ni fantasmée ni instrumentalisée. Emmanuel Macron, qui est né en 1977, appartient à cette génération. Il n'est pas dans une logique de culpabilité, de repentance, ou d'instrumentalisation. Son problème à lui, c'est de faire en sorte que l'on regarde cette histoire pour la dépasser et affronter les défis de l'avenir. Réconcilier les mémoires n'est d'ailleurs pas qu'un enjeu mémoriel, c'est une nécessité historique.

Interview de l'historien Benjamin Stora par Charles de Saint Sauveur, « Pour Macron, la réconciliation des mémoires est un enjeu primordial », *Le Parisien*, 24 janvier 2020.

1. Maurice Audin est un mathématicien français, anticolonialiste et membre du Parti communiste algérien. Arrêté lors de la bataille d'Alger, il a disparu et a été déclaré mort en 1957. L'historien Pierre Vidal-Naquet est convaincu qu'il a été tué pendant son interrogatoire.

Document 2 La commémoration du 17 octobre 1961

Le 17 octobre 2019, Anne Hidalgo (maire de Paris) inaugure la stèle en hommage aux victimes algériennes du 17 octobre 1961. Inscrit sur la plaque : « À la mémoire des nombreux Algériens tués lors de la sanglante répression de la manifestation pacifique du 17 octobre 1961[1]*. » (photo publiée sur le site rtl.fr)*

1. Le 17 octobre 1961, 20 000 Algériens, à l'appel du FLN, défient le couvre-feu qui leur est imposé à Paris. Selon les historiens, entre 50 et 120 Algériens sont tués, et leurs corps sont jetés dans la Seine par les forces de l'ordre. Maurice Papon est alors le préfet de police de Paris.

LES CLÉS POUR RÉUSSIR

→ *Reportez-vous à la méthode détaillée de l'étude critique de document(s) p. 316.*

Identifier les documents

Documents 1 et 2

Nature, genre, source
- **Doc. 1 :** article de presse (*Le Parisien*) : interview
- **Doc. 2 :** photographie de presse (et son paratexte)

Auteur
- **Doc. 1 :** Benjamin Stora, historien spécialiste de la guerre d'Algérie et de leurs mémoires
- **Doc 2 :** site Internet de la radio RTL

Date et contexte

2019/2020 : le président Macron exprime en février 2020 sa volonté d'apaiser les mémoires de la guerre d'Algérie

Thèmes
- Histoire et mémoires de la guerre d'Algérie : multiplicité des mémoires
- Devoir de mémoire
- Apaisement des conflits mémoriels

Comprendre la consigne

- Les groupes mémoriels qui portent les souvenirs de la guerre d'Algérie sont multiples et opposent des visions différentes du conflit depuis 1962.
- Dépasser ces divisions pour faire une histoire apaisée du conflit est une volonté des historiens. Plus récemment, elle est devenue une volonté politique.

Dégager la problématique et construire le plan

En quoi ces documents témoignent-ils des enjeux mémoriels actuels de la guerre d'Algérie ?

I Les mémoires de la guerre d'Algérie sont encore conflictuelles
- Quels sont les différents groupes mémoriels de la guerre d'Algérie en France ?
- Quelle est la mémoire du conflit en Algérie ?

II Cette « guerre des mémoires » a des causes multiples
- Quels sont les « lobbys » politiques évoqués par l'auteur du texte ?
- Quelle a été la mémoire officielle véhiculée par les deux pays après 1962 ?

III Différents modes de résolution
- Comment les travaux historiques peuvent-ils apaiser les conflits mémoriels ?
- Quelles formes peut prendre aujourd'hui le « devoir de mémoire » ?

LE CORRIGÉ

Les titres et les indications entre crochets ne doivent pas figurer sur la copie.

Introduction

[accroche] La guerre d'Algérie reste une plaie ouverte des deux côtés de la Méditerranée. **[présentation du sujet]** Dans une interview accordée au *Parisien* le 24 janvier 2020, l'historien Benjamin Stora évoque ces « saignements des mémoires » (l. 3) et la nécessité actuelle d'apaiser les conflits mémoriels concernant ce conflit. Le second document soumis à notre étude est une photographie de la cérémonie d'inauguration d'une plaque commémorative en hommage aux victimes de la répression du 17 octobre 1961. Elle illustre la volonté de laisser une trace de toutes les souffrances de la guerre d'Algérie, quelles qu'en aient été les victimes. **[problématique]** En quoi ces documents reflètent-ils les enjeux mémoriels actuels concernant la guerre d'Algérie ? **[annonce du plan]** Nous verrons que si les mémoires du conflit sont encore multiples **[I]**, leur opposition est ancienne et repose sur de multiples facteurs **[II]**. Aujourd'hui, le contexte politique est sans doute propice à une relecture plus apaisée de la guerre d'Algérie, du moins en France **[III]**.

LE SECRET DE FABRICATION
Dans une étude critique de documents, l'accroche a un caractère plus facultatif que dans une dissertation, une phrase courte suffit. Pour la problématique, vous pouvez reprendre la consigne sous forme de question. En revanche, soignez la présentation des documents.

I. Des mémoires encore conflictuelles

1. Des mémoires divisées en France

- Dans cette interview, Benjamin Stora évoque « des **groupes porteurs** » de **mémoires multiples** (l. 4-5). « En France, les enfants d'immigrés algériens ou de harkis, les pieds noirs, les très nombreux soldats partis là-bas » (l. 5-6). Leurs mémoires s'opposent.

LE SECRET DE FABRICATION
Commencez si possible votre développement par une citation du texte qui présente de façon générale le problème dont il est question. Vous montrerez ainsi que vous êtes bien dans l'analyse d'un document et que vous n'allez pas vous contenter de restituer des connaissances.

- En effet, les groupes mémoriels qui portent la **nostalgie de l'Algérie française** sont nombreux : les pieds noirs, marqués par le traumatisme du rapatriement en 1962, les partisans de l'Algérie française (anciens militaires, anciens membres de l'OAS), les harkis, anciens supplétifs de l'armée française qui ont trouvé refuge en France, abandonnés par le pouvoir et rejeté de leur pays natal.
- Les appelés du contingent sont ceux qui effectuaient leur service militaire en Algérie. Ils ont œuvré pour la **reconnaissance officielle de la guerre d'Algérie**

afin d'obtenir des pensions d'anciens combattants. La majorité de ce groupe mémoriel milite pour une histoire plus apaisée de ce conflit.

2. Les mémoires algériennes

- Les **immigrés algériens de France et leurs enfants** dénoncent les conséquences de la guerre en France : la montée du racisme et des discriminations. Ils sont sans aucun doute à l'origine des **commémorations des répressions** dont leurs parents ont été victimes comme celle du 17 octobre 1961 (document 2).
- Les **anciens combattants du FLN et les nationalistes** véhiculent la mémoire d'une **guerre de libération** contre l'occupant français. Cette mémoire se confond avec la mémoire nationale, inscrite dans la Constitution de l'Algérie.

CONSEIL
N'oubliez pas, autant que possible, de citer les deux documents dans chaque partie du devoir, et à plusieurs reprises.

[transition] Benjamin Stora évoque rapidement le « conflit mémoriel » (l. 3-7) en France et en Algérie, mais il insiste davantage sur les raisons de cette fracture des mémoires.

II. Une « guerre des mémoires » aux causes multiples

1. Un long silence

- « Emmanuel Macron est le premier à aborder le problème globalement » (l. 7-8). En effet, avant lui, la mémoire officielle de la guerre d'Algérie ne concernait que le conflit lui-même et les personnes y ayant participé. Au sortir du conflit, c'est surtout l'oubli qui domine, le **temps de l'amnésie** dure jusqu'en 1968. À partir de cette date, les mémoires évoluent : **la jeunesse engagée à gauche remet en cause le passé colonial** de la France et des historiens, comme Pierre Vidal-Naquet, évoquent pour la première fois la torture.

À NOTER
Dans *Raison d'État*, en 1972, Pierre Vidal-Naquet présente le cas de Maurice Audin comme l'évoque indirectement le paratexte du document 1.

- Dans les années 1980, **les mémoires s'éveillent et se durcissent** : celle des jeunes générations issues de l'immigration algérienne qui dénoncent le racisme, celle des enfants de harkis qui luttent pour une reconnaissance officielle des souffrances de leurs parents (l. 27-29). En 1997, le procès de Maurice Papon, impliqué dans la répression du 17 octobre 1961 et du 8 février 1962, réveille le besoin de vérité historique (document 2).

2. L'absence de justice

- Si Maurice Papon a été jugé, ce n'est pas dans le cadre de la guerre d'Algérie mais pour sa participation à la collaboration et à la déportation des Juifs de France pendant la Seconde Guerre mondiale. « **L'absence de procès sur le conflit algérien est un véritable obstacle** » (l. 26-27) à l'écriture de l'histoire et à la réconciliation mémorielle. Aucun procès n'a permis « de dévoilement historique des réalités » (l. 25-26).

› En effet, une série de **lois d'amnistie** est accordée entre 1962 (dans les accords d'Évian) et 1982, qu'il s'agisse des délits ou crimes commis par le FLN, l'OAS ou des militaires français. Il fallait alors de tourner vite la page « des événements » et du passé colonial de la France.

3. Des mémoires instrumentalisées à des fins politiques

› Benjamin Stora affirme qu'en France **l'extrême droite instrumentalise les conflits mémoriels** (l. 15-19). Il sous-entend ici que le Rassemblement national défend la mémoire des nostalgiques de l'Algérie française. Ce groupe mémoriel obtient d'ailleurs en 2005 la reconnaissance officielle des souffrances des rapatriés, réveillant une guerre des mémoires entre la France et l'Algérie. En 2016, la responsabilité de la France dans le sort particulier des harkis est reconnue pour la première fois.

› En Algérie, « c'est le parti au pouvoir qui s'en sert depuis soixante ans pour se légitimer » (l. 19-20). Il est vrai que **la Constitution algérienne de 1963 impose une vision officielle de l'histoire**, celle de plus d'un million de « martyrs ». Le pouvoir algérien est encore l'héritier de cette vision aujourd'hui.

LE SECRET DE FABRICATION

N'hésitez pas à multiplier les citations du texte, en les intégrant dans votre argumentation et en les faisant immédiatement suivre de leur explicitation, comme ici, dans la phrase qui suit. Vos connaissances éclairent alors les propos de l'auteur.

[transition] Les conflits de mémoire qui opposent des groupes en France mais aussi la France à l'Algérie trouvent donc leurs origines dans l'histoire de la décolonisation, l'absence de justice et l'instrumentalisation politique qui existe encore de ce conflit. Une nouvelle génération d'hommes et de femmes veut dépasser ces oppositions pour construire une mémoire plus apaisée de la guerre d'Algérie.

III. Une volonté d'apaiser les mémoires est aujourd'hui à l'œuvre

1. Grâce à une nouvelle génération d'hommes politiques

› « Emmanuel Macron, qui est né en 1977 [...] n'est **pas dans une logique de culpabilité, de repentance, ou d'instrumentalisation**. Son problème à lui, c'est de faire en sorte que l'on regarde cette histoire pour la dépasser » (l. 29-32). Par ces lignes, Benjamin Stora donne un éclairage sur la volonté du président de la République de faire des mémoires de la guerre d'Algérie une priorité historique mais aussi politique. Il est le premier président à être né après ce conflit, il n'en a été ni l'acteur (comme François Mitterrand et Jacques Chirac), ni le témoin (Nicolas Sarkozy et François Hollande).

› Emmanuel Macron va en effet plus loin que ses prédécesseurs afin d'**apaiser les relations franco-algériennes**. Il utilise même le terme

À NOTER

N. Sarkozy avait évoqué en 2007 à Alger « les fautes de la colonisation française » tandis qu'en 2016, F. Hollande avait parlé des « souffrances infligées au peuple algérien ». En 2017, E. Macron, en campagne électorale, est accusé de vouloir séduire l'électorat d'origine maghrébine en France.

de « crimes contre l'humanité » pour évoquer la colonisation française, terme qui suscite tout de suite une vive polémique. Il n'en reste pas moins qu'il cherche à **élargir la question de la guerre d'Algérie à celle de la colonisation dans son ensemble.**

- L'inauguration d'une plaque face à la Seine par la maire de Paris relève de la même volonté de vérité historique (document 2). Après le réveil mémoriel des années 1970, seules certaines mémoires du conflit ont été honorées (mémoires des pieds noirs, mémoires des harkis). Cette plaque est sans ambiguïté sur les victimes et leur sort, même si le nombre de victimes est encore objet de débat. Cette inauguration s'inscrit dans un « devoir de mémoire » mais aussi d'histoire.

2. Des politiques qui s'appuient sur les travaux des historiens

- Emmanuel Macron n'est pas un spécialiste de l'histoire de la guerre d'Algérie et de ses mémoires. **Il s'appuie sur le travail des historiens** « qui n'a jamais cessé [...], a commencé très tôt, dès les années 1970 et 1980, et des deux côtés de la Méditerranée » (l. 1-3).

- Benjamin Stora fait évidemment référence à ses travaux personnels mais aussi à ceux de **Pierre Vidal-Naquet** qui ont sans doute pesé dans la décision du président de « demander pardon » à la veuve de Maurice Audin mentionné dans le document 1 (l. 12-14). Les historiens comme Raphaëlle Branche, Sylvie Thénault, Mohammed Harbi et bien d'autres poursuivent leurs recherches car, comme l'indique Benjamin Stora, c'est une **nécessité historique pour réconcilier les mémoires.**

Conclusion

[réponse à la problématique] Ces deux documents évoquent donc bien la complexité des enjeux mémoriels concernant la guerre d'Algérie. Après des décennies de mémoires parallèles et concurrentes, la volonté politique actuelle semble rejoindre celle des historiens, afin de mettre fin à une concurrence mémorielle qui suscitait tensions et incompréhensions.

[ouverture] Il n'en reste pas moins que ce processus de réconciliation sera encore long et difficile. L'absence de consensus sur le jour de commémoration de la fin de la guerre d'Algérie en est le parfait exemple. C'est tout l'objet du rapport rendu par Benjamin Stora au président de la République en 2021 qui propose des mesures concrètes pour apaiser les mémoires.

> **CONSEIL**
> Attention dans ce sujet à ne pas donner votre avis. Vous devez rester neutre.

Thème 3

6 Histoire et mémoires du génocide des Juifs et des Tsiganes

Chaque année, le camp d'Auschwitz-Birkenau accueille plus de 2 millions de visiteurs. Environ 1 million de Juifs et près de 20 000 Tsiganes y ont été assassinés entre 1940 et 1945.

TESTEZ-VOUS

→ CORRIGÉS P. 318-319

Faites le point sur vos connaissances, puis établissez votre **parcours de révision** en fonction de votre score.

1 Les lieux de mémoire du génocide

→ FICHE 24

1. Les premiers lieux de mémoire du génocide des Juifs prennent la forme…

☐ **a.** de mémoriaux construits dans les anciens camps.

☐ **b.** de plaques dans les synagogues, de monuments dans les cimetières juifs.

☐ **c.** de musées narratifs retraçant le processus génocidaire.

2. Associez chaque lieu au type de musée auquel il correspond.

a. Mémorial de Caen	•	•	Musée narratif
b. Treblinka	•	•	Musée *in situ*
c. Mémorial de l'Holocauste	•	•	Musée de guerre

3. Vrai ou faux ? Cochez la case qui convient.

	V	F
a. L'historien Pierre Nora a inventé le concept de lieu de mémoire.	☐	☐
b. Yad Vashem est à l'origine du Mémorial de la Shoah.	☐	☐
c. Le camp d'Auschwitz-Birkenau est situé en Pologne.	☐	☐

…/3

2 Juger les crimes nazis après Nuremberg

→ FICHE 25

1. Combien de criminels nazis sont jugés à Nuremberg ?

☐ **a.** 12 ☐ **b.** 20 ☐ **c.** 24

2. Vrai ou faux ? Cochez la case qui convient.

	V	F
a. On nomme « diaspora juive » la communauté vivant en Israël.	☐	☐
b. Les crimes contre l'humanité sont imprescriptibles en France.	☐	☐
c. Klaus Barbie est le premier accusé pour crime contre l'humanité en France.	☐	☐

3. Dans quel pays Simon Wiesenthal crée-t-il en 1947 un centre pour aider la traque d'anciens nazis ?

☐ **a.** Allemagne ☐ **b.** Autriche ☐ **c.** Israël

4. Complétez le texte suivant.

Serge et Beate Klarsfeld ont dédié leur vie à l'histoire de la Shoah. Ils ont permis le .... des déportés juifs de France et ont passé leur vie à traquer d'anciens .... Ils sont à l'origine de l'arrestation de .... jugé en France en 1987. Ils se sont engagés pour combattre le .... et transmettre la mémoire du génocide.

.../4

3 La Shoah dans la littérature et le cinéma

→ FICHE 26

1. Associez chaque œuvre à son auteur.

a. *Si c'est un homme* •	• Marvin Chomsky
b. *Holocaust* •	• Claude Lanzmann
c. *Nuit et Brouillard* •	• Primo Levi
d. *Shoah* •	• Art Spiegelman
e. *Maus* •	• Alain Resnais

2. Les premiers témoignages écrits de la Shoah visent à...

☐ a. décrire précisément les faits tels qu'ils se sont déroulés.
☐ b. servir de preuve en cas de procès.
☐ c. être transmis aux familles des victimes.

3. Vrai ou faux ? Cochez la case qui convient.

	V	F
a. *Shoah* de Claude Lanzmann est un film d'images d'archives.	☐	☐
b. *Le Fils de Saul* a obtenu le Grand Prix du festival de Cannes.	☐	☐
c. *Holocaust* est une mini-série américaine sur le génocide.	☐	☐
d. *Si c'est un homme* est un succès littéraire dès sa sortie.	☐	☐

4. Quelle œuvre relatant la Shoah est une bande dessinée ?

☐ a. *Les Disparus*
☐ b. *Maus*
☐ c. *J'ai pas pleuré*

.../4

Score total .../11

Parcours PAS À PAS ou EXPRESS ? → MODE D'EMPLOI P. 3

24 Les lieux de mémoire du génocide

En bref *Alors que les derniers témoins du génocide des Juifs et des Tsiganes s'éteignent, les lieux de mémoire ont un rôle éducatif crucial et sont des supports au « devoir de mémoire ».*

I Des lieux de mémoire rares dans l'immédiat après-guerre

- En France, dès 1945, les rares survivants du génocide inscrivent les noms des victimes sur des plaques mais sans indiquer leur confession. Pour l'opinion publique, la **déportation** est alors uniquement liée à l'**action résistante**.
- Le génocide n'est pas clairement évoqué et ses **lieux de mémoire** restent confinés à la **communauté juive** : monuments dans les carrés juifs des cimetières et les synagogues, commémorations dans les camps par des **associations de déportés**.

> **MOT CLÉ**
> Un « **lieu de mémoire** » est un concept défini par l'historien Pierre Nora en 1984. Il désigne des symboles et des lieux liés à des événements historiques dont la collectivité veut se souvenir.

- Les camps, premiers lieux de mémoire, sont **instrumentalisés** pour servir une **mémoire officielle** : Auschwitz-Birkenau est présenté par les Soviétiques comme un lieu du martyre des communistes et des Polonais.

II La multiplication des lieux de mémoire

1 La création des premiers mémoriaux (1950-1960)

- Le premier **mémorial** du martyr juif inconnu est inauguré à Paris en 1956. Cette initiative est mal perçue par l'État d'Israël qui vote une loi fondant **Yad Vashem**. Cet organisme, fondé en 1957, obtient le droit exclusif de recenser les victimes de la Shoah et de distribuer les autorisations de construire des mémoriaux.
- **Isaac Schneersohn**, à l'initiative du mémorial parisien, met au point une **norme** pour les mémoriaux : dans un même lieu, coexistent espaces de recueillement, archives, bibliothèque, salle de conférences et expositions.

2 La déferlante mémorielle (1990-2010)

- Dans les années 1990-2000, les sociétés prennent conscience de l'imminence de la disparition des survivants et les « musées de la Shoah » se multiplient.
- Les **musées narratifs** retracent le processus génocidaire : Mémorial du martyr juif inconnu à Paris, devenu **Mémorial de la Shoah** en 2005 ; **Mémorial aux Juifs assassinés d'Europe** à Berlin (2005) ; **Mémorial de l'Holocauste** à Washington (1993) qui témoigne d'une certaine « américanisation » de la Shoah.

- Les **musées *in situ*** décrivent le génocide dans certains des lieux où il s'est déroulé : **camps d'internement** français (Pithiviers, Drancy, etc.), **camps de concentration** ou **centres de mise à mort polonais**.

> **INFO**
> Les **centres de mise à mort polonais** sont Auschwitz, Chelmno, Treblinka, Belzec, Sobibor et Majdanek.

- Enfin, des **musées plus largement consacrés à la Seconde Guerre mondiale** (Mémorial de Caen, Imperial War Museum à Londres) abritent un espace dédié à la Shoah, de même que des musées consacrés à l'histoire et à la culture juives (musées juifs de Berlin, Vienne, Varsovie ou Londres).

III Entre histoire et devoir de mémoire

- Les lieux de mémoire *in situ* complètent la **connaissance historique** et permettent de saisir une **atmosphère** et l'ampleur de la destruction. Les anciens ghettos illustrent le dynamisme de la culture juive polonaise avant son **anéantissement**.
- Ces lieux de mémoire ne sont pas indispensables pour faire l'histoire. Ils répondent plutôt au **devoir de mémoire** que les États et les sociétés entretiennent pour rendre hommage aux victimes et ne pas oublier ce qu'elles ont vécu.
- Pourtant, certains mémoriaux restent à créer : le **génocide des Tsiganes**, oublié pendant 40 ans, manque aujourd'hui de lieux de mémoire et de mémoriaux officiels. Angela Merkel à Berlin en 2012 et François Hollande à Saint-Sixte en 2016 ont inauguré des monuments rendant hommage aux victimes de cette communauté.

zoOm

Le Mémorial de la Shoah de Drancy

- La cité de la Muette sert de **camp de transit** pour près de 63 000 Juifs pendant la guerre. Dès 1946, des rescapés y organisent des commémorations, font construire un monument (1976) et installent un wagon « du souvenir » (1988).
- Le 23 septembre 2012, à l'initiative de la Fondation pour la mémoire de la Shoah, le Mémorial de Drancy (Seine-Saint-Denis) ouvre ses portes. Il fait face à la cité, il est un lieu d'**éducation** et de **transmission** de la mémoire juive ouvert sur la ville.

25 Juger les crimes nazis après Nuremberg

En bref *Si les procès des criminels nazis permettent d'établir leurs différents niveaux de responsabilité, ils sont aussi des outils pour faire l'histoire et des moments de construction de la mémoire.*

I Une justice pour l'histoire

1 Passer de la guerre à la paix

- De novembre 1945 à octobre 1946, vingt-quatre dignitaires nazis sont poursuivis par le **Tribunal militaire international de Nuremberg** → FICHE 19. L'accusation se base sur des documents écrits. Ils sont un point de départ pour écrire l'histoire du nazisme. Le génocide des Juifs est évoqué mais il est dilué dans la masse des crimes nazis.
- Les Américains tiennent **douze autres procès** « successeurs » à Nuremberg avant 1949. 177 personnes sont jugées : des médecins des camps, des membres des *Einsatzgruppen* et ainsi que des entreprises comme IG Farben (productrice du Zyklon B). Au total, 5 025 personnes seront jugées dans les zones occidentales, et sans doute plus de 10 000 dans la zone soviétique.
- L'ONU adopte en 1948 la **Convention pour la prévention et la répression du crime de génocide** et la **Déclaration universelle des droits de l'homme**. La Shoah entre dans l'histoire de l'humanité → FICHE 19.

2 Une entreprise judiciaire difficile

- Dans le contexte de la guerre froide, la justice est transférée aux autorités allemandes qui se montrent **clémentes** vis-à-vis des fonctionnaires et des officiers nazis. En 1947, **Simon Wiesenthal** crée en Autriche un centre de documentation qui se consacre à retrouver les criminels nazis qui ont fui, notamment en Amérique latine.
- En France, dans les années 1950, les tribunaux militaires jugent des Allemands pour crimes de guerre, souvent **par contumace** : **Klaus Barbie**, responsable de la Gestapo à Lyon (1952) ; **Aloïs Brunner**, responsable du camp de Drancy (1954).

> **MOT CLÉ**
> Un **jugement par contumace** a lieu en l'absence de l'accusé.

II Une justice pour la mémoire

1 Le procès d'Eichmann : le « Nuremberg du peuple juif »

- Le procès d'Adolf Eichmann, enlevé en Argentine, se déroule en 1961 à Jérusalem. Il constitue un **tournant dans l'histoire de la mémoire juive** : c'est le premier procès centré exclusivement sur l'extermination des Juifs. Les récits de nombreux **témoins**, diffusés à la radio et à la télévision, provoquent une **prise de conscience mondiale**.

■ En Israël, ce procès renforce les liens entre le pays et la **diaspora**. En Allemagne, il encourage les autorités à **poursuivre les criminels en liberté** : des responsables d'Auschwitz (1963-1965) sont jugés à Düsseldorf, et ceux de Majdanek et de la déportation de Juifs de France sont jugés à Cologne (1975-1981).

MOT CLÉ

La **diaspora** juive désigne l'ensemble des Juifs vivant hors d'Israël après sa création.

2 Les derniers procès de la Shoah en Europe

■ En France, à la fin des années 1960, la mémoire de la Shoah émerge. Grâce à la loi de 1964, rendant le crime contre l'humanité **imprescriptible**, des procès de criminels nazis et de leurs complices deviennent possibles.

■ Le procès de **Klaus Barbie** (dirigeant de la Gestapo à Lyon) se tient en 1987, grâce au combat mené par **Serge et Beate Klarsfeld**. Pour la première fois en France, un homme est jugé pour crime contre l'humanité. Médiatisé, filmé, ce procès permet de combattre le **négationnisme** et donne une leçon d'histoire.

■ Les **derniers criminels nazis** sont traduits en justice en Allemagne dans les années 2000. Très âgés, ils disparaissent peu à peu. Pourtant, à l'été 2013, le centre Simon-Wiesenthal lance en Allemagne une campagne d'affichage pour débusquer les derniers nazis. Pour Serge Klarsfeld, de tels procès ne sont plus souhaitables.

zoOm

Les époux Klarsfeld : deux vies pour la justice, l'histoire et la mémoire

■ Surnommés les « **chasseurs de nazis** », Beate et Serge Klarsfeld ont dédié leur vie à la mémoire de la Shoah. Beate a connu la célébrité pour avoir giflé le chancelier allemand Kurt Georg Kiesinger, ancien membre du parti nazi, en 1968. Serge a fondé l'association Fils et filles de déportés juifs de France en 1979.

■ D'une **action de justice**, les époux Klarsfeld sont passés à l'**écriture de l'histoire**, en recensant les victimes de la Shoah en France, puis à une **action mémorielle** en développant les lieux de mémoire.

26 Le génocide dans la littérature et le cinéma

En bref *Relater ou mettre en scène le génocide semble impossible tant les mots et les images sont incapables de décrire l'horreur. Pourtant, témoigner est une nécessité pour lutter contre l'oubli. Les récits littéraires et les films ont suivi le rythme de l'histoire de la mémoire du génocide.*

I Une intention précoce mais difficile

1 Écrire et filmer pendant la guerre

- Dès 1942, les **habitants des ghettos polonais** écrivent pour laisser une trace de leurs souffrances mais aussi pour fournir des éléments de preuve du génocide.
- Dès la fin de 1941, les **Soviétiques** filment les traces des exactions commises à l'Est, notamment la mise à jour des fosses : à des fins de **propagande** (mobiliser la haine de l'ennemi) et pour alerter l'**opinion internationale**.

2 Dans l'immédiat après-guerre : un récit inaudible

- Entre 1945 et 1948, près de 400 « livres du souvenir » sont écrits collectivement par des survivants des ghettos. Mais ces œuvres ne connaissent qu'une **diffusion confidentielle** : le temps est à l'**oubli**.
- En 1945, les **images anglo-saxonnes** de la libération des camps sont diffusées au cinéma avant les actualités : le monde découvre l'horreur des « camps ». Elles sont présentées comme des **preuves à Nuremberg**. Mais elles font naître une **confusion** durable entre les déportés sélectionnés pour travailler et les Juifs exterminés dans les chambres à gaz.

INFO
Le ***Journal d'Anne Frank*** et ***Si c'est un homme*** de Primo Levi sortent en 1947. S'ils sont aujourd'hui considérés comme des œuvres majeures sur la Shoah, ils n'ont eu que peu de lecteurs à leur sortie.

II Le réveil littéraire et cinématographique

1 L'éclipse avant le réveil

- Dans les années 1948-1955, les récits littéraires se tarissent **faute de lecteurs et de témoignages**. Les films concernant la Shoah sont tout aussi rares, sauf à l'Est où certains sont tournés à Auschwitz, ouvert par les Soviétiques en 1947.
- En 1956, ***Nuit et Brouillard***, premier film français évoquant le **système concentrationnaire** nazi, choque par sa violence : des bulldozers poussent les cadavres dans des fosses, des montagnes de cheveux et d'objets personnels des victimes témoignent de l'extermination. Mais le sort des Juifs n'est pas identifié, c'est un **documentaire sur la déportation**.

2 | Le réveil mémoriel

■ Le **procès d'Eichmann** → FICHE 25, en 1961, libère la parole. Ainsi, Léon Uris publie *Exodus* (1961), adapté au cinéma la même année, et Primo Levi sort *La Trêve* (1963), récit de son retour en Italie. À cette occasion, *Si c'est un homme* est réédité et connaît un succès mondial. *La Nuit*, d'Elie Wiesel, connaît un cheminement analogue.

■ En 1977, la série télévisée américaine ***Holocaust***, réalisée par Marvin Chomsky, matérialise également ce tournant. Malgré un succès considérable, elle suscite les critiques des rescapés. Elle est diffusée en France en 1979, pendant le procès de Cologne, afin de répondre aux premiers propos négationnistes.

III La Shoah : un sujet devenu universel

■ En 1985 sort le film ***Shoah***, de Claude Lanzmann. Ce documentaire de plus de 9 heures est constitué de témoignages de victimes, de bourreaux (filmés à leur insu) et de villageois témoins du génocide.

■ Entre 1985 et 2000, **2 000 films** sont consacrés à la Shoah, dont *La Liste de Schindler* (1993) et *La Vie est belle* (1997), et plus de 20 000 films depuis les années 2000 comme *Le Pianiste* (2002) ou *La Rafle* (2009). Le film hongrois *Le Fils de Saul* (2015), qui met en scène le quotidien d'un *sonderkommando*, obtient le Grand Prix du festival de Cannes. Le sujet devient universel.

■ Les **derniers rescapés vivants** prennent la plume (Ida Grinzpan, *J'ai pas pleuré*, 2002). Après la génération des enfants de déportés dans les années 1990 (Patrick Modiano, Art Spiegelman avec la bande dessinée *Maus*), c'est aujourd'hui celle des **petits-enfants** qui écrit. Ils rédigent ainsi des enquêtes sur les grands-parents qu'ils n'ont jamais connus (Daniel Mendelsohn, *Les Disparus*, 2006).

zoOm

Chil Rajchman, *Je suis le dernier Juif*

■ Chil Rajchman est l'**un des 57 survivants** du centre de mise à mort de **Treblinka**, duquel il s'échappe au cours du soulèvement d'août 1943. Caché à Varsovie jusqu'à la libération de la ville, il y écrit en yiddish son expérience à Treblinka où il a travaillé à dépouiller et faire disparaître les corps des victimes.

■ Peu avant sa mort en 2004, il demande à sa famille de publier son récit. Rédigé dans l'urgence, son témoignage frappe par sa violence et sa crudité : **aucune distance mémorielle ni historique** ne s'interpose entre le vécu de l'auteur et l'écriture.

MÉMO VISUEL

HISTOIRE ET MÉMOIRES DU GÉNOCIDE DES JUIFS ET DES TSIGANES

Une justice difficile

- Dilution du sort des Juifs dans les autres crimes nazis (Nuremberg et procès successeurs)
- Non reconnaissance du génocide des Tsiganes
- Fuite de criminels nazis
- Justice allemande clémente dans le contexte de la guerre froide

Procès d'Adolf Eichmann

1945 — **1957** — **1961**

AMNÉSIE
Le temps de l'oubli

ANAMNÈSE
L'éveil de la mémoire

Création de Yad Vashem à Jérusalem

Des lieux de mémoire rares et des récits inaudibles

- Carrés juifs des cimetières
- Plaques dans les synagogues

- Faible diffusion des témoignages
- Amalgame entre les déportés (Resnais, *Nuit et Brouillard*)

L'ère du témoin

- Procès d'Eichmann à Jérusalem (1961)
- Réédition de *Si C'est Un Homme* de Primo Levi (1963)

Les derniers procès

- Procès en Allemagne (Düsseldorf et Cologne) de responsables d'Auschwitz et de Majdanek (1963 à 1981)
- Procès de Klaus Barbie (1984)
- 2013 : campagne du centre Wiesenthal pour débusquer les derniers nazis

Premier mémorial du génocide des Tsiganes en France

1985 — 2004 — 2016

HYPERMNÉSIE

Le devoir de mémoire

1985 : *Shoah* (Claude Lanzmann)

2004 : *Je suis le dernier Juif* (Chil Rajchman)

La profusion mémorielle

- Multiplication des musées de la Shoah : USHMM à Washington, Mémorial de la Shoah à Paris

- Sujet universel dans la littérature et le cinéma : *Maus* (Art Spiegelman, 1990)

SUJET 12 | OBJECTIF BAC

DISSERTATION 2 h Les lieux de mémoire du génocide

Ce sujet interroge sur la finalité des lieux de mémoire. Leur nature diverse et l'absence de certains lieux de mémoire posent la question de leurs fonctions. Les notions d'histoire et de mémoires doivent également être mobilisées.

LE SUJET

Les lieux de mémoire du génocide des Juifs et des Tsiganes.

LES CLÉS POUR RÉUSSIR

→ Reportez-vous à la méthode détaillée de la dissertation p. 314.

Analyser le sujet

Les lieux de mémoire du génocide des Juifs et des Tsiganes

Formulation
Un thème du chapitre conclusif

Type de sujet
Sujet analytique

Bornes chronologiques
Sans indication : de nos jours

Notions et mots clés
- lieux de mémoire : lieux, symboles, dates, liés à des événements dont on veut se souvenir (Pierre Nora)
- génocide : destruction programmée de tout un peuple (ici deux peuples : les Juifs et les Tsiganes)

Dégager la problématique

- Les lieux de mémoire du génocide des Juifs et des Tsiganes sont de nature différente. Ils sont multiples concernant le génocide des Juifs mais beaucoup plus rares pour celui des Tsiganes. Il faut donc s'interroger sur la finalité de ces lieux de mémoire et sur ces différences de traitement.
- Quels rôles les lieux de mémoire du génocide des Juifs et des Tsiganes jouent-ils aujourd'hui ?

Construire le plan

Le sujet est **analytique** : il conduit à décrire une situation. On peut répondre à la problématique après avoir présenté les différents lieux de mémoire.

I Les lieux de mémoire du génocide sont multiples	▸ Faites une présentation organisée des différents lieux de mémoire du génocide. ▸ Regroupez-le en deux ou trois rubriques.
II Ces lieux permettent de mieux connaître l'histoire du génocide…	▸ Que montrent ces lieux de mémoire ? ▸ Que ne montrent-ils pas ?
III … mais ils répondent surtout à un devoir de mémoire	▸ Pourquoi certains lieux répondent-ils plus à un « devoir de mémoire » qu'à un « travail d'histoire » ? ▸ En quoi sont-ils incomplets ?

LE CORRIGÉ

Les titres et les indications entre crochets ne doivent pas figurer sur la copie.

LE SECRET DE FABRICATION

Lorsque le sujet comprend une notion importante, comme ici celle de « lieu de mémoire », il est pertinent d'en citer l'auteur. Vous montrez ainsi que vous maîtrisez les concepts. Pierre Nora propose, lors de la parution de son ouvrage *Les Lieux de mémoire*, une réflexion générale sur les traces matérielles et immatérielles du passé.

Introduction

[accroche] La mémoire du génocide des Juifs et des Tsiganes, lente à émerger, est devenue aujourd'hui omniprésente, et a même pris un caractère d'urgence avec la disparition progressive de ses derniers témoins. **[présentation du sujet]** Les lieux de mémoire, tels que définis par Pierre Nora, sont des espaces mais aussi des symboles ou des dates, liés à des événements du passé dont l'on veut se souvenir. Concernant le génocide des Juifs qui s'est déroulé pendant la Seconde Guerre mondiale, les lieux de mémoire sont nombreux et de natures différentes alors qu'ils sont beaucoup plus rares pour les victimes tsiganes. **[problématique]** Quels rôles ces lieux de mémoire peuvent-ils jouer aujourd'hui ? **[annonce du**

plan] S'ils diffèrent par leur nature **[I]**, les lieux de mémoire permettent de mieux connaître le processus de destruction dont les Juifs et les Tsiganes ont été les victimes **[II]**. Cependant, ces lieux répondent surtout à un devoir de mémoire et témoignent d'un déséquilibre mémoriel **[III]**.

I. De multiples lieux de mémoire pour le génocide

1. Les mémoriaux

- À la fin de la guerre, les centres de mise à mort installés en Pologne sont en partie détruits ou non accessibles. Pour les descendants des victimes, **le recueillement sur les lieux du crime est impossible.** C'est la raison pour laquelle des mémoriaux voient le jour ailleurs, loin des sites de l'anéantissement.
- En 1956, un premier **mémorial du Martyr juif inconnu** est inauguré à Paris. Il deviendra le mémorial de la Shoah en 2005. En 1957, le **Mémorial de Yad Vashem** ouvre à Jérusalem. Par un vote de l'Assemblée israélienne, celui-ci obtient le droit de distribuer les **autorisations** de construire d'autres mémoriaux de la Shoah dans le monde.
- C'est ainsi que naît le **Mémorial de l'Holocauste à Washington** en 1993, considéré aujourd'hui comme le plus important, puis celui de **Berlin** en 2005. Ils sont particulièrement nombreux dans les grandes métropoles américaines.

À NOTER
En 1947 le gouvernement polonais ouvre Auschwitz pour en faire un lieu de mémoire, mais il met surtout en avant les victimes polonaises (5 millions de Polonais dont 3 millions de Juifs).

2. Les sites du génocide

- Si un lieu incarne la mémoire du génocide des Juifs et des Tsiganes, c'est bien **Auschwitz-Birkenau.** Le nombre de victimes (1,1 million dont 1 million de Juifs et 21 000 Tsiganes) efface presque les autres lieux de mémoire situés en Pologne : Treblinka, Chelmno, Sobibor, Belzec, Majdanek. D'autres sites où des Juifs ont été fusillés sont des **centres de mise à mort** comme Babi Yar en Ukraine.

À NOTER
La recherche historique préconise de ne pas utiliser le terme de « camp d'extermination », mais plutôt celui de « centre de mise à mort » pour désigner des sites sur lesquels les Juifs étaient assassinés dès leur arrivée.

- Les **camps de concentration ou de travail forcé** mais aussi les **ghettos** sont également des lieux de mémoire. Les détenus y mouraient de faim, de froid, d'épuisement ou du typhus. Les principaux camps sont Mauthausen, Sachsenhausen, Ravensbrück en Allemagne, Struthof en Alsace. Auschwitz-Birkenau et Majdanek étaient également des camps de travail forcé. Varsovie et Cracovie abritaient les principaux ghettos en Pologne.
- Les **camps de transit, ou camps d'internement**, comme Drancy en région parisienne, le camp des Milles en Provence, Pithiviers, Beaune-la-Rolande, Westerbork aux Pays-Bas sont également des lieux de mémoire du génocide. Ces

camps, situés dans les pays occupés par l'Allemagne nazie, recevaient des Juifs avant leur déportation.

3. Les musées de la Seconde Guerre mondiale

- Les musées plus largement consacrés à la Seconde Guerre mondiale ou les musées d'histoire et de la culture juive abritent généralement des salles consacrées à l'histoire du génocide. Leur but est de constituer une **mémoire collective** des faits se rapportant à la Shoah, ils sont considérés comme des lieux de mémoire.
- En France, des **centres d'histoire de la Résistance et de la déportation** évoquent des étapes du génocide, notamment la détention dans des camps d'internement.

[transition] Les lieux de mémoire du génocide des Juifs et des Tsiganes peuvent donc être regroupés dans trois catégories en fonction de leur nature. Ils permettent tous, à des degrés divers, de retracer l'histoire de cet événement.

II. Des lieux permettant de mieux connaître le génocide

1. Une approche contextualisée du génocide

- Les mémoriaux les plus importants comportent tous des **centres de documentation**, une bibliothèque et une salle de conférences. C'est ainsi que l'a voulu Isaac Schneersohn, à l'origine du mémorial du Martyr juif inconnu. Dans ces **centres de recherche**, des archives personnelles y sont conservées, des conférences d'historiens y sont organisées, des témoignages de survivants s'y tiennent. Autant de **sources variées** pour faire l'histoire du génocide.
- Les mémoriaux sont également d'importants **espaces pédagogiques,** organisant expositions, rencontres avec d'anciens déportés, visites des sites du génocide. Ils participent à la **transmission de l'histoire** aux nouvelles générations.

2. Une meilleure connaissance du processus génocidaire

- La **visite des musées *in situ*** permet une meilleure compréhension du processus génocidaire : dans la plupart des camps de concentration, le visiteur peut observer **les ruines des chambres à gaz et des fours crématoires**. Cela permet de comprendre que ces structures n'étaient pas réservées aux centres de mise à mort. Elles ont servi à éliminer les prisonniers trop faibles, des résistants ou des prisonniers de guerre.

À NOTER
Les différents espaces d'un camp comme Auschwitz I (voies ferrées, place de l'appel, infirmerie, etc.) évoquent aussi l'organisation rationnelle de l'univers concentrationnaire.

- Ce qui est sans doute le plus marquant dans la visite des centres de mise à mort, c'est **ce qu'ils ne montrent pas**. Des terrains vides, des chambres à gaz détruites, des ghettos à peine perceptibles dans le nouveau paysage urbain. C'est cette **absence**, souvent matérialisée par des panneaux, des photos, des stèles, qui reflète sans doute le mieux l'ampleur du génocide.

[transition] Les lieux de mémoire du génocide des Juifs et des Tsiganes permettent donc de mieux appréhender un processus complexe et géographiquement éclaté. Néanmoins, ces lieux sont avant tout consacrés au devoir de mémoire.

III. Des lieux répondant surtout à un devoir de mémoire

1. Des lieux de commémoration

- Les mémoriaux, les sites polonais, tous les lieux de mémoire du génocide des Juifs et des Tsiganes sont surtout les **lieux de commémorations** : chaque **27 janvier**, ils accueillent chefs d'État, anciens déportés, familles des victimes et publics scolaires pour célébrer la libération d'Auschwitz.
- Le devoir de mémoire est **l'obligation morale et civique de se souvenir**. C'est pourquoi les commémorations ont pour but de véhiculer les valeurs essentielles de la démocratie, contre les dérives totalitaires et l'antisémitisme.

2. Une approche souvent émotionnelle du génocide

- Le visiteur d'Auschwitz I ne peut qu'être marqué par la vision de **dizaines de vitrines avec leurs amas de cheveux et d'objets personnels des victimes**, exposés pour rendre compte du nombre élevé de morts. Cette muséographie est une **approche émotionnelle du passé**.
- À Drancy, le « **wagon du souvenir** » installé devant la cité de la Muette par une association de rescapés ne correspond pas à une réalité historique : les convois partaient de la gare du Bourget et de Bobigny. Ce wagon a pour unique but de **rappeler le sort des internés.**

À NOTER

Les sociétés s'approprient les lieux de mémoire différemment au cours du temps. Aujourd'hui, les nouveaux lieux de mémoire (ex. : ancienne gare de Bobigny) cherchent à montrer les traces matérielles et à respecter le pouvoir évocateur du site.

3. Un déséquilibre mémoriel

- **Le génocide des Tsiganes**, oublié pendant quarante ans, **manque** aujourd'hui **de lieux de mémoire et de mémoriaux officiels.** Même s'ils sont nombreux à avoir trouvé la mort à Auschwitz et même à Natzweiler-Struthof en Alsace, leur sort n'est pas clairement relaté dans ces lieux de mémoire.
- En 2012, Angela Merkel inaugure à Berlin un mémorial prévu depuis dix ans : le **manque de documents** et les **tensions mémorielles** au sein de la communauté tsigane expliquent ce retard. En 2016, François Hollande inaugure une statue en hommage aux 14 Tsiganes fusillés à Saint-Sixte, dans le Lot-et-Garonne. Il est le **seul monument en France** à commémorer la souffrance de cette communauté.

Conclusion

[réponse à la problématique] Les lieux de mémoire, s'ils donnent accès à l'historien à de nombreuses sources, restent avant tout des espaces consacrés à entretenir le souvenir. Leur fonction essentielle est donc de permettre le devoir de mémoire. **[ouverture]** Avec la disparition des derniers témoins du génocide, les lieux qui lui sont consacrés sont cependant un support précieux à la transmission de la mémoire. Auschwitz-Birkenau est devenu un site classé au Patrimoine mondial de l'Unesco en 1979 : il témoigne du plus grand crime contre l'humanité jamais commis.

SUJET 13 | OBJECTIF BAC

ÉTUDE CRITIQUE DE DOCUMENT 2 h

Une œuvre fondatrice : *Shoah*

Les films relatant le génocide sont de plus en plus nombreux. Parmi ceux-ci, le film de Claude Lanzmann fait encore référence. L'enjeu de ce sujet est de comprendre pourquoi.

LE SUJET

À l'aide du document et de vos connaissances, vous montrerez en quoi le film *Shoah*, de Claude Lanzmann, marque un tournant dans l'histoire des mémoires du génocide des Juifs.

Document ***Shoah*, un film majeur**

Shoah, c'est LA grande œuvre de Claude Lanzmann, en 1985, il lui a fallu une dizaine d'années de recherche [...]. Une œuvre radicale, passionnante, absolument brillante. Celle qui restera à jamais liée à son créateur, Claude Lanzmann. Il décrit ici son œuvre et son travail : « Tout mon film a été fait précisément à partir de l'absence de traces, c'est-à-dire à partir de rien ». [...] Absence de traces, une volonté d'aller sur les lieux, de voir, d'arpenter comme il dit. Que l'horreur n'est pas hors du monde et hors des lieux. Il y a chez Lanzmann une volonté de comprendre et pas d'abord d'exprimer l'horreur, comme le fit par exemple Resnais dans *Nuit et Brouillard* sorti au milieu des années 1950. Et l'un des grands apports de ce film, *Shoah*, aura notamment été d'insister sur la distinction fondamentale entre camps de concentration et camps d'extermination, une distinction absente chez Resnais. Et puis il y a le titre *Shoah*. On l'a oublié, mais on parlait jusqu'alors surtout de l'holocauste. Insupportable pour Lanzmann qui refusait toute idée de sacrifice contenue dans le terme *holocauste*. D'où le terme hébreu, *Shoah*, la destruction totale, l'anéantissement. Un film qui donne la parole aux victimes et aux bourreaux, [mais] aussi aux paysans polonais qui avaient préféré regarder ailleurs, créant d'ailleurs un choc profond en Pologne. C'est un travail titanesque, aller chercher les mots des vivants, des survivants, plus de 30 ans après la Shoah. Il s'en explique sur Antenne 2 au moment de la sortie du film en 1985 : « [...] J'ai choisi des protagonistes capables de revivre cela et pour le revivre ils devaient payer le prix le plus haut, c'est-à-dire souffrir en me racontant cette histoire. » Il les mène sur place, les met même en scène, pour être au plus proche de la réalité. Et parfois les brusque même pour atteindre une parole puissante et sincère. Des moments qui marquent à jamais les spectateurs, Abraham Bomba, le coiffeur de Treblinka, qu'il interviewe *in situ* en train de couper les cheveux d'un homme, ou encore Filip Müller, Juif tchèque, Sonderkommando à Auschwitz qui aurait voulu mourir avec ses frères et ses sœurs mais qui en sera dissuadé par l'une des condamnées : « Tu veux donc mourir. Mais ça n'a aucun sens. Ta mort ne nous rendra pas la vie. Ce n'est pas un acte. Tu dois sortir d'ici. Tu dois témoigner. »

Retranscription d'une émission France Info à l'occasion de la mort de Claude Lanzmann : Histoires d'info, *« Shoah », un véritable témoignage signé Claude Lanzmann*, 5 juillet 2018.
Journaliste : Thomas Snégaroff – © INA.

LES CLÉS POUR RÉUSSIR

→ *Reportez-vous à la méthode détaillée de l'étude critique de document(s) p. 316.*

Identifier le document

Document

Nature, genre, source
Retranscription d'une émission de radio

Date et contexte
5 juillet 2018 : jour de la mort du cinéaste Claude Lanzmann

Auteur
Thomas Snégaroff : journaliste et historien

Thème
La représentation du génocide au cinéma

Comprendre la consigne

- La façon de représenter la Shoah au cinéma a profondément évolué. Cette représentation suit des étapes, des régimes mémoriels qui lui sont propres.
- Le film de Claude Lanzmann est devenu une référence, pourquoi ?

Dégager la problématique et construire le plan

En quoi le film *Shoah* constitue-t-il un tournant dans la façon de représenter le génocide au cinéma depuis la Seconde Guerre mondiale ?

I Un film qui rompt avec les représentations et les discours précédents…

- Quels sont les décors évoqués ?
- Quels sont les intentions du cinéaste, le vocabulaire employé ?

II … et donne la parole à tous les protagonistes du génocide

- Qui sont les protagonistes dans ce film ?
- Quels changements avec le régime mémoriel précédent ?

LE CORRIGÉ

Les titres ou mentions entre crochets ne doivent pas figurer sur la copie.

Introduction

[accroche] Le 5 juillet 2018 disparaissait Claude Lanzmann, réalisateur du film *Shoah* en 1985. **[présentation du sujet]** Le jour de sa disparition une émission est consacrée à son œuvre sur l'antenne de France Info. Le document soumis à notre étude est la retranscription de cette émission, dont le texte a été rédigé par Thomas Snégaroff, journaliste et historien. Il y évoque la spécificité de ce film et les intentions qui étaient celles du cinéaste. **[problématique]** En quoi le film *Shoah* constitue-t-il un tournant dans la façon de représenter le génocide au cinéma depuis la Seconde Guerre mondiale ? **[annonce du plan]** Nous verrons que ce film rompt avec les représentations cinématographiques et les discours précédents **[I]**, puis qu'il inaugure une nouvelle façon d'évoquer le génocide, en donnant la parole à tous les protagonistes **[II]**.

I. Un film qui rompt avec les représentations et les discours précédents

1. Évoquer la disparition, le vide

- Dans cette émission, Thomas Snégaroff cite Claude Lanzmann : « Tout mon film a été fait précisément **à partir de l'absence de traces.** » (l. 4-5) Claude Lanzmann évoque ici les centres de mise à mort polonais, autres qu'Auschwitz, dont il ne subsiste que peu de traces car les nazis les ont détruits, comme celui de Treblinka.
- Grâce à ce choix cinématographique, il est plus facile au spectateur de saisir **la différence entre les camps de concentration** (dont il subsiste souvent des baraquements) **et les centres de mise à mort** (dont il ne reste que peu d'éléments visuels). Ils sont appelés « camps d'extermination » dans le texte (l. 12) car le vocabulaire approprié n'est pas encore entré dans les habitudes des journalistes.

LE SECRET DE FABRICATION
Dans les films ou les témoignages, l'expression « camp d'extermination » est souvent utilisée car elle était et reste encore d'usage courant. Vous ne devez pas critiquer injustement l'auteur : il s'adresse au grand public et non à des spécialistes. Vous devez cependant apporter une précision scientifique que vous maîtrisez en tant qu'élève de spécialité HGGSP.

- Jusque-là c'était surtout les images des « camps » dans leur globalité qui étaient véhiculées, comme dans *Nuit et Brouillard*, d'Alain Resnais, en 1956. Ce film reprenait des images de la libération des camps sans les nommer et sans montrer leur spécificité. Elles avaient semé la **confusion dans les esprits** des spectateurs, englobant les sorts de tous les déportés, juifs, résistants, ou communistes. Le journaliste affirme que Resnais souhaitait alors « exprimer l'horreur » (l. 8), en filmant des bulldozers poussant les cadavres dans des fosses.

2. Changer de vocabulaire

- Le « tournant » que le film *Shoah* représente dans la façon d'évoquer le génocide tient aussi au **vocabulaire. Shoah veut dire « catastrophe » en hébreu**, et non « anéantissement » comme l'affirme le journaliste (l. 16). Pour Lanzmann, il est à privilégier au terme ***holocauste* qui veut dire « sacrifice »** (l. 14-15).
- C'est la **mini-série américaine *Holocaust***, filmée en 1977 par M. Chomsky, qui **a popularisé ce mot outre-Atlantique** où il est encore en usage. Le Mémorial du génocide des Juifs à Washington se nomme Holocaust Memorial Museum.

[transition] Si le film de Claude Lanzmann constitue un tournant dans la façon de filmer les lieux du génocide et dans la façon de le qualifier, il est également une œuvre puissante par la parole qu'il laisse à tous les protagonistes du crime.

II. Un film qui donne la parole à tous les protagonistes

1. Un film qui donne la parole aux victimes

- « J'ai choisi des **protagonistes capables de revivre cela** et [...] souffrir en me racontant cette histoire. » (l. 20-23) Claude Lanzmann, par ces propos, évoque les 9 heures de témoignages qui constituent son film, dont certains sont devenus célèbres comme Abraham Bomba, coiffeur à Treblinka (l. 25-26).
- **Replonger les rescapés dans leur mémoire**, les mettre en scène dans un décor particulier, les pousser à témoigner, est à ce moment-là tout à fait nouveau. Cela est possible quelques années **après le réveil mémoriel des années 1960-1970**, après le procès d'Eichmann en 1961, après les premières menaces négationnistes. Les témoins prennent conscience de la nécessité de relater les faits remis parfois en cause, ou représentés dans des œuvres de fiction peu conformes à l'histoire.

2. Un film qui donne la parole aux coupables

- Dernier point qui fait de *Shoah* une œuvre révolutionnaire : **il donne la parole aux bourreaux**, souvent filmés à leur insu. Là aussi, le réalisateur innove, jamais ceux qui avaient participé à la « **solution finale** » n'avaient été entendus en dehors des procès.

> **À NOTER**
> L'expression « **solution finale** » relève du vocabulaire employé par les nazis : vous devez donc toujours la mettre entre guillemets.

- Lanzmann donne également la parole aux « **paysans polonais qui avaient préféré regarder ailleurs**, créant d'ailleurs un choc profond en Pologne » (l. 17-18). En effet, jusqu'à ce film et jusqu'à la fin de la guerre froide, les discours sur la Shoah ne mettaient pas en cause les civils polonais, pourtant spectateurs et le plus souvent complices actifs du génocide.

Conclusion

[réponse à la problématique] *Shoah* constitue bel et bien un tournant cinématographique. Cette œuvre est diffusée alors que le génocide des Juifs devient un sujet universel, au début de l'hypermnésie des années 1980-1990. **[ouverture]** Pourtant *Shoah* a été vu par très peu de personnes. Sa durée, 9 heures, complique son visionnage en intégralité. Elle témoigne aussi de la difficulté du cinéaste à faire des choix, tant les témoignages étaient riches d'enseignement.

Thème 4

7 Le patrimoine : usages sociaux et politiques et enjeux de la préservation

10 millions de visiteurs se pressent chaque année au Louvre pour admirer le chef-d'œuvre de Léonard de Vinci. La préservation d'un tableau fragile et les flux touristiques qu'il génère sont devenus des enjeux majeurs.

TESTEZ-VOUS

→ CORRIGÉS P. 318-319

Faites le point sur vos connaissances puis établissez votre **parcours de révision** en fonction de votre score.

1 Construction et élargissement de la notion de patrimoine

→ FICHE 27

1. Associez les objets patrimonialisés à l'époque correspondante.

a. protection des objets sacrés et royaux •	• Renaissance
b. patrimoine historique et culturel •	• Moyen Âge
c. vestiges antiques •	• Époque contemporaine

2. Vrai ou faux ? Cochez la case qui convient.

	V	F
a. Les premiers « conservateurs » sont les papes et les rois.	☐	☐
b. Le patrimoine industriel et rural relève du patrimoine culturel.	☐	☐
c. La notion de patrimoine immatériel naît dans les années 1990.	☐	☐

3. Complétez le texte suivant.

La volonté de l'État de protéger le patrimoine culturel commun remonte à la .... française, avec des mesures emblématiques comme la mise à disposition de la Nation des biens du .... ainsi que les décrets visant à protéger les monuments et les objets d'art du « .... » révolutionnaire.

.../3

2 Le patrimoine mondial de l'Unesco

→ FICHE 28

1. Quand l'idée d'un patrimoine de l'humanité se dessine-t-il pour la première fois ?

☐ a. Lors de la conférence d'Athènes, en 1931

☐ b. Lors de la signature de la charte de Venise, en 1964

☐ c. Lors de la convention de l'Unesco de 1972

2. À quelle date une liste des sites classés par l'Unesco voit-elle le jour ?

☐ a. 1972 ☐ b. 1978 ☐ c. 2005

3. À quel type de patrimoine appartiennent le plus grand nombre de biens inscrits au patrimoine mondial de l'Unesco ?

☐ a. Le patrimoine culturel ☐ b. Le patrimoine naturel ☐ c. Le patrimoine mixte

.../3

3 Usages sociaux et politiques du patrimoine

→ FICHES 29 et 30

1. Quelle partie du château de Versailles est consacrée à l'Empire ?

☐ a. L'aile centrale ☐ b. Les jardins ☐ c. Le Grand Trianon

2. Quelle république voit le jour à Versailles ?

☐ a. La IIIe République ☐ b. La IVe République ☐ c. La Ve République

3. Depuis quelle année les frises du Parthénon sont-elles exposées au British Museum ?

☐ a. 1801 ☐ b. 1817 ☐ c. 1938

.../3

4 La préservation du patrimoine, entre tensions et concurrences

→ FICHES 31 à 33

1. En 1793, Louis XVI a été guillotiné sur l'actuelle place...

☐ a. de la Nation ☐ b. de la République ☐ c. de la Concorde

2. Associez chaque site classé du Mali à son espace géographique.

a. Paysage culturel des Dogons •	• Djenné
b. Tombeau des Askia •	• Falaises de Bandiagara
c. Sites archéologiques urbains •	• Tombouctou
d. Mausolées •	• Gao

3. Vrai ou faux ? Cochez la case qui convient.

	V	F
a. À Paris, dans le centre, les immeubles ne peuvent pas excéder 25 mètres de haut.	☐	☐
b. La rénovation des immeubles haussmanniens est interdite.	☐	☐
c. À Venise, le tourisme représente plus de 25 % du PIB urbain.	☐	☐
d. Tombouctou a été classé sur la liste du patrimoine en péril pour mieux le sauvegarder.	☐	☐
e. Le surtourisme est la principale fragilité de Venise.	☐	☐

.../3

Score total .../12

Parcours PAS À PAS ou EXPRESS ? → MODE D'EMPLOI P. 3

27 La construction et l'élargissement de la notion de patrimoine

En bref *Au départ héritage que l'on transmet à ses enfants, le patrimoine est devenu par extension l'héritage légué par une communauté à ses descendants. Il se place ainsi entre histoire, mémoire et identité.*

I La naissance du patrimoine

1 Un patrimoine hérité

- Dans l'**Antiquité**, le *patrimonium* désigne l'ensemble des biens et des droits **hérités du père**. Le patrimoine relève donc de la sphère privée. Au **Moyen Âge**, la notion s'étend au **monde religieux** : objets de culte (reliques) et livres sacrés.
- À l'aube de la **Renaissance**, le pouvoir royal et les papes s'inquiètent de la **conservation des œuvres antiques**, notamment à Rome. Mais il s'agit surtout de préserver l'accès à la connaissance de l'Antiquité plutôt que de protéger des vestiges. Des aristocrates créent les premiers **cabinets de curiosités**, collections d'objets antiques.

2 Un patrimoine revendiqué

- Au **XVIIIe siècle**, sous l'influence des Lumières, les monuments sont vus désormais comme l'héritage d'une époque qu'il faut transmettre. Des collections privées deviennent des **musées** : British Museum à Londres (1759), musée de Vienne (1783), Prado à Madrid (1785), galerie des Offices à Florence (1796).
- La définition précise du **patrimoine** se dessine pendant la **Révolution française** : certaines œuvres liées à l'Ancien Régime sont détruites, les biens confisqués aux nobles émigrés et au clergé sont vendus, églises et châteaux sont menacés. L'**abbé Grégoire** s'insurge contre le « vandalisme » et réclame la protection de ces biens.

> **MOT CLÉ**
> Le **patrimoine** désigne une trace du passé dont l'intérêt historique, esthétique et culturel justifie qu'elle soit conservée pour le présent et pour l'avenir.

II La protection des patrimoines

1 Du patrimoine national au patrimoine mondial

- Au **XIXe siècle**, le patrimoine prend une place importante dans la construction des **identités nationales** car il transmet des valeurs et témoigne d'une histoire commune.
- Les destructions de la **Première Guerre mondiale** révèlent la nécessité de protéger des monuments historiques. En 1931 à Athènes, une première conférence internationale développe l'idée d'un **patrimoine de l'humanité**.
- En 1964, alors que l'industrialisation et l'urbanisation mettent en péril des sites comme Venise ou Florence, 42 pays signent la **charte de Venise** qui fixe un

cadre international à la conservation et à la restauration des objets et bâtiments anciens. En 1972, la **Convention pour la protection du patrimoine mondial, culturel et naturel** est signée par l'Unesco (Organisation des Nations unies pour l'éducation, la science et la culture).

2 Du patrimoine aux patrimoines

- À partir des **années 1970**, le patrimoine prend une nouvelle fonction afin de conserver les œuvres pour leur **valeur de témoignage du passé** : c'est la naissance du **patrimoine rural** (lavoirs, instruments de travail, objets ménagers), **industriel** (gares, mines, anciennes usines, etc.) et **urbain**. Le patrimoine devient **social** : il symbolise des mémoires nationales différentes et de plus en plus **locales.**
- La notion de **patrimoine immatériel** se développe surtout à partir des **années 1990**. Il désigne des traditions, des rites, des coutumes. Progressivement, le terme de patrimoine devient subjectif : il peut désigner tout ce qui fonde l'identité d'un lieu, d'un site, d'un peuple sinon tout ce qui évoque le passé.
- Le patrimoine est devenu aujourd'hui un **atout économique**, une source de **rayonnement** pour le site qui les abrite. Mais l'augmentation des biens patrimonialisés accroît de fait les coûts de conservation ou de restauration. En Europe, les pouvoirs publics se tournent de plus en plus vers des **mécènes** privés.

MOT CLÉ
Un **mécène** est une personne (ou une entreprise) qui soutient financièrement le développement des arts, des sciences ou la préservation et la restauration du patrimoine.

zoOm

Un patrimoine, des patrimoines

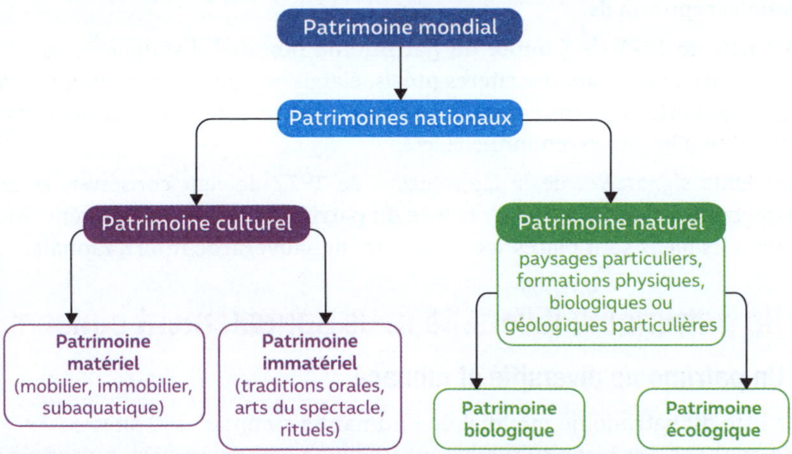

28 Le patrimoine mondial de l'Unesco

En bref *Le patrimoine mondial de l'Unesco désigne un ensemble de biens culturels et naturels présentant un intérêt exceptionnel pour l'héritage commun de l'humanité. Aujourd'hui très diversifié, il reste spatialement concentré.*

I Une construction internationale

1 Les origines

- En 1931, à Athènes, lors du premier **Congrès international des architectes et techniciens des monuments historiques**, est évoquée pour la première fois l'existence d'un patrimoine mondial à protéger, sans proscrire aucune époque.
- Créée en 1945, l'**Unesco** adopte en 1954 une **Convention pour la protection des biens culturels en cas de conflit armé** et elle coordonne, en 1964, le sauvetage des **temples d'Abou Simbel en Égypte**, menacés par la création du barrage d'Assouan.

> **MOT CLÉ**
> L'**Unesco** est une institution spécialisée de l'ONU créée en 1945 pour défendre l'éducation, la science et la culture.

- En 1965, les États-Unis demandent la création d'une **Fondation du patrimoine mondial** afin de protéger les « lieux, paysages et sites historiques les plus extraordinaires ». En 1970, l'Unesco s'engage contre le **trafic des biens culturels**.

2 Les objectifs

- La **Convention pour la protection du patrimoine mondial, culturel et naturel** (16 novembre 1972) souhaite faire connaître et protéger des sites **considérés comme exceptionnels**.
- À partir de 1978, le **Comité du patrimoine mondial** distingue ce caractère exceptionnel en fonction de **critères précis**, élargis en 2004 : représenter un chef-d'œuvre, apporter un témoignage d'une civilisation, représenter un phénomène naturel d'une beauté exceptionnelle, etc.
- Les États signataires de la Convention de 1972 doivent conserver, gérer et transmettre les biens inscrits sur la **liste du patrimoine mondial** aux générations futures. Ces biens sont placés sous une sorte de **sauvegarde internationale**.

II Un patrimoine diversifié mais spatialement concentré

1 Un patrimoine diversifié et menacé

- La liste du patrimoine mondial de l'humanité comptait 300 sites en 1979 et 1 154 en 2022. Les biens culturels sont les plus nombreux (897), puis viennent les biens naturels (218) et des biens mixtes (39).

■ Les conflits armés, les catastrophes naturelles, la pollution, l'urbanisation et le tourisme peuvent mettre en danger les caractéristiques pour lesquelles un site a été inscrit au patrimoine mondial. 52 sites sont aujourd'hui classés **« en péril »**.

■ En 2003, l'Unesco établit une **liste représentative du patrimoine culturel immatériel**. Ce patrimoine s'est beaucoup diversifié : chants, carnavals, fêtes, etc. On compte aujourd'hui plus de 500 éléments répertoriés dans cette liste.

2 Un patrimoine spatialement concentré

■ L'**Europe** compte **le plus de sites classés au patrimoine mondial** : l'Italie (58) grâce aux centres historiques de Rome, Florence et Venise, l'Allemagne (51), l'Espagne et la France (49 chacune).

■ Les **puissances émergentes**, comme la Chine (56 sites, à la 2e place mondiale), l'Inde (40) et le Mexique (35), attirent également de nombreux touristes pour les **sites exceptionnels** qu'elles abritent.

■ L'**Afrique** représente moins de 9 % des biens inscrits au patrimoine mondial et totalise **30 % des biens en péril**. Elle concentre surtout des **biens immatériels**. De nombreuses constructions, fragiles, n'ont pas survécu au temps et elles sont souvent reconstruites au prix de leur authenticité. Le manque de moyens pour constituer les dossiers de candidatures, l'instabilité politique expliquent également ce retard. Dans les **pays les moins avancés**, le patrimoine n'est **pas un enjeu prioritaire**.

zoOm

Les biens du patrimoine mondial par État

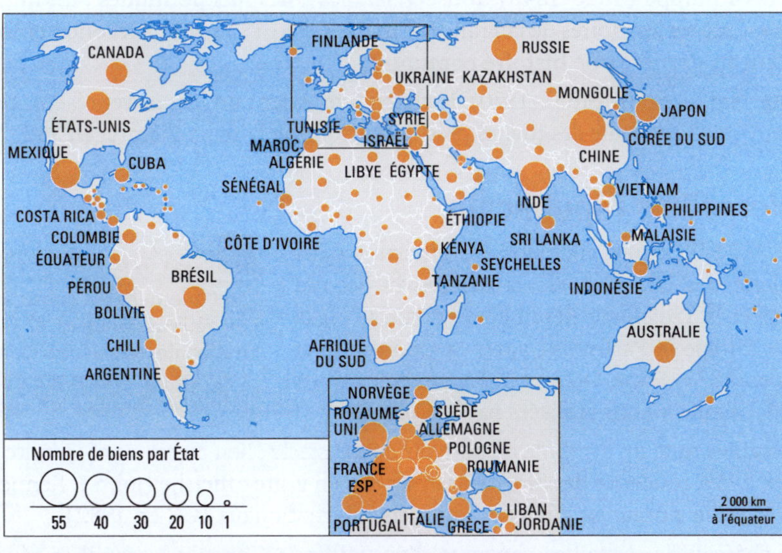

29 Les usages de Versailles, de l'Empire à nos jours

En bref *Prestigieux palais des rois de France, symbole de la monarchie absolue, Versailles n'a cessé d'accueillir le pouvoir politique depuis le XIXe siècle. En s'établissant dans ce lieu du patrimoine français, les différents régimes ont cherché à inscrire leur action dans un héritage et une continuité.*

I Versailles monarchique et impérial

1 D'une résidence royale abandonnée…

- Résidence des rois de France **de Louis XIV à Louis XVI**, le château de **Versailles** est épargné par les destructions révolutionnaires. Placé sous la **responsabilité de l'État**, il voit ses collections de peintures et de sculptures transférées au Louvre à Paris en 1793. Il devient un lieu de **dépôt des biens confisqués** par la Révolution.

> **INFO**
> Le **domaine de Versailles** est constitué du château, de ses jardins, des Grand et Petit Trianon, du hameau de la Reine, de canaux et d'une orangerie.

- **Napoléon Ier** (1805-1815), conscient que le palais renvoie à la monarchie absolue, décide de ne pas s'y installer lorsqu'il devient empereur en 1805 : il préfère remettre en état les Grand et Petit Trianon pour y séjourner en famille.

2 … à un musée de l'histoire de France

- **Louis-Philippe** (1830-1848) utilise Versailles à des **fins politiques** : un musée dédié « à toutes les gloires de la France », inauguré en 1833, vise à réconcilier tous les Français derrière une **histoire commune**.
- Sous **Napoléon III** (1852-1870), le château redevient un lieu de **représentation du pouvoir**. Il accueille des invités prestigieux comme la reine Victoria en 1855.

II Versailles républicain

- En 1871, l'Empire allemand est proclamé dans la galerie des Glaces après la défaite du Second Empire et la **Troisième République** y naît. C'est là que se réfugie le Parlement après la Commune et jusqu'en 1879. Entre 1873 et 1953, seize **élections présidentielles** y sont réalisées par le **Congrès.**

> **MOT CLÉ**
> Le Parlement est constitué de deux assemblées, l'Assemblée nationale et le Sénat. Quand tous les parlementaires sont réunis, ils forment le **Congrès**.

- Versailles reste un **symbole de pouvoir** au XXe siècle : lieu où est signé le traité de paix en 1919, résidence des dirigeants étrangers en visite officielle (John F. Kennedy en 1961). On y organise aussi des sommets internationaux (G7 en 1982).
- Le château de Versailles **continue d'accueillir le Congrès** lorsqu'il se réunit pour écouter le président ou modifier la Constitution.

III Versailles : un patrimoine de l'humanité

- Versailles est inscrit sur la **liste des monuments historiques en 1862**. Dans les années 1920, le milliardaire américain Rockefeller fait de très importants dons pour sa restauration, inaugurant la pratique de la **philanthropie et du mécénat** indispensables au lieu.
- À l'approche de la Seconde Guerre mondiale, les accès à la galerie des Glaces sont murés et les pièces les plus importantes sont envoyées en province. En 1954, le film *Si Versailles m'était conté* (Sacha Guitry) permet au château de retrouver une **notoriété** auprès du grand public.
- Depuis le XIXe siècle, les conservateurs de Versailles ont cherché à redonner vie au palais des rois de France en remeublant ses appartements, tandis que le Grand Trianon était consacré à la période du Premier Empire. Le château et son domaine sont inscrits sur la **liste du patrimoine mondial en 1979** → FICHE 28.
- Dévasté par une tempête en 1999, le parc du château est restauré grâce à une **souscription internationale**. En 2003, naît le projet du « Grand Versailles », grand chantier de rénovation de la galerie des Glaces et du Petit Trianon.

zoOm

L'art contemporain à Versailles

Takashi Murakami, artiste japonais, expose 22 œuvres à Versailles en 2010.

- Le château accueille entre 7 et 8 millions de visiteurs par an, il est le **2e site le plus visité en France** après le Louvre.
- Versailles est aujourd'hui un **lieu de création contemporaine**. Depuis 2008, il accueille aussi chaque été le travail d'un artiste contemporain célèbre, de façon temporaire, dans le château et les jardins.

30 Les frises du Parthénon depuis le XIXe siècle

En bref *Des pays anciennement colonisés réclament la restitution de leur patrimoine culturel « pillé » par les puissances occupantes. Le cas des frises du Parthénon est révélateur de ces conflits patrimoniaux devenus géopolitiques.*

I Les frises du Parthénon : de l'Acropole au British Museum

1 La frise des Panathénées

■ Lors des guerres médiques, qui opposent les Grecs aux Perses au Ve siècle av. J.-C., la cité d'Athènes est en partie détruite. Périclès décide de la rebâtir. Il fait construire le temple du Parthénon sur l'Acropole (447-438 av. J.-C.).

■ La frise intérieure du Parthénon mesure 160 mètres de long sur 1 mètre de hauteur et représente 360 personnages et 220 animaux. 80 % de ses statues survivent aux intempéries et aux aléas historiques jusqu'au XIXe siècle.

> **INFO**
> La **frise** (ou les frises) du Parthénon relate la fête des Panathénées, procession civique qui se déroulait à Athènes dans l'Antiquité en l'honneur d'Athéna.

2 Les Britanniques s'emparent d'une partie des frises

■ Au XIXe siècle, la Grèce est sous domination ottomane. En 1801, le comte d'Elgin, ambassadeur britannique à Constantinople, obtient du sultan l'autorisation d'emporter des sculptures de l'Acropole qu'il s'approprie et achemine à Londres. Entreposées sur un terrain humide, elles souffrent des intempéries.

■ En 1816, le gouvernement britannique achète les 120 tonnes de matériaux prélevés à Athènes et dans toute la Grèce pour la moitié des sommes engagées par Elgin. Les marbres sont transférés au British Museum.

■ En 1940, pendant le Blitz, la frise du Parthénon est déplacée à l'abri dans les tunnels du métro de Londres. Après la guerre, elle réintègre le British Museum dans une galerie spécialement conçue pour elle.

II Des frises au cœur de tensions géopolitiques

1 Un trésor national pour la Grèce

■ La moitié de la frise est conservée à Londres et un tiers se trouve encore à Athènes. Le reste est disséminé dans différents musées européens dont le Louvre. Dès son indépendance en 1822, la Grèce essaie de faire revenir les frises sur son sol. Entre 1834 et 1842, le roi Othon Ier tente de les racheter, en vain.

- En 1982, la ministre grecque de la Culture, l'actrice **Mélina Mercouri**, réclame la restitution des frises lors d'une conférence de l'Unesco. Depuis la chute de la dictature militaire en 1974, ces marbres sont en effet devenus un symbole du prestige antique du pays mais aussi du **retour de la démocratie.**
- La Grèce argue que la frise est un **trésor national**, un élément directement sculpté sur le Parthénon. La Grèce n'a jamais donné son accord pour son déplacement.

2 | Une question insoluble

- Pour le gouvernement britannique, les marbres ont été **acquis légalement**. Le British Museum a **reproché à la Grèce** de ne pas disposer d'édifice sécurisé et adapté pour accueillir la frise, et à Athènes d'être une ville trop polluée pour sa conservation.
- Pourtant, les **traces de suie** datant de l'ère industrielle britannique sont encore présentes sur quelques marbres et, depuis juin 2009, Athènes a inauguré un nouveau **musée moderne** face à l'Acropole. 30 % de la frise y sont exposés.

3 | Une question internationale

- L'**Unesco** soutient officiellement la Grèce. L'Acropole et tous ses monuments sont inscrits au **patrimoine mondial depuis 1987**.
- Les tensions diplomatiques se sont ravivées lors des **Jeux olympiques d'Athènes** en 2000 et plus récemment depuis l'annonce du **Brexit**. Le gouvernement grec a demandé, en vain, une restitution de la frise à la **Commission européenne.**
- Le débat de la **propriété patrimoniale** est relancé : si les marbres revenaient à la Grèce, ceci créerait un précédent juridique et tous les musées occidentaux pourraient voir leurs collections coloniales repartir dans leurs pays d'origine.

zoOm

Les frises du Parthénon au British Museum, un « acte créatif »

- Le musée londonien défend l'idée que la conservation des frises en Angleterre répond du **principe d'universalité** et s'inscrit dans le contexte d'une **collection mondiale.**
- Les autorités du musée déclarent que, détachées du Parthénon, ces œuvres ont été placées dans une **nouvelle approche patrimoniale** et que ce déplacement constitue un « acte créatif ».

31 Paris, entre protection et nouvel urbanisme

En bref *Le patrimoine de Paris témoigne de son histoire ancienne et de son rôle précoce de capitale politique. Il constitue un élément du rayonnement international de la ville mais son poids risque aussi de figer l'évolution de la capitale de la France et de limiter ses fonctions métropolitaines.*

I Un patrimoine ancien, façonné par le pouvoir

1 Les traces d'une ville ancienne

- Paris n'a **pas subi de destruction massive** et conserve les traces de son passé antique et médiéval autour de la Seine et de l'île de la Cité (arènes de Lutèce, Notre-Dame, Sainte-Chapelle).
- À la fin du XIIe siècle, la ville s'étend de l'île Saint-Louis au Marais qui se couvre d'hôtels particuliers et de places royales (place des Vosges). Ce lien étroit entre **pouvoir royal** et **patrimoine religieux** se maintient jusqu'au XVIIIe siècle.

2 Paris transformée

- Pendant la **Révolution française**, de nombreuses églises et symboles du pouvoir royal, comme la Bastille, sont détruits. Des espaces urbains deviennent **des lieux de mémoire** : la place Louis XV devient la place de la Révolution, où Louis XVI est guillotiné, puis la place de la Concorde, pour faire oublier la Terreur.
- De 1853 à 1869, **Haussmann**, préfet de la Seine, modernise Paris : des quartiers entiers sont rasés, la ville est aérée par de grandes avenues et des parcs afin de faire circuler l'air (hygiénisme) Le « **Beau Paris** » devient la vitrine de la France.

> **INFO**
> Le « **Beau Paris** » correspond aux constructions des bords de Seine datant du XIXe siècle : tour Eiffel, Grand Palais, pont Alexandre III, gare d'Orsay devenue le musée d'Orsay.

- Au XXe siècle, les **grands chantiers présidentiels** prouvent que l'architecture contemporaine a sa place dans la capitale : centre Georges Pompidou, opéra Bastille, pyramide du Louvre, musée du Quai Branly, Bibliothèque F. Mitterrand.

II Patrimonialisation et urbanisme à Paris

1 Une patrimonialisation progressive

- La Révolution française permet l'élaboration de la notion de patrimoine, sous le nom de « **monuments historiques** » → FICHE 34. Une loi de 1913 étend cette dénomination, et donc la protection, à des biens privés, comme des immeubles ou des hôtels particuliers.

■ La différenciation entre patrimoine et monument historique s'estompe sous l'impulsion de la **loi Malraux** de 1962. Pour éviter la disparition de quartiers historiques entiers sont créés des **secteurs sauvegardés**, comme le Marais. Cette loi cherche à associer « sauvegarde » et « mise en valeur » du patrimoine → FICHE 34.

2 | Une modernisation urbaine qui fait débat

■ Sous la présidence de Georges Pompidou (1969-1974), le transfert à Rungis du grand marché des Halles, au cœur de Paris, s'accompagne de la disparition des pavillons Baltard, provoquant des **réactions hostiles**. D'autres projets d'urbanisme (tours du Front de Seine, de Montparnasse, voie de circulation de la Seine) suscitent des **oppositions**.

MOT CLÉ
L'**urbanisme** est la science de l'aménagement et de l'organisation des villes.

■ Ces événements attirent l'attention sur le sort des immeubles qui, sans être des monuments historiques, témoignent du passé de la ville. Des **architectures industrielles**, comme la gare d'Orsay ou le Grand Palais, sont alors sauvegardées.

3 | Les risques du « tout patrimoine » à Paris

■ Les **règles d'urbanisme** empêchent toute construction de plus de 25 mètres de haut dans les quartiers centraux et 37 mètres dans les quartiers périphériques pour ne pas dénaturer l'homogénéité du paysage urbain.

■ À l'inverse d'autres villes mondiales, le centre de Paris ne se dote pas de bâtiments modernes essentiels à ses fonctions de métropole mondiale, bâtiments relégués en **périphérie** (La Défense, Cité judiciaire).

■ Avec la pratique du « **façadisme** », Paris court le risque de devenir un simple décor de luxe destiné au tourisme, d'être **muséifié**.

zoOm

Rénover après une destruction : Notre-Dame de Paris

■ En 1991, les **rives de la Seine** sont classées au **patrimoine mondial** de l'Unesco.

■ Après la destruction du toit de la cathédrale le **15 avril 2019**, le choix d'une reconstruction à l'identique a été fait.

32 La question patrimoniale au Mali

En bref *Le Mali possède quatre biens inscrits au patrimoine de l'Unesco. Ces sites, détruits ou rendus inaccessibles par des conflits, ont été en partie restaurés sous l'action de la communauté internationale. La préservation du patrimoine devient alors un moyen d'instaurer la paix et de favoriser le développement.*

I Un patrimoine exceptionnel

- Au cœur du **commerce transsaharien**, le Mali abrite de nombreux sites exceptionnels → INFO + qui témoignent de l'activité **artistique**, **intellectuelle** et **scientifique** depuis le Moyen Âge.

MOT CLÉ
Un **mausolée** est un monument funéraire, souvent de grande dimension.

- **Tombouctou** et ses 16 **mausolées**, le **tombeau des Askia**, les **villes anciennes de Djenné**, les **falaises de Bandiagara** regroupent des constructions qui témoignent de l'ancienneté du **fait urbain** en Afrique.

II Un patrimoine en péril

1 Le Mali : un pays en guerre

- Depuis l'**indépendance** du Mali en 1960, des tensions existent entre le **Sud**, peuplé de sédentaires, et le **Nord** où vivent les Touaregs, nomades. Ces derniers revendiquent leur indépendance au sein d'un **mouvement nationaliste** (MNLA).
- Des **islamistes** algériens, pourchassés, se réfugient au nord du Mali où ils créent en 2007 **AQMI** (Al-Qaida au Maghreb islamique). Avec **Insar Dine**, un courant islamiste touareg, ils repoussent le MNLA et occupent le nord du Mali en 2012.
- Affirmant que le Coran interdit la vénération de mausolées, les djihadistes détruisent ceux de **Tombouctou** en juin 2012. En janvier 2013, le sud du pays est menacé : le président malien demande l'intervention militaire de la **France**.

INFO + **Les sites maliens inscrits au patrimoine mondial de l'humanité**

1. Tombouctou : 16 mausolées
2. Gao (tombeau des Askia) : architecture soudano-sahélienne
3. Djenné : 4 sites archéologiques
4. Falaises de Bandiagara aménagées par les Dogons : paysage culturel (greniers, abris à palabres)

2 Les destructions patrimoniales

- En janvier 2013, les régions du nord sont libérées lors de l'opération *Serval*. Quatorze mausolées ont été détruits à Tombouctou. De nombreuses **bibliothèques** privées sont victimes d'un attentat en septembre 2013 : plus de 4 200 **manuscrits anciens** sont brûlés ou volés.
- Dans tout le nord du Mali, l'occupation islamique a empêché l'**entretien d'un patrimoine fragile** (en argile, terre cuite ou sable), ainsi que l'activité touristique, source de revenus. Des **pratiques inscrites au patrimoine immatériel** (musique, jeux, rassemblements) ont été interdites par les djihadistes.

III L'Unesco au secours du patrimoine malien

- Dès juin 2012, l'Unesco inscrit Tombouctou sur la liste des **biens en péril** et organise l'**exode de 370 000 manuscrits** vers Bamako. En février 2013, elle adopte un **plan d'action pour la réhabilitation du patrimoine culturel** du Mali.
- Grâce à des études minutieuses, les connaissances sur les mausolées et les rites qui y ont été associés progressent. Les **chantiers** permettent aux artisans de transmettre leur savoir-faire aux **jeunes générations**, la **population locale** est fortement mobilisée. Mais l'authenticité des sites est mise en cause.
- Cette première phase de reconstruction, achevée en 2016, prouve le rôle fédérateur et déterminant que joue le patrimoine culturel dans la **cohésion sociale** et la **paix**. Le patrimoine du Mali devrait pouvoir devenir un **levier du développement économique** du pays, mais il reste menacé par une forte instabilité politique.

zoOm

La destruction des mausolées de Tombouctou : un crime de guerre

- En 2016, la **Cour pénale internationale de La Haye** a condamné Ahmad Al-Faqi Al-Mahdi à neuf ans de prison pour la destruction de mausolées à Tombouctou, notamment ceux de la mosquée de Djingareyber (ci-contre).
- La CPI reconnaît ainsi que des attaques perpétrées contre des monuments religieux et historiques constituent des **crimes de guerre** au regard du droit international.

33 Venise, entre valorisation touristique et protection du patrimoine

En bref *Venise, l'une des villes les plus visitées au monde, est riche d'un patrimoine culturel exceptionnel. Construite sur un site naturel fragile, elle fait face à une véritable marée de touristes dont le flot incessant menace sa survie.*

I Un patrimoine valorisé

1 Un patrimoine remarquable

- Venise est située au nord-est de l'Italie sur les rives de l'Adriatique. Étendue sur **118 îlots** dans une **lagune de 550 km²**, Venise devient une puissance maritime à partir du Xe siècle. **Centre culturel majeur** du XIIIe siècle à la fin du XVIIe siècle, elle abrite de célèbres peintres pendant la Renaissance, dont Titien et Véronèse.
- Trait d'union entre l'Orient et l'Occident, la « **Sérénissime** » survit à travers ses milliers de **monuments** et **vestiges** : le palais des Doges, la basilique Saint-Marc, le pont du Rialto, la basilique Santa Maria della Salute, le palais Ca'd'Oro, etc.
- La lagune de Venise constitue un exemple éminent d'**habitat semi-lacustre**. Les vasières y sont alternativement émergées et immergées au gré des marées. Les maisons sur pilotis, des villages comme Burano, font partie de son patrimoine.

2 Un tourisme de masse

- Près de **30 millions de** **touristes** se rendent à Venise chaque année, soit près de 77 000 personnes par jour dont 57 000 **excursionnistes** venus visiter un centre de 17 km². Les **croisiéristes** représentent 1,5 million de visiteurs par an.
- Depuis sa réintroduction en 1980, le **carnaval de Venise** est devenu un événement touristique majeur. La **cité des Doges** est également prise d'assaut à partir du printemps : le rapport entre le nombre d'habitants et le nombre de visiteurs y est de 1 pour 561. Le tourisme représente près de 12 % du PIB de la ville.

MOTS CLÉS

Un **touriste** est une personne qui passe au minimum une nuit dans le lieu qu'il visite.
Les **excursionnistes** (dont les **croisiéristes**) ne dorment pas dans la ville.

II Un patrimoine menacé à protéger

1 Les menaces environnementales et la pression touristique

- Le passage incessant des **bateaux touristiques**, des **paquebots** de croisière et la fréquence des **hautes eaux** (*aqua alta*) rongent les fondations de la cité.

- Les **impacts** du tourisme sont nombreux : rues bondées, nuisances sonores, hausse des prix de l'immobilier. Les services publics et les commerces de proximité laissent la place à des échoppes de souvenirs. Les résidents ne sont plus aujourd'hui que 261 000, dont 56 000 dans le centre historique.

2 Protéger un site remarquable

- En 1966, des pluies torrentielles provoquent des **inondations exceptionnelles** dans la ville et des milliers d'œuvres d'art sont détériorées. Le directeur de l'Unesco lance un appel à la solidarité internationale.
- Venise est **inscrite en 1987 au patrimoine mondial de l'Unesco**. Afin d'éviter sa submersion, le gouvernement italien lance, en 2003, le **projet Mose**.
- Les autorités italiennes adoptent en 2016 un « **pacte pour Venise** » pour préserver la ville et sa lagune de la pression touristique. Dès 2017, la création de nouveaux hôtels dans le centre-ville est interdite. La municipalité cherche à tenir à distance les paquebots de croisière en les accueillant dans le port industriel de Marghera. Des projets visent à faire du **quartier de Mestre**, excentré et populaire, un nouveau lieu touristique et résidentiel. Développer un **tourisme durable** plus soucieux de l'environnement est devenu une nécessité.

> **INFO**
> Le **projet Mose** est un système de 78 digues flottantes qui se relèvent et barrent l'accès à la lagune en cas de montée des eaux de l'Adriatique.
> Le projet devrait être achevé en 2022.

zoom

Venise, la cité bientôt engloutie ?

- Venise a été noyée le 12 novembre 2019 sous la plus grande ***aqua alta*** depuis 1966.
- Afin de préserver Venise du **surtourisme**, la municipalité a décidé qu'à partir de juin 2022 les excursionnistes devront payer entre 3 et 10 euros en fonction des saisons afin de limiter le nombre de visiteurs.

MÉMO VISUEL

La conscience patrimoniale

Un patrimoine privé

- Antiquité : biens et droits hérités du père
- Moyen Âge : objets religieux et royaux
- Renaissance : conservation des antiques

Un patrimoine national

- XVIIIe siècle (Révolution française) : propriété collective de la nation
- Vecteur de l'identité d'un peuple (Français, Grecs…)
- Porteur d'une mémoire (Versailles)

LES ENJEUX DU

Le patrimoine mondial de l'Unesco, patrimoine de l'humanité

Un intérêt exceptionnel pour l'héritage commun de l'humanité

- **1972** : Convention concernant la protection du patrimoine mondial, culturel et naturel
- **2003** : Convention concernant la protection du patrimoine mondial immatériel

UNESCO

PATRIMONIO MUNDIAL · WORLD HERITAGE · PATRIMOINE MONDIAL

La préservation et la mise en valeur

- Fonds du patrimoine mondial
- Revenus touristiques du patrimoine
- Rôle des États

Quels sont les enjeux politiques et sociaux du patrimoine mondial de l'humanité ?

ÉOPOLITIQUES ATRIMOINE

Une source de tensions géopolitiques

Un patrimoine culturel concentré

- Europe et Amérique du Nord : 40 % des sites culturels classés
- Chine : 2e pays en nombre de sites classés
- Afrique sous-représentée

Un patrimoine disputé

- Tensions entre la Grèce et le Royaume-Uni : frises du Parthénon
- Question du patrimoine pillé par les anciennes puissances coloniales

Des patrimoines ménacés

- Destruction des Bouddhas en Afghanistan
- Dégradations et pillages au Mali

Des enjeux économiques en concurrence avec les impératifs de protection

Les dangers du « tout patrimoine »

- Muséification (Paris, Venise)
- Inadaptation aux exigences métropolitaines (Paris)

Les dangers du tourisme de masse

- Surexploitation et mise en danger des sites (Venise)

SUJET 14 | OBJECTIF BAC

DISSERTATION 2 h **Le patrimoine, entre développement et tensions**

Ce sujet a pour but de présenter les enjeux économiques et géopolitiques du patrimoine. La valorisation et la protection du patrimoine peuvent être des vecteurs du développement mais aussi des sources de tensions et de concurrences. Ce sujet mêle les axes 1 et 2 du thème.

LE SUJET

Le patrimoine, entre développement et tensions.

LES CLÉS POUR RÉUSSIR

→ Reportez-vous à la méthode détaillée de la dissertation p. 314.

Analyser le sujet

Le patrimoine, entre développement et tensions

Formulation
Thème transversal à tout le chapitre

Type de sujet
Sujet analytique

Bornes chronologiques
Sans indication : de nos jours

Notions et mots clés
- Patrimoine : trace du passé dont l'intérêt historique justifie qu'elle soit conservée
- Développement : croissance économique accompagnée d'une amélioration des conditions de vie (aspects sociaux)
- Tensions : situations conflictuelles

Dégager la problématique

Il faut trouver le lien entre les deux termes du sujet : dans quelle mesure les enjeux économiques et sociaux liés au patrimoine sont-ils sources de tensions ?

Construire le plan

Le sujet est analytique : il conduit à décrire une situation. Il est important de suivre le plan suggéré par la formulation du sujet.

I Le patrimoine, source de développement économique

À travers les exemples de Venise, de Paris, des frises du Parthénon et du Mali, vous pouvez décrire les sources de développement liées au patrimoine.

II Le patrimoine, source de tensions

Les tensions existent entre différents pays (tensions géopolitiques) mais aussi entre différents acteurs (résidents, touristes).

LE CORRIGÉ

Les titres et les indications entre crochets ne doivent pas figurer sur la copie.

Introduction

[accroche] La notion de patrimoine s'est considérablement élargie ces trente dernières années jusqu'à désigner aujourd'hui tout ce qui fonde l'identité d'un lieu, d'un site, d'un peuple sinon tout ce qui évoque le passé. **[présentation du sujet]** La mise en valeur du patrimoine est également devenue un atout économique puisqu'elle est synonyme de manne touristique. Cette mise en valeur est source de développement pour les sociétés, mais elle engendre également des concurrences et des tensions à toutes les échelles. **[problématique]** Dans quelle mesure les enjeux économiques et sociaux liés au patrimoine sont-ils sources de tensions ? **[annonce du plan]** Il sera possible de répondre à cette question en présentant, d'une part, le patrimoine comme source de développement humain **[I]**, et, d'autre part, en observant les concurrences et les tensions qu'il peut générer **[II]**.

LE SECRET DE FABRICATION

L'ordre des mots dans le sujet est important. Ici il sous-entend qu'il faut d'abord présenter les enjeux du patrimoine liés au développement. Si vous inversez les thèmes du sujet, celui-ci change, tout comme la problématique. La problématique deviendrait : « Les tensions autour du patrimoine sont-elles liées à ses enjeux économiques ? » Une troisième partie serait alors nécessaire pour nuancer votre réponse et présenter toutes les sources de tensions.

I. Le patrimoine, source de développement

1. Patrimoine et croissance économique

- Hérité du passé, le patrimoine comprend généralement deux grandes catégories : le **patrimoine matériel** (édifices, monuments, statues, sites historiques, objets d'art) et le **patrimoine immatériel** (langues, littérature, musique, biodiversité, etc.). La **patrimonialisation** est une intervention visant la création, la préservation ainsi que la diffusion de ces formes de patrimoine dans le but de les **transmettre aux générations futures.**

- Le patrimoine matériel, lorsqu'il est valorisé, est **source de croissance économique** : il est créateur d'emplois (métiers de la restauration des œuvres d'art, architectes, maçons, etc.), source de revenus touristiques (entrées, visites guidées, achats de produits dérivés) mais également de nombreux emplois indirects (hôtellerie, restauration, transports).

À NOTER
Venise ne fait pas partie du groupe des 10 villes les plus visitées au monde car la majorité des touristes n'y passe pas la nuit. La fréquentation touristique se mesure en effet en nuitées. Mais c'est la ville qui accueille le plus grand nombre de visiteurs à la journée.

- Ainsi, c'est près de **30 millions de visiteurs** (surtout des excursionnistes) que la ville de **Venise** accueille chaque année. Ces visites génèrent 12 % du PIB de la ville. De même, **Paris**, avec quatre sites classés au patrimoine mondial de l'Unesco, est **la 3e ville la plus visitée du monde**, avec près de 17 millions de touristes (intra-muros) en 2019.

2. Patrimoine et développement social

- Le développement ne concerne pas uniquement la croissance économique, il implique une **amélioration des conditions de vie** et donc du bien-être social. Le patrimoine, héritage des générations passées, est aussi créateur de lien social.

- Ainsi, après la destruction des mausolées de Tombouctou en juin 2012, l'Unesco est intervenue pour adopter un **plan d'action pour la réhabilitation du patrimoine culturel** du Mali. Les populations locales ont été fortement mobilisées pour la reconstruction des biens détruits.

- Les artisans ont profité de ces chantiers pour y associer les nouvelles générations en leur transmettant leurs connaissances et leurs savoir-faire. La restauration et la mise en valeur du patrimoine culturel peuvent être un **levier du développement** au Mali comme dans les autres PED et les régions économiquement sinistrées (**bassin houiller** du Nord-Pas-de-Calais, par exemple).

CONSEIL
Même si l'exemple du bassin houiller est développé dans le chapitre conclusif de ce thème, il ne vous est pas interdit de l'évoquer. Toutes vos connaissances, personnelles, scolaires, peuvent être mobilisées lors de la réalisation d'une dissertation.

[transition] Parce qu'il est au cœur d'enjeux économiques et sociaux, le patrimoine se trouve être une source de tensions et de concurrence entre de nombreux acteurs et à toutes les échelles.

II. Le patrimoine, source de tensions et de concurrences

1. Patrimoine et tensions politiques à l'échelle internationale

- **L'appropriation, la restauration et la mise en valeur de biens patrimoniaux** peuvent être source de tensions internationales. C'est notamment le cas à propos des frises du Parthénon et plus généralement de tous les objets ou monuments conservés en Europe qui ont été déplacés de leur pays d'origine au moment de la colonisation.
- Les **tensions** restent ainsi vives entre le Royaume-Uni et la Grèce, qui réclame le **retour des fragments de la frise des Panathénées à Athènes** où a été construit un musée moderne pour les accueillir. Ces tensions, nées au moment de l'indépendance de la Grèce en 1832, se sont ravivées dans les années 1980 et se sont intensifiées lors de l'annonce du Brexit. La Grèce bénéficie du soutien de l'Unesco, même s'il y a peu de chances que sa demande aboutisse à court terme.
- La **question des restitutions** revient régulièrement dans l'actualité culturelle. En effet, environ 90 % du patrimoine d'Afrique subsaharienne se situe hors du continent africain, notamment en France, et cela est parfois source de débat ou de tensions entre le pays et ses anciennes colonies. En **2021**, la France a d'ailleurs restitué 26 œuvres pillées au Benin par ses troupes coloniales.

> **CONSEIL**
> N'hésitez pas à évoquer des éléments d'actualité se rapportant au sujet. Cela prouve votre curiosité intellectuelle et votre capacité à vous ouvrir au monde qui vous entoure. Ces connaissances personnelles soutiennent votre argumentation et seront toujours valorisées.

2. Patrimoine et conflit d'usages à l'échelle locale

- À l'échelle locale, la présence de sites patrimoniaux peut également engendrer des tensions, notamment concernant l'**usage de l'espace public**. Des conflits existent par exemple entre résidents et touristes, résidents ou promoteurs immobiliers et défenseurs du patrimoine.
- À Venise, le tourisme de masse accroît les prix de l'immobilier, raréfie les commerces de proximité, poussant ainsi de nombreux Vénitiens à quitter le centre-ville. Ce phénomène est aussi visible dans de grandes métropoles touristiques comme Barcelone, Rome ou Paris. **Résidents et touristes** se trouvent donc en **concurrence** quant à l'**usage de l'espace public mais aussi privé.**
- À Paris, les règles d'urbanisme, édictées pour protéger l'homogénéité du bâti et les secteurs protégés liés au patrimoine, freinent l'adaptation de cette métropole à la mondialisation. Ainsi, **promoteurs immobiliers et défenseurs du patrimoine** du centre historique se trouvent là encore en concurrence.

Conclusion

[réponse à la problématique] La mise en valeur du patrimoine est une source de développement économique et social, notamment par l'intermédiaire du tourisme qu'elle génère, mais elle accroît aussi les tensions et les concurrences à l'échelle mondiale et locale. **[ouverture]** Cependant, la mise en valeur du patrimoine pourrait également conduire à un développement plus réfléchi, durable, afin de combiner développement économique, environnement mais surtout équité sociale.

SUJET 15 | OBJECTIF BAC

ÉTUDE CRITIQUE DE DOCUMENT 2 h

Un patrimoine disputé : les frises du Parthénon

Les frises du Parthénon sont en partie conservées au British Museum. Cet exemple permet d'aborder les enjeux géopolitiques de l'appropriation du patrimoine.

LE SUJET

À l'aide du document et de vos connaissances, vous montrerez en quoi le cas des frises du Parthénon est révélateur des enjeux géopolitiques du patrimoine.

Document **Brexit : le Royaume-Uni devra-t-il rendre la frise du Parthénon ?**

La sortie du Royaume-Uni de l'Union européenne n'est pas sans risque [...], elle vient de relancer les discussions autour de la restitution des marbres du Parthénon qui opposent depuis près de 200 ans la Grèce au British Museum. C'est du moins ce que laisse à penser un document qu'a pu se procurer [...] l'AFP, lequel ravive les craintes du British Museum de devoir se séparer de ces célèbres sculptures (frise, fronton et plaques sculptées), chefs-d'œuvre de l'art grec classique, démontées du Parthénon au début du XIXe siècle et achetées par l'institution. Une clause aurait en effet été ajoutée au mandat de négociations de l'Union européenne, à la demande de la Grèce, de Chypre et de l'Italie, et inviterait les pays membres à « aborder les questions relatives au retour ou à la restitution vers leur pays d'origine des biens culturels illégalement déplacés ». Si le texte vise plus particulièrement l'activité des maisons de ventes britanniques, nul doute que la question du retour des marbres du Parthénon s'y dessine en filigrane. Si les premières demandes de restitution ont été faites par la Grèce au lendemain de son indépendance en 1822, le British Museum s'est toujours refusé à leur donner suite, affirmant que ces illustres antiquités faisaient partie d'un patrimoine commun à tous et que leur acquisition s'était faite en toute légalité. [...]

En septembre 2019, le Premier ministre grec [...] tentait un nouveau coup de poker en proposant à son homologue britannique, Boris Johnson, d'exposer à Londres des trésors archéologiques jamais sortis de la Grèce en échange du retour d'une partie de la frise pour les célébrations hellènes de 2021. [...] Les négociations en cours dans le cadre du Brexit viennent donc relancer cette proposition restée depuis lettre morte. [...]

Si le British Museum fait la sourde oreille, les Britanniques eux ne sont pas contre un retour des marbres du Parthénon à Athènes, [...] 56 % souhaitent qu'ils soient restitués à la Grèce. [...] *The Guardian* s'est saisi de la question en publiant un article en faveur du retour des œuvres en Grèce. Le texte affirme notamment que [...] « rendre les marbres du Parthénon à Athènes serait reconnaître la légitimité des attachements émotionnels et de l'identité d'un partenaire européen qui sort à peine d'une crise économique de plus de dix ans. Cela démentirait également l'idée que la Grande-Bretagne est devenue tellement fascinée par son propre empire perdu qu'elle est incapable de restaurer une injustice passée ».

Anne-Sophie Lesage-Münch et Élodie Stracka, « Athènes vs le British Museum : les négociations du Brexit relancent le débat autour de la restitution des marbres du Parthénon », www.connaissancedesarts.com, 25 février 2020.

LES CLÉS POUR RÉUSSIR

→ *Reportez-vous à la méthode détaillée de l'étude critique de document(s) p. 316.*

Identifier le document

Document

Nature, genre, source
Article publié sur le site Internet d'un mensuel dédié aux arts

Date et contexte
25 février 2020 : peu après l'entrée en vigueur du Brexit (31 janvier 2020)

Auteurs
Deux journalistes

Thème
Tensions géopolitiques autour du patrimoine

Comprendre la consigne

- Il s'agit ici d'expliciter un texte à partir de vos connaissances : il faudra présenter les tensions entre la Grèce et le Royaume-Uni concernant le lieu de conservation des frises du Parthénon.
- Le texte décrit une situation : vous devrez l'analyser en recherchant ses causes et ses possibles conséquences.

Dégager la problématique et construire le plan

La problématique est donnée par le sujet, vous pouvez donc facilement la reformuler : en quoi ce texte témoigne-t-il des tensions géopolitiques à l'œuvre concernant l'appropriation des frises du Parthénon par le Royaume-Uni ?

I Les origines des tensions : un patrimoine unique arraché à la Grèce
- Relevez les passages du texte évoquant l'appropriation de la frise par le Royaume-Uni.
- Quel était alors le contexte politique de la Grèce ?

II Des tensions anciennes ravivées par le Brexit
- Pourquoi les tensions se sont-elles récemment ravivées ?

III Quelles menaces pour l'avenir ?
- Quelle menace pèse sur le Royaume-Uni concernant la frise du Parthénon ?
- Quelle question plus générale cela pose-t-il ?

LE CORRIGÉ

Les titres et les indications entre crochets ne doivent pas figurer sur la copie.

Introduction

[accroche] Le 31 janvier 2020, le Royaume-Uni est sorti officiellement de l'Union européenne. Alors que les sujets de discussion sont encore nombreux concernant le Brexit, la question des frises du Parthénon semble prendre place dans les négociations. **[présentation du sujet]** Cet article, publié sur le site Internet de *Connaissance des arts*, évoque les tensions qui opposent encore aujourd'hui la Grèce au Royaume-Uni. **[problématique]** En quoi ce texte témoigne-t-il des tensions géopolitiques à l'œuvre concernant l'appropriation des frises du Parthénon par le Royaume-Uni ? **[annonce du plan]** Nous présenterons les origines de ces tensions **[I]**, tensions anciennes ravivées par le Brexit **[II]**, puis leurs possibles conséquences **[III]**.

I. Des tensions anciennes autour d'un patrimoine unique

1. Une œuvre patrimoniale unique

- Dans cet article, les auteurs évoquent rapidement l'objet de ces tensions gréco-britanniques : « ces célèbres sculptures (frise, fronton et plaques sculptées), **chefs-d'œuvre de l'art grec classique** » (l. 6-7). Il est ici évidemment question d'une grande partie de la frise intérieure sculptée sur le Parthénon, ou **frise des Panathénées.**

- Cette frise commémore la procession qui se déroulait en l'honneur de la déesse Athéna, divinité protectrice d'Athènes. Sculptée au Ve siècle avant J.-C., c'est un **joyau de l'art grec antique** qui témoigne de l'apogée de la cité.

2. Une œuvre déplacée

- C'est près de la moitié de la frise originelle qui a été « démontée du Parthénon au début du XIXe siècle et achetée par l'institution » (l. 7-8), c'est-à-dire par le British Museum. Ici les journalistes font un raccourci rapide. C'est en fait **l'ambassadeur britannique à Constantinople, le comte d'Elgin**, qui, en 1801, alors que la Grèce est sous domination ottomane, obtient du sultan l'autorisation d'emporter les sculptures.
- Espérant les vendre au meilleur prix, le comte Elgin entrepose les marbres sur un terrain humide à Londres où ils **se détériorent** rapidement. Ce n'est qu'en **1816** que le **British Museum** rachète les éléments de la frise et des statues venues de toute la Grèce. Une galerie spéciale est aménagée dans le musée pour les accueillir.

> **CONSEIL**
> Il ne faut pas hésiter ici à critiquer le document : il est très vague sur le contexte historique.
> À vous de rappeler ce contexte vu dans le chapitre et à bien le développer pour le rendre compréhensible au lecteur.

[transition] Si les frises ont été acquises légalement par le British Museum, les circonstances politiques de leur déplacement sont source de débat. Ce débat a été ravivé par la sortie récente du Royaume-Uni de l'Union européenne.

II. Des tensions anciennes ravivées par le Brexit

1. Un patrimoine revendiqué par la Grèce

- « Si les premières demandes de restitution ont été faites par la Grèce au lendemain de son indépendance en 1822, le British Museum s'est toujours refusé à leur donner suite » (l. 14-16), car **le Royaume-Uni ne souhaite pas se défaire cette œuvre emblématique**. Le roi Othon Ier a tenté de les racheter, dès 1834, en vain.
- Dans les années 1980, la Grèce a de nouveau réclamé le retour des frises à Athènes, lors d'une conférence de l'Unesco. Ce retour, demandé après la chute de la dictature militaire (1967-1974), aurait été comme un **symbole du retour de la démocratie** dans le pays, un symbole de l'unité nationale retrouvée.
- L'Acropole, dont le Parthénon, est classée au patrimoine mondial depuis 1987. Depuis plus de trente ans, les relations entre les deux pays à propos de ce patrimoine sont très tendues. L'Unesco n'a pas réussi à rapprocher les deux parties.

2. Des tensions ravivées par le Brexit

- « La **sortie du Royaume-Uni** de l'Union européenne n'est pas sans risque, elle vient de relancer les discussions autour de la restitution des marbres du Parthénon » (l. 1-3). En effet, **la Grèce a profité des négociations autour du Brexit pour relancer le débat.**
- L'article évoque un autre épisode récent de ces tensions : en offrant « d'**exposer à Londres des trésors archéologiques jamais sortis de la Grèce en échange du retour d'une partie de la frise** » (l. 20-22), la Grèce décidait d'évoquer à nouveau la question de sa propriété.

[transition] Ces tensions, qui remontent à l'indépendance de la Grèce et ont été récemment ravivées, réveillent surtout le débat sur la propriété patrimoniale. Ce débat est lourd de menaces pour le Royaume-Uni.

III. Des tensions lourdes de menaces pour l'avenir

1. La question de la propriété patrimoniale

- « Les Britanniques ne sont pas contre un retour des marbres du Parthénon à Athènes, [...] 56 % souhaitent qu'ils soient restitués à la Grèce » (l. 25-27). Cette citation montre bien que les choses sont en train de changer. Les frises du Parthénon sont particulièrement attachées à l'identité grecque, et **l'idée d'une restitution fait son chemin dans l'opinion publique.**
- Il faut dire que l'argument principal de la Grèce est facilement compréhensible : elle considère que l'**Empire ottoman**, puissance occupante, **n'était pas légitime pour concéder ce trésor national au Royaume-Uni.**

2. Un retour possible ?

- Pendant longtemps, **le British Museum a reproché à la Grèce de ne pas s'intéresser à son patrimoine** puis de ne pas disposer des moyens financiers suffisants pour le sauvegarder. La ville d'Athènes, particulièrement polluée, était considérée comme inadaptée pour la conservation de ce patrimoine très ancien et fragile.
- Pourtant, depuis juin 2009, un **nouveau musée moderne** a ouvert ses portes face à l'**Acropole** et ce malgré la crise économique qui secouait le pays, que mentionne l'article (l. 31-32). Conçu pour accueillir la frise dans sa totalité, il a réussi à obtenir la restitution de fragments venus du Vatican, d'Allemagne et d'Autriche.

> **À NOTER**
> Au musée de l'Acropole, des fragments originaux de la frise sont exposés aux côtés de reconstitutions (de couleur plus claire) des marbres présents au British Museum

- Il s'agit sans doute de **réparer « une injustice passée »** (l. 34) comme le mentionnent les auteurs du texte et le mot est fort. Si la frise du Parthénon revenait à la Grèce, ceci créerait un **précédent juridique** et tous les musées occidentaux pourraient voir leurs collections coloniales repartir dans leurs pays d'origine.

Conclusion

[réponse à la problématique] La question de la propriété patrimoniale est parfaitement illustrée par l'exemple des frises du Parthénon. L'appropriation d'œuvres ou d'objets culturels est en effet au cœur de tensions géopolitiques, notamment entre des États d'Europe et leurs anciennes possessions coloniales. Mais il s'agit ici d'une question encore plus épineuse puisqu'elle divise l'Europe elle-même, alors qu'elle est fragilisée par le Brexit et semble manquer de cohésion. **[ouverture]** La Grèce, en demandant la restitution d'un bien qu'elle considère comme le sien, ne fragilise-t-elle pas un peu plus cette cohésion ?

> **LE SECRET DE FABRICATION**
> Même s'il est plus pertinent de terminer son devoir par une affirmation, ce sujet ouvre de nombreuses réflexions. Si la question est ouverte et suscite un débat, vous pouvez considérer celle-ci comme une ouverture.

Thème 4

8 La France et le patrimoine, des actions majeures de valorisation et de protection

Afin de faire coïncider la réalité avec la carte postale, un projet de rétablissement du caractère maritime du Mont-Saint-Michel doit valoriser cette « merveille de l'Occident » classée au patrimoine culturel mondial en 1979.

TESTEZ-VOUS

→ CORRIGÉS P. 318-319

Faites le point sur vos connaissances puis établissez votre **parcours de révision** en fonction de votre score.

1 La gestion du patrimoine français : évolutions d'une politique publique

→ FICHE 34

1. Quel événement entraîne le classement de nombreuses églises aux monuments historiques ?

☐ **a.** La création des Monuments historiques

☐ **b.** La séparation des Églises et de l'État

☐ **c.** La Révolution française

2. Vrai ou faux ? Cochez la case qui convient.

	V	F
a. Les biens inscrits sur l'Inventaire du patrimoine peuvent être modifiés par leurs propriétaires.	☐	☐
b. Les rénovations urbaines ont entraîné la création de secteurs sauvegardés.	☐	☐
c. L'Inventaire du patrimoine culturel français a vu le jour en 1945.	☐	☐

3. Complétez le texte suivant.

En France, l'État cherche à mieux faire connaître son patrimoine national. Depuis 1991 il organise les .... du patrimoine à la fin du mois de septembre. Il octroie également aux communes des .... comme celui de « Ville ou Pays d'art et d'histoire ».

.../3

2 La patrimonialisation du bassin minier du Nord-Pas-de-Calais

→ FICHE 35

1. À quel type de patrimoine correspond le bassin minier ?

☐ **a.** Au patrimoine rural

☐ **b.** Au patrimoine industriel

☐ **c.** Au patrimoine matériel et naturel

2. En quelle année a été fermé le dernier puits de mine dans le Nord-Pas-de-Calais ?

☐ **a.** 1980 ☐ **b.** 1990 ☐ **c.** 2000

3. Comment l'État a-t-il accompagné le projet de classement du bassin minier au patrimoine mondial de l'Unesco ?

☐ a. Il a dressé l'inventaire des bâtiments à proposer à l'Unesco.

☐ b. Il a rédigé le projet de présentation pour l'Unesco.

☐ c. Il a classé des vestiges du bassin sur la liste des Monuments historiques.

.../3

3 Le patrimoine dans le rayonnement culturel et l'action diplomatique de la France

→ FICHE 36

1. Associez chaque rubrique à sa donnée chiffrée.

a. Nombre de touristes par an en France (en millions) •	• 50
b. Nombre de sites français classés au Patrimoine mondial de l'Unesco •	• 45
c. Part des touristes étrangers visitant des sites patrimoniaux en France (en %) •	• 137
d. Nombre de pays où est implantée l'Alliance française •	• 89

2. Quels musées français possèdent des antennes à l'étranger ?

☐ a. Le musée du Louvre

☐ b. Le musée d'Orsay

☐ c. Le centre Georges-Pompidou

3. Le classement d'une tradition au patrimoine culturel immatériel de l'Unesco permet...

☐ a. de résister à l'uniformisation culturelle du monde.

☐ b. d'affirmer son *soft power*.

☐ c. d'affirmer son *hard power*.

4. Le repas gastronomique des Français a été classé par l'Unesco en tant que...

☐ a. pratique culturelle.

☐ b. bien matériel.

☐ c. bien culturel.

.../4

Score total .../10

Parcours PAS À PAS ou *EXPRESS* ? → MODE D'EMPLOI P. 3

34 La gestion du patrimoine français : évolutions d'une politique publique

En bref *Le domaine d'intervention de l'État dans la gestion du patrimoine n'a cessé de s'accroître depuis le XIXe siècle. Celle-ci est aujourd'hui de plus en plus décentralisée et assurée par de nombreux acteurs.*

I Naissance d'une politique patrimoniale

- C'est en 1830 que se met en place une politique publique du patrimoine avec la création de l'**Inspection des monuments historiques**. En 1887, les règles de conservation et les conditions de l'intervention de l'État sont posées mais elles ne concernent que des **monuments publics**. Ceux-ci sont élargis à 45 000 édifices religieux en 1905 avec la **séparation des Églises et de l'État**.

- La **loi de 1913** étend les mesures de sauvegarde aux immeubles et mobiliers privés présentant un « intérêt public ». Leur **classement** sur la liste des **Monuments historiques** se fait avec ou sans l'accord des propriétaires.

> **INFO**
> Le **bien classé à l'inventaire du patrimoine historique** ne peut faire l'objet de destruction, de restauration et de modification sans l'accord de l'État.

II L'État, acteur majeur de la gestion du patrimoine

1 Le tournant des années Malraux

- **André Malraux**, ministre de la Culture de 1959 à 1969, débloque d'importants budgets pour restaurer des monuments en péril (Versailles, le Louvre, les Invalides, etc.). Alors que de nombreuses villes sont rénovées, les centres-villes historiques deviennent des **secteurs sauvegardés** par la **loi de 1962.**

- En 1964, une commission chargée de l'**Inventaire général** des monuments et richesses artistiques de la France voit le jour. Les architectures industrielles et contemporaines peuvent s'inscrire dans un cadre patrimonial.

2 Une gestion organisée et élargie

- Dans les années 1980-1990, l'État accompagne l'élargissement du patrimoine : les « Journées portes ouvertes des monuments historiques » sont instituées en 1984 (**Journées européennes du patrimoine** à partir de 1991). Des **Zones de protection du patrimoine architectural, urbain et paysager** (ZPPAUP, 1993) élargissent les zones de protection au-delà des abords des monuments classés. Elles deviennent les **Aires de valorisation de l'architecture et du patrimoine** (AVAP) en 2010.

- En 2016, les **sites patrimoniaux remarquables** se substituent aux secteurs sauvegardés et aux AVAP : le patrimoine devient de plus en plus englobant. Le ministère de la Culture et le ministère de la Transition écologique et solidaire assurent conjointement la gestion du patrimoine culturel et naturel sur le territoire.

III Une gestion du patrimoine de plus en plus locale

- Avec les lois de décentralisation de 1983, les collectivités territoriales sont devenues des acteurs incontournables du patrimoine, outil de développement local au niveau culturel, touristique et social. Depuis 2011, les collectivités locales peuvent devenir propriétaires d'un site patrimonial appartenant jusque-là à l'État.
- Dans chaque commune, le plan local d'urbanisme (PLU) intègre la sauvegarde et la valorisation de l'architecture et du patrimoine. Les maires sont responsables de la réparation, de la restauration et de la mise en valeur du patrimoine immobilier communal, même religieux. Les communes peuvent demander à l'État l'obtention de labels comme celui de Ville ou Pays d'art et d'histoire.
- Depuis 2004, l'État a transféré aux départements les crédits de restauration des bâtiments patrimoniaux non classés tandis que les régions gèrent les bâtiments classés, souvent publics, en coopération avec le ministère de la Culture. Les régions ont aujourd'hui la mission de recenser et de transmettre un inventaire général des patrimoines, autrefois mission de l'État.

zoOm

Sauver le patrimoine en péril : un loto pour le patrimoine

- Le « super loto Mission Patrimoine » a été créé en 2018 par la Française des Jeux afin de récolter des fonds pour la Mission du Patrimoine, fondation privée chargée d'assurer l'entretien ou la restauration de monuments en péril, comme ci-dessus, le canal du Midi, dont les rives ont été reboisées.
- Les monuments qui peuvent bénéficier de cette nouvelle ressource sont identifiés dans le cadre de la mission confiée à Stéphane Bern par le président de la République. Un site Internet est dédié à cette mission afin d'identifier de nouveaux biens à préserver et faire des dons.

35 La patrimonialisation du bassin minier du Nord-Pas-de-Calais

En bref *Le bassin minier du Nord-Pas-de-Calais a été inscrit au patrimoine mondial de l'Unesco en 2012 en tant que « paysage culturel, évolutif et vivant ». Résultat d'une longue mobilisation, la patrimonialisation de ce site accompagne la reconversion économique de la région.*

I L'inscription du bassin minier au patrimoine mondial de l'Unesco

1 Un paysage de l'ère industrielle

■ Le bassin minier du Nord-Pas-de-Calais est un territoire du nord de la France marqué par l'exploitation intensive de la houille (XVIIe siècle-fin du XXe siècle). Il se distingue par son patrimoine industriel : **terrils, corons, chevalements**.

■ Lourdement touché par la Première Guerre mondiale, le bassin minier est en partie reconstruit dans les années 1920. Lorsque le dernier puit ferme en 1990, la volonté d'effacer les traces du passé domine. Mais dans les années 2000, l'intérêt du patrimoine matériel et naturel minier émerge.

INFO

Les **terrils** sont des collines artificielles construites par accumulation de résidu minier.
Les **corons** sont des maisons en brique rouge mitoyennes destinées aux mineurs.
Les **chevalements** sont des structures servant à descendre et remonter les mineurs et le minerai.

2 La procédure d'inscription au patrimoine mondial de l'Unesco

■ À partir de 2002, à l'initiative de l'association Bassin Minier Uni, inventaires et études mobilisent des spécialistes et les collectivités territoriales pour faire inscrire le bassin au patrimoine mondial de l'Unesco. L'État soutient le projet en classant ou inscrivant 69 vestiges aux monuments historiques en 2009 et 2010.

■ Ayant contribué au processus d'industrialisation du pays, ayant abrité le métier de mineur, présent par-delà les frontières, le bassin minier est universel. Tous ses terrils n'ont pas été arasés : les cités minières ont conservé leur exceptionnelle intégrité architecturale. L'inscription est acceptée par l'Unesco le 30 juin 2012.

II Les apports d'un label prestigieux

1 Faire du bassin minier un territoire attractif

■ Le bassin minier doit devenir une nouvelle destination touristique. Cinq « grands sites de mémoire » sont aménagés, surtout des fosses, des corons et des terrils. L'inscription intervient au moment de l'ouverture du musée du Louvre-Lens.

La **patrimonialisation** du bassin minier a aussi pour but de changer les regards extérieurs et attirer les investisseurs, cadres et étudiants dans le Nord. Elle doit également agir sur la population du bassin, notamment sur la jeunesse, afin de lui redonner sa fierté de vivre dans une région économiquement en difficulté.

MOT CLÉ

La **patrimonialisation** est le processus juridique, politique et socio-culturel par lequel un bien, un espace ou une pratique se transforme en objet du patrimoine digne d'être conservé.

2 Faire vivre un « paysage culturel, évolutif et vivant »

Le choix de l'Unesco est venu couronner une action d'aménagement du territoire du bassin entreprise depuis vingt ans : les terrils ont été transformés en lieux de pratique sportive ou de conservation de la biodiversité, les étangs sont devenus des bases de loisirs, les corons ont été rénovés, des fosses ont servi de décor de cinéma (*Germinal* de Claude Berry sur le site Arenberg à Wallers en 1993).

Sans être sanctuarisés, les grands sites de mémoire suivent une logique de reconversion post-industrielle. Ils se destinent à devenir des pôles économiques et culturels en accueillant des centres de formation, d'innovation et de recherche.

Le besoin d'expliquer les raisons de la distinction par l'Unesco, de sensibiliser sur la valeur universelle et exceptionnelle du bassin minier reste essentiel : les habitants du bassin en deviennent les ambassadeurs et endossent le rôle de citoyens vigilants sur les atteintes à leur patrimoine.

zoOm

Les paysages du bassin minier du Nord-Pas-de-Calais

Le site de Wallers-Arenberg est dédié aux industries de l'image. Il vise à transformer le bassin en une terre de cinéma grâce à ses plateaux de tournage, ses studios de mixage et ses centres de recherche en programmes télévisuels.

36 Le patrimoine dans le rayonnement culturel et l'action diplomatique

En bref *La présence d'un riche patrimoine culturel sur son territoire participe au rayonnement culturel de la France dans le monde. L'inscription du « repas gastronomique des Français » au patrimoine immatériel mondial témoigne aussi de son action diplomatique pour renforcer son influence.*

I Un élément du rayonnement culturel de la France

1 La France, puissance culturelle

■ Le « rayonnement » de la France désigne son influence culturelle dans le monde. Le patrimoine est un des éléments de la culture française que les ambassades, l'**Institut français** et la **fondation Alliance française** diffusent à l'étranger.

■ En grande partie grâce à un patrimoine riche et diversifié, la France s'affirme comme la première destination touristique mondiale (plus de 90 millions en 2019). La France abrite 49 biens classés au patrimoine mondial de l'Unesco, se plaçant au 4e rang mondial avec l'Espagne → FICHE 28.

> **INFO**
> Créé en 2011, l'**Institut français** est l'établissement public chargé de l'action culturelle extérieure de la France.
> Les **Alliances françaises**, implantées dans 137 pays, constituent le premier réseau culturel mondial, leur mission étant de diffuser la langue française.

2 La gastronomie, un élément du patrimoine français et de son rayonnement

■ La France est souvent présentée comme un modèle lorsqu'on parle des arts de la table, de la gastronomie, du raffinement ou de l'élégance. Le « savoir-vivre » français fait la renommée du pays dans le monde. De nombreux chefs français sont présents à l'étranger.

■ Pour 95 % des Français, la **gastronomie** fait partie de leur patrimoine et de leur identité. Lors des visites de chefs d'État étrangers, ce savoir-faire est mis en avant (**diplomatie culinaire**).

II Un enjeu de l'action diplomatique de la France

1 Le patrimoine, élément du *soft power*

■ Le rayonnement de la France représente un moyen d'influence internationale, un des éléments clés du ***soft power***. Dans le contexte de la mondialisation, d'une certaine **uniformisation culturelle**, la France s'emploie à promouvoir son image, son patrimoine et son **exception culturelle**.

■ Par le prêt d'œuvres ou de collections entières aux musées étrangers, par la construction d'antennes situés hors de France du Centre Pompidou (Malaga,

2015 ; Shanghai, 2019 ; Bruxelles, 2023), du musée Rodin ou du Louvre (Abu Dhabi, 2017), le patrimoine est devenu un instrument du rayonnement français.

- La promotion de l'art culinaire français est un des éléments du *soft power*. On parle de **gastro-diplomatie**.

2 Le repas gastronomique français, objet diplomatique

- En 2006, l'Institut européen d'histoire et des cultures de l'alimentation (IEHCA) demande une reconnaissance du patrimoine alimentaire français à l'Unesco, terme déformé par la presse et les politiques en « patrimoine gastronomique ». Or l'Unesco vise à valoriser les **cultures populaires** et à favoriser le dialogue interculturel et non des pratiques élitistes propres à un pays.
- La Mission française du patrimoine et des cultures alimentaires (MFPCA) porte le dossier de candidature à partir de 2008. Le projet est modifié afin de répondre aux **critères d'universalité** de l'Unesco qui classe, en 2010, le « repas gastronomique des Français en tant que pratique sociale coutumière destinée à célébrer les moments les plus importants de la vie des individus et des groupes ».

zoom

Le repas gastronomique des Français : patrimoine ou marketing ?

- De grands chefs étoilés, tel Guy Savoy (photo), par leur recommandation dans les guides culinaires et leur présence à l'étranger, sont des ambassadeurs de la culture française et participent à son rayonnement.
- Cependant, l'Unesco a classé une **pratique sociale**, et non le savoir-faire de professionnels. Le repas gastronomique des Français doit respecter un schéma arrêté : il comporte un apéritif, une entrée, du poisson et/ou de la viande avec des légumes, du fromage, un dessert et un digestif.

Des actions majeures de protection

Une protection de plus en plus étendue

- Monuments historiques (**1913**)
- Loi Malraux : secteurs sauvegardés (**1962**)
- Aires de valorisation de l'architecture et du patrimoine (AVAP) (**2010**)
- Sites patrimoniaux remarquables (**2016**)

LA FRANCE ET

De nombreux acteurs

- État (ministère de la Culture)
- Collectivités territoriales (depuis **1983**)
- Fondations privées
- Associations locales

Des actions majeures de valorisation

La patrimonialisation

- Inscription du bassin minier du Nord-Pas-de-Calais au patrimoine mondial (**2012**)
- Inscription du repas gastronomique des Français au patrimoine mondial immatériel (**2010**)

LE PATRIMOINE

Un élément du rayonnement culturel

- 49 biens classés au patrimoine mondial (4e rang mondial)
- Première destination touristique mondiale
- Gastronomie française à l'étranger

Un enjeu de l'action diplomatique

- Élément du *soft power* français (influence internationale, gastrono-diplomatie)
- Prêts d'œuvres et de collections à l'étranger

SUJET 16 | OBJECTIF BAC

DISSERTATION 2 h

De l'invention à l'inflation du patrimoine en France

Ce sujet propose de décrire l'évolution de la notion de patrimoine en France. Il suppose de bien maîtriser la chronologie de tout le thème.

LE SUJET

De l'invention à l'inflation du patrimoine en France.

LES CLÉS POUR RÉUSSIR

→ Reportez-vous à la méthode détaillée de la dissertation p. 314.

Analyser le sujet

De l'invention à l'inflation du patrimoine en France

Formulation
Thème transversal à tout le chapitre

Type de sujet
Sujet chronologique

Bornes chronologiques et spatiales
Sans indication : de l'Antiquité à nos jours (c'est la Révolution française qui fonde véritablement la notion de patrimoine)

Notions et mots clés
- Patrimoine : trace du passé dont l'intérêt justifie qu'elle soit conservée
- Inflation du patrimoine : élargissement du patrimoine culturel matériel au patrimoine immatériel et multiple

Dégager la problématique

Reformuler le sujet est ici essentiel. Le patrimoine est-il une passion française ? Cette problématique, ouverte, permet de développer une argumentation pour donner une réponse positive tout au long du devoir.

Construire le plan

Dans tout sujet chronologique il faut s'interroger sur les étapes du processus que l'on cherche à décrire : quels sont les moments clés qui constituent des césures et introduisent une nouvelle étape ?

I La notion de patrimoine naît en France

- Qu'est-ce que le patrimoine avant la Révolution française ?
- Comment la Révolution fait-elle du patrimoine un sujet politique ?

II L'essor du patrimoine (de 1830 aux années 1970)

- Comment la gestion du patrimoine est-elle dirigée par l'État ?
- En quoi la création d'un ministère de la Culture est-elle un tournant au XXe siècle ?

III L'élargissement de la notion de patrimoine : vers le « tout patrimoine » ? (depuis les années 1970)

- Pourquoi parle-t-on aujourd'hui d'une « inflation patrimoniale » ?
- Quelles sont les conséquences de cette inflation ?

LE CORRIGÉ

Les titres et les indications entre crochets ne doivent pas figurer sur la copie.

Introduction

[accroche] L'ampleur de la mobilisation pour sauvegarder la cathédrale Notre-Dame de Paris, après l'incendie qui l'a ravagée en avril 2019, témoigne de l'importance accordée par les Français à leur patrimoine. **[présentation du sujet]** Mais définir ce qui relève du patrimoine n'est pas chose aisée : cette notion s'est construite dans le temps et les critères pour définir ce qui mérite d'être patrimonialisé ont beaucoup évolué depuis l'Antiquité et le Moyen Âge mais surtout depuis la Révolution française. On peut en effet dater de cette époque la volonté de conserver et de protéger ce qui appartient à la collectivité afin de le transmettre aux générations futures. **[problématique]** Il est donc intéressant de se demander dans quelle mesure le patrimoine est devenu une passion française. **[annonce du plan]** Nous verrons comment la notion de patrimoine naît officiellement en France à la Révolution française **[I]**, comment elle se développe entre le milieu du

CONSEIL
N'hésitez pas en accroche à faire référence à un sujet d'actualité en rapport avec le sujet. Ici le cas de Notre-Dame peut être un fil conducteur de votre devoir.

XIXe siècle et les années 1970 **[II]** et connaît enfin une inflation des critères servant à la définir depuis les années 1970-1980 **[III]**.

I. La notion de patrimoine naît en France

1. D'un patrimoine privé...

- Le concept de patrimoine existe **dès l'Antiquité**, mais il ne concerne alors que les **biens transmis entre les membres d'une famille** : c'est le ***patrimonium*** (biens hérités du père). Au Moyen Âge, les reliques, les objets de culte, mais aussi les **objets** d'art et **du pouvoir** sont conservés pour être transmis. Ainsi, Notre-Dame de Paris devient un des joyaux de l'art gothique et symbolise la fonction religieuse de la capitale. Cela n'empêche pas de nombreuses destructions, même de bâtiments prestigieux.

> **À NOTER**
> Les objets du pouvoir en France sont les *regalia*, ce sont des symboles importants tels la couronne, la main de justice, le manteau d'hermine, le sceptre.

- À la Renaissance, des aristocrates créent des **collections privées d'objets antiques** qu'ils regroupent dans des cabinets de curiosité. Ces collections s'intéressent cependant davantage à des objets originaux, étranges plutôt qu'à des vestiges universels. Au XVIIIe siècle, l'esprit des Lumières influence les **méthodes de classement** pour mener à bien les études scientifiques de ces objets.

2. ... à un patrimoine collectif

- C'est à la **Révolution française** que se construit le sens moderne de la notion de patrimoine. Les destructions de demeures aristocratiques et d'objets religieux se multiplient dès l'été 1789 et notamment pendant la Grande Peur. **Une conscience patrimoniale citoyenne voit le jour** : l'abbé Grégoire s'insurge contre le « vandalisme » et réclame la protection des biens menacés.

- **Les biens du clergé et de la noblesse sont alors inventoriés dès 1790** après une décision de l'Assemblée : ils deviennent des « biens nationaux ». Il s'agit d'objets d'art, de châteaux, de demeures aristocratiques. **Le musée du Louvre est inauguré en 1793** et accueille les collections de peintures et de sculptures du **château de Versailles**. Ce dernier devient un lieu de dépôt des biens confisqués.

> **CONSEIL**
> Le patrimoine français étant étudié dans les deux axes de ce thème, ne vous limitez pas aux seuls exemples du thème conclusif.

[transition] La Révolution française marque donc bien un tournant dans l'histoire du patrimoine. Celui-ci caractérise alors des biens collectifs dignes d'être préservés pour être transmis. Il revient donc à l'État de protéger un patrimoine historique et artistique devenu patrimoine national.

II. L'essor du patrimoine (1880-1970)

1. La création des monuments historiques

- C'est sous la monarchie de Juillet que commence véritablement une **politique publique concernant le patrimoine** avec la création, en 1830, de l'**Inspection générale des monuments historiques** par François Guizot. En 1840, une première liste de 880 monuments protégés voit le jour. Notre-Dame de Paris devient site classé en 1862.

- C'est sous la IIIe République que **les règles de conservation du patrimoine sont inscrites dans la loi**. Celles-ci sont très centralisées, régies par l'État, mais elles ne concernent que le classement de bâtiments publics. Ceux-ci sont élargis à 45 000 édifices religieux lors de la séparation des Églises et de l'État en 1905.

- Une nouvelle dynamique patrimoniale est amorcée au début du XXe siècle : en 1906 **une loi protège les premiers sites naturels** et en 1913 la loi sur les monuments historiques étend la protection des bâtiments à des **biens privés**. À partir de 1943, un périmètre de protection de 500 mètres autour des monuments classés est institué.

2. L'élan patrimonial des années Malraux

- **La notion de patrimoine s'élargit** progressivement : les dégâts matériels des deux conflits mondiaux posent la question de la pérennité du patrimoine. En 1959, pour la première fois, un **ministère de la Culture** voit le jour, dirigé par **André Malraux**. En 1962, celui-ci crée des « **secteurs sauvegardés** » protégeant des quartiers historiques entiers. La même année, le château de Versailles retrouve tous ses objets disséminés dans de multiples collections publiques.

- Afin d'étudier et surtout de faire connaître le patrimoine du pays, les biens qui présentent un intérêt artistique ou historique sont alors recensés à partir de 1964 : c'est la naissance de l'**Inventaire général**. De nombreux **bâtiments en péril sont restaurés** de 1959 à 1969 et des **créations contemporaines**, comme celles de l'architecte Le Corbusier sont inscrites sur l'Inventaire.

> **À NOTER**
> C'est la première fois, dans l'histoire du patrimoine, que des constructions contemporaines sont classées du vivant de leur architecte : le legs patrimonial n'est plus forcément un élément du passé.

[transition] Depuis la seconde moitié du XIXe siècle, la gestion du patrimoine est dévolue à l'État. Mais celui-ci conserve une vision assez traditionnelle de ce qui doit être conservé, restauré et protégé. À partir de la fin des années 1970, ce patrimoine s'ouvre à de nouveaux secteurs.

III. L'âge d'or du patrimoine ? (1970 à nos jours)

1. L'inflation patrimoniale

- Dans les années 1970, avec le ralentissement économique, les modes de vie changent et certains sont menacés de disparaître. Le patrimoine prend une nouvelle fonction : il doit être un **témoignage du passé**. C'est la naissance du « **petit patrimoine » rural, industriel et urbain.**

- La fin de la paysannerie, la périurbanisation, l'accélération de la mondialisation entraînent **une certaine idéalisation d'un monde qui disparaît**. Des objets du passé comme des lavoirs, des bâtiments agricoles, des gares, des sites industriels ou miniers témoignent de l'apparition de nouveaux critères de sélection patrimoniale.

- Avec les lois de décentralisation de 1983, la politique patrimoniale est décentralisée. **Le patrimoine devient un moteur du développement local**. L'État encourage l'accès à la culture et au patrimoine en organisant des manifestations telles

les Journées portes ouvertes des monuments historiques (1984) devenues **Journées européennes du patrimoine** en 1991.

2. Un « tout-patrimoine » à mettre en valeur

- À partir des années 1990, la notion de **patrimoine immatériel** se développe : les **savoir-faire**, les **coutumes**, les **arts et traditions populaires** entrent dans le champ patrimonial. À travers les Directions régionales des affaires culturelles (DRAC), toutes les collectivités territoriales deviennent des acteurs du patrimoine que l'État se contente d'accompagner dans leurs projets.

- Aujourd'hui des voix s'élèvent pour dénoncer l'élargissement de la notion de patrimoine à tous les domaines de la création, à toutes les traces du passé, élargissement jugé excessif. Le patrimoine est de plus en plus **muséifié** ou **affecté à de nouveaux usages** après sa réhabilitation, le détournant de ses fonctions originelles. De rare, il est devenu quotidien et de plus en plus instrumentalisé.

À NOTER
La muséification désigne péjorativement la mise en valeur d'un site ou d'un bien patrimonial dans le but d'augmenter la fréquentation touristique et donc les revenus financiers qui y sont liés.

- Alors que le ministère de la Culture ne consacre que 3 % de son budget au patrimoine et que les frais occasionnés par l'extension des biens à protéger augmentent, ce secteur manque de plus en plus de moyens. **Il dépend de plus en plus des financements des collectivités territoriales** qui se tournent à leur tour vers des **mécènes** (privés). Ainsi, en 2018 est mis en place un grand loto du patrimoine et après l'incendie de Notre-Dame une souscription internationale est lancée pour financer sa restauration.

LE SECRET DE FABRICATION
Vous remarquerez que dans le plan choisi pour ce corrigé, en trois parties, chaque partie comporte le même nombre de sous-parties (en l'occurrence deux). Lorsque vous construisez votre démonstration, essayez, autant que possible, d'équilibrer votre devoir. Cet équilibre prouve la cohérence de la dissertation et de votre réflexion.

Conclusion

[réponse à la problématique] Le patrimoine est bien devenu une passion française : cette notion est née en France, au moment de la Révolution française et s'est épanouie tout au long des XIXe et XXe siècles jusqu'à englober aujourd'hui un patrimoine moins rare, plus quotidien, voire immatériel. L'attachement des Français à leur patrimoine s'est nourri des politiques de l'État et des collectivités territoriales qui ont cherché à le préserver et à le mettre en valeur. Mais sa préservation manque encore souvent de moyens financiers et de nombreux sites restent en péril. **[ouverture]** Une très large majorité des Français considèrent que le patrimoine contribue au rayonnement de la France. Au-delà d'une « passion française », le patrimoine est un moyen de rayonnement de tout un pays dans le monde, le moyen de créer une « passion pour la France ».

SUJET 17 | OBJECTIF BAC

ÉTUDE CRITIQUE DE DOCUMENT 2 h

Cinéma et patrimonialisation du bassin minier

Cette étude de document s'intéresse au rôle du cinéma dans le processus de patrimonialisation du bassin minier du Nord-Pas-de-Calais.

LE SUJET

À l'aide des documents et de vos connaissances, vous montrerez en quoi le cinéma a participé à la patrimonialisation d'un site remarquable.

Document **Les friches minières du Nord-Pas-de-Calais au cinéma**

Le cinéma, dans le Nord et le Pas-de-Calais, a accompagné, au moins dans les années 1990, le changement de regard porté sur les friches minières [...]. À une époque où la culture a souvent inspiré la reconversion de sites industriels dévastés, les tournages purent participer à la reconversion de ce qui était encore perçu comme un « sous-patrimoine ».

Le cas de *Germinal* est significatif. Le film [sorti en 1993] s'inscrit dans un contexte de crise économique, sociale, identitaire qui frappe le bassin minier. Si ce basculement brutal conduit à accepter avec fatalité l'effacement des traces du monde d'hier, il incite aussi à la mobilisation de quelques acteurs locaux, dont d'anciens mineurs, qui aspirent à défendre une mémoire du passé minier et des territoires dans lesquels elle se grave. Ce camp des acteurs du patrimoine est rejoint, de manière fortuite, par Claude Berri dont le projet s'inscrit bien dans une logique mémorielle. [...]

Le soutien unanime apporté au film à différentes échelles a accéléré le classement du site minier au titre des monuments historiques en 1992. *Germinal* fut une caisse de résonance pour les militants locaux de la patrimonialisation [...].

Le film a également suggéré à ce patrimoine révélé une nouvelle fonction, dans le secteur de l'image, lui garantissant un futur [...], Arenberg figurant parmi les cinq grands sites de mémoire qui doivent abriter des pôles économiques et culturels régionaux sur différentes thématiques. [...]

Quinze ans plus tard, le cinéma participe à la requalification d'une autre friche minière. La Cité des électriciens, au cœur de Bruay-la-Buissière, dans la partie occidentale du bassin minier. 20 millions de spectateurs la découvrent en 2008 grâce à *Bienvenue chez les Ch'tis* de Dany Boon. S'y joue l'une des scènes les plus mémorables du film ; elle y est dépeinte comme une cité fantôme en marge de Bergues ; rien ne suggère une quelconque valeur patrimoniale de cet espace en ruines dont les habitants jouent les « marginaux ». [...] Pourtant, si Claude Berri est perçu comme un « sauveur » du site et un « père » du projet à Arenberg, le rôle de Dany Boon dans le cas de la Cité des Électriciens est loin de faire consensus.

Nicolas Marichez, « Le cinéma, vecteur de patrimonialisation du bassin minier du Nord et du Pas-de-Calais », geoconfluences.ens-lyon.fr, 19 mars 2020.

LES CLÉS POUR RÉUSSIR

→ *Reportez-vous à la méthode détaillée de l'étude critique de document(s) p. 316.*

Identifier le document

Document

Nature, genre, source
Article d'un site scientifique géographique, *Géoconfluences*

Espace et échelle(s)
Échelle locale : bassin minier du Nord-Pas-de-Calais

Thème
La mise en valeur du patrimoine industriel et le rôle du cinéma dans ce processus de patrimonialisation

Date et contexte
Années 1990-2010 : avant et après le classement du site par les monuments historiques

Comprendre la consigne

Il s'agit ici de rappeler les étapes de la patrimonialisation d'une région industrielle et de comprendre quel rôle le cinéma a pu jouer dans ce processus. Il est néanmoins important de nuancer ce rôle et de présenter les véritables acteurs du projet.

Dégager la problématique et construire le plan

Comment le cinéma peut-il être un outil de la patrimonialisation d'un site ?

I Un « coup de projecteur » sur un patrimoine oublié

- Quel rôle les films mentionnés dans le texte ont-ils joué dans la patrimonialisation du bassin minier ?

II Le rôle cependant secondaire du cinéma dans ce processus

- Quels sont les autres acteurs du projet mentionnés indirectement dans le texte ?
- Pourquoi le film de Dany Boon est-il « loin de faire consensus » ?

LE CORRIGÉ

Les titres et les indications entre crochets ne doivent pas figurer sur la copie.

Introduction

[accroche] En 2012, le bassin minier du Nord-Pas-de-Calais devient un « paysage culturel, évolutif et vivant » remarqué par l'Unesco. **[présentation du sujet]** Ainsi, la valeur patrimoniale d'une région aménagée par les hommes, reflet d'une histoire humaine, est reconnue cette année-là. Cet article, publié sur le site de géographie *Géoconfluences* en mars 2020, évoque ce processus de patrimonialisation du bassin minier et insiste particulièrement sur le rôle que le cinéma a pu y jouer. **[problématique]** Ainsi on pourra se demander comment le cinéma peut être un outil de la patrimonialisation d'un site. **[annonce du plan]** Nous montrerons que le cinéma a jeté un « coup de projecteur » sur un patrimoine oublié **[I]** mais que son rôle n'a fait qu'accélérer un processus déjà engagé grâce à l'action de nombreux autres acteurs **[II]**.

I. Un « coup de projecteur » du cinéma sur un patrimoine oublié

1. Le cinéma au service de territoires oubliés et de l'identité minière

- Comme l'évoque le texte, le cinéma a permis de changer le **« regard porté sur les friches minières »** (l. 2), c'est-à-dire ces territoires particuliers, délaissés depuis les années 1980 et jugés inesthétiques : terrils, fosses, chevalement, tours d'extraction.
- Ces vestiges encombrants sont utilisés comme **décors** par Claude Berri dans son film *Germinal* sorti en 1993 et **d'anciens mineurs sont engagés comme figurants** (l. 9-11). Il s'agit de faire revivre une grève évoquée dans le roman naturaliste d'Émile Zola à la fin du XIXe siècle, de raviver cette mémoire du monde ouvrier et de ses luttes.

LE SECRET DE FABRICATION

N'hésitez pas à apporter des éléments de vos connaissances personnelles (cinéma, lectures...) lors d'une étude de document(s). Cela témoigne de votre culture générale.

2. Le cinéma au service de la muséification et de la reconversion

- **Le processus de patrimonialisation a été accéléré par le film *Germinal*,** jusqu'au classement du site d'Arenberg : « Le soutien unanime apporté au film à différentes échelles a accéléré le classement du site minier au titre des monuments historiques en 1992 » (l. 14-15). Aussi les décors et les affiches du film sont présents sur le site et celui-ci est évoqué par les guides.
- Par ailleurs, Wallers-Arenberg est devenu, quelques années après le film, un **site dédié aux industries de l'image**, territoire de l'innovation dont la reconversion a été accélérée en 2015 : « Le film a également suggéré à ce patrimoine révélé une nouvelle fonction, dans le secteur de l'image, lui garantissant un futur » (l. 17-18).

▸ La **Cité des Électriciens**, plus vieille cité minière de France, longtemps laissée à l'abandon, sert également de décor au film de Dany Boon, *Bienvenue chez les Ch'tis*, en 2008. Celle-ci est classée aux monuments historiques l'année suivante et sa reconversion est achevée en 2019 : le film a pu ici encore jouer un rôle d'**accélérateur de la patrimonialisation**. Les corons sont réhabilités en logements sociaux, en lieux touristiques et culturels.

II. Le rôle cependant secondaire du cinéma dans ce processus

1. Une patrimonialisation portée par de nombreux acteurs

▸ La mobilisation de « militants **locaux** de la patrimonialisation » (l. 16) a permis de conserver un patrimoine menacé avant la fermeture de la dernière fosse en 1990. **Les premiers musées de la mine ouvrent à la fin des années 1970.**

▸ Dans les années 1990, la patrimonialisation est avant tout portée par des **acteurs politiques** locaux puis nationaux. En 2000 est créée l'**association du bassin minier** soutenue par l'État qui classe **69 sites miniers sur l'Inventaire supplémentaire** des Monuments historiques. Ces mesures favorisent le classement du bassin minier au **patrimoine mondial de l'Unesco** en 2012.

2. Une image cinématographique qui divise

▸ Si **Claude Berri** est considéré comme un « sauveur » à Arenberg, il n'en est pas de même pour **Dany Boon** à la Cité des Électriciens. Même si le film a contribué à populariser toute la région des Hauts-de-France et à y relancer le tourisme, il « est loin de faire consensus » (l. 30) car il a aussi donné une **image assez négative de la cité minière** et surtout de ses habitants.

À NOTER
Le film *Bienvenue chez les Ch'tis* n'est pas du tout évoqué dans le projet de réhabilitation de la Cité des Électriciens et Dany Boon n'a pas été invité à l'inauguration.

▸ **La patrimonialisation du bassin minier par l'Unesco a redonné une fierté à ses habitants.** Ceux-ci sont désormais soucieux de l'image de leur passé et de leur identité véhiculée par le cinéma et s'avèrent désormais plus exigeants.

Conclusion

[réponse à la problématique] Le cinéma français a bien accompagné la mise en valeur du patrimoine industriel minier, mais il n'en a pas été l'instigateur principal. Il a accéléré, ici plus qu'ailleurs, un processus déjà engagé à l'échelle nationale, celui de la reconnaissance d'un nouveau type de patrimoine. **[ouverture]** Aujourd'hui le passé industriel du lieu reste vivant, il s'adapte pour concilier nouveaux aménagements, nouvelles activités et préservation de l'identité et du bâti miniers.

Thème 5

9 Exploiter et protéger l'environnement face au changement climatique

La déforestation en Amazonie (2019)

TESTEZ-VOUS

→ CORRIGÉS P. 318-319

Faites le point sur vos connaissances, puis établissez votre **parcours de révision** en fonction de votre score.

1 Histoire de l'environnement

→ FICHES 37 et 38

1. Qu'est-ce qu'un espace anthropisé ?

☐ a. Un espace marqué par l'activité humaine

☐ b. Un espace vierge

☐ c. Un espace dévolu à l'élevage

2. Quelles sont les conséquences démographiques de la révolution industrielle ?

☐ a. La population mondiale a diminué.

☐ b. La population humaine a explosé.

☐ c. Plus nombreuse, la population humaine est aujourd'hui moins bien nourrie.

3. Associez chaque élément à sa définition.

a. Défrichement •	• Ensemble des êtres vivants d'un même milieu physique
b. Empreinte écologique •	• Indice calculant l'impact écologique des activités humaines
c. Écosystème •	• Mise en culture d'un terrain boisé ou d'une friche

.../3

2 Exploiter et protéger la forêt en France depuis Colbert

→ FICHE 39

1. Le corps royal des maîtres des Eaux et Forêts est créé...

☐ a. au Moyen Âge.

☐ b. à l'époque moderne.

☐ c. sous la Ve République.

2. Complétez le texte avec les mots qui conviennent.

La forêt française a fait l'objet d'un intérêt précoce de la .... La grande ordonnance de .... de 1669 constitue une étape essentielle tant en matière de protection que d'................. de la forêt. Elle n'empêche pas cependant la destruction et l'exploitation anarchique du tissu forestier. Il faut attendre les débuts de l'exode ...., au milieu du .... siècle, pour que celui-ci commence à se reconstituer.

.../2

3 Révolution néolithique et révolution industrielle

→ FICHE 40

1. Où est née l'agriculture ?

☐ a. En Europe ☐ b. En Amérique ☐ c. Dans le Croissant fertile

2. Vrai ou faux ? Cochez la case qui convient.

	V	F
a. Au Néolithique, les humains sont majoritairement des chasseurs.	☐	☐
b. La révolution industrielle engendre l'exode rural.	☐	☐
c. La révolution industrielle est respectueuse de l'environnement.	☐	☐

…/2

4 Le changement climatique

→ FICHES 40 et 41

1. Lisez l'extrait et cochez la proposition qui rend compte du sens du texte.

> Les épisodes glaciaires constatés dans les Alpes et en Occident ne peuvent être isolés d'un contexte mondial. Au XVIIe comme au XXe siècle, les glaciers d'Islande ou d'Alaska avancent ou reculent, en longue durée, dans une certaine synchronie avec ceux des Alpes. Et l'on note même, pour des phénomènes plus éloignés les uns des autres, certaines régularités remarquables : au XIIIe siècle, à la fin du XVIe, les glaciers alpins progressent, or, dans les deux cas, ces phénomènes européens s'accompagnent d'une vague de dessèchement long et très marqué, dans le sud-ouest aride des États-Unis, de 1210 à 1310 et de 1565 à 1595.
>
> Emmanuel Le Roy Ladurie, *Histoire du climat depuis l'An mil* [1990], Flammarion, « Champs », 2020.

☐ a. L'avancée des glaciers alpins est un phénomène purement européen.

☐ b. L'avancée des glaciers est la preuve d'un climat plus froid.

☐ c. Les modifications climatiques observables dans différentes parties du globe sont de même nature.

2. La plus grande famine de l'histoire de France a eu lieu…

☐ a. au XIVe siècle ☐ b. au XVIIe siècle ☐ c. au XIXe siècle

3. Vrai ou faux ? Cochez la case qui convient.

	V	F
a. Les États-Unis sont des acteurs essentiels de la lutte contre le réchauffement climatique.	☐	☐
b. Les questions écologiques sont au cœur des préoccupations des pays émergents.	☐	☐
c. L'océan Arctique fait l'objet de rivalités géopolitiques croissantes.	☐	☐

…/3

Score total …/10

Parcours PAS À PAS ou EXPRESS ? → MODE D'EMPLOI P. 3

37 L'« environnement » : une construction historique, sociale et politique

En bref *Le mot environnement apparaît en français au XIIIe siècle. Il signifie alors « ce qui entoure ». Ce n'est qu'au XIXe siècle qu'il désigne le milieu dans lequel un individu ou une espèce vivent.*

I Un espace à maîtriser et des menaces à combattre

1 L'environnement humain : définition

MOT CLÉ
Du grec *anthropos* (l'homme), un espace **anthropisé** est un espace modifié par l'action de l'Homme.

- Avec l'apparition de l'agriculture naît la distinction entre l'environnement, **espace connu, habité et cultivé**, et la nature sauvage. Les Romains opposent ainsi le monde **anthropisé**, l'*ager* (espace cultivé) et l'*urbs* (ville), au *saltus*, l'espace sauvage livré aux bêtes.
- Inexistante dans certaines civilisations comme celles des anciens Germains ou au Japon, cette opposition s'impose néanmoins.

2 Une opposition renforcée par le christianisme

- Des hommes d'Église tels que saint François d'Assise (v. 1182-1226) voient dans la nature l'œuvre de Dieu. Mais la plupart considèrent qu'au-delà de l'*ager* s'étend le **monde des bêtes dangereuses et du démon**.
- Image du jardin d'Éden, le **jardin**, notamment celui des monastères, remet en cause cette dichotomie. Mais il s'agit là d'une **nature domestiquée** par l'Homme.

II Un nouveau regard sur l'environnement (XVIIIe-XIXe s.)

1 Le rôle du rousseauisme et du romantisme

- Le jardin à l'anglaise et sa « **nature sauvage** » artificiellement recréée apparaît dans les années 1740 et rompt avec les allées géométriques du jardin à la française.
- Jean-Jacques **Rousseau** (1712-1778) modifie le regard porté sur la nature sauvage. Anciennement répulsive, elle devient lieu de beauté et de méditation.
- Au XIXe siècle, les **peintres romantiques** Caspar Friedrich ou William Turner expriment cette nouvelle fascination pour la puissance de la nature.

2 La révolution industrielle

- La révolution industrielle → FICHE 40, ses fumées d'usines et l'étalement des faubourgs ouvriers miséreux bouleversent l'environnement urbain. Certains pensent alors qu'il convient de **préserver certains espaces naturels** → FICHE 43.

- Une nouvelle science, l'**écologie** (mot inventé en 1866 par le biologiste E. Haeckel), étudie les **interactions entre les espèces**, y compris l'Homme, **et leur milieu**.

III L'affirmation d'une pensée environnementale

1 Le tournant des années 1960-1970

- À partir des années 1950, l'emprise humaine s'étend à la planète entière.
- En **1972**, le **rapport Meadows**, intitulé *Les Limites de la croissance*, a un retentissement mondial. Rédigé par des chercheurs du MIT (Massachusetts Institute of Technology), il affirme que dans un monde aux ressources finies, la croissance économique ne peut être infinie.

2 L'affirmation des préoccupations environnementales

- Dans les années 1970, des **ONG** comme le WWF ou Greenpeace popularisent le thème de l'environnement. En Allemagne ou en France, des militants s'en emparent pour créer l'« **écologie politique** ».
- Le rapport de la commission des Nations unies sur l'environnement et le développement, dit **rapport Brundtland (1987)**, insiste sur la notion de **développement durable**.
- L'environnement est désormais omniprésent dans les discours médiatiques ou politiques. Pourtant, la destruction des écosystèmes s'accélère.

MOT CLÉ

Le **développement durable** est censé assurer une croissance économique reposant sur une gestion durable des ressources naturelles et permettant de réduire les inégalités.

zoOm

Le mouvement Wandervogel

- Le Wandervogel (Oiseau migrateur) est un mouvement de jeunesse allemand créé à Steglitz (Berlin) en 1901 par Karl Fischer.
- Adeptes de la vie collective dans la nature, les Wandervogel se distinguent des scouts par leur volonté de rupture avec la société industrielle et bourgeoise.
- Dans l'entre-deux-guerres, le mouvement se scinde en plusieurs courants, nationalistes, socialistes ou communistes.

Groupe de Wandervogel du quartier berlinois de Steglitz en 1930.

38 Un regard sur l'histoire de l'environnement

En bref *L'Homme, comme tous les animaux, interagit avec son environnement. Si l'action de l'Homme sur l'environnement a longtemps été limitée, elle s'étend aujourd'hui à la planète entière.*

I L'interaction Homme-environnement

1 Une première rupture : l'apparition de l'agriculture

Aux temps préhistoriques des chasseurs-cueilleurs, les prélèvements réalisés sur l'environnement restent faibles. Avec l'**apparition de l'agriculture** vers - 9000, les premiers **défrichements** transforment une partie des forêts en champs et en prés.

MOT CLÉ
Le **défrichement** est la mise en culture d'un terrain boisé ou d'une friche.

2 La lente progression de l'emprise humaine

- Malgré des densités fort variables selon les régions du monde, l'humanité croît lentement à partir du **Néolithique** → FICHE 40.
- En Europe, au début de notre ère, la **forêt** a largement reculé mais avance à nouveau à partir du Ve siècle. Lors de l'**essor démographique des XIe-XIIe siècles**, elle recule à nouveau devant les essartages.
- Après la **dépression du XIVe siècle**, la population croît par à-coups. Vers 1800, la France compte environ 28 millions d'habitants et la forêt ne représente plus que 15 % du territoire → FICHE 39.

II Environnement et civilisation industrielle

1 Une rupture essentielle : les années 1950

- Au XIXe siècle, les conséquences environnementales de la révolution industrielle concernent l'**Occident** mais restent limitées ailleurs.
- L'exploitation de la planète s'accélère après 1945, en raison de la **croissance économique**, très coûteuse en ressources naturelles, et de l'explosion démographique : 2,5 milliards d'humains en 1950, 4,3 en 1980, 7,7 en 2019.

2 La dégradation rapide de l'environnement

- Toutes les études scientifiques → FICHE 37 constatent la dégradation catastrophique de l'environnement. Le **rapport de l'ONU sur la biodiversité** (mai 2019) évalue à 75 % les terres altérées par l'activité humaine.

■ La biosphère est dégradée dans son ensemble : pollution des sols et des océans, destruction des écosystèmes (1 million d'espèces seraient menacées) due à la déforestation, aux activités extractives, au réchauffement climatique.

MOT CLÉ
L'**écosystème** est l'ensemble des êtres vivants (biocénose) vivant dans un milieu physique et chimique donné (biotope) interagissant entre eux. L'ensemble des écosystèmes constitue la biosphère.

III Préserver l'environnement : une nécessité vitale pour l'humanité

1 L'environnement : un capital naturel

■ Le concept de capital naturel rappelle que l'environnement rend à l'Homme un certain nombre de services indispensables à sa survie.

■ Outre des biens (eau, aliments, énergie, matières premières), la nature contribue à purifier l'air et les eaux, à réguler le climat, à préserver les ressources génétiques végétales et animales.

2 Les éventuelles solutions

■ Après le sommet de la Terre de Rio (1992), la communauté internationale s'engage pour la protection de l'environnement. Mais de nombreux États, dont les États-Unis et les pays émergents, rechignent à accepter des règlements contraignants → FICHE 43.

■ Les aires protégées représentent aujourd'hui 17 % de la surface terrestre et 10 % des océans. Mais, parfois créées contre des populations locales (peuple ik en Ouganda), elles semblent impuissantes à freiner la destruction de la biodiversité.

zoOm

L'empreinte écologique

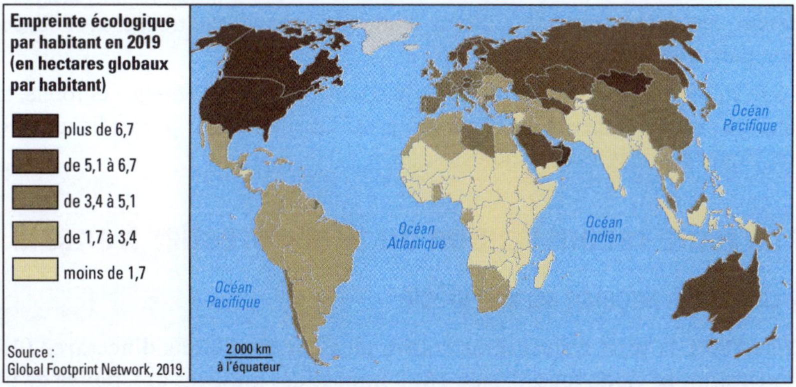

L'empreinte écologique est un indice mis au point par Mathis Wackernagel et William Rees à l'occasion du sommet de Rio (1992). Cet indice évalue les conséquences environnementales (énergies, déchets…) des activités humaines.

39 Exploiter et protéger une ressource « naturelle » : la forêt française

En bref *En France, l'anthropisation précoce du territoire explique que la forêt soit d'origine humaine. Celle-ci, au moins depuis l'Ancien Régime, a fait l'objet d'un intérêt encore renforcé par notre époque.*

I La forêt française sous l'Ancien Régime

1 L'ordonnance de Colbert sur les Eaux et Forêts (1669)

- La forêt, réserve de chasse et de bois – premier matériau et première source d'énergie – intéresse très tôt les rois. Le corps des **maîtres des Eaux et Forêts** est créé dès 1291.
- L'ordonnance de Jean-Baptiste Colbert constitue une étape décisive. Dans un contexte de rivalité avec les Provinces-Unies, elle vise à **accroître les ressources en bois d'œuvre pour la marine**, en particulier les futaies de chênes.
- Colbert étend les **mesures de protection et de gestion** des forêts du domaine royal (1 million d'hectares) aux forêts seigneuriales.

2 Une difficile application

- Même si les « délits de bois » (coupes illégales, pacages non autorisés) sont sévèrement punis, **l'État peine à protéger les forêts** en raison de l'opposition des propriétaires privés et des communautés villageoises défendant **leurs droits d'usage**.
- Les **difficultés financières de la monarchie** poussent les successeurs de Colbert à aliéner une bonne partie des forêts royales.

> **MOT CLÉ**
> Les **droits d'usage** désignent l'ensemble des droits attribués à une communauté villageoise sur les forêts seigneuriales ou royales (ramassage du petit-bois, pacage des troupeaux et des porcs…).

- La Révolution française détruit les juridictions des Eaux et Forêts. Les forêts, tant royales que seigneuriales, sont alors **ravagées**. Comme l'écrit Jules Michelet, « les arbres furent sacrifiés aux moindres usages ».

II La lente reconstitution du tissu forestier français

1 La forêt française au XIXe siècle

- Vers 1800, la forêt française ne couvre plus que **8 millions d'hectares** (15 % du territoire). Le **Code forestier de 1827** impose des **mesures drastiques de protection**, non sans provoquer des troubles (« guerre des demoiselles » en Ariège).
- Mais il faut attendre **1860**, alors que l'exode rural diminue la pression démographique sur les campagnes, pour que soit votée une **loi sur le reboisement**.

2 | La renaissance de la forêt française

- Le Fonds forestier national (FFN), créé en 1946, contribue à l'essor des forêts publique (domaniale et communale) et privée.
- Le reboisement coûte cher et sa rentabilité est aléatoire. Le FFN appuie donc les propriétaires privés par la délivrance gratuite de plants et des aides financières.
- Le tissu forestier (9,9 millions d'hectares en 1900) couvre aujourd'hui 16,9 millions d'hectares, soit 31 % du territoire métropolitain.

III Un patrimoine à protéger, à gérer et à exploiter

1 | La forêt française aujourd'hui

- Créé en 1965, l'Office national des forêts (ONF) gère les forêts publiques (25 % de la superficie forestière). Si celles-ci sont plutôt bien entretenues, ce n'est pas le cas de toutes les forêts privées.
- La forêt est inégalement répartie. Les Landes sont très boisées (plus de 60 % du département), la Manche l'est très peu (moins de 10 %). Les disparités sont aussi qualitatives. La futaie ne représente qu'environ 50 % de l'espace forestier.

2 | Un patrimoine environnemental aux multiples enjeux

- Avec l'urbanisation – 85 % des Français vivent en ville – la forêt est désormais vue comme un lieu de liberté et de paix face à la ville, parfois perçue comme aliénante.
- Espace de détente, instrument de lutte contre l'érosion et de régulation des ressources en eau, elle est aussi un patrimoine économique utilisé par la sylviculture.

MOT CLÉ

La **sylviculture** est l'activité qui exploite et assure le renouvellement des forêts.

zoOm

La forêt de Tronçais (Allier)

- En 1670, Colbert décide de faire de la forêt du Tronçais une des plus grandes chênaies d'Europe pour la marine.
- En 1788, les deux tiers de la forêt sont transformés en taillis pour la production de charbon de bois.
- Restaurée à partir de 1835, elle couvre aujourd'hui 10 532 hectares (la surface de Paris).

40 « Révolution néolithique » et « révolution industrielle »

En bref *L'ampleur des ravages actuels sur l'environnement accrédite l'idée que ceux-ci débutent avec la révolution industrielle. En fait, la révolution néolithique constitue déjà une rupture majeure dans le rapport entre l'Homme et son milieu.*

I La révolution néolithique : une révolution technique, économique et démographique

1 Le Néolithique et la révolution agricole

- Le Néolithique est la période finale de la Préhistoire. Il débute avec l'apparition de l'agriculture vers - 9000 et prend fin avec l'âge du bronze (- 1700). L'agriculture apparaît d'abord dans le Croissant fertile et dans le nord de la Chine, près de Beijing (Pékin).

MOT CLÉ
Le **Croissant fertile** est la région du Proche-Orient qui s'étend du nord de l'Égypte au sud de la Turquie actuelle.

- Cette nouvelle activité contribue à la sédentarisation de la majorité des populations humaines et à l'apparition des premières villes (Jéricho, Çatal Höyük).

2 Une première rupture démographique

- La néolithisation du monde se développe à des rythmes différents selon les régions. Elle entraîne cependant partout une augmentation rapide la population mondiale.
- Évaluée à environ 10 millions d'individus vers - 10000, la population humaine atteint 100 millions de personnes vers - 1700.

MOT CLÉ
La **néolithisation** désigne le processus d'extension progressive de l'agriculture et de la sédentarisation à la plupart des régions du monde.

3 Les conséquences environnementales de la néolithisation

- Avec l'agriculture, l'emprise humaine sur le milieu naturel croît considérablement. L'extension des champs cultivés et l'augmentation de la population aiguisent la compétition entre l'Homme et la faune sauvage.
- Cela provoque un premier déclin de la biodiversité : en Europe, l'auroch sauvage ou le pika sarde, sorte de lapin sans queue, disparaissent peu à peu ; l'Homme entame sa lutte contre les grands prédateurs comme l'ours ou le loup.

II La révolution industrielle : une exploitation sans précédent des ressources naturelles

1 Une révolution économique et sociale

- La révolution industrielle débute en Grande-Bretagne, **à la fin du XVIIIe siècle**, et s'étend, au cours du XIXe siècle, à la quasi-totalité de l'Europe, à l'Amérique du Nord, au Japon.
- Alors que, depuis le Néolithique, les hommes étaient généralement paysans, l'exode rural fait de la plus grande partie des hommes des **urbains**.

> **MOT CLÉ**
> L'**exode rural** est le mouvement des populations rurales vers la ville.

2 L'explosion démographique de l'humanité

- L'**industrialisation de l'agriculture**, en particulier l'usage d'engrais phosphatés dès le XIXe siècle, aboutit à l'essor très rapide de la population mondiale. Celle-ci passe d'un milliard d'individus en 1800 à **2,5 milliards en 1950**.
- Mais la population mondiale explose véritablement après 1950. Elle atteint aujourd'hui **8 milliards de personnes** et continue à croître, renforçant d'autant les besoins agricoles et l'exploitation des milieux naturels.

3 Les conséquences environnementales

- Le modèle économique de la révolution industrielle, vorace en matières premières et en espace, ainsi que l'explosion démographique aboutissent à une **exploitation inédite** du milieu naturel.
- Face à l'ampleur des destructions environnementales, les pouvoirs publics semblent parfois impuissants. Certains voient donc dans les individus et dans la société civile la solution éventuelle pour changer nos **modes de vie**.

zoOm

L'île de Pâques : un milieu surexploité

- L'île de Pâques (Rapa Nui), dans l'est du Pacifique, est sans doute atteinte par des populations d'origine polynésienne vers 900. Seulement pourvus d'outils en pierre, les Pascuans n'en **défrichent** pas moins les forêts recouvrant l'île, tant pour l'**agriculture** que pour l'érection de gigantesques **statues** (moai).
- La destruction des forêts engendre un appauvrissement général des ressources qui entraîne la société pascuane, à partir du XVIe siècle, vers l'**autodestruction**.

Moai dans la carrière du volcan Rano Raraku (île de Pâques).

41 L'évolution du climat en Europe du Moyen Âge au XIXe siècle

En bref *Même si l'origine anthropique du réchauffement climatique actuel est globalement admise, force est de constater que le climat européen connaît de nombreuses variations depuis les temps les plus anciens.*

I Les variations du climat européen (Xe-XIXe s.)

1 L'optimum médiéval des VIIIe-XIIe siècles

- La dernière glaciation, celle de Würm, prend fin il y a environ 12 000 ans. Le climat européen continue cependant à connaître des variations par la suite.
- Après une période chaude lors de l'Antiquité, l'extension des glaciers alpins entre 400 et 750 ap. J.-C. témoigne du retour d'une période froide.
- Un optimum climatique médiéval est à l'inverse observé du XIe au début du XIVe siècle.

MOT CLÉ
En climatologie, l'**optimum climatique** désigne une période chaude entre deux périodes plus fraîches.

2 Le « petit âge glaciaire » : XIIe siècle-années 1850

- Si l'existence d'un refroidissement – de l'ordre d'1 °C – fait l'objet d'un large consensus scientifique, le début du petit âge glaciaire fait toujours l'objet de débats. Certains historiens du climat comme Emmanuel Le Roy Ladurie le situent vers 1150-1200, d'autres plutôt au début du XIVe siècle.
- Cet épisode froid, surtout marqué par des « étés pourris », c'est-à-dire frais et pluvieux aux conséquences catastrophiques sur les moissons, et quelques hivers exceptionnellement froids comme celui de 1709, culmine au début et à la fin du XVIIe siècle et encore en 1816.

II Des variations aux conséquences multiples

1 L'optimum climatique à l'origine de l'essor du Moyen Âge classique ?

- Il est possible que l'optimum climatique médiéval, en favorisant l'agriculture, ait contribué à la reprise démographique de l'Europe occidentale à partir de l'an mil.
- Il explique peut-être aussi la colonisation norvégienne de l'Islande et du Groenland en raison des meilleures conditions de navigation dans l'Atlantique nord.

2 Le « petit âge glaciaire » et le retour de la famine

- Après le « beau XIIIe siècle », le retour du froid est contemporain du retour des famines au début du XIVe siècle.

- De même, les épisodes frais et pluvieux de la fin du XVIIe siècle sont à l'origine de terribles famines. Dans la France de Louis XIV, 2 millions de personnes périssent ainsi de la faim en 1693-1694.
- La succession de mauvaises années est aussi sans doute une des causes du mécontentement paysan et de la Grande Peur en 1789.

INFO
La **Grande Peur** est le mouvement de l'été 1789 au cours duquel les paysans, essentiellement dans le Bassin parisien et en Bourgogne, s'attaquent aux châteaux.

III Des effets difficiles à mesurer

1 Des zones d'ombre qui demeurent

- Comme le montrent les doutes quant aux dates de l'optimum médiéval, nos connaissances sur le passé climatique demeurent en partie sujettes à caution.
- S'il est vraisemblable que les conditions climatiques influent sur l'activité humaine, leurs conséquences ne sont jamais mécaniques et les causes d'un phénomène sont toujours multiples.

2 Se garder de toute conclusion hâtive

- Si l'extension des glaciers alpins, au XIIIe siècle, témoigne d'un refroidissement, la population européenne n'en atteint pas moins son premier apogée.
- Le refroidissement climatique médiéval est a priori antérieur au retour de la famine. D'autres raisons peuvent expliquer celle-ci : dans le monde plein du XIIIe siècle, il n'est plus possible, faute de mécanisation, de répondre à une demande alimentaire en hausse.
- Si le refroidissement climatique de la fin du XVIIe siècle est observable dans toute l'Europe, il n'eut pas, notamment en Flandre, les mêmes conséquences qu'en France en raison des techniques agricoles plus avancées de cette région.

zoOm

Vie et mort du Groenland viking

- En 982, Erik le Rouge, chassé d'Islande, s'installe dans le sud du Groenland. La colonie finit par atteindre 3 000 habitants. En dépit de relations intenses avec l'Islande et la Norvège, la présence viking disparaît au XVe siècle.
- Les historiens scandinaves ont expliqué cette disparition par le refroidissement climatique. Mais, si cet élément a pu jouer, il n'exclut sans doute pas d'autres causes (confrontations avec les populations inuits venant du nord).

Ruines de l'église viking de Hvalsey dans le sud du Groenland (XIVe siècle).

42 Le climat, enjeu des relations internationales

En bref *La question du climat apparaît dans le débat public dans les années 1980. Depuis le sommet de Rio (1992), la plupart des États admettent la réalité du changement climatique mais s'opposent sur les éventuelles mesures.*

I L'urgence climatique

1 Le changement climatique : une réalité observable

- La température moyenne de la Terre s'élève depuis la révolution industrielle → FICHE 40. Le processus s'accélère et le climat devrait augmenter de 1 à 5 °C d'ici 2100.

- L'origine anthropique du réchauffement est désormais admise par toute la communauté scientifique. En cause, les rejets dans l'atmosphère de gaz à effet de serre, le CO_2 lié aux énergies fossiles (pétrole, charbon, gaz naturel), le méthane (CH_4) issu de l'élevage, en particulier bovin, et la déforestation.

MOT CLÉ
L'**effet de serre** est un phénomène naturel de réflexion thermique qui contribue à rendre la Terre habitable en la réchauffant.

2 L'impact du changement climatique

- La montée des eaux (20 cm depuis 1900) menace de nombreux États insulaires du Pacifique comme Tuvalu.

- Les accidents météorologiques (cyclones, inondations, sécheresses) sont plus fréquents. L'ampleur des incendies en Amazonie et en Sibérie (2019), en Australie en 2019-2020 ou en France à l'été 2022, est sans doute en partie liée au climat.

- En asséchant certaines régions, le changement climatique pourrait aussi contribuer à d'importantes migrations, sources de tensions géopolitiques.

II Le rôle essentiel de l'ONU

1 Un moment fondateur : la création du GIEC

Créé en 1988 à l'initiative du météorologue suédois Bert Bolin, le GIEC (Groupe d'experts intergouvernemental sur l'évolution du climat) est un organe des Nations unies regroupant les chercheurs de 195 pays. Il a pour mission d'étudier le changement climatique et ses conséquences. Il publie un rapport tous les cinq ans.

2 Les accords internationaux sur le climat

- Au sommet de la Terre organisé à Rio en 1992 par la CNUED (Conférence des Nations unies sur l'environnement et le développement), le premier rapport du

GIEC sert de base à la création, en 1995, de la **Conference of the Parties (COP)**.

- En **1997**, la COP3 débouche sur **le protocole de Kyoto**. C'est le premier engagement chiffré de réduction des émissions de gaz à effet de serre.
- La **conférence de Paris sur le climat** (**COP21**, 2015) se termine sur un accord international visant à limiter à 2 °C le réchauffement climatique par rapport à l'ère pré-industrielle.

> **INFO**
> *The* ***Conference of the Parties*** (COP) désigne la commission des États signataires (les parties) de la Convention sur le changement climatique. Elle se réunit chaque année.

III Le climat au cœur des tensions géopolitiques

1 | L'opposition pays riches/pays pauvres et émergents

- Les « Suds » s'opposent à tout accord contraignant, y voyant une condamnation de leurs modèles démographique ou économique.
- La plupart de ces États affirment leur **droit au développement**, considérant que la situation actuelle est de la responsabilité des seuls pays riches.

2 | Les rivalités interétatiques autour de la question du climat

- De grandes puissances, notamment les deux premiers émetteurs de gaz à effet de serre, la **Chine** et les **États-Unis** → FICHE 45, mais aussi l'**Inde** ou le **Brésil**, soucieux de leur indépendance, sont également réticentes à tout accord contraignant.
- Le changement climatique est enfin à l'origine de **nouvelles rivalités géopolitiques**, comme en Arctique où les pays riverains sont avides d'exploiter les espaces libérés par la fonte de la banquise.

zoOm

L'Antarctique : un exemple à suivre de coopération internationale ?

- Le **traité de l'Antarctique**, signé en **1959** par douze pays dont les États-Unis, l'URSS, la France, le Royaume-Uni, fait du continent une terre de coopération scientifique internationale.
- Les glaces antarctiques constituent un témoignage précieux sur l'**évolution du climat**. C'est là également qu'a été observé, en 1985, le trou de la couche d'ozone. Causé par les CFC (chlorofluorocarbures), interdits par le protocole de Montréal (1987), celui-ci est en voie de résorption.

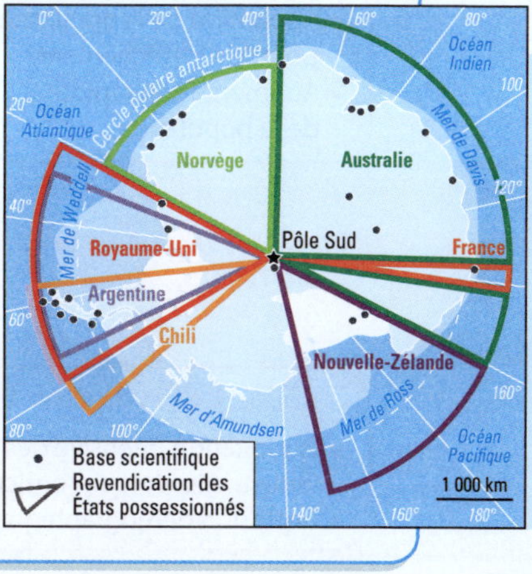

MÉMO VISUEL

L'ENVIRONNEMENT

La notion d'environnement, une construction

Un espace à maîtriser et des menaces à combattre

- Antiquité : opposition espace connu / nature sauvage
- Moyen Âge : opposition renforcée par le christianisme

Un nouveau regard sur l'environnement (XVIIIe-XIXe s.)

- Réhabilitation de la nature
- Préserver la nature des effets de la révolution industrielle (parc de Yellowstone)
- Invention du terme « écologie »

L'affirmation des préoccupations environnementales

- Rapport Meadows (**1972**)
- Naissance de l'écologie politique

L'Homme et son milieu : une emprise progressive

La révolution néolithique

- Apparition de l'agriculture, premiers défrichements
- Augmentation rapide de la population

Moyen Âge et Ancien Régime

- Exploitation et recul de la forêt
- Préservation nécessaire du milieu pour mieux l'exploiter (ex. : forêt française)

La révolution industrielle

- Exploitation intensive des ressources naturelles
- Industrialisation de l'agriculture
- Explosion démographique

Quels rapports les sociétés humaines entretiennent-elles avec l'environnement depuis la Révolution néolithique ?

UN ENJEU PLANÉTAIRE

Une exploitation prédatrice et destructrice

Un environnement surexploité

- Déclin de la biodiversité
- Pollution
- Réchauffement climatique

L'impact du changement climatique sur les sociétés

- Des variations climatiques anciennes
- Montée des eaux, accidents météorologiques, sécheresses
- Migrations climatiques

Préserver l'environnement : un enjeu géopolitique

Une nécessité vitale pour l'Homme

- L'environnement : un capital naturel
- Des « services » indispensables à la survie

Le rôle essentiel de l'ONU

- Rapport Brundtland (**1987**)
- GIEC (**1988**)
- Sommet de la Terre (Rio, **1992**)
- 25 COP depuis **1995**

Une coopération internationale insuffisante

- Refus de règlements contraignants (États-Unis, Chine)
- Accélération de la destruction des écosystèmes

SUJET 18 | OBJECTIF BAC

DISSERTATION 2 h **L'environnement : un enjeu planétaire**

Depuis quelques années déjà, tant la communauté scientifique que la plupart des médias insistent sur les atteintes croissantes à l'environnement et sur la nécessité de mieux le protéger dans l'intérêt de l'humanité.

LE SUJET

L'environnement : un enjeu planétaire.

LES CLÉS POUR RÉUSSIR

→ *Reportez-vous à la méthode détaillée de la dissertation p. 314.*

Analyser le sujet

L'environnement : un enjeu planétaire

Formulation
- Deux notions divisées par des « : »
- Un concept et son application

Type de sujet
Sujet tableau

Bornes chronologiques et spatiales
- Époque contemporaine
- Échelle planétaire

Notions et mots clés
- Environnement : quel sens donner à ce concept ? A-t-il évolué dans le temps ?
- Enjeu planétaire : à quelle échelle la question se pose-t-elle ?

Dégager la problématique

- La notion d'environnement est une notion complexe et polysémique. Les enjeux qu'elle implique concernent désormais l'ensemble des humains.
- On peut déduire de ceci la problématique suivante : Pour quelles raisons l'environnement est-il désormais un enjeu planétaire ?

Construire le plan

L'analyse du sujet fait surgir quelques points essentiels : le caractère évolutif de la notion d'environnement, ainsi que l'aspect mondial des enjeux posés par les atteintes dont il est victime de la part des humains.

I Des atteintes croissantes à l'environnement	Comment l'emprise humaine s'est accrue à travers l'histoire ?
II Un environnement planétaire pollué et dégradé	Quelle est la situation actuelle de l'environnement mondial ?
III L'environnement : un enjeu vital pour l'humanité	Pourquoi la protection de l'environnement est-elle une nécessité vitale pour les humains ?

LE CORRIGÉ

Les titres ou mentions entre crochets ne doivent pas figurer sur la copie.

Introduction

[accroche] Catastrophe inédite dans l'histoire de l'Australie, les gigantesques incendies qui ont ravagé le pays pendant plusieurs mois à la fin de l'année 2019 témoignent de l'urgence climatique dans laquelle se trouve la Terre. **[présentation du sujet]** Aujourd'hui, pas une seule journée ne se passe sans que les médias n'évoquent les questions écologiques et les atteintes à l'environnement. Recouvrant désormais la planète entière, le concept d'environnement a longtemps désigné l'espace proche et humanisé, ce que les Romains appelaient *ager*, en l'opposant à l'espace sauvage, *saltus*. Avec la révolution industrielle et la croissance démographique, l'emprise humaine s'est étendue à partir des années 1950 à la planète entière et les atteintes à l'environnement naturel se sont multipliées. **[problématique]** Pour quelles raisons l'environnement est-il désormais un enjeu planétaire ? **[annonce du plan]** C'est ce à quoi nous allons tenter de répondre en analysant d'abord les atteintes croissantes à l'environnement **[I]**. Nous verrons ensuite les différentes formes de pollution et de dégradation dont souffre l'environnement aujourd'hui **[II]**. Nous essaierons, enfin, de mettre en lumière les politiques environnementales actuelles en nous interrogeant sur leur efficacité **[III]**.

LE SECRET DE FABRICATION

Pour entamer votre réflexion, il est fondamental de partir du concept d'environnement. Vous devez définir, sur votre brouillon, ses différents sens à travers l'histoire et ce que cette notion recouvre aujourd'hui : de l'espace proche des humains à la planète tout entière.

I. Des atteintes croissantes à l'environnement

1. Une première rupture : la « néolithisation »

- Pendant des millions d'années, l'impact des **premiers hominidés chasseurs-cueilleurs** sur l'environnement naturel fut sans doute très faible. L'apparition de l'**agriculture**, vers 9 000 avant J.-C., et son expansion progressive aux différentes régions du globe, constituent une première rupture dans l'appropriation humaine de l'environnement.

À NOTER

Pendant la période paléolithique (d'il y a environ 3 millions d'années à 10 000 avant J.-C.), les rares traces humaines se limitent aux dépotoirs des camps et à des sépultures, qui apparaissent vers environ 100 000 avant J.-C.

- La « néolithisation » progressive fait de la plupart des humains des agriculteurs et des sédentaires. Pour la première fois de son histoire, l'**être humain distingue son environnement proche**, celui du village, de la ville et des terroirs environnants, espaces sur lesquels il exerce son contrôle, **et la nature demeurée sauvage**, inquiétante et hostile.

À NOTER

Au Néolithique, l'humanité passe de 10 millions à 100 millions d'individus.

2. La révolution industrielle et ses conséquences

- La révolution industrielle engendre un **bouleversement profond dans le rapport humain-environnement**. Les nouvelles industries, exigeantes en **matières premières** diverses et notamment en **énergies fossiles** et en **minerais**, entraînent une exploitation accrue des ressources, accélérant la destruction de l'environnement naturel, en particulier en Europe et en Amérique du Nord. Par réaction, on voit apparaître en Grande-Bretagne, en Allemagne, aux États-Unis les premiers mouvements de protection de la nature.
- L'**augmentation de la population humaine**, multipliée par 2,5 en un siècle et demi (1 milliard d'individus vers 1800, 2,5 milliards en 1950), engendre une **appropriation croissante de l'environnement**. Néanmoins si, vers 1900, l'œkoumène a déjà gagné une majeure partie de la Terre, ce n'est qu'à partir de 1950 que **l'emprise humaine sur l'environnement devient planétaire** et qu'on assiste à une véritable explosion démographique multipliant la population humaine par près de 4 en un peu plus d'un demi-siècle (2,5 milliards d'êtres humains vers 1950, près de **8 milliards en 2020**).

CONSEIL

Soyez précis(e) dans votre développement. Pensez toujours à apprendre quelques statistiques qui vous seront utiles dans votre argumentation.

[transition] D'abord réduit à l'espace proche, l'environnement est devenu un enjeu planétaire en moins de deux siècles. Quelle est la situation actuelle de l'environnement sur Terre ? C'est ce que nous allons tenter de voir maintenant.

II. Un environnement planétaire pollué et dégradé

1. Un état des lieux catastrophique

- Le rapport de l'ONU sur la biodiversité (mai 2019) évalue à **75 % les terres altérées par l'activité humaine**. D'après un rapport de l'organisation non gouvernementale WWF, plus de **1 million d'espèces végétales ou animales seraient actuellement menacées de disparition** à cause de la déforestation (notamment en Amazonie, en Indonésie et dans le bassin du Congo), des activités extractives et du réchauffement climatique.

À NOTER
Depuis l'ère primaire (entre il y a 550 millions d'années et 250 millions d'années), la Terre a connu cinq extinctions massives d'espèces dont celle des dinosaures. Peut-être vivons-nous actuellement la sixième extinction massive qui, cette fois, est de la responsabilité exclusive des humains.

- Les océans dont **les ressources halieutiques sont largement pillées** par les navires-usines, en particulier chinois et japonais, se transforment dans de nombreux endroits de la planète en égouts remplis de plastiques. L'apparition de **continents de déchets**, dont le plus important se trouve dans le Pacifique nord, en sont la triste manifestation.

2. Des conséquences déjà visibles

- Le **GIEC** (Groupe intergouvernemental d'experts sur l'évolution du climat), créé en 1988 à l'initiative du météorologue suédois Bert Bolin, publie tous les cinq ou six ans un **rapport sur l'évolution du climat** depuis les débuts de l'ère industrielle. Largement relayés par les médias, au moins dans le monde occidental et au Japon, ses travaux ont mis en lumière le fait que **la température de la Terre a au moins augmenté de 0,5 °C depuis 1900** et qu'elle devrait encore augmenter, selon les scénarios, de 1 à 5 °C d'ici 2100.
- Catastrophiques, **les conséquences du réchauffement climatique sont déjà observables** tant à travers l'ampleur, jusqu'alors inconnue, des **incendies** ayant ravagé l'Amazonie ou la Sibérie à l'été 2019, l'Australie pendant l'automne 2019 ou la France à l'été 2022 que dans la **montée du niveau moyen des océans**. Celui-ci a augmenté de 20 cm depuis 1900 et menace de nombreux États insulaires du Pacifique et les régions de deltas et de côtes basses, en particulier en Asie méridionale, le Bangladesh étant le plus concerné.

[transition] Ces dernières années ont vu une accélération dramatique du processus de dégradation de l'environnement. Existe-il des solutions ? C'est ce que nous allons envisager maintenant.

LE SECRET DE FABRICATION

Les transitions ne sont nullement facultatives. Elles sont essentielles à la lisibilité et à la cohérence de votre développement. Accordez donc un soin particulier à leur rédaction qui doit permettre d'établir une sorte de conclusion de la partie précédente et d'annoncer la partie suivante.

III. L'environnement : un enjeu vital pour l'humanité

1. Une prise de conscience internationale croissante

- C'est à partir des **années 1960-1970** que commence à poindre un début de conscience environnementale. À cet égard, le **rapport Meadows de 1972**, rédigé par une équipe de chercheurs du MIT (Massachusetts Institute of Technology) dirigée par Dennis Meadows, constitue un jalon essentiel.
- En 1992, le **sommet de Rio** est réuni à l'initiative de la CNUED (Conférence des Nations unies sur l'environnement et le développement). La **Conference of the Parties** (**COP**) rassemble annuellement les 195 États signataires de la Convention sur le changement climatique. En 2015, la COP 21 de Paris a abouti à la signature d'un **accord visant à réduire à 2 °C l'augmentation des températures.**

À NOTER

Le premier rapport du GIEC, base de la Convention sur le changement climatique, est à l'origine de la création, en 1995, de la COP.

2. L'environnement : un enjeu vital

- La **récurrence des catastrophes naturelles** – cyclones, tornades, incendies de forêts, phénomène **El Niño**, montée du niveau des océans – a déjà des **conséquences dramatiques sur les sociétés humaines,**
- L'environnement représente un capital naturel **nécessaire à la survie de l'humanité**. Dispensateur de biens (eau, aliments, énergie, matières premières), il contribue à purifier l'air et les eaux, à réguler le climat, à préserver les ressources génétiques végétales et animales indispensables à l'agriculture (75 % des plantes dépendent de la pollinisation).

MOT CLÉ

El Niño est un phénomène océanique se produisant dans le Pacifique au niveau de l'équateur. Il engendre, selon les cas, des pluies diluviennes ou des sécheresses prolongées.

Conclusion

[réponse à la problématique] Autrefois limité à l'espace proche du village, l'environnement s'étend de nos jours aux dimensions de la planète. Les humains le sollicitent chaque jour davantage afin de satisfaire leurs besoins. **[ouverture]** Aujourd'hui, la prise de conscience du caractère limité des ressources environnementales semble faire l'objet d'un assez large consensus, au moins en Europe et au Japon. Mais les rivalités entre États et le refus d'envisager un changement radical de mode de vie ne sont pas de nature à mettre fin au phénomène de destruction accélérée de l'environnement planétaire.

SUJET 19 | OBJECTIF BAC

ÉTUDE CRITIQUE DE DOCUMENTS 2 h

Inondations et migrations climatiques en Asie méridionale

Le réchauffement climatique fait aujourd'hui l'objet d'un large consensus scientifique. Parmi ses multiples conséquences, le problème des réfugiés climatiques n'est pas le moindre.

LE SUJET

D'après les documents proposés, vous montrerez que le réchauffement climatique a et aura des conséquences dramatiques en Asie méridionale.

Document 1 Les inondations à Dacca en 2017

Photo du centre-ville de Dacca. Dacca, capitale du Bangladesh, a une population estimée entre 15 et 18 millions d'habitants.

Document 2 Les migrations climatiques : projection pour l'Asie du Sud

Les résultats pour l'Asie méridionale sont les suivants :

– selon les estimations les plus pessimistes, le nombre de migrants climatiques en Asie méridionale devrait s'élever d'ici 2050 à 35,7 millions de personnes [...] ;

– selon les estimations les plus optimistes, les migrants climatiques devraient passer de 11,4 millions de personnes à 22,4 millions [...].

Les hautes terres du sud de l'Inde, en particulier entre Bangalore et Chennai, ainsi que certaines parties du Népal et le nord-ouest indien devraient recevoir des flux importants de migrants. Ces migrants climatiques devraient venir de l'est et du nord du Bangladesh, du nord de la plaine du Gange et d'un corridor allant de Delhi à Lahore. Ces migrations devraient également provenir de littoraux urbanisés de la région de Mumbai, de Chennai en raison de l'élévation du niveau de la mer et des tempêtes.

En raison de ces migrations, les zones d'agriculture irriguées et les rizières devraient voir leur population diminuer et à l'inverse les régions de culture pluviale devraient voir leur population augmenter.

La population globale de l'Asie du Sud devrait passer d'1,9 milliard en 2017 à 2,3 milliards d'ici 2050.

Banque mondiale, *Rapport Groundswell : Se préparer aux migrations climatiques*, mars 2018.

LES CLÉS POUR RÉUSSIR

→ *Reportez-vous à la méthode détaillée de l'étude critique de document(s) p. 316.*

Identifier les documents

Documents 1 et 2

Nature, genre, source
- **Doc. 1** : photographie
- **Doc. 2** : extrait d'un rapport de la Banque mondiale

Date et contexte
Deux documents récents (2017 et 2018)

Auteur
- **Doc. 1** : non précisé (photographie de presse ?)
- **Doc. 2** : équipe de chercheurs internationaux

Thème
Les conséquences de la montée des eaux en Asie méridionale

Comprendre la consigne

▸ La consigne vous invite à réfléchir aux conséquences du réchauffement climatique dans une région du monde en particulier, l'Asie méridionale.

▸ Il s'agira pour vous de distinguer les conséquences déjà observables et celles qui devraient survenir dans les prochaines années.

Dégager la problématique et construire le plan

▸ Les documents vous invitent à analyser les conséquences déjà observables et les catastrophes futures liées au réchauffement climatique en Asie méridionale.

▸ Quelles sont les conséquences du réchauffement climatique en Asie méridionale ?

I Une région particulièrement vulnérable	Quel est le risque naturel le plus grave pour l'Asie méridionale ?
II Une région menacée par le réchauffement climatique	Quelles catastrophes futures menacent l'Asie méridionale ?

LE CORRIGÉ

Les titres ou mentions entre crochets ne doivent pas figurer sur la copie.

Introduction

[accroche] Le réchauffement climatique, aujourd'hui admis par l'ensemble de la communauté scientifique, fait l'objet d'une large couverture médiatique. **[présentation des documents]** Les documents qui sont proposés à notre étude illustrent les conséquences dramatiques, présentes et à venir en Asie méridionale et tout particulièrement au Bangladesh et en Inde. Le document 1 est une photographie montrant les inondations de la capitale bangladaise, Dacca, en 2017. Le document 2 consiste en un extrait du rapport Groundswell, rédigé en 2018 à l'initiative de la Banque mondiale, sur les futures migrations climatiques liées au réchauffement de la Terre. **[problématique]** Quelles sont les conséquences du réchauffement climatique en Asie méridionale ? **[annonce du plan]** L'étude critique des deux documents proposés nous permettra d'analyser d'abord la nature des catastrophes qui touchent actuellement l'Asie méridionale **[I]** et nous envisagerons ensuite de quelle façon le réchauffement climatique menace particulièrement cette région **[II]**.

LE SECRET DE FABRICATION

Lorsque vous devez étudier deux documents, votre plan ne saurait consister en une partie I consacrée au document 1 et une partie II consacrée au document 2. Croisez les documents et confrontez-les à travers deux parties qui montreront leur caractère complémentaire et leurs éventuelles limites.

I. L'Asie méridionale : une région particulièrement vulnérable...

1. Les inondations, premier risque naturel

- Les inondations sont **le premier risque naturel en Asie méridionale**. Le rapport Groundswell (document 2) nous apprend qu'elles touchent déjà toutes les côtes basses de l'Inde de l'est, près de Chennai, ou de l'ouest, près de Mumbai, ainsi que l'essentiel du Bangladesh (l. 7-11).
- La vulnérabilité du Bangladesh s'explique notamment par le fait que **70 % de son territoire se trouvent à moins de 1 mètre au-dessus du niveau de la mer** et que 60 % sont constitués d'un delta, le plus grand du monde, composé par la confluence de trois fleuves : le Gange, le Brahmapoutre et la Meghna.

2. Des catastrophes aux conséquences multiples

- La photographie (document 1) illustre **les inondations dramatiques qui ont touché Dacca** en 2017, la capitale politique et économique du Bangladesh, qui compte plus de 15 millions d'habitants.

- Le **premier plan** de la photographie nous montre des hommes plongés dans l'eau jusqu'à la ceinture ou juchés sur des planches qui semblent fixées sur des vélos. Au **deuxième plan**, on observe des files d'automobiles en partie bloquées par les eaux. À l'**arrière-plan**, les rues semblent désertées. À travers ce document, on peut supposer que le niveau des eaux atteint alors environ 1 mètre et que l'inondation a en grande partie paralysé la vie économique de la capitale.

CONSEIL
Lorsque vous commentez une photographie, pensez à distinguer le premier plan, le deuxième plan, l'arrière-plan...

[transition] L'Asie méridionale est donc d'ores et déjà soumise à de multiples inondations, mais le réchauffement climatique est porteur de nouvelles menaces pour la région ainsi que nous allons le voir maintenant.

II. ... et très menacée par le réchauffement climatique

1. Les risques climatiques

- De tout temps, en raison des **conditions hydrographiques** et du **phénomène des moussons** – des pluies extrêmement abondantes portées par les alizés, l'Asie méridionale a été menacée par les inondations.
- Néanmoins, le réchauffement climatique devrait aggraver considérablement la **vulnérabilité** de la région d'ici 2050 en raison de deux phénomènes : la **montée du niveau de la mer** et une **augmentation du débit des fleuves**, conséquence de la fonte des neiges et des glaciers himalayens.

MOT CLÉ
La **vulnérabilité** désigne le niveau de conséquences prévisibles en cas d'aléas, l'aléa étant un événement causé par un processus naturel (inondation, séisme...), technologique ou économique (accident industriel), voire social (émeute, violences urbaines...).

2. Les réfugiés climatiques

- Le rapport Groundswell de la Banque mondiale (document 2) indique que « selon les estimations les plus pessimistes, le nombre de migrants climatiques en Asie méridionale devrait s'élever **d'ici 2050 à 35,7 millions de personnes** » (l. 2-4) et « selon les estimations les plus optimistes, les migrants climatiques devraient passer de 11,4 millions de personnes à 22,4 millions » (l. 5-6).
- Ce sont donc peut-être jusqu'à 35 millions de personnes qui, d'ici 2050, pourraient chercher à migrer **vers les hautes terres de l'Inde, dans le sud ou le nord-ouest indien**, voire vers le Népal et l'Himalaya.

LE SECRET DE FABRICATION
Citez le texte qui vous est proposé. Prenez soin cependant que la citation soit relativement courte et surtout, notez bien qu'elle ne se suffit pas à elle-même. Elle doit venir à l'appui de ce que vous venez d'écrire ou faire l'objet d'une explication. Sinon, votre devoir risque de tomber dans une simple paraphrase du document.

- Outre les problèmes économiques engendrés par le déplacement de millions de réfugiés dans des régions qui pour beaucoup restent parmi les plus pauvres du monde, ces migrations seront sans doute de nature à créer **de multiples tensions géopolitiques sur les frontières indiennes ou népalaises.**

Conclusion

[rappel de la démarche] L'analyse des documents nous a permis d'observer que de multiples risques naturels touchent déjà l'Asie méridionale et que le réchauffement climatique devrait considérablement aggraver, d'ici 2050, la vulnérabilité de cette région du monde. **[ouverture]** Le rapport Groundswell nous apprend que l'Asie méridionale est la région sans doute la plus menacée par le phénomène des migrations climatiques, mais ce n'est pas la seule et la question des réfugiés climatiques s'annonce donc pour la communauté internationale comme un des grands défis de l'avenir.

Thème 5

10 Les États-Unis et la question environnementale : tensions et contrastes

Ours noir et touristes dans le parc de Yellowstone (1972).

TEST

FICHES DE COURS

SUJETS GUIDÉS & CORRIGÉS

TESTEZ-VOUS

→ CORRIGÉS P. 318-319

Faites le point sur vos connaissances, puis établissez votre **parcours de révision** en fonction de votre score.

1 L'environnement aux États-Unis : le rôle de l'État fédéral

→ FICHE 43

1. Associez chaque idée ou lieu à un personnage.

a. Transcendantalisme •	• John Muir
b. Monument Valley •	• Henry David Thoreau
c. Yosemite •	• John Ford

2. Que symbolise la *Wilderness* dans la culture états-unienne ?

☐ a. La nature sauvage, lieu d'accomplissement pour la nation états-unienne

☐ b. Un espace répulsif que l'humain doit éviter

☐ c. Un réservoir de ressources à exploiter

3. Dans quel parc naturel Donald Trump a-t-il autorisé des forages pétroliers en 2019 ?

☐ a. Le parc de Yellowstone

☐ b. Le parc de Yosemite

☐ c. L'Arctic National Wildlife Refuge

4. Monument Valley a été utilisée à plusieurs reprises par un grand cinéaste. Lequel ?

☐ a. Joseph Mankiewicz

☐ b. John Ford

☐ c. Steven Spielberg

.../4

2 Exploiter et préserver : le rôle des États fédérés

→ FICHE 44

1. Quels sont les problèmes écologiques causés par l'exploitation des huiles de schiste dans le Dakota du Nord ?

☐ a. La pollution des nappes phréatiques

☐ b. La pollution des champs et des prés

☐ c. La pollution de l'air

2. Complétez le texte avec les mots qui conviennent.

Les grandes lois .... comme la loi .... de 1972 forment un cadre juridique que les États fédérés appliquent plus ou moins. Certains États comme la .... se distinguent toutefois par une législation écologique plus forte qu'ailleurs ; face au refus de Donald Trump d'appliquer l'accord de .... sur le climat (2015), plusieurs gouverneurs ont annoncé leur volonté de l'appliquer tout de même sur le territoire de leur ....

3. Les sols du Montana sont pollués en raison…

☐ a. de l'exploitation des huiles de schiste

☐ b. des anciennes activités minières

☐ c. de l'usage intensif d'engrais industriels

4. Pourquoi le Dakota du Nord favorise-t-il l'exploitation du pétrole de schiste ?

☐ a. Pour des raisons économiques

☐ b. Par intérêt politique

☐ c. Pour des raisons écologiques

…/4

3 Les États-Unis et l'environnement

→ FICHE 45

1. Quel président états-unien a déclaré : « Le mode de vie des Américains n'est pas négociable » ?

☐ a. Ronald Reagan

☐ b. George H. Bush

☐ c. Donald Trump

2. Quelle firme transnationale est la première productrice de plastique dans le monde ?

☐ a. Nestlé ☐ b. Exxon-Mobil ☐ c. Coca-Cola

3. Vrai ou faux ? Cochez la case qui convient.

	V	F
a. Les États-Unis sont le premier pollueur de la planète en matière de rejet de gaz à effet de serre.	☐	☐
b. John Muir est un homme politique.	☐	☐
c. La société Audubon est une ONG spécialisée dans la défense la nature.	☐	☐

…/3

Score total …/11

Parcours PAS À PAS ou EXPRESS ? → MODE D'EMPLOI P. 3

43 L'environnement aux États-Unis : le rôle de l'État fédéral

En bref *Un États-unien pollue 30 % de plus qu'un Européen. Les États-Unis furent pourtant parmi les premiers à se soucier d'environnement. La volonté de protéger la nature a néanmoins toujours dû composer avec la contrainte de l'exploitation économique.*

I La nature, lieu de l'identité états-unienne

1 La nature états-unienne : un patrimoine national

- Sous l'influence du romantisme européen, la sensibilité environnementale apparaît aux États-Unis au début du XIXe siècle avec des peintres comme **George Catlin** ou l'ornithologue français **Jean-Jacques Audubon**.
- La nature américaine inspire le premier courant philosophique états-unien, le **transcendantalisme** de **Ralph Waldo Emerson** et **Henry David Thoreau**. Pour ces philosophes, la nature américaine, grandiose et immense, est le trésor qui distingue les États-Unis de l'Europe.

2 La *Wilderness*, symbole des États-Unis

- La *Wilderness*, c'est la **nature sauvage**, vierge de toute influence humaine. Patrimoine à préserver pour les uns, elle est aussi pour le **pionnier** le lieu d'un accomplissement où, à force de courage et de travail, il « civilise » les espaces « sauvages ».
- **Lieu de l'identité américaine**, la *Wilderness* est popularisée par le western, en particulier ceux de John Ford magnifiant les paysages désolés et magnifiques de Monument Valley.

II Préserver ou conserver ?

1 Préservationnisme ou conservationnisme : deux notions contradictoires

- Le préservationnisme, dont l'Écossais John Muir (1838-1914) fut un des pionniers, postule que **la nature a une valeur intrinsèque** et doit être protégée de l'Homme.
- Le conservationnisme estime aussi qu'il faut protéger la nature, non pour sa valeur esthétique ou morale, mais parce qu'elle constitue un **réservoir de ressources à gérer rationnellement**. Gifford Pinchot est le principal défenseur de cette vision utilitariste de la nature.

MINI BIO

Après des études à l'école des Eaux et Forêts de Nancy, **Gifford Pinchot** (1865-1946) joue un rôle majeur dans la protection des forêts des États-Unis. Ami du président Theodore Roosevelt, il devient en 1905 le premier directeur du Service fédéral des Forêts.

2 | La protection de la nature : le rôle central de l'État fédéral

■ Deux lois fédérales sont à l'origine du **premier parc naturel** de l'histoire dans la vallée de Yosemite en Californie (1864) et du **premier parc national**, le Yellowstone (1872). En 1903, le président Theodore Roosevelt crée l'Arctic National Wildlife Refuge en Alaska.

■ Les années 1960-1970 sont marquées par de multiples lois environnementales. Votée en 1970, la **loi nationale sur l'environnement** impose pour tout projet d'aménagement une étude préalable sur l'impact écologique.

III Une mise en valeur peu respectueuse de l'environnement

1 | Transformer la nature pour mieux l'exploiter

La mise en valeur du territoire états-unien fut et demeure peu respectueuse de l'environnement. Ainsi, l'exploitation agricole des Grandes Plaines s'est traduite par une **destruction des sols**. Dans le domaine minier, la plupart des exploitations se font **à ciel ouvert**.

2 | Les menaces accrues contre l'environnement

■ La pression sur la *Wilderness* est de plus en plus en forte. L'exploitation des **gaz de schiste**, en plein essor, est écologiquement catastrophique. La croissance urbaine menace des espaces protégés (ex. : parc naturel des Everglades en Floride).

■ Méprisant les questions écologiques, le président Trump (2016-2020) s'est retiré de l'Accord de Paris → FICHE 42 et a autorisé des forages pétroliers et gaziers dans des zones protégées.

zoOm

La Monument Valley vue par John Ford

■ John Ford (1895-1973), cinéaste états-unien d'origine irlandaise, est un des plus grands réalisateurs de **westerns**.

■ Il tourne sept films dans Monument Valley, à la frontière de l'Utah et de l'Arizona, dont quatre avec John Wayne. Les plus célèbres d'entre eux, tels *La Chevauchée fantastique* ou ***La Prisonnière du désert*** (photo), contribuent à rendre ces paysages familiers au public.

44 L'environnement aux États-Unis : le rôle des États fédérés

En bref *À côté de l'État fédéral, certains États fédérés se sont montrés sensibles aux questions environnementales, n'hésitant pas, parfois dès le XIXe siècle, à prendre des initiatives en ce sens.*

I L'action des États fédérés

1 Les États fédérés, relais de l'action fédérale

- Dès le XIXe siècle, la préservation de l'environnement relève souvent de l'action conjointe de l'État fédéral et des États fédérés. Créé par une loi fédérale, le parc de Yosemite doit beaucoup à des initiatives locales, et à celle de **John Muir**.
- La loi Littoral de 1972 a pour objet de protéger les littoraux. Son application dépend des États, la Californie étant un des plus impliqués.

MINI BIO

John Muir (1839-1914) est un naturaliste américain d'origine écossaise. Explorateur et écrivain, il est un des premiers défenseurs de la nature. Il joue un rôle essentiel dans l'éveil de la sensibilité environnementale aux États-Unis.

2 Les États fédérés : des acteurs autonomes

- Certaines des grandes réalisations environnementales de ces dernières années relèvent de la seule initiative des États. Ainsi, le Rhode Island lance, dans les années 1980, un ambitieux programme de restauration des zones naturelles très dégradées et développe un réseau de sentiers côtiers.
- L'action des États peut également être relayée par les villes. C'est à l'initiative de la ville de New York que Frederick Law Olmsted réalise Central Park en 1858.

II Protéger ou exploiter la nature ?

1 Le primat du développement économique

- Confrontés à l'alternative entre protection et exploitation, les États, comme l'État fédéral, privilégient souvent la logique économique.
- Le Dakota du Nord possède une des principales réserves d'huile de schiste. Même si la fracturation hydraulique utilisée pour exploiter ces gisements pollue les nappes phréatiques et les champs, l'État a favorisé la multiplication des forages.

2 Des priorités parfois contraires à l'environnement

Touchés par la pollution, fermiers et Amérindiens s'opposent aux gaz et pétroles de schiste. Pour l'heure, leurs démarches auprès des autorités n'ont suscité qu'une indifférence teintée d'hostilité.

III Une capacité d'action réelle mais limitée

1 Des États soumis à des injonctions contradictoires : l'exemple du Montana

■ Le Montana, surnommé *The Big Sky State*, est célèbre pour ses paysages grandioses. L'État, un des plus pauvres des États-Unis, voit arriver chaque année des populations à hauts revenus à la recherche de « nature ». Les autorités locales encouragent le mouvement.

■ Les villas construites au bord de cours d'eau ou de lacs contribuent pourtant à transformer les paysages naturels, et l'augmentation du coût du foncier marginalise les populations locales.

INFO
Hollywood, et notamment le film de Robert Redford *Et au milieu coule une rivière* (1992), a contribué à mettre à la mode les **paysages du Montana**, en particulier la Bitterroot Valley et le parc des Glaciers, situés dans l'ouest de l'État.

2 Les nombreuses limites de l'action environnementale des États

■ Ancien État minier, le Montana a des sols très pollués, notamment par le mercure. Selon le principe du « pollueur-payeur », les entreprises responsables devraient supporter le coût de la dépollution mais échappent souvent aux poursuites en se déclarant en faillite.

■ Plusieurs États s'opposent à Donald Trump lors de la sortie de l'accord de Paris → FICHES 42 et 43, mais il faut attendre la décision de Joe Biden (janvier 2021) pour que les États-Unis y reviennent.

zoOm

Environnement et initiative locale : Central Park (New York)

■ Ce sont Frederick Law Oldmsted (1822-1903) et Calvert Vaux qui réalisent, à partir de 1858, Central Park, au cœur de Manhattan.

■ Olmsted voit dans les parcs un moyen de réconcilier ville et nature et une opportunité offerte aux plus démunis d'échapper aux taudis où ils habitent. Il contribue à lancer le Park Movement au cours duquel les grandes villes états-uniennes se dotent de grands parcs.

45 Les États-Unis et l'environnement à l'échelle internationale

En bref *En 1992, le président George H. W. Bush déclare que « le mode de vie des Américains n'est pas négociable ». De fait, en matière d'environnement, comme dans d'autres sujets, les États-Unis sont d'ordinaire peu enclins à accepter des contraintes internationales.*

I Un partenaire international peu commode

1 Une politique d'obstruction déjà ancienne

- Le mode de vie états-unien repose sur un niveau de **gaspillage** sans équivalent au sein de l'Organisation de coopération et de développement économiques (OCDE). Alors que les États-Unis ne représentent que 4 % de la population mondiale, ils rejettent **14 % des émissions mondiales de CO_2**, soit presque autant que la Chine quatre fois plus peuplée.

- Les présidents des États-Unis, hormis quelques exceptions, refusent d'envisager un changement de mode de vie. Ainsi, le **protocole de Kyoto** est bien signé par Bill Clinton en 1997 mais George W. Bush refuse de l'appliquer → FICHE 42.

> **INFO**
> Lors du sommet de Copenhague sur le climat (COP15) en 2009, l'**opposition entre les États-Unis et la Chine** avait empêché la signature de tout accord chiffré.

2 L'attitude de l'administration Trump

Régulièrement, Donald Trump a montré un désintérêt total pour les questions environnementales. Le président Biden rompt avec cette attitude dès janvier 2021 en annonçant le retour des États-Unis dans l'accord de Paris → FICHES 42 et 43.

II Les FTN et l'environnement

1 Économie et environnement : deux objectifs inconciliables ?

- **Jared Diamond**, biologiste et géographe de réputation internationale, considère qu'opposer entreprises et environnement ne peut qu'aboutir à l'échec dans la mesure où l'économie ne peut se passer des firmes transnationales (FTN).

- Il préconise donc de **responsabiliser** les entreprises en donnant la plus grande **publicité aux atteintes à l'environnement** qu'elles commettent, mais en travaillant aussi avec elles à la mise en place d'un **mode d'exploitation plus écologique**, seul viable sur le long terme.

> **INFO**
> Nombre de FTN parlent d'écologie. **Coca-Cola** a ainsi beaucoup communiqué sur l'augmentation de la quantité de plastique recyclé dans ses bouteilles, sans doute pour faire oublier que, dans les années 1980, elle abandonna pour des raisons de rentabilité la très écologique bouteille en verre consignée pour le plastique.

2 Des FTN peu soucieuses d'assumer leurs responsabilités

■ Les FTN états-uniennes sont dans le palmarès des entreprises les moins écologiques. Coca-Cola produit plus de 3 millions de tonnes de plastique par an, presque deux fois plus que la Suisse Nestlé, première FTN de l'agroalimentaire.

■ Responsables de nombreuses catastrophiques écologiques, les FTN états-uniennes refusent en général d'en payer les conséquences. Ainsi, Amoco, responsable de la marée noire de 1978 en Bretagne, ne fut condamné à indemniser les victimes qu'en 1992.

III Les ONG états-uniennes et l'environnement

1 Un rôle déjà ancien

■ Les associations pour la nature apparaissent très tôt aux États-Unis. La société Audubon est créée à New York dès 1886 et John Muir → FICHE 44 crée le Sierra Club à San Francisco dès 1892.

■ Ces associations ont mené des actions de lobbying importantes en faveur de la plupart des grandes lois environnementales votées aux États-Unis.

2 Des ONG environnementales parmi les plus actives du monde

■ Le Sierra Club compte aujourd'hui 1,3 million de membres et met en place de nombreux programmes de protection et d'éducation à l'écologie.

■ Fondé en 1970 à New York, le Natural Resources Defense Council (NRDC), avec ses 1,2 million de membres, est une des ONG environnementales les plus actives, menant en particulier une très active politique de lobbying au Congrès.

zoOm

Des ONG aux pratiques parfois ambiguës

■ Créée en 1951 à Arlington (Virginie), The Nature Conservancy a pour objectif affirmé de préserver la faune et la flore mondiales, comme ici dans l'Oregon au nord-ouest des États-Unis (photo).

■ Mais les liens de cette ONG avec le monde des affaires, en particulier les industries pétrolières et pharmaceutiques, sont régulièrement dénoncés. Elle a notamment plusieurs fois autorisé des forages sur des territoires qu'elle avait achetés.

Des injonctions contradictoires

La *Wilderness*, lieu de l'identité américaine

- Nature sauvage, lieu d'accomplissement pour le pionnier
- Patrimoine national qui distingue les États-Unis de l'Europe

Préserver ou conserver ?

- Préservationnisme : valeur intrinsèque de la nature (John Muir)

- Conservationnisme : vision utilitariste de la nature (Gifford Pinchot)

LES ÉTATS-UNIS ENVIRONNE

Une pression croissante sur la *Wilderness*

- Une logique économique qui prime souvent sur la protection de l'environnement
- Mise en valeur du territoire peu respectueuse de l'environnement (exploitations agricoles, minières, gaz de schiste)
- Menace des espaces protégés par la croissance urbaine

Les États-Unis, un rapport paradoxal à l'environnement ?

Des acteurs multiples

État fédéral
- Législation fédérale : création de parcs naturels (Yosemite, Yellowstone, Arctic National Wildlife Refuge), loi nationale sur l'environnement (1970)
- Traités internationaux : politique d'obstruction (protocole de Kyoto, sommet de Copenhague, accord de Paris)

États fédérés
- Application des lois fédérales (loi Littoral)
- Initiatives locales (Central Park à New York)
- Soutien à l'accord de Paris (Californie)

ET LA QUESTION MENTALE

Organisations non gouvernementales (ONG)
- Politique active de lobbying (Sierra Club, Natural Resources Defense Council)
- Initiatives privées

Firmes transnationales (FTN)
- Exploitation des ressources naturelles
- Pollutions (catastrophes naturelles, utilisation massive du plastique)

SUJET 20 OBJECTIF BAC

DISSERTATION 2 h

Les acteurs de la politique environnementale aux États-Unis

La question environnementale est au cœur de l'actualité. Ceci pose donc la question des compétences et des responsabilités des différents acteurs impliqués.

LE SUJET

Les acteurs de la politique environnementale aux États-Unis (depuis le XIXe siècle).

LES CLÉS POUR RÉUSSIR

→ *Reportez-vous à la méthode détaillée de la dissertation p. 314.*

Analyser le sujet

Les acteurs de la politique environnementale aux États-Unis (depuis le XIXe siècle)

Formulation
- Deux concepts
- Un lien de subordination entre les deux

Type de sujet
Sujet conceptuel

Bornes chronologiques et spatiales
- Du XIXe siècle à nos jours
- Les États-Unis

Notions et mots clés
- Acteurs
- Politique environnementale

Dégager la problématique

- Le sujet vous invite à définir quels sont les différents acteurs qui interviennent dans la conception et l'application des mesures prises aux États-Unis en faveur de l'environnement.
- Vous pouvez donc en déduire la problématique suivante : Comment la politique environnementale est-il définie et appliquée aux États-Unis ?

Construire le plan

Au regard du sujet, un plan typologique s'impose.

I Le rôle de l'État fédéral	Quels types d'actions l'État fédéral mène-t-il en matière d'environnement ?
II Le rôle des États fédérés	Comment les États fédérés relaient-ils l'action du pouvoir central ?
III Le rôle des acteurs privés	Sous quelles formes les différents acteurs privés interviennent-ils dans les questions environnementales ?

LE CORRIGÉ

Les titres ou mentions entre crochets ne doivent pas figurer sur la copie.

Introduction

[accroche] Les questions environnementales sont désormais au cœur du débat public. **[analyse du sujet]** Appartenant au cercle des principaux pollueurs de la planète, les États-Unis pâtissent d'une image généralement négative en matière d'écologie. Pourtant, parfois dès le XIXe siècle, divers acteurs y ont développé une ambitieuse politique de protection et de mise en valeur de l'environnement. **[problématique]** Comment la politique environnementale est-il définie et appliquée aux États-Unis ? **[annonce du plan]** C'est à cette question que nous allons tenter de répondre en analysant successivement les formes d'action environnementale de trois acteurs essentiels : l'État fédéral **[I]**, les États fédérés **[II]** et les acteurs privés **[III]**.

LE SECRET DE FABRICATION

Dans votre réflexion préalable sur le sujet, vous aurez pris soin de vous interroger sur les différents sens des notions d'« acteur » et de « politique environnementale ». Vous aurez identifié les acteurs et les diverses formes d'action.

I. L'action de l'État fédéral

1. La politique environnementale : une préoccupation ancienne

- C'est une loi fédérale qui crée, en 1872, le **parc de Yellowstone**, premier parc naturel de l'histoire. Influencés par le transcendantalisme, nombre de politiques états-uniens voient dans la *Wilderness* un environnement digne d'être protégé.

▸ Si l'action de l'État fédéral en matière d'environnement est précoce, elle n'en demeure pas moins soumise à des **injonctions apparemment contradictoires.** La préservation, incarnée par John Muir, s'oppose à la notion de conservation dont le héraut est Gifford Pinchot.

2. L'État fédéral et la fixation d'un cadre légal

▸ Le **cadre général de protection ou d'exploitation de l'environnement** est fixé par des lois fédérales ; c'est le cas de la loi Littoral de 1972.

▸ **L'investissement de l'État fédéral varie** cependant selon les présidents en exercice. Si les chefs d'État états-uniens se montrent en général réticents à l'égard des accords internationaux contraignants, leur politique intérieure varie considérablement. Ainsi Donald Trump, fort réceptif aux intérêts des FTN pétrolières, a autorisé des forages dans des zones protégées comme l'Alaska.

> **CONSEIL**
> Chacun de vos paragraphes doit d'abord énoncer une idée, puis la démontrer à l'aide d'un ou deux exemples convenablement choisis.

[transition] Après avoir vu le rôle de l'État fédéral dans la politique environnementale, nous allons maintenant envisager celui des États fédérés.

II. L'action environnementale des États fédérés

1. Appliquer la législation fédérale

▸ Les États-Unis sont un État fédéral : il appartient donc **à chaque État fédéré d'appliquer** et éventuellement **d'adapter** sur son territoire la législation fédérale. Par exemple, la Californie a immédiatement appliqué les dispositions de la loi Littoral.

▸ À l'inverse, **certains États**, faute de volonté politique ou de moyens financiers, se montrent **peu soucieux d'appliquer la législation environnementale.** Le Montana, État pauvre et anciennement minier aux sols très dégradés, a du mal à faire appliquer le principe du pollueur-payeur à des entreprises qui devraient supporter le coût financier de la dépollution.

2. Dépasser l'action de l'État fédéral

▸ Certains États, comme la Californie, mettent en place une législation environnementale qui peut aller **plus loin que celle de l'État fédéral.** Lorsqu'il était gouverneur (2003-2011), Arnold Schwarzenegger a mis en place une importante législation anti-pollution ayant pour objectif de conformer la Californie au protocole de Kyoto, que le président George W. Bush refusait d'appliquer.

▸ Après la décision de Donald Trump de sortir de l'accord de Paris signé lors de la COP 21 (2015), les gouverneurs de plusieurs États ont annoncé **leur volonté d'appliquer l'accord en dépit de l'État fédéral.**

[transition] Le rôle des États fédérés est donc essentiel en matière de politique environnementale, mais les pouvoirs publics, fédéraux comme fédérés, doivent composer avec des acteurs privés.

III. Les initiatives privées

1. Des acteurs multiples

- À côté des acteurs publics, la société états-unienne comporte **nombre d'acteurs privés** : grandes entreprises, ONG, citoyens.
- Les **grandes entreprises** états-uniennes sont régulièrement accusées par des **ONG** environnementales, notamment le WWF, de **pratiques écologiques contestables.** Ainsi, Coca-Cola, qui produit à elle seule la moitié du plastique utilisé par l'industrie mondiale, est régulièrement montrée du doigt.

À NOTER
Aux États-Unis, les ONG environnementales les plus connues sont le Sierra Club et le Natural Resources Defense Council (NRDC).

2. Un rôle essentiel

- Des biologistes, comme Jared Diamond, considèrent que **la politique environnementale ne peut se faire contre l'économie** et qu'il convient donc de responsabiliser les grandes entreprises.
- Les **citoyens** peuvent également contribuer à la protection de l'environnement notamment à travers des **actions locales.** Ainsi, dans le Dakota du Nord, des collectifs d'Amérindiens et d'agriculteurs se sont constitués pour lutter contre la pollution des eaux engendrée par l'exploitation des huiles de schiste.

Conclusion

[réponse à la problématique] État fédéral, États fédérés, entreprises, ONG, citoyens : les acteurs de la politique environnementale aux États-Unis sont multiples. Mais si la préoccupation environnementale y est ancienne, force est de constater que la logique préservationniste s'efface le plus souvent devant celle de l'exploitation économique. **[ouverture]** Pourtant, la situation d'urgence écologique globale de la planète semble devoir imposer à tous les acteurs de la politique environnementale une nouvelle vision de l'environnement et de la nécessité de sa protection.

SUJET 21 | OBJECTIF BAC

ÉTUDE CRITIQUE DE DOCUMENT | 2 h

La nature vue par un philosophe américain

La nature états-unienne, la *Wilderness*, est au cœur du transcendantalisme. Pour ce courant philosophique, la nature sauvage constitue l'originalité et la vraie merveille des États-Unis, tant d'un point de vue esthétique que moral.

LE SUJET

D'après le document proposé, vous montrerez que la nature est, pour l'auteur, la vraie merveille de l'Amérique et qu'elle seule est un véritable professeur de vie.

Document **La nature du Massachusetts vue par Henry David Thoreau**

Avec Ralph Waldo Emerson, Henry David Thoreau (1817-1862) est le principal représentant du premier courant philosophique états-unien, le transcendantalisme. Il se rend célèbre avec Walden *(1854), récit racontant sa vie, pendant deux ans, dans une cabane construite dans la forêt, sur les bords de l'étang de Walden, près de la ville de Concord (Massachusetts). Cet article est paru en 1842 sans nom d'auteur dans la revue transcendantaliste* The Dial.

Ce n'est pas dans la société que l'on trouve la santé, mais dans la nature. Si nous n'avons pas au moins un pied dans la nature, nos visages seront pâles et livides. La société est toujours malade, et elle l'est d'autant plus qu'elle est évoluée. Il n'émane d'elle aucune senteur qui soit aussi saine que celle des pins, ni aussi aucune odeur aussi pénétrante et roborative que l'immortelle[1] dans les hauts pâturages. J'aimerais toujours avoir près de moi un livre d'histoire naturelle qui me serait une sorte d'élixir et dont la lecture redonnerait du tonus à mon organisme. En effet, pour le malade, la nature l'est aussi, mais pour celui qui est bien portant, elle représente une source de santé. Celui qui contemple une forme de beauté naturelle ne saurait connaître ni mal ni déception. Les doctrines du désespoir, de la tyrannie ou de la servitude spirituelle ou politique n'ont jamais été professées par ceux qui ont partagé la sérénité de la nature. De toute évidence, le vrai courage ne viendra jamais à manquer sur cette côte atlantique, tant que nous serons entourés par le Pays des Fourrures[2].

Ces mots suffisent à redonner du cœur à l'ouvrage, quelles que soient les circonstances. L'épicéa, le hemlock[3] et le pin n'engendrent pas le désespoir. […]

Nous nous figurons que tout le tintamarre de la religion, de la littérature et de la philosophie que l'on entend dans les chaires, les lycées et les salons se répercute à travers tout l'univers. [...] Mais si un homme dort profondément, il l'oubliera totalement du crépuscule jusqu'à l'aube. [...] Quel formidable entraînement fournit la science de la nature pour se préparer aux combats de la vie la plus active. De fait, la bravoure incontestable que supposent ces études est beaucoup plus impressionnante que la vaillance tonitruante du guerrier.

Henry David Thoreau, *Histoire naturelle du Massachusetts*, 1842,
trad. de l'anglais par Guy Chain, Éditions La Part commune, 2014.

1. Immortelle : plante à fleurs jaune d'or.
2. Le Pays des Fourrures : Grand Nord canadien, région où les conditions extrêmes imposent aux hommes, pour leur survie, une lutte permanente contre les éléments.
3. Épicéa et hemlock : arbres de la famille des conifères.

LES CLÉS POUR RÉUSSIR

→ *Reportez-vous à la méthode détaillée de l'étude critique de document(s) p. 316.*

Identifier le document

Document

Nature, genre, source
- Récit philosophique
- Article de revue

Date et contexte
- 1842
- La nation états-unienne est encore en construction

Auteur
Henry David Thoreau

Thèmes
- La nature et ses merveilles
- La nature comme éducatrice de l'Homme

Comprendre la consigne

- La consigne vous invite à réfléchir sur ce qui fait de la nature la vraie merveille de l'Amérique.
- Ensuite, vous devez analyser les différents éléments qui font de la nature une leçon de vie pour l'humain, tant d'un point de vue physique que moral.

Dégager la problématique et construire le plan

- L'auteur présente la nature sous diverses facettes : lieu d'expériences esthétiques et sensorielles, elle est « la » véritable « merveille de l'Amérique » ; elle est un guide moral pour les humains et leur offre des leçons qui valent toutes les connaissances livresques.

▸ À partir d'un travail d'analyse cursive, vous pouvez déduire trois grandes idées qui vont guider les trois parties du développement.

I La nature, vraie merveille de l'Amérique	Pourquoi la nature américaine suscite-t-elle l'admiration de l'auteur ?
II La nature, école de vie et de santé	De quelles expériences la nature est-elle porteuse ?
III La nature, vérité du monde	Dans quelle mesure les leçons offertes par la nature valent-elles les savoirs livresques ?

LE CORRIGÉ

Les titres ou mentions entre crochets ne doivent pas figurer sur la copie.

Introduction

[accroche] La nature constitue un des thèmes centraux du transcendantalisme, premier courant philosophique états-unien. **[présentation de la source et de l'auteur]** L'auteur, Henry David Thoreau, qui est avec Ralph Waldo Emerson le principal représentant de ce courant, développe dans cet extrait d'un article intitulé « Histoire naturelle du Massachusetts », publié en 1842 dans la revue *The Dial*, quelques-uns des thèmes essentiels de cette philosophie. **[problématique]** Comment l'évocation de la nature du Massachusetts et du Grand Nord canadien est-elle l'occasion, pour l'auteur, d'un discours politico-moral dans lequel il oppose la sagesse de la nature à la folie de la civilisation ? **[annonce du plan]** Nous verrons d'abord que, pour Henry David Thoreau, la nature constitue la vraie merveille de l'Amérique **[I]**. Nous analyserons ensuite les leçons qu'elle professe aux humains **[II]** et nous montrerons enfin les raisons qui, selon l'auteur, rendent la nature supérieure à la culture **[III]**.

LE SECRET DE FABRICATION

Avant de vous lancer dans la rédaction du développement, rappelez-vous ce qu'est le transcendantalisme et quels sont ses thèmes de prédilection. Ce courant de pensée philosophique tend à unir l'individuel à l'universel. Considérant la nature comme grandiose et immense, il l'associe à des valeurs morales.

I. La nature, vraie merveille de l'Amérique

1. La nature : un lieu de jouissance esthétique

▸ Selon Thoreau, la nature est avant toute chose le **lieu d'une expérience sensorielle et esthétique.** D'elle se dégagent bien-être et sagesse. Les majestueuses allées d'épicéas, d'hemlocks et de pins inspirent à l'Homme émerveillement et sérénité.

- La nature est un **ravissement pour les sens.** L'immortelle des hauts pâturages (l. 6) ou le pin sont à la fois un merveilleux spectacle pour la vue et une jouissance pour l'odorat.
- Ces **forêts**, uniques par leur immensité, sont les véritables **cathédrales du Nouveau Monde**, elles sont ces **espaces vierges qui rendent l'Amérique incomparablement supérieure à l'Europe.** Même s'il prétend s'en éloigner, Thoreau reprend ici les thématiques du puritanisme protestant. À la façon des Pères pèlerins qui créèrent la colonie du Massachusetts au XVIIe siècle, il voit dans la nature du Nouveau Monde un espace vierge de tous péchés.

2. La nature condition du bonheur

- La nature est la **condition du bonheur physique de l'Homme.** C'est au contact de la nature qu'il est sain car « si nous n'avons pas au moins un pied dans la nature, nos visages seront pâles et livides » (l. 2-3). La nature contribue aussi au **bonheur moral** des individus : « Celui qui contemple une forme de beauté naturelle ne saurait connaître ni mal ni déception » (l. 9-10).
- D'après l'auteur, **la contemplation de la beauté naturelle est porteuse de bonheur et d'épanouissement.** Sans doute trouve-t-on là une version américanisée du sentiment du sublime tel que le définit Emmanuel Kant dans la *Critique de la faculté de juger*. Mais Thoreau voit dans la contemplation de la nature une expérience aussi bien esthétique que morale (l. 10-14).

[transition] Lieu de beauté et de jouissance, la nature est également porteuse d'enseignement, ainsi que nous allons le voir maintenant.

II. La nature, une école de vie et de santé

1. La nature, lieu de l'affermissement physique de l'Homme

- **Loin de la nature, l'Homme dépérit** : « Ce n'est pas dans la société que l'on trouve la santé, mais dans la nature » (l. 1).
- La nature, par sa dureté même est une **école de vie.** L'auteur exprime une conception vitaliste de l'existence lorsqu'il évoque à propos des conditions extrêmes du Pays des Fourrures la nécessité pour l'Homme de se dépasser pour survivre et vaincre l'adversité (l. 13-14). La nature est donc une **école de courage physique** qui surpasse de beaucoup l'expérience du guerrier (l. 21-24).

2. La nature, lieu d'enseignement moral et intellectuel

- La nature offre des enseignements **porteurs de vrais savoirs, de ceux qui aident à vivre,** « une sorte d'élixir et dont la lecture redonnerait du tonus » (l. 7).
- Thoreau affirme que « les doctrines du désespoir, de la tyrannie ou de la servitude spirituelle ou politique n'ont jamais été professées par

CONSEIL
Interrogez-vous sur les éventuelles contradictions de l'auteur. Vous pouvez critiquer la pensée développée par l'auteur en mettant en avant ses limites.

ceux qui ont partagé la sérénité de la nature » (l. 10-12). La nature serait donc, d'après lui, **porteuse de liberté et de joie**. En dépit des certitudes de l'auteur, il est pourtant facile d'observer que les théories de « retour à la nature » ne furent pas toujours associées à des systèmes politiques prônant la liberté.

[transition] La nature est donc, d'après Thoreau, la meilleure **institutrice** pour l'Homme ; ses vertus la rendent infiniment supérieure à la civilisation, comme nous allons le voir maintenant.

À NOTER
Les idées que défend ici H. D. Thoreau peuvent être vues comme une version américaine des idées de J.-J. Rousseau sur les vertus de la nature dans l'éducation des enfants.

III. La nature, la vérité du monde

1. La nature contre les faux savoirs et les fausses sagesses

- L'auteur assimile les « vérités » des religions, de la littérature, de la philosophie à un **« tintamarre » de salons ou de salles de classes** (l. 18-20). L'Homme savant croit qu'elles ont quelque importance et qu'elles s'imposent à tout l'univers, mais, dans la nature, elles ne sont d'aucune utilité.
- Ces « vérités » ne sont en fait que de fausses vérités, et il suffit à l'Homme de s'endormir pour les oublier « totalement du crépuscule jusqu'à l'aube » (l. 21). Cet **apparent mépris pour le savoir livresque** est pour le moins étonnant de la part d'un homme qui, même s'il vécut deux ans au fond d'une cabane, n'en était pas moins diplômé d'**Harvard** et doté d'une immense culture.

À NOTER
L'université d'Harvard, près de Boston, est aujourd'hui mondialement connue. Elle fut à l'origine créée, en 1636, pour former les pasteurs destinés aux communautés puritaines du Massachusetts.

2. La nature supérieure à la culture

- La nature est la **vérité de la vie**. La profession de foi que Thoreau nous livre en faveur de la nature n'est pas une simple valorisation de celle-ci. Elle s'accompagne d'un **rejet de la civilisation et de la culture**.
- Implicitement, Thoreau considère la culture comme **porteuse de mensonges**, car « la société est toujours malade, et elle l'est d'autant plus qu'elle est évoluée » (l. 3-4). Avec cet anti-intellectualisme apparent, Thoreau illustre un des aspects de la culture états-unienne dans laquelle les savoirs livresques sont parfois considérés comme des sophismes.

Conclusion

[réponse à la problématique] Dans ce texte, Henry David Thoreau développe un certain nombre des idées fondamentales du transcendantalisme. Il explique les raisons pour lesquelles, selon lui, la nature constitue le lieu privilégié de la vie. **[ouverture]** Cette pensée peut apparaître comme une forme de naturalisme rejetant les apparents sophismes de la civilisation. Même si elle peut surprendre chez un lettré comme Thoreau, elle n'en est pas moins une des composantes de ce que certains penseurs états-uniens aiment à penser comme un pragmatisme.

Thème 6

11 Produire et diffuser des connaissances : enjeu politique et géopolitique

Henri Becquerel, Pierre et Marie Curie dans leur laboratoire en 1903.

TEST

FICHES DE COURS

SUJETS GUIDÉS & CORRIGÉS

OBJECTIF BAC

TESTEZ-VOUS

→ CORRIGÉS P. 318-319

Faites le point sur vos connaissances, puis établissez votre **parcours de révision** en fonction de votre score.

1 La société de la connaissance

→ FICHES 46 et 47

1. Vrai ou faux ? Cochez la case qui convient.

	V	F
a. Les TIC connaissent des progrès importants à partir de la Seconde Guerre mondiale.	☐	☐
b. Les TIC produisent des nouvelles connaissances.	☐	☐
c. Les TIC permettent une amplification des connaissances.	☐	☐
d. Les TIC rendent les connaissances plus coûteuses.	☐	☐

2. Écoles et universités sont un élément central de la société de la connaissance, parce qu'elles…

☐ a. permettent de former une élite dirigeante.

☐ b. forment les « travailleurs de la connaissance » qui en sont la base.

☐ c. sont le seul espace de diffusion de la connaissance.

3. L'Académie royale des Sciences de Paris est fondée afin de…

☐ a. censurer les connaissances qui circulent dans le royaume.

☐ b. faire le recensement de toutes les connaissances du royaume.

☐ c. favoriser la science pour l'utilité publique et le rayonnement du royaume.

…/3

2 La circulation de la connaissance

→ FICHE 48

1. Associez chaque lieu de la connaissance à sa culture d'origine.

a. Musée •	• Califat de Bagdad
b. Maison de la sagesse •	• Monde hellénistique (Grèce)
c. République des Lettres •	• Italie du XVe siècle

2. Complétez le texte avec les mots qui conviennent.

La population qui est capable de lire est restreinte jusqu'au .... siècle : elle s'élargit grâce aux sociétés .... et à l'essor de la .... scientifique dans la presse. Les revues .... diffusent les savoirs et les rendent accessibles.

…/2

3 Produire et diffuser des connaissances

→ FICHES 49 et 50

1. Quel pays met en place une politique volontariste d'alphabétisation des femmes dans les années 1960 ?

☐ a. Le Brésil

☐ b. La France

☐ c. L'URSS

2. Qui a dirigé le projet Manhattan ?

☐ a. Robert Oppenheimer

☐ b. Albert Einstein

☐ c. Enrico Fermi

3. Associez les scientifiques à leur découverte.

a. Pierre et Marie Curie •	• Radioactivité artificielle
b. Niels Bohr •	• Modèle de l'atome
c. Irène et Frédéric Joliot-Curie •	• Polonium

…/3

4 La connaissance, enjeu politique et géopolitique

→ FICHES 51 et 52

1. Quelle a été l'une des grandes réussites du renseignement américain ?

☐ a. Le suivi de l'élaboration de la première bombe atomique soviétique (1949)

☐ b. La préparation de l'opération de la Baie des Cochons (1961)

☐ c. Les photos aériennes des missiles de Cuba (1962)

2. Lisez l'extrait et cochez la ou les propositions qui rend(ent) compte du sens du texte.

> Chaque année environ 800 000 jeunes Indiens décident de quitter leur pays pour étudier à l'étranger. Ce chiffre ne cesse d'augmenter selon le gouvernement indien. […] Cependant depuis quelques années, le phénomène inverse est observable.
>
> Sophie Guillermin-Golet *« Back to Bangalore » le* brain gain *en Inde*, 2018.

☐ a. L'Inde souffre du *brain drain*.

☐ b. Les jeunes Indiens fuient la famine et la pauvreté en Inde.

☐ c. L'Inde observe un phénomène de *brain gain*.

…/2

Score total …/10

Parcours PAS À PAS ou EXPRESS ? → MODE D'EMPLOI P. 3

46 La notion de « société de la connaissance » : portée et débats

En bref *Dans l'après-guerre émerge l'idée d'une société de la connaissance, qui témoigne de la prise de conscience des enjeux stratégiques du savoir par les États, mais dont la réalité fait encore débat.*

I Une société qui se recentre sur la connaissance

1 De la société de l'information…

■ Au lendemain de la Seconde Guerre mondiale, les **progrès des technologies de l'information et de la communication** (TIC) à bas coût marquent la fin de la société industrielle et ouvrent l'ère de la **société de l'information**.

■ Les progrès des TIC permettent une **amplification des connaissances scientifiques** dont on pense qu'elles apporteront un bénéfice général à la société. Mais la technologie n'est qu'un moyen, elle ne produit pas de la connaissance par elle-même.

2 … à l'économie du savoir

■ En 1969, le professeur américain Peter Drucker énonce le concept de **société de la connaissance** (***knowledge*** *society*) → INFO +. Fondée sur l'**éducation de masse** comme condition essentielle à une société nouvelle, elle se caractérise par la diffusion de technologies de l'information capables d'agréger les savoirs (bases de données informatiques puis Internet), et place la connaissance au cœur d'une **économie du savoir**.

MOT CLÉ
Le terme anglais ***knowledge*** se traduit par **connaissance**, contenu assimilé extérieur au sujet, ou par **savoir**, aptitude qui s'acquiert par l'étude ou l'expérience. Un savoir est une connaissance qui a fait l'objet d'une appropriation.

■ La connaissance deviendrait le **capital central des entreprises** au détriment du capital matériel ; l'employé typique serait le « travailleur de la connaissance » (*knowledge worker*), « cerveau-d'œuvre » plus que main-d'œuvre. L'école et les universités deviennent dans cette analyse les lieux privilégiés d'une politique de la connaissance, mais doivent se réformer pour gagner en productivité et efficacité.

INFO + **Peter Drucker (1909-2005)**

- Professeur de management, Peter Drucker publie en 1969 *The Age of Discontinuity*, qui connaît un énorme succès.
- Il y promeut la connaissance, amplifiée par l'information, comme ressource essentielle à valoriser.

II Le savoir, un capital à cultiver et protéger

1 Le savoir comme source de croissance économique

- **Étudiants** et **chercheurs** sont un capital que les États cherchent à capter (*brain drain* → FICHE 52) et dont ils n'hésitent pas à voler les résultats (espionnage industriel → FICHE 51).

- **Internet** efface les frontières de l'espace et du temps, et remet en question le rôle historique des États dans la production et la diffusion du savoir, remplacé par celui des firmes transnationales (**FTN**). La connaissance reste un important **enjeu de pouvoir** tant au niveau national qu'international → FICHE 54.

- Le stockage et l'analyse de l'immense masse d'informations requièrent aujourd'hui des systèmes informatiques mis en réseau (le **cyberespace** → FICHE 53), indispensables au maintien de la compétitivité.

2 Le savoir, un capital comme les autres ?

- Ce modèle fait aujourd'hui **débat** : dans une telle société, fruit d'une vision managériale, que deviennent ceux qui ont moins facilement accès à la connaissance, et notamment au **savoir dominant, essentiellement occidental** ? Les exclus d'Internet (zones blanches), la circulation exponentielle de la désinformation, l'inégalité de l'accès au savoir → FICHE 49 imposent la nuance.

- Dans cette **dimension utilitariste** de la connaissance, le savoir est **instrumentalisé** : la formation remplace l'instruction, la connaissance est réduite à sa fonction économique où ne sont valorisés que les savoirs réputés utiles. Dans ce contexte, la recherche n'est plus tournée que vers l'innovation industrielle.

zoOm

La naissance de l'informatique

- Pendant la Seconde Guerre mondiale, plusieurs chercheurs, dont **Alan Turing** et **John von Neumann**, mettent au point pour l'armée des calculateurs.
- Ceux-ci permettent d'aider le cerveau humain dans la **résolution de problèmes abstraits** ou nécessitant la manipulation d'un **très grand nombre de données** : les premiers ordinateurs ouvrent le passage de la société industrielle à une société de l'information.

L'ENIAC, le premier ordinateur, en 1946 à l'université de Pennsylvanie.

47 Communautés savantes et communautés scientifiques

En bref *Loin de l'érudit terré dans son laboratoire, le chercheur construit la connaissance scientifique au sein d'une communauté, plus que jamais stratégique.*

I La communauté, socle de la connaissance scientifique

1 La communauté scientifique, garante de la validité du savoir

- La construction de la connaissance scientifique exige de se référer à des **pairs** qui légitiment les travaux de recherche par leur **évaluation** au sein de comités de lecture lors de leur communication.
- Les chercheurs ont donc besoin d'une **communauté scientifique**, **ensemble des savants experts** dans leur domaine, pour **enrichir leur champ de recherche**, notamment par la confrontation des regards et la controverse.
- La **communauté savante associe les experts aux amateurs** : la population se forme grâce aux scientifiques mais a également un rôle de construction et de diffusion du savoir.

2 Communautés scientifiques et savantes dans l'histoire

- Les communautés de scientifiques sont liées à l'essor des sciences dès l'Antiquité. À Alexandrie au IIIe siècle av. J.-C., Ptolémée Ier fait construire un **Musée** pour réunir les meilleurs chercheurs. À Bagdad au IXe siècle, ils sont réunis par le calife Al-Mamun dans la **Maison de la Sagesse** pour échanger leurs savoirs et leur permettre d'accéder aux livres traduits, notamment du grec.
- Mais plus la recherche se spécialise, à partir du XVIIe siècle, plus **une communauté savante** émerge pour faciliter la **diffusion des connaissances** entre institutions (académies, universités) et lieux de savoir (laboratoires), entre grands centres mondiaux et nouveaux pôles scientifiques.
- **L'État assure un rôle primordial** pour la communauté scientifique, par son financement, sa protection ou son contrôle. Selon les époques et les régimes, il favorise plus ou moins la science ou la censure. Le rôle des communautés de savants est également d'**aider les scientifiques à échapper aux pressions**, à l'image d'une **République des Lettres**.

MOT CLÉ
Dans l'Italie du XVe siècle naît la **République des Lettres**, idéal de collaboration libre et désintéressée entre érudits engagés dans l'échange de savoirs, qui permettait aux savants d'échapper, au moins en théorie, au contrôle de l'Église.

II Enjeux et défis de la communauté scientifique

1 Une communauté entre coopération et concurrence

- La recherche est tiraillée entre un **idéal de partage universel du savoir** → FICHE 50 et les **ambitions** des chercheurs, de leurs laboratoires et des **États qui les financent**, créant de la concurrence.
- La production de connaissance est parfois source de **conflits entre États** (guerres des brevets, récupération des compétences), y compris au prix d'espionnage scientifique et industriel → FICHE 51.

2 Les nouveaux défis de la communauté scientifique

- Les savoirs scientifiques sont **au cœur de la hiérarchie économique et politique des États**, notamment par leur poids dans la richesse des pays. La **mondialisation** renforce l'âpreté de la compétition internationale, notamment entre les pays développés ou avec les pays émergents qui les défient → FICHE 52.
- La société de la connaissance place la **science au cœur des intérêts** : émancipée du pouvoir religieux et politique, celle-ci risque de retomber sous l'**influence du pouvoir économique**. Le défi est donc de réfléchir au **rôle et aux responsabilités de la communauté scientifique** et à son **indépendance**.
- La communauté scientifique étend son **réseau** dans le cyberespace → FICHE 53. Mais cette **science-monde** tend à se diluer : Internet est à la fois un idéal de communauté savante universelle et un univers anarchique du savoir.

zoOm

Les Académies royales, premières communautés savantes institutionnelles

- En 1666, Louis XIV fonde l'Académie royale des Sciences, sur le modèle de l'Accademia dei Lincei de Rome, afin « d'avancer et favoriser la science pour l'utilité publique et la gloire de son règne ».
- Au XVIIIe siècle, 80 académies regroupent 15 000 membres en Europe, telle la Royal Society de Londres. Elles constituent des **communautés de savants qui diffusent des pratiques et une éthique scientifique communes**, tout en étant liées aux États qui les financent.

Henri Testelin, *Colbert présente à Louis XIV les membres de l'Académie royale des Sciences*, XVIIe siècle (Musée du château de Versailles).

48 Les acteurs et les modalités de la circulation de la connaissance

En bref *La connaissance, notamment scientifique, a une vocation universelle qui la destine à circuler, du monde savant à l'ensemble du public, sous l'impulsion de multiples acteurs.*

I Une meilleure circulation du savoir

1 Des savants qui circulent pour mieux construire la connaissance

- Faire circuler la connaissance, c'est permettre une meilleure élaboration des savoirs, par la collaboration des chercheurs → FICHE 50, la comparaison des axes de recherche, mais aussi pour faire émerger la controverse qui corrige et enrichit la compréhension.
- Depuis le XVIIe siècle, cette circulation s'accélère : les savants voyagent au sein des cours des princes mécènes, échangent entre universités et académies, traduisent les ouvrages de référence. Les progrès des moyens de transport et de communication facilitent ces mobilités. Les TIC entraînent une explosion des circulations, le cyberespace ouvre des perspectives inédites → FICHE 53.
- Aujourd'hui, la recherche est internationale, chercheurs et étudiants travaillent en réseau et participent à des échanges (Erasmus). Certains pays émergents font le pari de la croissance par le transfert de la connaissance → FICHE 52. Les revues scientifiques diffusent les savoirs et les rendent accessibles.

2 Un public qui s'élargit

- Le public, restreint jusqu'au XVIIIe siècle, s'élargit grâce aux sociétés savantes et à l'essor de la **vulgarisation** scientifique dans la presse spécialisée.
- Au XIXe siècle, avec le développement de l'alphabétisation → FICHE 49, le savoir s'ouvre à de nouveaux publics. Les universités se réforment (Allemagne) et favorisent la liberté de recherche ainsi que la circulation des professeurs et des étudiants.

MOT CLÉ
Apparu au milieu du XIXe siècle, le concept de **vulgarisation** promeut l'idée de mettre les connaissances scientifiques, toujours plus pointues, à la portée des non-spécialistes.

INFO +
- Il existe plus de 29 termes relatifs au partage des connaissances en anglais, tels que *knowledge transfer* ou *exchange*, ou *dissemination*.
- En français, on utilise le plus souvent les termes de circulation, transfert ou échange de connaissances.

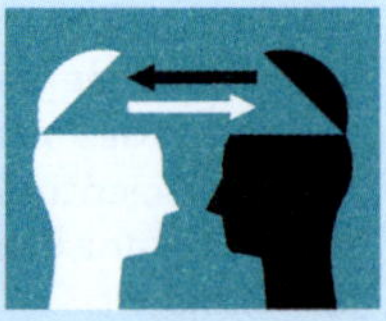

■ À partir du XXe siècle, les connaissances sortent des milieux traditionnels (universités, spécialistes) et touchent la majorité de la population dans le cadre d'une **économie du savoir** → FICHE 46. La **mondialisation** ouvre un espace planétaire des connaissances mais n'abolit pas les hiérarchies.

II L'État, acteur central

1 Un facilitateur essentiel de la circulation…

■ Les États favorisent les échanges pour en tirer un **profit scientifique, économique, militaire ou diplomatique**, que ce soit à l'intérieur du pays (organisation des universités, mobilités professorales et étudiantes) ou vers l'étranger.

■ Des coopérations sont encouragées par des programmes d'échanges scientifiques ou l'organisation de colloques. En 2018, l'Union européenne construit un **espace européen de la recherche** → FICHE 54 dans lequel chercheurs, connaissances scientifiques et technologies circulent librement.

2 … mais qui en organise également le contrôle

■ Les États assurent aussi un rôle de **régulateur** des circulations (transferts de compétences, *brain drain* → FICHE 52) et le système des **brevets** permet de mieux surveiller les connaissances les plus essentielles à l'industrie.

■ Ils **limitent les transferts** quand les **enjeux sont stratégiques**, voire les interdisent quand la circulation peut mettre en danger le pays → FICHE 50. Les dictatures filtrent le savoir à disposition des habitants par la **censure** ou le **contrôle** du cyberespace (Chine).

■ Les États n'hésitent pas à organiser l'**espionnage** des connaissances qu'ils ne maîtrisent pas et qu'ils estiment indispensables → FICHE 51.

zoOm

Nature, la revue scientifique de référence

■ Lancé en 1869 (voir le 1er numéro ci-contre), l'hebdomadaire britannique *Nature* est devenu la publication scientifique généraliste la plus respectée.

■ Un article paru dans la revue donne un **écho international** aux recherches universitaires. En 2001, un article décrivant le séquençage du génome humain a été cité plus de 10 000 fois.

■ Si les scientifiques sont jugés sur le nombre et la qualité de leurs publications, ils ont aussi, depuis 1982, obligation de **transmission au grand public**.

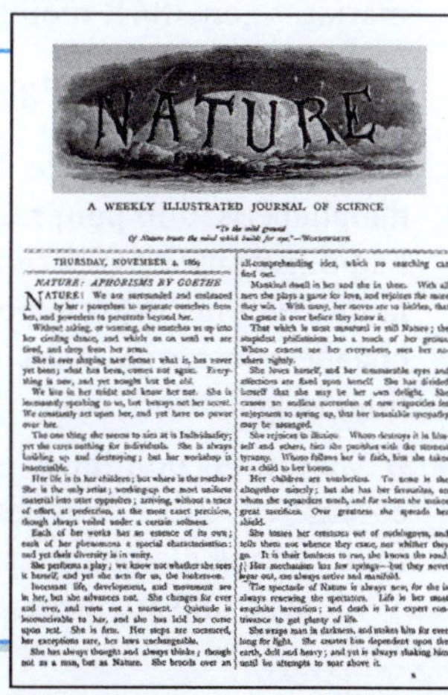
NATURE

A WEEKLY ILLUSTRATED JOURNAL OF SCIENCE

THURSDAY, NOVEMBER 4, 1869

NATURE: APHORISMS BY GOETHE

49 Alphabétiser les femmes du XVIe siècle à nos jours

En bref *L'alphabétisation des populations est le fondement de leur accès à la connaissance. Longtemps écartées, les femmes sont progressivement prises en considération par les États, ce qui marque l'avènement d'une société de la connaissance mais aussi ses limites.*

I L'alphabétisation des filles, une nécessité tardive

1 Éduquer les filles ? (XVIe-XVIIIe siècle)

- Jusqu'au XIXe siècle, la population mondiale est **très majoritairement analphabète**. C'est encore plus vrai pour les femmes, réduites à leur rôle d'épouse et de mère.

- Mais dès le XVIe siècle, la **nécessité d'éduquer les filles** à la lecture est soulevée : au Japon, afin d'assurer la défense du pays en cas du décès du mari ; en Europe, afin d'en faire de meilleures mères et épouses. Néanmoins, l'Église, alors principal vecteur de l'**alphabétisation**, se méfie de la lecture qui pourrait **détourner les femmes de leurs devoirs et les inciter à s'émanciper**.

> **MOTS CLÉS**
> L'**alphabétisation,** c'est apprendre à lire et écrire, et acquérir des outils pour accéder au savoir et à l'autonomie. Le but est la **littératie**, c'est-à-dire l'aptitude à comprendre et utiliser cette capacité dans la vie courante.

- Au XVIIe siècle, les **pays protestants** ouvrent la voie en autorisant les femmes à lire la Bible. De fait, l'alphabétisation féminine est plus élevée au Nord (Danemark, Prusse) qu'au Sud et à l'Est de l'Europe.

- Au XVIIIe siècle, les femmes sont encore considérées comme inférieures intellectuellement. En **1789, seules 27 % des Françaises savent signer** le registre des mariages ; en 1861, moins de 12 % des Italiennes savent lire.

2 Les politiques d'alphabétisation de masse (XIXe-XXe siècle)

- À la fin du XIXe siècle, les États se substituent à l'Église et généralisent l'effort d'alphabétisation pour mieux répondre aux nouveaux besoins de l'économie et de l'administration, avec toujours un temps de retard pour les femmes. En France, la **loi Pelet de 1836** impose l'ouverture d'une école communale pour filles dans chaque commune et les **lois Ferry de 1881-1882** scolarisent obligatoirement filles et garçons.

- Certaines **politiques volontaristes d'État** donnent des résultats rapides, comme en URSS dans les années 1920 ou au Brésil dans les années 1960. En Inde, le taux d'alphabétisation des femmes passe de 39,3 % en 1991 à 50,3 % en 1997, avec une augmentation plus rapide que celui des hommes.

II Un objectif encore imparfaitement atteint

1 Les femmes, dernières analphabètes du monde

■ En 2016, selon l'Unesco, 90 % des hommes contre **83 % des femmes savent lire et écrire** (51 % en Afrique subsaharienne). Les **deux tiers des 750 millions de personnes analphabètes** sont aujourd'hui des femmes.

■ **Les écarts restent importants** : les filles des familles pauvres des pays en développement (PED) vont moins à l'école que les garçons, se marient très jeunes. L'alphabétisation de toutes les femmes ne devrait être atteinte qu'en **2070**.

■ Dans les pays développés, l'analphabétisme a disparu mais l'illettrisme est encore un **facteur important d'exclusion**.

MOT CLÉ
L'**illettrisme** est une forme particulière de l'analphabétisme : la personne a appris à lire mais ne maîtrise pas le sens des écrits qu'elle déchiffre.

2 La littératie des femmes, enjeu essentiel de la société de la connaissance

■ L'ONU et l'Unesco ciblent aujourd'hui prioritairement les femmes, dont l'alphabétisation est un **levier fondamental du développement** : un enfant dont la mère sait lire a 50 % de chances en plus de survivre après l'âge de cinq ans.

■ Les institutions internationales et les ONG pallient le retard pris par les États les moins développés, conscientes que les femmes sont un **pilier de l'économie du savoir** : l'alphabétisation leur permet de s'insérer dans le marché du travail, améliore le niveau de santé du pays, accélère la transition démographique, réduit la pauvreté et contribue donc fortement au développement général.

zoOm
Alphabétisation des femmes et économie numérique

■ La **Journée internationale de l'alphabétisation de 2017** organisée par l'**Unesco** corrèle les femmes à l'essor du numérique : l'économie de notre monde connecté repose sur une population qui a les moyens d'accéder à ces TIC qui reposent toutes sur la **littératie**.

■ Le retard de l'alphabétisation féminine des PED est un frein qui impacte leur développement mais aussi le fonctionnement d'un monde globalisé.

50 Produire de la connaissance scientifique : la radioactivité

En bref *Fruit presque du hasard, la découverte de la radioactivité a mobilisé la communauté savante internationale dès 1896. Ses applications stratégiques sont progressivement prises en charge par les États au nom d'intérêts géopolitiques.*

I La communauté savante mobilisée autour d'une découverte majeure (1896-1939)

1 Une émulation entre chercheurs internationaux

- Les connaissances sur la radioactivité sont le fruit de découvertes en cascade. Leur point de départ est l'observation par l'Allemand Röntgen de mystérieux « rayons X », qui amène quelques mois plus tard (janvier 1896) le Français Becquerel à mettre en évidence, par **sérendipité**, la radioactivité naturelle.

> **MOT CLÉ**
> La **sérendipité** désigne la capacité de tirer profit d'une découverte inopinée ou d'une erreur.

- Les contacts et la collaboration entre chercheurs, entre universités, voire la transmission au sein des familles de scientifiques (Curie, Bohr...) favorisent l'effervescence de la recherche sur le sujet. Celle-ci est aussi le produit de la concurrence entre les scientifiques et entre les États, afin d'avoir le primat de la découverte, source de prestige et de brevets.

- En 1898, la Franco-Polonaise Marie Curie et son mari Pierre découvrent le polonium et le radium ; en 1899, le Britannique Rutherford identifie trois types de rayonnement ; en 1913, le Danois Bohr établit un modèle de l'atome. Plusieurs prix Nobel récompensent cette production scientifique hors du commun.

2 Les laboratoires, moteurs de l'innovation stratégique

- Les travaux de Bohr posent les bases de la mécanique quantique en 1913. L'Autrichien Schrödinger et l'Allemand Heisenberg décrivent l'atome en 1926-1927 et expliquent la **radioactivité naturelle**.

- La **radioactivité artificielle** est mise en évidence par Irène Curie et Frédéric Joliot en 1934.

- Ces connaissances s'associent à des innovations techniques majeures, notamment dans le domaine de la médecine et de la biologie (radiothérapie, marqueurs radioactifs...).

> **MOTS CLÉS**
> La **radioactivité** est le phénomène physique par lequel des noyaux atomiques instables se transforment spontanément (**radioactivité naturelle**) en d'autres atomes en émettant un rayonnement. Cette transformation peut être aussi provoquée (**radioactivité artificielle**).

II Des applications dirigées par les États (1939-années 1950)

1 Des applications militaires stratégiques

- En août 1939, Albert Einstein écrit au président américain Roosevelt pour attirer son attention sur la **possibilité de construire une bombe atomique**, avant que l'Allemagne nazie n'y parvienne. Le **projet *Manhattan***, dirigé par Robert Oppenheimer de 1939 à 1946, permet aux États-Unis de réunir les meilleurs spécialistes internationaux, notamment ceux qui ont fui les totalitarismes fascistes.
- La première bombe est testée en juillet 1945. En août, **deux bombes sont larguées contre le Japon**, *Little Boy* (uranium enrichi) à Hiroshima, *Fat Man* (plutonium) à Nagasaki. La connaissance scientifique pose désormais des questions existentielles. En août 1949, l'URSS fait à son tour exploser une bombe.

2 Un savoir fondamental

- Pendant la **guerre froide**, il n'est plus question de collaboration scientifique mais de **secret** et de **concurrence**, la connaissance étant un pilier stratégique du *hard power*. La recherche s'industrialise et s'inscrit dans la *Big Science*, reposant sur d'importants investissements financés par les États.
- Soucieux de conserver à la France un statut de puissance, les Français se tiennent au courant des recherches américaines par des indiscrétions. En 1945, de Gaulle crée le **Commissariat à l'énergie atomique** (CEA). Le programme nucléaire démarre en 1954.

zoOm

La première pile atomique à uranium

- En 1942, l'Italien **Fermi** fait diverger la première pile atomique à uranium à Chicago. Plusieurs **laboratoires universitaires** collaborent, avec des chercheurs américains, italiens, anglais, hongrois… et une femme, Leona Marshall.
- Cette expérience permet de passer de la connaissance fondamentale à l'application militaire dans le cadre du **projet *Manhattan***, aboutissement de 50 ans de recherche sans précédent.

La première réaction nucléaire contrôlée, le 2 décembre 1942, à l'université de Chicago (photographie d'une peinture originale de Gary Sheehan).

51 Les services secrets soviétiques et américains durant la guerre froide

En bref *Entre 1947 et 1991, les deux blocs se livrent une compétition pour la maîtrise des connaissances, entre contrôle des siennes et espionnage de celles de l'adversaire.*

I Un enjeu majeur : l'efficacité du renseignement

1 Des structures de renseignement modernes

- Aux États-Unis, la politique d'endiguement justifie la restructuration du renseignement. La Central Intelligence Agency (CIA) est créée en 1947, complétée en 1952 par la National Security Agency (NSA) chargée des systèmes d'information.

> **MOT CLÉ**
> Le **renseignement** est la collecte d'informations, l'analyse qui en est faite et la structure qui en assure le traitement.

- En URSS, Staline s'inspire du modèle de la CIA et crée le KGB (Comité pour la sécurité de l'État) en 1954, qui remplace le NKVD. L'Armée rouge a également son service de renseignement, le GRU.
- Ces agences sont de véritables armées secrètes : à la fin des années 1980, la CIA compte 30 000 agents officiels et plus de 100 000 agents officieux.
- Leurs missions sont très diverses : collecter des renseignements, recruter des informateurs, créer des réseaux, organiser le contre-espionnage, s'infiltrer, organiser des opérations de déstabilisation. Elles alimentent un climat de suspicion permanent, qui connaît son apogée aux États-Unis avec le maccarthysme (1950-1954), où la chasse aux espions devient une obsession.

2 Une priorité absolue

- La compétition pousse les États à engager des sommes et des moyens scientifiques considérables. L'information est collectée par tous les moyens, y compris par le recrutement d'anciens nazis (organisation Gehlen).
- Des technologies sont inventées ou améliorées pour mieux espionner l'ennemi ou éviter les fuites : micros, systèmes de décryptage, radars, avions furtifs, satellites... Les progrès sont tels que le renseignement technologique, moins coûteux et moins dangereux, remplace peu à peu les moyens humains.

II Espionner l'autre pour remporter la guerre

1 La connaissance, domaine de prédilection de l'espionnage

- La guerre froide est une guerre technologique. Le domaine de la recherche est tout de suite ciblé par les agences. Chercheurs et universitaires sont démarchés pour devenir des taupes, parfois dès leurs études (les Cinq de Cambridge). Les secrets de l'atome ont ainsi été espionnés (archives Venona → FICHE 50).

- La guerre de la désinformation fait rage : les services alimentent la propagande ou diffusent des rumeurs, comme celle lancée par le KGB, encore vivace, de la fabrication du virus du sida par un laboratoire américain.

2 L'espionnage militaire pour connaître l'ennemi

- Les installations militaires sont un objectif prioritaire, par des moyens humains – agents infiltrés tels Poliakof, officier du GRU informant la CIA de 1961 à 1986 – ou technologiques – projet de station spatiale habitée en 1963 pour observer les installations militaires soviétiques.
- Ces informations permettent certains coups d'éclat, comme les photos aériennes des missiles de Cuba (1962). À l'inverse, leur absence signe les plus grandes déconvenues, tel l'échec de l'opération de la baie des Cochons (1961).

3 L'espionnage industriel pour ne pas se laisser distancer

- La guerre froide est également une guerre industrielle. Prenant la mesure de son retard, Khrouchtchev crée une « Silicon Taiga » secrète dont les travaux sont alimentés par les fruits de l'espionnage technologique.
- À l'Ouest, Vladimir Vetrov, colonel du KGB (nom de code Farewell) livre 3 000 documents industriels et technologiques secrets à la DST de 1981 à 1982, que la France livre aux Américains : la connaissance est un butin de guerre.

zoOm

L'exécution des époux Rosenberg

- Communistes américains, Julius et Ethel Rosenberg sont condamnés à mort en 1953, en plein maccarthysme, pour avoir livré aux Soviétiques des secrets sur la bombe atomique.
- Seuls individus exécutés pour espionnage en Occident, malgré une immense campagne médiatique en leur faveur, leur culpabilité est aujourd'hui prouvée.

52 La maîtrise de la connaissance scientifique : l'exemple de l'Inde

En bref *Puissance émergente, l'Inde a compris la nécessité de former des étudiants, par la coopération et l'investissement dans la connaissance.*

I Une puissance émergente qui investit dans la connaissance

1 Un investissement dans la formation

- L'Inde ambitionne de devenir **l'une des cinq premières puissances scientifiques**, en consacrant **2 % de son PIB à la recherche**.
- Elle a besoin d'une offre de **formation de qualité** plus ouverte à une **coopération avec les universités étrangères**. Celles-ci financent parfois les instituts d'ingénierie d'élite (IIT). L'Union européenne a signé un accord de partenariat scientifique dès 2001.

2 L'enjeu des transferts de connaissances

- L'Inde bénéficie aujourd'hui de **transferts de connaissances** des pays occidentaux, par le biais d'accords avec les États ou les firmes transnationales (FTN) ou *via* la diaspora. Elle vise à se défaire progressivement de cette dépendance.
- La priorité est au **développement économique** du pays, en mettant en place des initiatives comme le *Make in India*, opération de transfert de technologies par des investisseurs étrangers, et le *Digital India*, tourné vers le numérique.
- L'Inde mise sur la **formation** et le **transfert de technologie** dans les domaines médical et agricole pour étendre son **influence** et s'ouvrir de **nouveaux marchés** : des universités signent des partenariats en Afrique (plateformes de e-éducation, suivies par plus de 22 000 étudiants), le projet MAUSAM dans l'océan Indien vise à recréer des échanges commerciaux en s'appuyant sur la diaspora.

MOT CLÉ
Le **transfert de connaissances** est le processus par lequel un savoir, une compétence ou une technologie mise au point par un pays parviennent à un autre. À la différence d'une licence, il est adapté au contexte du pays cible.

INFO + **L'enseignement supérieur indien en chiffres**

- 20 millions de diplômés chaque année
- 0,3 % des étudiants inscrits dans une formation doctorale
- 0,4 chercheur pour 1 000 actifs (1,8 en Chine, 7,9 aux États-Unis)

II Une stratégie pour l'avenir : du *brain drain* au *brain gain* ?

1 Une hémorragie qui pèse sur les potentialités du pays

■ Chaque année, 300 000 Indiens partent étudier à l'étranger (***brain drain***), ce qui affaiblit le capital humain du pays et montre la faiblesse de son enseignement supérieur : aucune université ne rentre dans les classements internationaux.

■ Cinq pays abritent 85 % des étudiants indiens : États-Unis, Royaume-Uni, Australie, Canada et Nouvelle-Zélande. Le renchérissement des études aux États-Unis et les restrictions de visa au Royaume-Uni ouvrent de nouvelles destinations en Asie (Chine, Singapour, Arabie saoudite), qui ont fait la promotion des opportunités en matière d'emploi.

MOTS CLÉS

Le ***brain drain***, fuite des cerveaux, est le flux migratoire des étudiants et scientifiques qui s'installent à l'étranger pour trouver de meilleures rémunérations et conditions de recherche (contraire : ***brain gain***, immigration de travailleurs qualifiés).

2 La diaspora, un capital de développement

■ L'État adopte une politique d'encouragement des retours (***brain gain***) avec des mesures incitatives (double nationalité, réductions d'impôts). Les expatriés reviennent avec des nouveaux savoirs à valoriser.

■ La diaspora maintient des liens précieux avec l'Inde, par des transferts de devises, la participation à des réseaux scientifiques et économiques, et des transferts de technologie. Elle concourt à la diffusion de normes sociales favorables au développement (fécondité basse).

zoOm

Bangalore, modèle technopolitain indien

■ Cinquième ville d'Inde, Bangalore est la Silicon Valley indienne, technopole qui associe multinationales de l'informatique, centres de recherche et de formation. Ville d'origine de nombreux informaticiens partis travailler à l'étranger, elle a bénéficié de la délocalisation d'activités de services à distance.

■ Cependant, malgré le transfert de technologies occidentales et le retour d'une partie de la diaspora, il y a plus d'informaticiens indiens dans la Silicon Valley qu'à Bangalore.

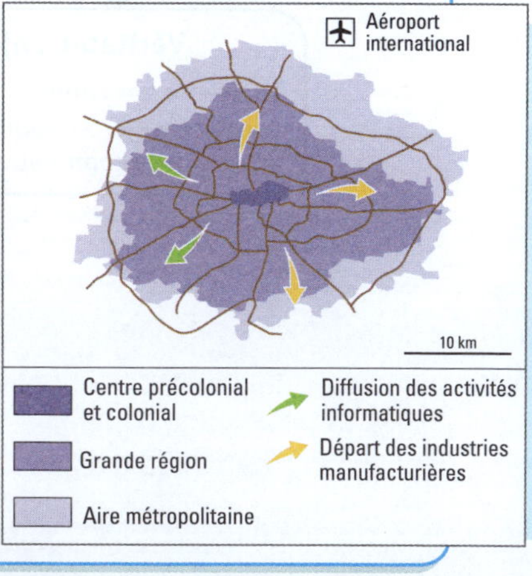

La connaissance, un capital

Dont les États sont responsables

- Par la promotion d'un savoir accessible pour tous (alphabétisation, éducation)
- Par le financement d'une R&D active (*Big Science*)
- Par une politique éducative favorable (universités, laboratoires)

L'ENJEU DE LA

Véritable enjeu de pouvoir

- Défense des connaissances stratégiques (espionnage, renseignement : guerre froide)
- Socle de la compétitivité (Inde)

Comment construire, diffuser et protéger la connaissance ?

CONNAISSANCE

Une nécessaire circulation des savoirs

La transmission dans la communauté savante

- Au sein de la communauté scientifique (confrontation et émulation)
- À la population (instruction et vulgarisation)
- Aux PED en retard (transferts de technologies et de compétences)

Un monde en réseau

- Le monde de la recherche, un monde d'échanges (programmes, collaborations et *brain drain*)
- Les revues scientifiques, vecteurs de diffusion (éditions savantes et vulgarisation)
- Les TIC structurent notre société de l'information

Les conflits d'intérêts et les défis de la connaissance

Au cœur des intérêts économiques et stratégiques

Une économie lucrative du savoir (guerre des brevets)
Le fondement du développement et de la puissance
Un instrument de domination (*hard power* et *soft power*) du monde occidental

Bien commun ou bien marchand ?

- Un idéal de partage universel, de science-monde
- Une réalité : une mondialisation qui rend le savoir très concurrentiel voire conflictuel (pays émergents)

SUJET 22 | OBJECTIF BAC

DISSERTATION ⏱ 2 h

La connaissance, enjeu politique et géopolitique

L'intitulé de ce sujet reprend celui de l'axe 2 du programme. Vous devez toutefois maîtriser l'ensemble du thème pour le traiter correctement.

LE SUJET

La connaissance, enjeu politique et géopolitique.

LES CLÉS POUR RÉUSSIR

→ Reportez-vous à la méthode détaillée de la dissertation p. 314.

Analyser le sujet

La connaissance, enjeu politique et géopolitique

- **Formulation** : Thématique géopolitique
- **Bornes spatiales** : Échelle mondiale
- **Type de sujet** : Sujet de synthèse
- **Notions et mots clés** :
  - Enjeu : ce que l'on peut gagner ou perdre
  - Puissance : capacité de faire, de faire faire et de refuser de faire

Dégager la problématique

- Les États se définissent par leur puissance. Leur rôle est central sur toutes les facettes de la connaissance, aussi bien comme promoteurs que comme censeurs.
- En quoi la capacité à maîtriser les connaissances détermine en grande partie la puissance des États ?

Construire le plan

Il s'agit de faire une typologie des rôles qu'assument les États vis-à-vis de la connaissance.

I Maîtriser les connaissances pour s'affirmer comme puissance

Dans quels domaines régaliens la maîtrise de la connaissance est-elle nécessaire pour asseoir la puissance ?

II Produire de la connaissance pour se construire comme puissance

- Comment l'État favorise-t-il l'émergence des connaissances en son sein ?
- Quel est le rapport entre connaissance et influence ?

III Les États en compétition dans le monde de la connaissance

- Pourquoi, selon les États, toutes les connaissances ne sont-elles pas destinées à circuler ?
- Jusqu'où les États sont-ils prêts à aller pour ne pas se laisser distancer par leurs concurrents ?

LE CORRIGÉ

Les titres et les indications entre crochets ne doivent pas figurer sur la copie.

Introduction

[accroche] « Le vrai pouvoir, c'est la connaissance », écrivait en 1597 dans ses *Mediatationes sacrae* le philosophe anglais Francis Bacon, considéré comme un des pères des sciences politiques. **[présentation du sujet]** À ce titre, la connaissance devient pour les États un véritable enjeu de puissance, puisqu'elle seule peut les armer pour faire, faire faire et refuser de faire. **[problématique]** En quoi la capacité à maîtriser les connaissances détermine en grande partie la puissance des États ? **[annonce du plan]** Les États s'affirment comme puissance par la maîtrise **[I]**, la production **[II]** et le contrôle **[III]** de la connaissance.

LE SECRET DE FABRICATION

Dans un sujet qui demande de synthétiser une notion transversale ou d'articuler des notions qui traversent un axe ou plus, veillez à bien ventiler vos exemples entre tous les chapitres concernés par la question. Ici l'axe 2 du programme est central, mais l'introduction et l'axe 1 peuvent apporter de nombreux éléments de réflexion.

I. La connaissance, source de puissance des États

1. La connaissance, socle d'une puissance politique

- La maîtrise de la connaissance comme moyen d'asseoir sa puissance et son prestige figure **depuis longtemps dans les stratégies des États** : les califes de Bagdad au Moyen Âge avec leur Maison de la sagesse, le Roi Soleil au XVIIe siècle avec son Académie royale des sciences l'avaient déjà compris.
- Le *hard power* d'un État repose sur sa capacité à s'imposer face à ses voisins et/ou adversaires. **Sa force armée dépend de sa maîtrise des sciences et technologies** qui lui permet de déployer une puissance militaire suffisante. Ainsi, les États-Unis réalisèrent des investissements colossaux dans le projet Manhattan.

2. La connaissance au service de la puissance économique

- La maîtrise de la connaissance (science, technologie, information) permet à un État d'**imposer sa puissance économique**, voire d'asseoir son hégémonie, comme le Royaume-Uni au XIXe siècle, les États-Unis au XXe siècle. La connaissance permet de hiérarchiser les États en tant que puissances.
- Les États émergents ne s'y trompent pas, en **investissant massivement dans la connaissance** : c'est le cas du Brésil dans les années 1960 avec sa politique volontariste d'alphabétisation ou de l'Inde aujourd'hui dans le secteur de la formation.

II. Les États, producteurs de connaissance

1. Organiser et financer la production de connaissance

- Les États sont les organisateurs de la connaissance à l'intérieur de leurs frontières : sans leur **action volontariste** et les **investissements** qu'ils sont les seuls à pouvoir consentir, il n'y a pas de système efficace de production de la connaissance (écoles, universités, centres de recherche). À Bangalore (Inde), la « Silicon Valley indienne », centrée sur la recherche high-tech, est née de la volonté du gouvernement indien de favoriser l'accession du pays au rang de puissance.
- La puissance des États repose en grande partie sur leur **capacité à financer et maintenir une recherche et développement** suffisante pour supporter la concurrence des autres États. Aujourd'hui la recherche s'industrialise et repose sur la ***Big Science***, requérant d'importants investissements financés par les États (ex. : recherche nucléaire).

MOT CLÉ
La ***Big Science*** désigne une science nécessitant de larges investissements que seuls les gouvernements peuvent financer.

2. Influencer et diffuser sa connaissance

- Être un État puissant, c'est être capable d'exercer une influence. Cela peut passer par la **diffusion de la connaissance**, notamment par le biais des **transferts de connaissances** ou de **compétences**.
- Ainsi les **pays occidentaux** démontrent encore leur position de puissances dominantes par leur maîtrise de ce processus, vers **les pays en développement ou émergents**. Mais la Chine et l'Inde tendent à les remplacer progressivement, notamment en Afrique (ex. : plateformes de e-éducation indiennes).

III. La connaissance, objet de compétition entre États

1. Défendre les connaissances stratégiques

- Un État est puissant s'il est capable de **montrer sa capacité de contrôle.** Cela s'observe aussi dans le domaine de la connaissance qui, lorsqu'elle est considérée comme stratégique, est étroitement surveillée. Quand la recherche sur la radioactivité est passée du domaine théorique à la pratique, elle est devenue géopolitiquement sensible. Elle est alors passée sous le contrôle des États, notamment des États-Unis.

- Les **services de renseignement des États** ont été ainsi modelés pour assurer le **contre-espionnage.** Le FBI a surveillé les scientifiques, cibles privilégiées des démarchages étrangers, de tentatives de corruption (*cf.* l'affaire **Ames**) ou de trahison (les Cinq de Cambridge).

À NOTER
Chef de section du contre-espionnage de la CIA, **Aldrich Ames** est une taupe du KGB entre 1985 et 1994. Contre 5 millions de dollars et des diamants, il a trahi 25 agents, dont la plupart ont été exécutés. Il a été condamné à la prison à vie.

2. Attirer les scientifiques capables de produire des connaissances

- **Concentrer les meilleurs acteurs de la connaissance** est un atout de puissance indéniable pour les États. Certains pays, comme les États-Unis, se sont fait les spécialistes du ***brain drain***, en captant les flux migratoires d'étudiants et de diplômés du monde entier, qui alimentent leur propre économie de la connaissance. Il y a de ce fait plus d'informaticiens indiens dans la Silicon Valley qu'à Bangalore.

- Il est essentiel pour les États en quête de puissance d'inverser ce processus, afin de **consolider les efforts consentis dans la formation de leurs forces vives.** Les États doivent dès lors **organiser le *brain gain*** – comme l'Inde qui s'engage dans une politique volontariste d'encouragement des retours de la diaspora.

3. Se procurer les connaissances manquantes

- Si l'effort de recherche scientifique interne ne suffit pas, et si le transfert de compétences n'est pas possible, les États alimentent autrement leur besoin de connaissances, notamment par **l'espionnage, scientifique ou industriel.** Par exemple, Khrouchtchev crée une « Silicon Taiga » secrète dont les travaux sont alimentés par les fruits de l'espionnage technologique.

- La connaissance est un tel levier de puissance que si l'on souhaite affaiblir un État, **une stratégie efficace consiste à faire fuiter ce butin de guerre** : ainsi le colonel Vetrov décide de livrer plus de 3 000 documents à la France au début des années 1980, et fait vaciller l'Union soviétique (affaire Farewell).

Conclusion

[réponse à la problématique] La connaissance est donc un levier central du pouvoir des États. Sans sa maîtrise et son contrôle, les États sont inaptes à se construire en tant que puissances. **[ouverture]** C'est pour cela que les classements universitaires tels que celui de Shanghai sont scrutés chaque année avec une attention scrupuleuse : ils annoncent quelles seront les puissances de demain.

SUJET 23 | OBJECTIF BAC

ÉTUDE DE DOCUMENT 2 h

L'« espionnage atomique » dans la guerre froide

Cette étude de document vous invite à croiser ce que vous avez appris sur les connaissances stratégiques pour les États et ce qu'ils sont prêts à faire afin de les contrôler. Le premier jalon de l'axe 2 (fiche 51) vous sera particulièrement utile, mais n'hésitez pas à faire appel aux autres notions du thème.

LE SUJET

D'après le document proposé, vous montrerez que les États-Unis et l'URSS se sont livré une guerre d'espionnage pour maîtriser les connaissances stratégiques sensibles dans le cadre de la guerre froide.

Document — L'espionnage des secrets de l'atome

Les documents Venona sont le fruit d'un projet qui trouve ses origines au début de la Seconde Guerre mondiale et ses principales étapes furent la collecte, le déchiffrement et l'exploitation de cryptogrammes soviétiques. [...] En décembre 1946, les cryptanalystes déchiffraient un message de la plus haute importance. Transmis à Moscou deux ans plus tôt, le 2 décembre 1944, par un agent du NKVD depuis New York, ce message contenait une liste de noms, parmi lesquels figuraient ceux de plusieurs scientifiques appartenant au projet Manhattan (ENORMOZ). Au total, ils parvinrent à déchiffrer pas moins d'une cinquantaine de messages concernant les activités d'« espionnage atomique » des Soviétiques. Il n'en fallait pas plus pour prévenir le FBI, qui s'inquiétait d'une éventuelle pénétration soviétique depuis des années et serait à même d'exploiter au mieux les documents. [...] Au printemps 1943, à la suite de leur travail de surveillance, les agents du FBI acquirent la certitude que les laboratoires où s'effectuaient les recherches portant sur l'atome étaient la cible de l'espionnage soviétique. C'est pourquoi ils mirent en place l'enquête CINRAD (*Communist Infiltration of the Radiation Laboratories*). Dans l'immédiat après-guerre, les choses se précipitèrent. Le 5 septembre 1945, Igor Gouzenko, chiffreur à l'ambassade soviétique au Canada, demandait l'asile politique et faisait des révélations fracassantes sur la pénétration soviétique au Canada, au Royaume-Uni et aux États-Unis. Grâce à ces révélations, Allan Nunn May, scientifique britannique ayant participé au projet Manhattan fut arrêté pour avoir fourni au GRU des éléments concernant la bombe atomique. [...] L'« espionnage atomique » devint rapidement la priorité essentielle du FBI, car, en août 1949, la première bombe atomique soviétique avait été expérimentée avec succès. [...] Le FBI arrêta ensuite David Greenglass ainsi que Julius et Ethel Rosenberg. Il n'en fallait pas plus pour conclure que l'expérimentation réussie de la première bombe atomique soviétique ne pouvait être que le fruit de l'espionnage mené par les agents américains à la solde du NKVD. Mais, parce qu'il ne voulait pas que l'existence du projet Venona fût révélée, le Chiffre[1] américain interdisait au FBI de rendre publiques les transcriptions des cryptogrammes qui avaient conduit aux différentes interpellations. Cette interdiction allait, pendant des années, alimenter la polémique autour de la culpabilité des uns et des autres. Aujourd'hui, les archives Venona étant accessibles, la thèse de l'existence d'un large réseau d'espionnage soviétique opérant aux États-Unis pendant la Seconde Guerre mondiale semble confortée. Au terme du travail de déchiffrement, pas moins de 2 900 cryptogrammes soviétiques furent décodés, dont 49 avaient pour objet le projet Manhattan.

Gilles Le Voguer, « Le renseignement soviétique aux États-Unis : vérité des archives et vérités historiques », *Revue française d'études américaines*, n° 133, © Éditions Belin, 2012.

1. Chiffre : service du département de la Défense affecté à la correspondance en langage chiffré (ou codé).

LES CLÉS POUR RÉUSSIR

→ Reportez-vous à la méthode détaillée de l'étude critique de document(s) p. 316.

Identifier le document

Document

Nature, genre, source
Extrait d'une revue scientifique de lettres, arts et sciences humaines

Auteur
L'historien français Gilles Le Voguer, spécialiste du renseignement américain

Date et contexte
- Étude d'archives longtemps demeurées secrètes, décryptées à partir de 1946
- Documents ayant permis la condamnation des époux Rosenberg

Thème
La guerre du renseignement entre États-Unis et URSS, entre la Seconde Guerre mondiale et le début de la guerre froide, à propos de la bombe nucléaire

Comprendre la consigne

La recherche de la bombe nucléaire a été un défi stratégique pendant la Seconde Guerre mondiale. La maîtrise de ce savoir a cristallisé les efforts des principales puissances au début de la guerre froide.

- Ce texte permet de comprendre l'intensité de la surveillance et de l'espionnage qu'ont déployés les deux Grands pour sécuriser ou s'emparer du secret nucléaire.

Dégager la problématique et construire le plan

- La guerre froide est un conflit de puissance qui passe aussi par une guerre industrielle et une compétition dans la maîtrise des savoirs stratégiques.
- En quoi les enjeux de la recherche sur la bombe nucléaire cristallisent-ils les efforts des deux superpuissances dans le contrôle des savoirs stratégiques ?

I Une connaissance stratégique au service de la puissance de l'État	Quelles sont les modalités et conditions de recherche ? Quelle importance cette recherche revêt-elle pour les États ?
II Des superpuissances prêtes à tout pour en assurer la maîtrise	Pourquoi les États recourent-ils à l'espionnage ? Comment les États contrôlent-ils ceux qui détiennent le précieux savoir ?

LE CORRIGÉ

Les titres et les indications entre crochets ne doivent pas figurer sur la copie.

Introduction

[accroche] Août 1945 : les États-Unis font exploser la première bombe nucléaire sur Hiroshima. **[présentation du sujet]** Confortés dans leur avance dans la puissance militaire et scientifique, ils ont dû défendre pendant la guerre froide cette connaissance stratégique comme le démontrent les documents Venona sur l'espionnage soviétique, mis au jour à partir de 1946. **[problématique]** En quoi les enjeux de la recherche sur la bombe nucléaire cristallisent-ils les efforts des deux superpuissances dans la maîtrise et le contrôle des savoirs stratégiques ? **[annonce du plan]** La force nucléaire est l'exemple type de la connaissance stratégique au service de la puissance des États **[I]**, pour laquelle les deux superpuissances ont été prêtes à tout pour s'en assurer la maîtrise **[II]**.

LE SECRET DE FABRICATION

Le texte étudié vous invite à réfléchir sur le rapport entre l'État et les connaissances stratégiques dans leur ensemble : ne limitez pas votre argumentation au renseignement, puisez vos idées dans l'ensemble du thème.

I. La recherche nucléaire au service de la puissance de l'État

1. Une communauté de savants réunie pour la recherche…

- De 1941 à 1945, les États-Unis consentent un immense effort dans la **recherche sur les armes stratégiques et l'atome**. A. Einstein suggère à Roosevelt de réunir tous les spécialistes disponibles pour construire une **bombe d'une puissance inégalable** : ce sera le « **projet Manhattan** », nom de code « ENORMOZ » (l. 8), dirigé par le physicien R. Oppenheimer.

- Cette opération rassemble **des spécialistes de la physique nucléaire de différents pays**, notamment des scientifiques ayant fui les régimes fascistes, tel l'italien **E. Fermi** ou le hongrois L. Szilard. Elle bénéficie de **moyens colossaux financiers et humains** (130 000 personnes).

2. … d'une connaissance indispensable à la puissance des États…

- La bombe nucléaire a vite été perçue comme **élément indispensable à la victoire**, puis signe du ***hard power*** pendant la guerre froide. Les Soviétiques organisent très tôt l'« **espionnage atomique** » (l. 9-10), les Américains ayant pris de l'avance.

- « En août 1949, la première bombe soviétique [est] expérimentée avec succès » (l. 24-25), avec l'aide de scientifiques occidentaux qui ne veulent pas qu'une telle connaissance soit **verrouillée par un seul État**.

- La guerre froide a sans doute contribué à imposer **une compétition centrée sur l'économie du savoir** afin d'assurer une avance aux puissances en conflit.

3. … qui justifie l'organisation d'un important réseau d'espionnage

- Théoricien du renseignement, Sherman Kent souligne sa triple dimension : **collecte d'information en amont, analyse en aval, structure qui en assure le traitement.** Le texte foisonne de sigles : GRU, service de renseignement de l'Armée rouge ; NKVD, agence soviétique (devenue KGB en 1954) ; FBI.

- **Ces services** assurent la « collecte, le déchiffrement et l'exploitation de cryptogrammes » (l. 2-3) avec des machines sophistiquées mises au point spécialement pour le contrôle des connaissances stratégiques.

II. Des superpuissances prêtes à tout pour maîtriser la connaissance

1. Espionner ceux qui sont en avance

- La guerre froide est surnommée par les historiens « **guerre des espions** » en raison de l'importance du renseignement. Des budgets considérables sont alloués et des dizaines de milliers d'agents officiels et officieux sont mobilisés pour **ne pas se laisser distancer dans la compétition scientifique et technique.**

- **Pour rattraper son retard, l'URSS investit massivement dans l'espionnage.** Les États-Unis font porter l'entièreté des mérites des succès du nucléaire soviétique sur leur renseignement : « Il n'en fallait […] soviétique » (l. 10-15). Mais ils se méfient du double jeu de certains scientifiques : « Allan Nunn May […] bombe atomique » (l. 21-23).

2. Contrôler ceux qui détiennent le savoir

- **Les scientifiques sont la cible privilégiée des espions** – « ce message contenait [...] scientifiques » (l. 6-7) car ils détiennent les connaissances sensibles susceptibles d'intéresser les puissances étrangères. Certains peuvent aussi aider une puissance étrangère au nom du principe de libre circulation des savoirs.
- **Les chercheurs dans les domaines stratégiques sont sous étroite surveillance,** parfois sur écoute ou soumis à des enquêtes comme la CINRAD (l. 16).
- Le renseignement agit dans un cercle qui dépasse les frontières des deux puissances antagonistes. Les échanges d'informations se font à l'intérieur des blocs, mais le renseignement profite de cette circulation relative des savoirs pour organiser **un espionnage de dimension mondiale** (ex. : Igor Gouzenko, cité l. 17-20, est également celui qui a permis de démasquer les Cinq de Cambridge).

3. Punir ceux qui trahissent

- Cette tension permanente vire à une véritable **psychose des taupes** : elle a parfois généré des débordements au moment du **maccarthysme** ; les documents Venona sont un exemple de **fuites et trahisons du secret militaire** : « Le FBI [...] Rosenberg » (l. 25-26). Les **époux Rosenberg**, qui ne cachent pas leur sympathie communiste, sont arrêtés en 1950 pour avoir livré la bombe aux Soviétiques, seul exemple de condamnation à mort et d'exécution d'espions en Occident.
- **La préservation du secret** dans cette affaire, afin de protéger les connaissances stratégiques, a été très loin : le Chiffre américain « ne voulait pas que l'existence du projet Venona fût révélée » (l. 29-30), ce qui jeta un voile trouble sur les responsabilités effectives des époux Rosenberg. **L'ouverture des archives** permet d'en avoir la certitude : « la thèse [...] confortée » (l. 34-36). Les documents Venona ne sont qu'une fraction **des centaines de milliers de cryptogrammes** soviétiques de cette période, l'histoire ne se fait jamais à partir d'une source unique.

À NOTER

Le **maccarthysme** est une période de l'histoire des États-Unis entre 1950 et 1953, au cours de laquelle le sénateur McCarthy, convaincu que l'État américain est infiltré par les communistes, met tout en œuvre pour les trouver et les juger.

LE SECRET DE FABRICATION

Une bonne étude de document repose sur l'équilibre entre les éléments extraits du document analysé, cités entre guillemets, et les apports de connaissances tirés du cours.

Conclusion

[réponse à la problématique] Les deux superpuissances se sont livré une guerre des espions sans merci dans le domaine stratégique du nucléaire. Les documents Venona s'inscrivent dans une longue histoire chargée en opérations de renseignement. **[ouverture]** Cette chasse à la connaissance indispensable à la mise au point de la bombe a eu au moins un avantage : l'équilibre de la terreur, atteint par la possession de l'arme atomique par les deux camps, qui en a empêché l'utilisation.

Thème 6

12 Le cyberespace : conflictualité et coopération entre les acteurs

TESTEZ-VOUS

→ CORRIGÉS P. 318-319

Faites le point sur vos connaissances puis établissez votre **parcours de révision** en fonction de votre score.

1 Le cyberespace, entre réseaux et territoires

→ FICHE 53

1. Vrai ou faux ? Cochez la case qui convient.

	V	F
a. Les réseaux sont surtout administrés par le secteur public.	☐	☐
b. Les États sont responsables de la régulation du cyberespace.	☐	☐
c. Le cyberespace n'est constitué que des réseaux virtuels.	☐	☐
d. L'architecture du cyberespace a été conçue par les États-Unis.	☐	☐

2. Que nous apprend l'affaire Snowden ?

☐ a. Les utilisateurs du cyberespace peuvent être rassurés sur la protection de leurs données.

☐ b. Les États sont à même de sécuriser le cyberespace.

☐ c. L'hégémonie absolue des États-Unis sur le cyberespace comporte des dangers.

3. La forte accessibilité du cyberespace profite...

☐ a. aux militants : hackers, hacktivistes.

☐ b. à la criminalité organisée : mafias, etc.

☐ c. aux États.

4. Associez chaque espace à sa position dans le cyberspace :

a. Afrique •	• Position dominante
b. Union européenne •	• Dépendance technologique
c. États-Unis •	• Zone grise

5. Complétez le texte avec les mots qui conviennent.

Le cyberespace est constitué de plusieurs .... La première couche est .... : câbles terrestres et sous-marins, relais, serveurs. Elle est fortement .... et stratégique : tout le fonctionnement d'Internet en dépend. Les autres couches sont virtuelles : services qui assurent la .... (routage et adressage), applications qui permettent l'accès, producteurs et consommateurs de contenus (couche ....).

.../5

2 La cyberdéfense française : entre coopération européenne et souveraineté nationale

→ FICHE 54

1. Vrai ou faux ? Cochez la case qui convient.

	V	F
a. La cyberdéfense française est dirigée par le Premier ministre.	☐	☐
b. La France est autonome en matière d'infrastructures réseau.	☐	☐
c. La France voudrait que l'UE coordonne la cyberdéfense.	☐	☐
d. Le cyberespace français a été jusqu'à présent inviolable.	☐	☐

2. Que peut-on dire du principe d'extraterritorialité ?

☐ a. Il a été imposé par les États-Unis pour asseoir leur hégémonie.
☐ b. Il a été accepté par la France sans discuter car elle le trouve légitime.
☐ c. Il est contesté par les États de l'Union européenne.

3. Dans la doctrine de la Défense nationale, le cyberespace est ...

☐ a. absent, car ce n'est pas un territoire qui peut se défendre.
☐ b. un territoire à défendre classé prioritaire dans le Livre blanc de 2013.
☐ c. délégué uniquement à l'OTAN, car la France ne sait pas comment s'y prendre.

4. Associez chaque ministère à sa sphère de responsabilité :

a. Cybersécurité •	• Premier ministre
b. Cyberésilience •	• Ministère de l'Intérieur
c. Cybercriminalité •	• Ministère de la Défense

5. Complétez le texte avec les mots qui conviennent.

La France se veut une .... indépendante. Elle a pour objectif prioritaire de développer une cyberdiplomatie et de définir un cadre de sécurité collective .... C'est l'objet de l'appel de .... d'Emmanuel Macron en ....

Mais la France ne peut assurer seule efficacement sa cyberdéfense et milite pour plus de .... dans l'UE pour préparer des réponses conjointes en temps de .... : la sécurité nationale reste l'affaire des États, alors qu'un traitement coordonné à l'échelle .... serait plus efficace.

.../5

Score total .../10

Parcours PAS À PAS ou EXPRESS ? → MODE D'EMPLOI P. 3

53 Le cyberespace, entre réseaux et territoires

En bref *Espace virtuel de la connaissance, le cyberespace est aussi un territoire dont les frontières et les limites de souveraineté sont difficiles à définir.*

I Un espace virtuel aux enjeux territoriaux

1 Un espace difficile à définir

- Le cyberespace est un espace d'information constitué du réseau maillé des infrastructures des technologies de l'information (dont Internet) et de télécommunication, généré par l'interconnexion globale des systèmes informatiques. C'est un espace intangible dans lequel ont lieu des **échanges déterritorialisés** où la distance est abolie.
- L'émergence du cyberespace a fait rêver à un « **village global** » libre de toute contrainte spatiale, avec un accès à la connaissance illimité. Aujourd'hui, il est perçu par les États comme un **territoire à conquérir et à surveiller**.

INFO
Le terme **cyberespace** est apparu dans un roman de science-fiction de William Gibson, *Neuromancer*, en 1984. S'il ne désigne pas un territoire au sens premier du terme, il est souvent perçu comme tel.

2 Un réseau complexe constitué de couches superposées

- La première couche est l'**infrastructure physique** : câbles terrestres et sous-marins, relais, serveurs. Elle est **fortement territorialisée** et **stratégique** : tout le fonctionnement d'Internet en dépend.
- Les autres couches sont virtuelles : **services** qui assurent la transmission (routage et adressage), **applications** qui permettent l'accès (web, mails, réseaux sociaux), **producteurs et consommateurs de contenus** (couche cognitive).
- Le réseau a été conçu pour **laisser l'information circuler librement** et pour contourner les blocages, notamment étatiques. Mais les États ont vite perçu sa **vulnérabilité** pour assurer leur contrôle : la Chine a ainsi repensé l'architecture du réseau pour imposer la **censure**, avec un accès très limité pour les citoyens.

II Un espace géopolitique majeur

1 Des acteurs multiples

- Les réseaux sont pour l'essentiel **possédés et administrés par le secteur privé** (GAFAM). Les États exercent une forme de **gouvernance et de régulation** (RGPD dans l'UE) rendue difficile par l'absence de frontières de cet espace.
- Le cyberespace bouleverse la hiérarchie entre **pouvoir traditionnel** (gouvernements, institutions, grandes entreprises) et **pouvoir distribué** (hacktivistes, hackers, criminels). Sa forte accessibilité privilégie les petits acteurs.

2 Des enjeux de pouvoir économique et politique

- Inventeurs du premier réseau, les États-Unis en ont conçu l'architecture, construit l'infrastructure physique, et gardent une nette avance technologique. Ils entendent garder la maîtrise de la gouvernance et s'opposent à une entente mondiale. Ils appliquent le principe d'extraterritorialité.
- L'affaire Snowden (2013) a montré les limites de cette hégémonie et provoqué des revendications de souveraineté nationale (protection des données stratégiques). Mais une moindre coopération internationale affaiblirait la lutte contre la cybercriminalité → FICHE 54.
- Les puissances émergentes (Russie, Chine, Brésil) contestent cette suprématie. L'UE reste en retrait.

MOT CLÉ
Le **principe d'extraterritorialité** est une situation dans laquelle les compétences d'un État régissent des rapports de droit situés en dehors de son territoire.

3 L'illusion d'un espace unique, ouvert et sans contrôle

- Le cyberespace est multiple, constitué de sous-ensembles linguistiques, culturels ou politiques : le web est différent selon l'endroit où on se connecte.
- Les acteurs économiques ont intérêt à maintenir son ouverture et son interopérabilité. Ils soutiennent les initiatives qui promeuvent sa liberté.
- Les États peinent à concilier les aspirations des utilisateurs à un espace ouvert et libre (*open data*) et leur volonté de contrôle sur la circulation des données (*big data*).

zoOm

Géopolitique de l'Internet : quelle hiérarchie des puissances ?

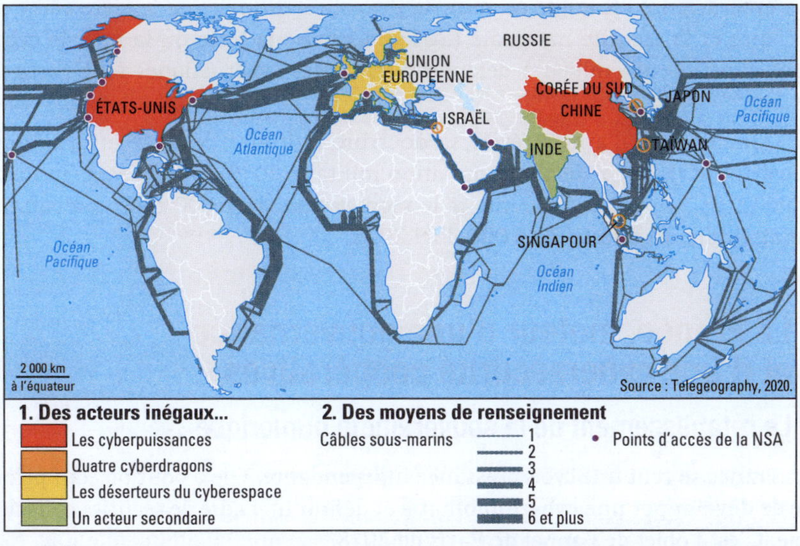

54 La cyberdéfense française, entre coopération et souveraineté

En bref *Entrée tardivement dans le cyberespace, la France essaye d'imposer sa marque de puissance internationale dans la cyberdéfense.*

I L'affirmation progressive de la France comme cyberpuissance

1 Une prise de conscience tardive des fragilités françaises

- Avec les cyberattaques de 2007 contre l'Estonie, la France a pris conscience de son **impréparation** face aux menaces. Depuis celles contre la Géorgie en 2008, l'État renforce ses capacités et cherche à **accroître sa puissance et son contrôle**.

- En 2017, **700 incidents de sécurité** ont visé des dispositifs stratégiques. La France doit se protéger des autres États (espionnage d'un satellite militaire par la Russie en 2017) ou des hackers, les cyberattaques souffrant d'une **difficulté d'imputabilité**.

- La France est **dépendante des équipements** américains et chinois et des plateformes américaines, la fragilisant face à l'**espionnage** et au **vol de la propriété intellectuelle** (piratage de TV5 Monde en 2015).

> **MOT CLÉ**
> La **difficulté d'imputabilité** est la difficulté à désigner les commanditaires d'une cyberattaque. Ceux-ci se cachent souvent derrière des hackers qui servent d'intermédiaires (*proxies*) : cet anonymat de la belligérance – stratégiquement nouveau – est renforcé par la volatilité de la preuve.

2 Une mobilisation offensive

- La cyberdéfense est érigée au rang de **priorité nationale** par le Livre blanc sur la défense et la sécurité nationale (2013). Comme la terre ou la mer, le cyberespace constitue un milieu à défendre ; les armes cybernétiques font partie de l'arsenal.

- En janvier 2019 l'armée révèle sa **doctrine militaire de lutte informatique offensive** (LIO). La loi de programmation militaire 2019-2025 prévoit un investissement de 1,6 milliard d'euros et le recrutement de 1 000 cybercombattants pour atteindre un effectif de 4 000 d'ici 2025.

II La France, moteur d'une gouvernance et d'une cybersécurité coopératives

1 Le rétablissement de la souveraineté numérique

- La France se veut une cyberpuissance indépendante. Elle a pour objectif prioritaire de **développer une cyberdiplomatie** et définir un cadre de sécurité collective stable. C'est l'objet de l'**appel de Paris** de 2018.

■ Afin d'assurer sa souveraineté numérique, elle construit sa **résilience** grâce à l'**Agence nationale de sécurité des systèmes d'information (ANSSI)**, autorité chargée de prévenir et de réagir face aux attaques visant les institutions sensibles.

■ Le dispositif de sécurité est complété par le commandement de cyberdéfense (2017) du **ministère des Armées** qui protège les réseaux nationaux et intègre le combat numérique, aux côtés du **ministère de l'Intérieur** en charge de la lutte contre la cybercriminalité.

MOT CLÉ
La **cyber-résilience** est la capacité à se préparer et s'adapter à des conditions en perpétuelle évolution ainsi qu'à récupérer rapidement ses capacités suite à des cyberattaques.

2 | Une volonté de renforcer la coopération européenne

■ La France ne peut assurer seule sa cyberdéfense et milite pour plus de coordination dans l'UE pour préparer des **réponses conjointes en temps de crise** : la sécurité nationale reste l'affaire des États, alors qu'un traitement coordonné à l'échelle européenne serait plus efficace.

■ Elle fait appel à la capacité normative de l'UE pour proposer un régime juridique qui servirait d'exemple, attirerait les entreprises et favoriserait son influence, notamment pour **contrer l'extraterritorialité imposée par les États-Unis** → FICHE 53.

■ Elle défend le concept d'**autonomie stratégique numérique de l'UE** afin de favoriser un déploiement de technologies et de services de cybersécurité fiables et indépendants. Cependant, en coordination avec l'OTAN, la France a été à l'initiative de l'**Engagement pour la cyberdéfense** (2016) qui reconnaît qu'en cas de cyberattaque, la solidarité des États membres peut être déclenchée.

zoOm

L'organisation de la cyberdéfense française

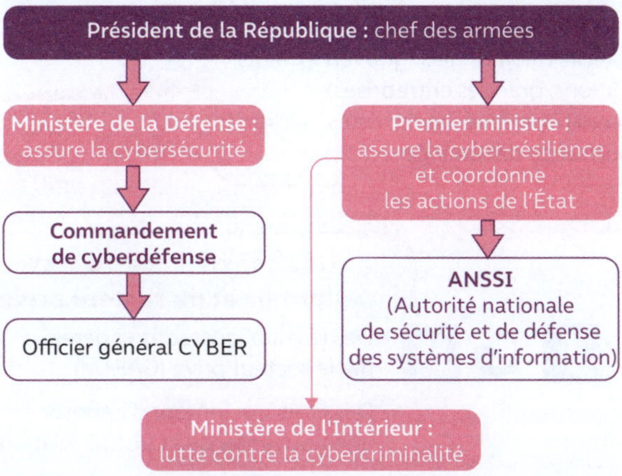

MÉMO VISUEL

LE CYBER

Un espace virtuel du savoir

Vecteur de connaissances

- Transmises par des **services** de routage
- Accessibles grâce à des **applications** (web, réseaux sociaux)
- Produites et consommées par les **utilisateurs** (sites, blogs, chaînes)

Conçu pour laisser circuler l'information

- Des échanges **déterritorialisés** et **interopérables**
- Une **utopie** de liberté

Une hiérarchie bouleversée

- Des acteurs traditionnels (gouvernements, institutions, grandes entreprises)
- Un pouvoir distribué (hacktivistes, hackers)
- Une puissance disséminée

Une coexistence du secteur public et du secteur privé

- Des réseaux possédés et gérés par le secteur privé (GAFAM)
- Des États qui tentent d'imposer une gouvernance et une régulation (RGPD)

ESPACE

Un espace conflictuel

Une hégémonie américaine contestée

- Les États-Unis imposent leurs outils (GAFAM) et leur règles (principe d'extraterritorialité)
- Ils abusent parfois de leur suprématie (affaire Snowden, extraterritorialité)
- Affirmation des puissances émergentes (Chine, Russie) et de l'UE

Edward Snowden

Une zone grise du droit

- Un espace difficile à contrôler et réguler
- Un territoire investi par la cybercriminalité et le cyberterrorisme
- Un nouvel espace d'insécurité

Les enjeux de la cyberdéfense française

- Imposer sa souveraineté et son rôle dans la cyber-diplomatie
- Imposer son contrôle
- Imposer la sécurisation des données stratégiques

Une interdépendance des acteurs

Une coopération internationale indispensable

- Pour imposer une gouvernance (appel de Paris, novembre 2018)
- Pour lutter contre la cybercriminalité (engagement pour la cyberdéfense, OTAN)

SUJET 24 OBJECTIF BAC

DISSERTATION 2 h

La France peut-elle assurer seule la maîtrise de son cyberespace ?

Le cyberespace est immense, la France semble toute petite en comparaison… quelle place peut-elle y tenir ?

LE SUJET

La France peut-elle assurer seule la maîtrise de son cyberespace ?

LES CLÉS POUR RÉUSSIR

→ *Reportez-vous à la méthode détaillée de la dissertation p. 314.*

Analyser le sujet

La France peut-elle assurer seule la maîtrise de son cyberespace ?

Formulation
Réflexion sur les aptitudes d'un État à assumer des responsabilités dans le cyberespace

Type de sujet
Sujet d'analyse

Bornes chronologiques et spatiales
- État des lieux actuel
- La France et ses partenaires éventuels

Notions et mots clés
- Cyberespace : espace de communications constitué par l'interconnexion mondiale de données numériques
- Maîtrise : capacité de dominer techniquement, scientifiquement et, ici, politiquement

Dégager la problématique

- Comment une puissance moyenne comme la France peut-elle imposer une gouvernance sur un espace aussi vaste que le cyberespace ?
- Sur quels soutiens peut-elle s'appuyer ?

Construire le plan

Il s'agit de faire un état des lieux des forces et faiblesses de la France dans la sécurisation du cyberespace.

I La France s'affirme comme cyberpuissance	Quels sont les atouts de la France dans la gestion de sa cyberpuissance ?
II Mais elle ne peut assurer seule toute la cybersécurité	Quelles sont les faiblesses structurelles de la France qui amoindrissent son rôle dans le cyberespace ?
III Ce qui fait qu'elle doit s'inscrire dans une puissance de coopération	Dans quel cadre plus vaste la France peut-elle s'inscrire pour assurer sa cybersécurité ?

LE CORRIGÉ

Les titres et les indications entre crochets ne doivent pas figurer sur la copie.

Introduction

[accroche] D'abord perçu comme un espace de liberté, le cyberespace est vu progressivement par les États comme un terrain vulnérable. **[présentation du sujet]** Se met dès lors en place progressivement la nécessité d'organiser sa défense et sa sécurité. **[problématique]** Comment une puissance moyenne comme la France peut-elle imposer une gouvernance sur un espace aussi vaste que le cyberespace ? **[annonce du plan]** La France s'affirme comme cyberpuissance **[I]**, mais elle ne peut assurer seule toute la cybersécurité **[II]**, ce qui fait qu'elle doit s'inscrire dans une puissance de coopération **[III]**.

LE SECRET DE FABRICATION

Partez des connaissances de votre cours pour construire une argumentation dans la dissertation. Ici, les éléments sont les mêmes que dans les fiches de cours 53 et 54 mais ils sont réagencés pour s'inscrire dans une dynamique argumentative.

I. La France, une cyberpuissance

1. Le cyberespace, un terrain nouveau à défendre

- Nouvel espace potentiel de conflits, le **cyberespace** est reconnu désormais par la France comme **un espace à défendre,** et la **cyberdéfense** a été érigée au rang de priorité par le Livre blanc sur la Défense et la Sécurité nationale de 2013.

▸ **La France a pris progressivement conscience de la nécessité d'organiser sa sécurité et le contrôle de son cyberespace**, notamment après les cyberattaques contre l'Estonie de 2007 et la Géorgie en 2008. Celles-ci ont montré la vulnérabilité des États face aux cyberpirates. Cela pose la question nouvelle de la cyberpuissance d'un État, notamment pour une puissance moyenne comme la France.

2. Les dispositifs de défense du cyberespace français

▸ La France organise sa défense par le commandement de cyberdéfense (2017) du **ministère des Armées** qui protège les réseaux nationaux et intègre le combat numérique, en collaboration avec le **ministère de l'Intérieur** qui lutte contre la cybercriminalité. Elle construit sa résilience grâce à **l'Agence nationale de sécurité des systèmes d'information** (ANSSI), chargée de la prévention et de la réaction face aux attaques visant les institutions sensibles.

▸ La France construit progressivement un **cyberarsenal**. En 2019 l'armée révèle sa doctrine militaire de **lutte informatique offensive** (LIO). La loi de programmation militaire 2019-2025 prévoit un investissement de 1,6 milliard d'euros et le recrutement de 4 000 cybercombattants d'ici 2025.
[transition] La prise de conscience de la nécessité de construire une cyberdéfense s'accompagne d'un constat des faiblesses du pays en matière de cybersécurité.

II. Les faiblesses de la cybersécurité française

1. Des attaques trop nombreuses et difficiles à imputer

▸ Le **nombre élevé d'attaques** ainsi que la relative nouveauté de ce terrain montrent les limites de la sécurisation du cyberespace. L'ouverture et l'interopérabilité du cyberespace rendent le contrôle de ce territoire très difficile.

▸ L'obstacle le plus complexe est **la difficulté d'imputabilité** : les commanditaires d'une cyberattaque se cachent souvent derrière des hackers qui servent d'intermédiaires (ou ***proxies***) ; la France doit donc se protéger d'ennemis invisibles ou difficiles à détecter, que ce soit d'autres États, comme dans le cas d'espionnage d'un satellite militaire par la Russie en 2017, ou de cyberpirates indépendants.

MOT CLÉ
Les ***proxies*** sont des intermédiaires regroupant plusieurs types d'acteurs : individus isolés (hacktivistes opérant seuls ou hackers malveillants louant leurs services), réseaux d'hacktivistes agissant pour des motifs politiques ou cybercriminels attirés par le profit.

▸ **Les attaques peuvent être d'origine diverse** interne ou externe, et de nature variée – sabotage, paralysie, vol, espionnage, etc. En France, par exemple, la plupart des opérations de cyberespionnage sont le fait d'entreprises nationales concurrentes, mais les plus graves sont d'origine étrangère.

2. Une trop forte dépendance technologique

▸ La **France est dépendante des équipements étrangers** (américains et chinois) et des plateformes états-uniennes. La **maîtrise des données** est pourtant un facteur fondamental de la croissance du futur. Cela fragilise le pays face à l'espionnage et au vol de la propriété intellectuelle : en avril 2015, une cyberattaque a été menée contre la chaîne de télévision francophone TV5 Monde, qui donnait fréquemment la parole à l'opposition russe. Cette attaque a conduit à un *black-out* total de la chaîne pendant vingt-quatre heures. L'opération a été assez rapidement attribuée officieusement au groupe de hackers russes APT28, lié au **GRU**.

À NOTER
Le GRU est la Direction générale du renseignement de l'État-major des forces armées de la Russie, créée en 1992.

- **L'affaire Snowden** en 2013 a révélé à la France les pratiques américaines de collecte massive d'informations par l'espionnage électronique des dirigeants français et aussi par le biais d'une interception systématique des communications mondiales. Cela a montré les problèmes de la **dépendance vis-à-vis de l'hégémonie états-unienne** et provoqué une montée des revendications de souveraineté nationale, notamment concernant la protection des données stratégiques.

[transition] Afin de parer aux faiblesses d'une cyberdéfense souveraine insuffisante, la France a besoin de s'inscrire dans une logique de coopération internationale.

II. Une nécessaire coopération

1. Une action concertée avec ses partenaires européens

- Dans un souci d'efficacité et de puissance, la France milite pour davantage de **coordination dans l'Union européenne** en matière de cyberdéfense.
- Pour sécuriser les réseaux face aux agressions extérieures, elle **défend le concept d'autonomie stratégique numérique** de l'Union européenne, afin de favoriser un déploiement de technologies et de services de cybersécurité fiables et indépendants.

2. Dans le prolongement de ses alliances traditionnelles

- En tant qu'alliée militaire des États-Unis, la France formalise sa doctrine **en coordination avec l'OTAN**. À ce titre elle a été à l'initiative de l'**Engagement pour la cyberdéfense** (*Cyber Defence Pledge*) de 2016 qui reconnaît notamment qu'en cas de cyberattaque la solidarité des 30 États membres peut être déclenchée. Le cyberespace est désormais reconnu comme un terrain d'intervention de l'OTAN à l'instar des domaines terrestre, aérien et maritime.

À NOTER
En mai 2018, la France a accueilli la toute première conférence dédiée au *Cyber Defence Pledge*.

- Le **principe d'extraterritorialité** imposé par les États-Unis fragilise cependant cette alliance. La France n'est pas à même de se défendre seule : elle fait dès lors appel plutôt à la **capacité normative et réglementaire de l'UE** pour définir et assurer les normes de sa défense.

3. Pour mettre en place un cadre de sécurité collective

- La France a pour objectif prioritaire de **développer une cyberdiplomatie** pour définir un cadre de sécurité collective stable. C'est l'objet de l'**appel de Paris** de 2018, visant à définir un cadre commun de gouvernance en matière de sécurité du cyberespace.
- Cette initiative regroupe plus de 80 États. Si les États-Unis de J. Biden ont fini par soutenir l'appel fin 2021, la Chine et la Russie ne l'ont pas signé, ce qui nuit à l'efficacité du projet. Les GAFAM, en revanche, suivent la France dans ce projet.

Conclusion

[réponse à la problématique] La France s'organise progressivement pour assurer la maîtrise de son cyberespace, surtout depuis cette dernière décennie, où elle a mesuré les dangers que représentent les cybermenaces. **[ouverture]** La question de la crédibilité de cette cyberpuissance dépendra essentiellement des moyens, financiers autant que technologiques, attribués aux dispositifs de sécurité et de la capacité du pays à s'inscrire dans des alliances efficaces.

SUJET 25 | OBJECTIF BAC

ÉTUDE CRITIQUE DE DOCUMENTS 2 h

La domination américaine du cyberespace

Cet exercice vous propose de croiser deux documents qui permettent de prendre la mesure de la suprématie américaine dans le cyberespace.

LE SUJET

D'après les documents proposés, vous montrerez que les États-Unis dominent largement le cyberespace, exerçant une puissance s'appuyant sur leur maîtrise du réseau et des données qui y circulent.

Document 1 Les États-Unis, contrôleurs du numérique européen

Les États-Unis dominent largement l'univers numérique. C'est dans ce pays qu'est né Internet, et c'est là que se trouvent les mastodontes du secteur, très gourmands en données personnelles. Même si celles-ci sont stockées sur des serveurs en Europe, les citoyens européens ont *de facto* mis leurs vies numériques entre les mains d'entreprises américaines.

C'est vrai pour les réseaux sociaux – le seul concurrent sérieux de Facebook en la matière, VKontakte, n'est populaire qu'en Russie et dans certains pays d'Europe de l'Est –, mais également pour la recherche et la vente en ligne, où Google et Amazon ont mis leurs rivaux à la peine. La prépondérance des géants américains est quasi totale dans le domaine de la publicité en ligne, où la croissance combinée de Google et Facebook dépasse la croissance globale du marché.

Cette influence des États-Unis place ce pays dans une position privilégiée pour longtemps. Les masses de données collectées par les sociétés du numérique constituent aussi un atout concurrentiel dans de très nombreux secteurs de pointe. La technologie du *deep learning*, utilisée pour produire des intelligences artificielles performantes, est particulièrement consommatrice de données.

La domination américaine sur les données ne concerne pas seulement le domaine économique. Les données collectées par les géants du Web sont également exploitées par les forces de l'ordre et les services de renseignement américains, en vertu d'une législation accommodante qui leur permet d'accéder aux données d'utilisateurs. Y compris à celles d'utilisateurs européens, même si un accord international garantit théoriquement des protections aux internautes résidant en Europe.

Martin Untersinger *et al.*, « Cyberespace : la guerre mondiale des données », *Le Monde*, 23 juillet 2018.

Document 2 Part du trafic Internet restant dans l'État

Les calculs, établis par la chaire Castex de cyberstratégie (IHEDN), l'Inria et l'IFG (université Paris-VIII), ne sont pas exhaustifs mais sont représentatifs de la réalité. En France, moins de 25 % du trafic Internet reste dans le pays, soit environ 200 millions de sites web visités par mois.

Le reste du trafic se dirige vers des sites américains, soit environ 650 millions de visites par mois.

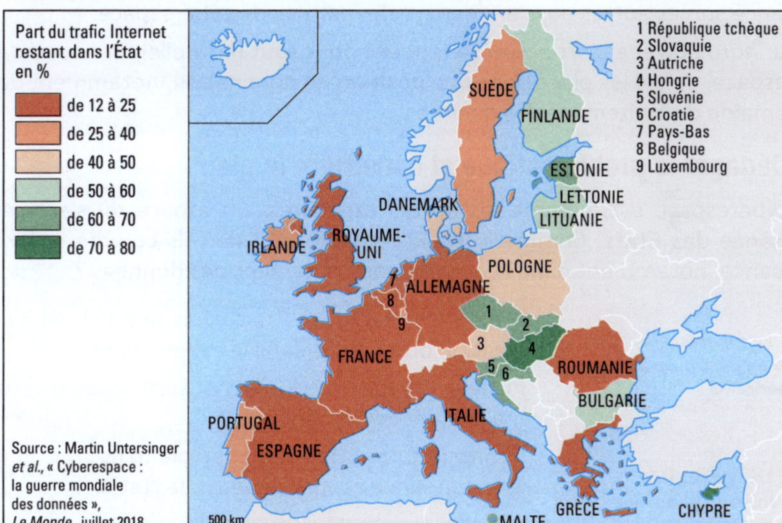

Source : Martin Untersinger *et al.*, « Cyberespace : la guerre mondiale des données », *Le Monde*, juillet 2018.

LES CLÉS POUR RÉUSSIR

→ *Reportez-vous à la méthode détaillée de l'étude critique de document(s) p. 316.*

Identifier les documents

Documents 1 et 2

Nature, genre, source
- **Doc. 1 :** article du site Internet du quotidien *Le Monde*
- **Doc. 2 :** Carte de l'Europe extraite du même article

Date et contexte
Juillet 2018, à l'issue du colloque international « Cartographie du cyberespace », organisé à Paris en mars 2018

Auteurs
Plusieurs journalistes experts de la question

Thème
Le contexte peu concurrentiel d'un cyberespace dominé par les États-Unis

Comprendre la consigne

- Les États-Unis ont créé Internet et conservent de ce fait une longueur d'avance sur les autres pays en matière de maîtrise du cyberespace.
- Leur *hard power* et *soft power* s'étendent donc tout naturellement aussi dans cet espace, ce qui les place dans une position de domination, notamment dans le domaine du traitement des données.

Dégager la problématique et construire le plan

Le cyberespace est, comme les autres territoires, un espace où s'exerce la puissance des États. Comment les États-Unis l'utilisent-ils comme levier de puissance, notamment dans le domaine du traitement des données ?

I Le cyberespace, terrain de la puissance américaine
- Quels avantages les États-Unis tirent-ils de leur position dominante dans le cyberespace ?
- Quelles couches de l'Internet sont sous l'emprise majoritaire des Américains ?

II Le cyberespace, un enjeu de puissance économique
- Comment les États-Unis déploient-ils leur puissance économique sur le Net ?
- Quelles perspectives ouvre le marché des données ?

III Le cyberespace, vecteur supplémentaire de la puissance politique américaine
- Que permet la maîtrise des données ?
- Quelle lecture géopolitique peut-on faire du cyberespace ?

LE CORRIGÉ

Les titres et les indications entre crochets ne doivent pas figurer sur la copie.

Introduction

[accroche] Le cyberespace est, au même titre que les autres territoires, un espace où s'exerce la puissance des États. **[présentation du sujet]** Créateurs d'Internet, les États-Unis dominent cet espace et y exercent une puissance sans encore grande concurrence. C'est la nature de cette cyberpuissance américaine que nous invitent à analyser les deux documents proposés, un texte dédié à la domination sur l'Europe et une carte sur la part prépondérante du Web états-unien sur l'ensemble du trafic, tous deux tirés d'un article du quotidien français *Le Monde* de 2018. **[problématique]** Comment les États-Unis utilisent le cyberespace comme levier de puissance, notamment dans le domaine du traitement des données ? **[annonce du plan]**. Les États-Unis ont une approche du cyberespace comme un territoire où exercer leur puissance dominante à tous les niveaux **[I]**, que ce soit en matière économique **[II]** ou politique **[III]**.

I. Le cyberespace, terrain de la puissance américaine

1. Une puissance qui profite de sa position technologique dominante

- **Les États-Unis sont les inventeurs du cyberespace**, comme le rappelle d'emblée le texte : « c'est dans ce pays qu'est né Internet » (document 1, l. 1-2). Ils ont donc une longueur d'avance sur n'importe quelle autre puissance.

LE SECRET DE FABRICATION

N'oubliez pas qu'une étude critique de documents doit obligatoirement s'appuyer sur les éléments tirés des documents : on cite exactement les textes, entre guillemets, et on relève les éléments précis tirés des documents iconographiques ou des cartes et graphiques. Un apport de connaissance qui ne pourrait prendre appui sur aucun élément du document est vraisemblablement hors sujet.

- L'histoire du cyberespace a commencé en effet aux États-Unis, avec la création en 1969 de l'**Arpanet** pour les besoins de la Défense. Celui-ci devient Internet avec la création des noms de domaine en 1983 et du **World Wide Web** en 1989. Internet sort de l'espace américain avec le développement des réseaux à travers le monde, mais les États-Unis gardent une maîtrise incontestée, comme l'attestent les connexions et **la prédominance des sites web américains** que montre la carte (document 2).

2. La maîtrise de toutes les couches du réseau

- **Les entreprises qui gèrent les réseaux et les différentes couches Internet sont aux mains des États-Unis** : « c'est là que se trouvent les mastodontes du secteur » (document 1, l. 2). C'est le cas des firmes qui gèrent les applications qui permettent l'accès au web, les mails et réseaux sociaux, notamment les GAFAM (« Google et Amazon ont mis leurs rivaux à la peine », l. 9), concentrés dans la Silicon Valley.

› Mais cela concerne aussi **les services assurant la transmission**, c'est-à-dire le routage et l'adressage : ils sont réalisés par l'**ICANN** dont le siège est situé en Californie. C'est ce qui explique qu'une partie prépondérante du trafic Internet se dirige automatiquement vers les États-Unis, comme le montre la carte (document 2), avec par exemple quasiment 75 % du trafic français.

MOT CLÉ

L'**ICANN** est une société à but non lucratif, autorité de régulation d'Internet. Elle attribue la classe d'adresse et l'identifiant de réseau et garantit l'unicité des identifiants de réseau au niveau international.

› Enfin, les sociétés qui entretiennent et font fonctionner **l'infrastructure physique du cyberespace** sont pratiquement toutes américaines, que ce soit pour les câbles terrestres et sous-marins, les relais et les serveurs. Google, par exemple, a commencé à déployer, en mars 2020, son premier câble sous-marin, le *Dunant*, long de 6 600 km. Celui-ci reliera Virginia Beach, aux États-Unis, à la France et devrait absorber plus de 50 % de la capacité disponible de la bande passante sur le réseau transatlantique.

[transition] Cette maîtrise américaine du cyberespace est particulièrement visible dans le domaine économique.

II. Le cyberespace, un enjeu de puissance économique

1. Un espace économique maîtrisé par les États-Unis

› Les entreprises américaines qui ont accompagné l'émergence d'Internet ont eu le temps de penser et façonner le cyberespace notamment dans le champ économique. En s'appuyant sur le marché états-unien, **les GAFAM ont conquis assez rapidement une position dominante dans le monde**, afin d'être en mesure de capter la valeur ajoutée du traitement des données, comme le suggère le texte « les mastodontes du secteur, très gourmands en données personnelles » (document 1, l. 2-3). Les acteurs économiques états-uniens ont perçu, dès la fin des années 1990, l'émergence d'une nouvelle économie qui exploite les données de masse et les informations qu'elles contiennent. Cette avance conceptuelle sur l'Europe a été cruciale. L'accent est mis sur l'innovation technologique pour conserver cette avance.

› Au-delà des achats, transactions et activités commerciales et financières possibles dans le réseau, une des sources majeures de profits dans le cyberespace provient des **régies publicitaires** : « La prépondérance des géants américains est quasi totale dans le domaine de la publicité en ligne » (document 1, l. 9-10). Cela fait d'ailleurs l'objet de batailles juridiques avec les GAFAM, qui ne paient qu'une infime partie des impôts sur les bénéfices qu'elles devraient verser aux États.

2. Les États-Unis dominent l'immense marché de l'économie des données

› Le cyberespace est constitué de plusieurs couches dont la dernière mais pas la moindre est la **couche cognitive**. Celle-ci repose sur des milliards de données produites et collectées chaque jour qui « constituent aussi un atout concurrentiel dans de très nombreux secteurs de pointe » (document 1, l. 14-15). Les États-Unis sont passés maîtres dans la production de contenus sur le Net, mais également dans l'exploitation de ces données, les ***big data***, qui, une fois traitées, leur permettent de conforter leur puissance économique.

▸ Un exemple de la domination des États-Unis dans l'exploitation des données est l'analyse des événements en cours par des logiciels ou « *deep learning*, utilisée pour produire des intelligences artificielles performantes » (document 1, l. 15-16), notamment dans le domaine de la reconnaissance faciale. Mais elle nécessite des investissements colossaux et des technologies de pointe, que peu de pays maîtrisent.

MOT CLÉ
Le ***deep learning***, ou apprentissage profond, est une technologie d'apprentissage fondée sur des réseaux de neurones artificiels, permettant à un programme de reconnaître le contenu d'une image ou de comprendre le langage parlé.

[transition] Le *smart power* américain s'appuie justement sur cette couche cognitive du cyberespace pour consolider sa puissance politique.

III. Un vecteur de la puissance politique des États-Unis

1. Le contrôle des données, un levier de puissance politique

▸ Les révélations d'Edward Snowden ont montré au monde entier que **le cyberespace n'est pas un terrain neutre et sécurisé**, et que les États-Unis l'utilisent pour capter des informations à leur profit : « Les données collectées par les géants du Web sont également exploitées par les forces de l'ordre et les services de renseignement américains » (document 1, l. 18-21).

▸ On sait ainsi que depuis 2011, la NSA (National Security Agency) contribue aux applications Windows et Android, renforçant le doute sur l'existence de portes dérobées informatiques permettant d'analyser ou de prendre le contrôle à distance de serveurs ou terminaux mobiles. Le cyberespace est aussi **le territoire du cyberespionnage**, aussi bien sur le terrain politique qu'économique, et encore une fois au profit de la puissance dominante. Les forces américaines font appel à l'OSINT (Open Source Intelligence) disponible sur Internet pour compléter leurs renseignements et optimiser leur soutien à l'Ukraine dans le conflit qui l'oppose à la Russie.

2. Une géopolitique du cyberespace calquée sur les fractures traditionnelles

▸ Sur la carte de la part du trafic Internet restant dans l'État (document 2), on peut observer **une ligne séparant l'Europe en deux,** selon un tracé bien connu, qui est celui de l'ancien rideau de fer. Elle montre que la connexion avec le réseau américain est beaucoup plus importante chez les anciens alliés de l'Ouest que dans l'Est de l'Europe, comme si la géopolitique d'aujourd'hui laissait perdurer des fractures anciennes.

▸ Le texte (document 1) reprend cet aspect, en évoquant qu'en ce qui concerne « **les réseaux sociaux** – le seul concurrent sérieux de Facebook en la matière, VKontakte, n'est populaire qu'en Russie et dans certains pays de l'Est » (l. 6-8). En effet, le réseau social russe remplace Facebook en Russie, Biélorussie et Ukraine, pour un nombre important d'utilisateurs, qui semblent en partie échapper à l'influence américaine. L'intérêt politique de ces outils ne fait pas de doute dès lors qu'on observe que le **FSB** par exemple s'y intéresse particulièrement.

À NOTER
Le FSB (Service fédéral de sécurité de la fédération de Russie) est le service secret de la Russie chargé de la sécurité intérieure.

3. Des accords favorables à la puissance américaine

- Les Européens se trouvent très dépendants dans ce système verrouillé. L'**accord *Safe Harbor*** (2000) autorisait, sous certaines conditions, des entreprises états-uniennes à **transférer des données personnelles** présentes en Europe vers leur territoire. La Cour de justice de l'Union européenne a décidé de le suspendre en 2015.
- Depuis 2016, « un accord international garantit théoriquement des protections aux internautes résidant en Europe » (document 1, l. 23-24) ; il s'agit du **Bouclier de protection des données**, ou *Privacy Shield*. Mais celui-ci repose sur un système peu sûr d'autocertification des entreprises états-uniennes. Le chemin vers l'indépendance européenne numérique est encore long.

Conclusion

[réponse à la problématique] Les États-Unis utilisent donc le cyberespace comme terrain privilégié de leur puissance, profitant de leur position dominante en raison de leur maîtrise unique des technologies et outils exploitant Internet, notamment en Europe. **[ouverture]** Cette domination n'est pour le moment que très partiellement contestée, et pour l'essentiel surtout du fait des grands rivaux géopolitiques que sont la Russie et la Chine. L'Union européenne a pris du retard dans la construction de sa cyberpuissance, et seule une politique volontariste d'envergure pourra permettre de combler au moins en partie son retard. Il en va pourtant de sa survie en tant qu'acteur de l'économie et de la géopolitique mondiale.

Le Grand Oral

13 Préparer le Grand Oral sur une question d'HGGSP

FICHES DE COURS

SUJET GUIDÉ & CORRIGÉ

OBJECTIF BAC

55 Choisir une question en HGGSP

En bref *Selon le B.O. du 13 février 2020, qui définit le « Grand Oral », vous devez choisir une question pour chacun de vos deux enseignements de spécialité. Vous serez interrogé(e) sur l'une de ces deux questions le jour de l'épreuve.*

I Le « cahier des charges »

Le choix de la question doit répondre à ces **trois conditions**.

La question :
- **1.** met en lumière un des grands enjeux du programme de spécialité
- **2.** se prête à une explicitation aisée
- **3.** permet de nourrir une réflexion sur votre projet d'orientation

II Des idées de sujets en HGGSP

Pour trouver votre sujet, plusieurs possibilités : traiter un exemple non étudié en cours, faire le lien avec une question d'actualité, opter pour la transversalité avec un autre enseignement de spécialité…

1 Des questions portant uniquement sur le programme d'HGGSP

- **Comment l'Inde est-elle devenue une puissance spatiale ?** Cette question s'inscrit dans le thème 1 : « De nouveaux espaces de conquête. » Vous présenterez les enjeux (scientifiques, géopolitiques, économiques) de la course à l'espace pour cet État puis les récents succès de la politique spatiale indienne.

> **À NOTER**
> Ce sujet peut également s'appuyer sur le programme de 1re, où il est question de l'Inde.

- **Pourquoi peut-on dire que le conflit yéménite se déroule à différentes échelles ?** Ce sujet est lié au thème 2 : « Faire la guerre, faire la paix. » Vous distinguerez les différentes échelles du conflit (nationale, régionale, mondiale) en lien avec ses acteurs et ses enjeux.

- **Comment expliquer l'importance de la mobilisation pour la reconstruction de Notre-Dame de Paris ?** Ce sujet porte sur le thème 4 : « Identifier, protéger et valoriser le patrimoine. » Vous soulignerez les différentes dimensions de cette mobilisation (culturelle, patrimoniale, économique, géopolitique) en précisant les acteurs concernés.

- **Pourquoi peut-on parler de « guerre des mémoires » à propos de la guerre d'Algérie ?** Cette question concerne le thème 3, « Histoire et mémoires ». En vous appuyant sur les travaux de Benjamin Stora, vous présenterez les enjeux, les acteurs et les répercussions contemporaines de ce conflit mémoriel.

- **En quoi *L'Histoire du climat depuis l'an mil* d'Emmanuel Le Roy Ladurie (1990) est-il un ouvrage novateur ?** Cette question s'inscrit dans le thème 5, « L'environnement, entre exploitation et protection ». Vous présenterez la méthode utilisée, les principaux apports historiques et l'éclairage que ce livre apporte sur le réchauffement climatique actuel.

2 Des questions en lien avec d'autres spécialités

- De nombreux croisements sont possibles avec la spécialité **SES**. Par exemple, le thème de SES « Quelle action publique pour l'environnement ? » peut être rapproché du thème 5 d'HGGSP (« L'environnement, entre exploitation et protection) et donner matière à une question telle que : « **La Californie est-elle un modèle de transition énergétique ?** »

- La spécialité « Humanités, littérature et philosophie » permet aussi des rapprochements, notamment autour de la thématique « L'humanité en question / Histoire et violence ». Par exemple : **Comment Primo Levi rend-il compte de la violence concentrationnaire dans *Si c'est un homme* ?** (thème 3 d'HGGSP, « Histoire et mémoires »).

zoOm

« Pitcher » son sujet auprès de ses proches

- N'hésitez pas à **exposer brièvement** votre sujet à vos parents ou vos amis. Ce premier « pitch » vous aide à délimiter votre sujet et vous permet de tester l'intérêt qu'il suscite.

- Ainsi, dans le cadre du concours « Ma thèse en 180 secondes », les doctorants doivent résumer en 3 minutes un sujet de recherche qu'ils ont développé dans une thèse de plusieurs centaines de pages.

56 Concevoir sa présentation

En bref *Les recherches sur les questions choisies peuvent débuter assez rapidement dans l'année. Pour chacune, vous devez vous documenter et organiser vos idées, au fur et à mesure, en vue d'un exposé structuré.*

I Se documenter, chercher des idées

1 Se constituer une bibliographie pertinente

- Pour chaque question, établissez une **liste de mots clés** : ils vont vous permettre d'interroger Internet mais aussi le catalogue de votre CDI ou de la médiathèque de votre quartier.
- Consultez les documents ainsi sélectionnés, **des plus généraux** (manuels, encyclopédies) **aux plus spécialisés**.
- Dans le cas de recherches sur Internet, pensez à **vérifier les sites** que vous consultez à l'aide de ces questions :

1. Qui est l'auteur du site ?
Quelle est son expertise sur le sujet ?
2. De quand datent les informations ?
3. L'exposé est-il clairement construit, solidement argumenté ?

CONSEIL
Commencez par lire les informations données par la page de présentation du site, souvent intitulée « À propos ».

2 Garder la trace de ses recherches

- **« Fichez » chacun des documents** consultés : le support peut être, selon votre préférence, physique (fiche bristol) ou numérique.
- Reformulez les idées qui vous paraissent essentielles, en distinguant bien les arguments des exemples.
- Pour les documents qui vous paraissent essentiels, pensez à rechercher le document original (article scientifique, livre...).

FICHE DOCUMENT
Source :
Sujet :
Idées clés :
•
•
•
Citation :

CONSEIL
Notez précisément la source : le titre de l'ouvrage ou du site, le nom de l'auteur, la date de publication, ainsi que les pages consultées.

II Organiser ses idées

1 Plusieurs méthodes de classement

- Au fil de vos prises de notes, vous allez être conduit(e) à regrouper vos idées autour de lignes directrices : une organisation de votre exposé se dessine progressivement. Essayez de la traduire sous forme de « **carte mentale** ».

- Si vous avez du mal à faire émerger les grands axes, vous pouvez recourir à la **méthode des Post-it**.

1. Écrivez une idée clé par Post-it.
2. Ajoutez, le cas échéant, des exemples sur des Post-it d'une autre couleur.
3. Sur un mur, déplacez les Post-it jusqu'à ce qu'ils s'enchaînent logiquement.

2 Le choix du plan

Votre plan dépend de la question et du type de réflexion proposé. Le plus souvent, cependant, vous avez le choix entre un plan thématique et un plan dialectique.

	Objectif	Question
Plan thématique	Il permet d'approfondir les différents aspects d'un sujet.	Il correspond à une question qui se subdivise en différentes sous-questions.
Plan dialectique	Il oppose deux thèses puis opère une synthèse des points de vue.	Il correspond à une question qui implique une discussion, un dilemme.

zoOm

Mettre son plan sous forme de carte mentale

❶ Prenez une feuille blanche A4, en format paysage.

❷ Notez la question au centre, dans un « noyau ».

❸ Créez autant de « branches » que de grands axes (une couleur par axe).

❹ Ramifiez les branches de manière à faire apparaître les idées clés.

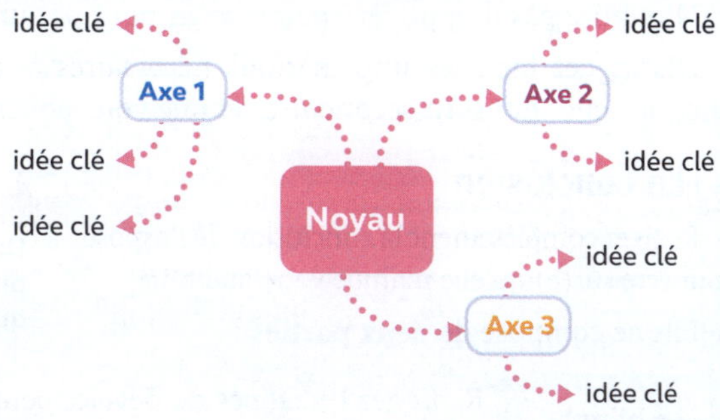

57 Préparer efficacement l'exposé

En bref *Le jour J, vous devrez faire votre présentation en 5 minutes. Cela suppose un travail préparatoire important : de rédaction, de mémorisation et d'entraînement à la prise de parole.*

I Rédiger une trame précise

Une fois que vous êtes au clair sur la structure générale de votre exposé, vous devez mettre par écrit le déroulement de votre argumentation, sous la forme d'un **plan semi-rédigé**.

1 L'introduction

■ L'introduction doit montrer que :
- **votre sujet est intéressant** ;
- vous l'avez bien cerné ;
- votre plan découle de la question posée et y répond.

■ Elle comprend **trois étapes** qui s'enchaînent logiquement.

1. L'accroche	En une ou plusieurs phrases, amenez progressivement votre sujet.
2. La question	Posez clairement la question à laquelle vous allez répondre et explicitez-la.
3. Le plan	Annoncez les deux ou trois grands axes, de manière que le jury comprenne d'emblée l'organisation de l'exposé.

2 Le corps de l'exposé

■ Recopiez le plan que vous avez établi et remplissez-le de manière télégraphique, à l'aide de listes à puces.

■ N'oubliez pas d'**appuyer chaque argument** par un exemple vérifié.

■ Distinguez bien les informations nécessaires à la bonne compréhension du sujet de celles qui sont secondaires et que vous pourrez préciser dans l'entretien.

3 La conclusion

■ Rédigez complètement la conclusion de l'exposé pour être sûr(e) qu'elle marque votre auditoire.

■ Elle se compose de **deux parties** :

CONSEIL
Une fois cette trame mise au point, oralisez-la, de manière à vérifier qu'elle tient à peu près en 5 minutes.

1. Le bilan	Reprenez les étapes du développement et répondez à la question.
2. L'ouverture	Élargissez le champ de la réflexion à l'aide d'une citation, d'un fait d'actualité, d'une question proche.

II Mémoriser la présentation, puis simuler l'épreuve

Vous êtes désormais au clair sur le contenu de votre exposé. Il s'agit maintenant de préparer sa restitution orale.

1 Faire travailler sa mémoire

■ Vous devez **posséder votre exposé « sur le bout des doigts »**, de telle manière que les idées se rappelleront à vous naturellement le jour de l'épreuve et que vous pourrez consacrer toute votre attention à votre auditoire.

■ Pour ce faire, sollicitez vos différentes mémoires (visuelle, auditive, kinesthésique...) pour fixer le déroulement de l'exposé, puis récitez-le **plusieurs fois**, de manière à vous en souvenir durablement.

À NOTER
Des chercheurs ont prouvé qu'il faut refaire au moins sept fois le chemin vers un souvenir pour l'ancrer durablement.

2 Simuler un Oral blanc

■ C'est à ce moment-là, quand vous avez mémorisé votre exposé, que vous devez faire appel à votre entourage – vos professeurs, vos parents ou vos amis – pour leur demander de constituer votre premier auditoire.

À NOTER
S'enregistrer puis réécouter son exposé peut être aussi très utile.

■ Demandez-leur d'évaluer votre présentation selon ces trois principaux critères :

1. Pertinence	Ai-je bien répondu à la question posée ?
2. Clarté	Qu'est-ce qui était clair ? moins clair ?
3. Efficacité	Ai-je retenu votre attention ? Comment puis-je faire mieux ?

■ N'hésitez pas également à leur demander de vous poser des questions sur le contenu de la présentation : cela vous entraînera pour l'entretien qui suit.

zoOm

Comment fonctionne la mémoire ?

■ La mémorisation est le résultat d'un processus biochimique dans lequel les neurones jouent un rôle essentiel.

■ Elle se déroule en trois étapes.
❶ L'encodage : enregistrement d'une nouvelle information
❷ Le stockage : rangement, consolidation de l'information
❸ Le rappel : recherche du souvenir afin de le restituer

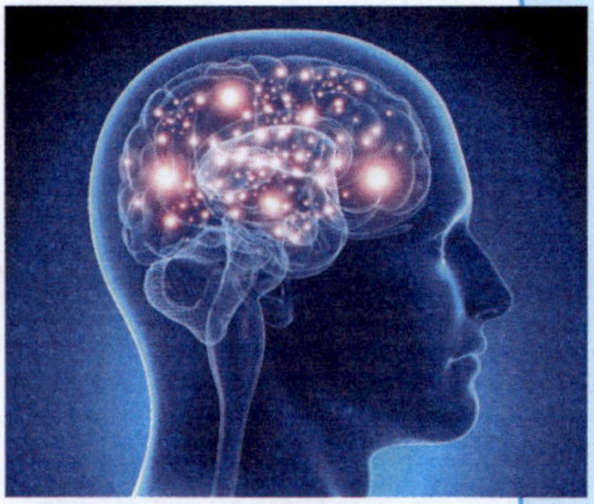

■ Plus on rappelle un souvenir, plus on l'ancre durablement dans la mémoire.

58 Présenter la question au jury

En bref *Votre présentation doit être synthétique et rendre compte efficacement du questionnement. Le jury vous évalue principalement sur la solidité de vos connaissances et votre capacité à argumenter.*

I Optimiser le temps de préparation

Le jury vient de choisir l'une des deux questions préparées. Vous avez alors 20 minutes pour mettre en ordre vos idées et préparer un support pour le jury – si vous vous sentez suffisamment sûr(e) de vous.

1 Mettre en ordre vos idées au brouillon

20 minutes de préparation, c'est à la fois long et court. Comment les utiliser ?

Pensez à...	Évitez de...
rédiger l'introduction et la conclusion	rédiger tout l'exposé
noter le plan	noter des idées en désordre
résumer les principales idées	ajouter du contenu au dernier moment

2 Préparer un support pour le jury

- Si vous avez bien en tête votre exposé, mettez à profit les 20 minutes pour préparer un support pour le jury.
- L'objectif est de permettre à votre auditoire de mieux suivre votre présentation. Votre support peut ainsi prendre des formes variées.

CONSEIL
Bien que non évalué, le support doit être pertinent et lisible pour bien disposer le jury.

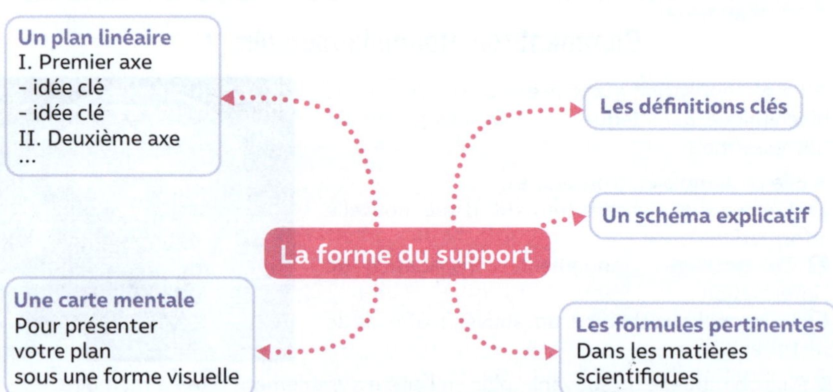

II Faire une présentation claire et fluide

1 Soigner les étapes clés de l'exposé

■ Vous devez prêter une attention particulière à l'introduction et à la conclusion.

L'introduction	La conclusion
• amène la question • pose clairement la question • annonce le plan	• fait le bilan des recherches • répond à la question • ouvre de nouvelles perspectives

■ Lorsque vous annoncez le plan, vous pouvez recourir à des formules telles que :

- Tout d'abord nous nous intéresserons...
- Puis nous étudierons..., avant de montrer que...

2 Mettre en évidence la progression de l'exposé

■ Plus encore qu'à l'écrit, vous devez soigner vos **transitions** de manière que votre auditoire comprenne bien la progression de votre présentation.

Les passages d'une partie à l'autre doivent être ainsi explicités :

- Nous venons de voir que...
- Nous allons maintenant essayer de comprendre comment ce processus...

CONSEIL
Tout au long de votre présentation, n'hésitez pas à rappeler le fil conducteur en reprenant les mots clés de la question.

■ Les **liens entre les idées** d'une partie doivent être clarifiés au moyen de connecteurs logiques : de cause (*car, en effet...*), de conséquence (*donc, c'est pourquoi...*), d'opposition (*mais, cependant...*), de concession (*certes...*), d'addition (*de plus, en outre...*).

zoOm

Parler debout

■ Placez-vous face à votre jury, bien **au centre**.

■ Ancrez **vos pieds au sol**, de manière à être bien stable.

■ Placez dès le départ **vos mains à hauteur de votre ventre**, sans les laisser pendre le long du corps. Vous pouvez les croiser devant vous et les dénouer lorsqu'il sera nécessaire d'appuyer le propos.

Image extraite du film *À voix haute*, de Ladj Ly et Stéphane de Freitas, 2017.

59 Répondre aux questions en lien avec la présentation

En bref *Lors de la deuxième partie de l'épreuve, le jury revient sur la présentation et évalue plus largement vos connaissances dans les disciplines correspondant à vos spécialités.*

I Anticiper les questions

1 Les questions sur la présentation

■ Le jury va, en premier lieu, revenir sur certains points de la présentation pour vous **demander des précisions**.

- Vous avez affirmé que… : pouvez-vous donner un exemple ?
- Vous avez cité… : quelle est votre source ?
- Comment définissez-vous le mot … ?

■ Afin de ne pas être surpris(e), efforcez-vous d'anticiper les questions lors de l'élaboration de l'exposé.

2 Les questions sur le programme

■ Cependant, le jury peut aussi vous poser des questions sur d'autres thèmes de vos **programmes de spécialité**.

■ C'est pourquoi vous devez travailler tout au long de l'année les notions au programme, en imaginant cette interrogation. Voici quatre conseils clés :

À NOTER
Ces questions peuvent porter sur des thèmes hors du programme limitatif de l'épreuve écrite.

4 conseils clés

1. Faire des fiches pour chaque chapitre
2. Apprenez par cœur les définitions clés
3. Questionnez votre enseignant en cas d'incompréhension
4. Complétez le travail fait en cours avec des recherches personnelles

CONSEIL
Cette préparation vous servira également pour l'écrit !

II Développer une posture d'échange

1 Faire des réponses appropriées

- Une seule des deux membres du jury est une spécialiste des domaines concernés par votre question. Votre réponse doit donc être **précise mais pas trop jargonneuse**.
- D'autres conseils utiles :

Pensez à…	Évitez de…
prendre quelques secondes pour « ingérer » la question	vous précipiter : vous risquez de ne pas répondre à la question
donner des réponses brèves pour des précisions ; plus longues pour un avis personnel	répondre par oui ou par non ; ne pas développer
vous appuyer sur des connaissances précises, des chiffres, des dates…	rester dans les généralités ; utiliser le pronom « on »

2 Gérer les difficultés

- Si vous n'êtes **pas sûr(e) de comprendre** la question :
  - reformulez-la à voix haute pour vérifier que vous avez bien compris ;

    Vous me demandez si… Vous voulez savoir comment…
  - demandez des précisions ou un exemple.

    Qu'entendez-vous par… ? Pouvez-vous me donner un exemple ?
- Si vous **ne savez pas quoi répondre**, osez le dire : vous pouvez toutefois commencer par faire remarquer la pertinence de la question.

  Ce point me semble en effet très intéressant,
  mais je n'ai pas eu le temps de l'approfondir.

zoOm

Éviter les gestes parasites

Apprenez à identifier les gestes que vous effectuez pour vous rassurer en situation de stress : ils brouillent la communication et traduisent votre inconfort.

Passer la main dans ses cheveux

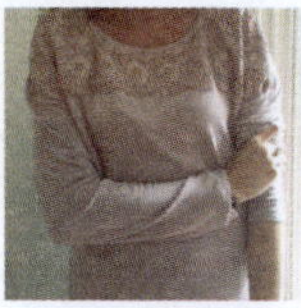
Remonter ses manches, tirer dessus

Toucher sa montre, un bijou

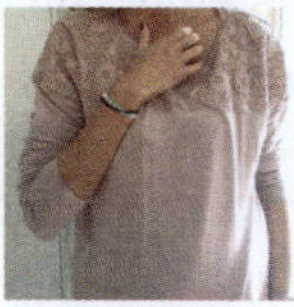
Se gratter avec insistance

60 Défendre son projet d'orientation

En bref *Au cours de cette partie de l'épreuve, vous exposez votre projet d'orientation : quel domaine vous intéresse, depuis quand, quels choix vous avez faits pour vous en rapprocher.*

I Faire le lien entre la question traitée et son projet d'orientation

■ Le jury va commencer par vous demander en quoi le travail sur la question traitée **a nourri votre réflexion sur votre projet d'orientation**. Voici quelques éléments de réponse, à adapter en fonction de votre sujet et de votre projet :

- En travaillant sur ce sujet au croisement de deux disciplines, j'ai acquis la certitude que je souhaitais continuer à les étudier l'une et l'autre : d'où le choix d'un cursus réunissant…
- La préparation de cet oral m'a permis de rencontrer des personnes travaillant dans le domaine de …, qui m'ont donné envie de suivre leur voie ; c'est pourquoi j'ai choisi des études dans la filière … .

CONSEIL
Même si vous avez évidemment envisagé plusieurs choix, mettez plutôt l'accent sur celui permettant d'établir un lien avec la question traitée. Ainsi, votre démarche paraîtra cohérente.

■ Vous pouvez aussi analyser les **compétences acquises** lors de la préparation de cette épreuve : mener un travail de recherche, confronter des données, faire un travail de synthèse, faire un exposé oral et montrer qu'elles vous seront **utiles pour la suite de vos études**.

II Expliquer les étapes de son projet d'orientation

1 Projet professionnel ou projet de poursuite d'études ?

■ Si vous avez une idée de métier précise, vous pouvez partir de ce **projet professionnel**, expliquer pourquoi il vous attire ; puis faire le lien avec les études qui y mènent.

■ Mais vous avez le droit, à 17-18 ans, de ne pas savoir quel métier vous aimeriez exercer. Contentez-vous alors d'expliquer quel domaine vous intéresse et **quels choix d'études** après le bac vous avez faits en conséquence.

CONSEIL
Quand vous vous êtes inscrit(e) sur Parcoursup ou si vous avez candidaté à des écoles, vous avez dû rédiger des lettres de motivation. Utilisez-les pour préparer cette partie de l'oral.

■ Si vous hésitez encore entre **deux voies**, vous pouvez exposer les différentes possibilités envisagées.

2 La genèse et la mise en œuvre du projet

■ Pour retracer la **genèse** du projet, expliquez :
- comment l'idée de ce projet d'orientation vous est venue ;
- comment elle a guidé vos choix de spécialités ;
- comment elle s'est renforcée à travers différentes activités et expériences.

CONSEIL
N'hésitez pas à détailler des expériences vécues ou à rapporter une anecdote pour rendre votre présentation plus personnelle.

■ Mentionnez la **filière choisie**, l'école ou l'université que vous souhaiteriez intégrer et les enseignements qui vous attendent. Décrivez concrètement la manière dont vous souhaitez mener ce projet : cursus envisagé, diplôme visé.

■ Faites le bilan de vos atouts et de vos limites pour le domaine envisagé. Montrez que vous disposez d'une **bonne connaissance de vous-même** et de vos capacités.

zoOm

Développer une argumentation personnelle

Pour mieux convaincre le jury de votre motivation, vous devez mettre en évidence que **ce projet est vraiment le vôtre**.

Les composantes personnelles de votre projet

1. scolaires
- vos spécialités de 1re et Tle
- vos préférences pour certaines matières
- vos compétences scolaires

2. extrascolaires
- votre stage de 3e
- vos engagements (comme délégué(e) de classe, dans un projet…)
- vos centres d'intérêt, vos convictions

SUJET 26 | OBJECTIF BAC | PRÉSENTATION, SUIVIE D'UN ENTRETIEN

20 min

Les attentats du 11 septembre 2001 sont-ils caractéristiques des guerres irrégulières ?

L'exemple des attentats du 11 septembre permet de présenter une « nouvelle » forme de conflit qui remet en cause la définition classique de la guerre par Clausewitz. Il permet également d'analyser un évènement relativement récent avec toutefois un recul historique.

1. PRÉSENTATION D'UNE QUESTION (5 min)

Les titres en couleur mettent en évidence la structure de la présentation.

Introduction

[Accroche] Dans son ouvrage *La Géopolitique*, Pascal Boniface affirme : « Le terrorisme brise la distinction combattant/non-combattant. Il fait du monde entier un champ de bataille éventuel ». **[Présentation du sujet]** Les attentats terroristes qui frappent les États-Unis le 11 septembre 2001 corroborent cette affirmation. À ce titre, ils soulignent les limites de la définition de la guerre classique élaborée par Clausewitz. **[Formulation de la problématique]** Passionné·e d'histoire contemporaine et de géopolitique, je me propose de montrer en quoi les attentats du 11 septembre sont caractéristiques des guerres irrégulières. **[Annonce du plan]** Pour ce faire, je soulignerai d'abord l'abolition de la distinction entre combattants et non-combattants, puis la mondialisation de ce mode d'action.

I. L'abolition de la distinction entre combattants et non-combattants

- Le schéma classique de la guerre élaboré par Clausewitz dès le XIXe siècle présente la guerre comme une confrontation entre États qui oppose essentiellement leurs armées régulières.

- Les attentats du 11 septembre 2001 perpétrées par l'organisation terroriste Al-Qaida, dirigée par le saoudien Oussama Ben Laden, invalident ce schéma. En effet, en ciblant en particulier les tours jumelles du **World Trade Center**, ils s'attaquent à des civils (passagers des avions détournés, salariés travaillant dans les bureaux, secouristes). À cet endroit, 2 753 victimes (sur 2 977 au total) sont à déplorer.

> **À NOTER**
> Ces attentats ont également visé le Pentagone et le Capitole. Ce dernier n'a pas été touché, l'avion s'étant écrasé avant de toucher sa cible.

■ Le principal objectif des attentats est ainsi de créer un choc psychologique dans la population américaine. Ce choc est entretenu par les chaînes de télévision d'information en continu, qui diffusent les images des tours jumelles en feu durant des dizaines d'heures.

[Transition] Toutefois, si l'indistinction entre militaires et civils caractérise la guerre irrégulière, sa dimension spatiale est également à prendre en compte.

LE SECRET DE FABRICATION
À l'oral, une transition de ce type donne de la fluidité et de la cohérence à votre propos : de façon brève, vous rappelez au jury qu'il s'agit bien d'un sujet géopolitique.

II. Un terrorisme global

■ Depuis l'attaque japonaise sur Pearl Harbor (le 7 décembre 1941), le territoire des États-Unis est perçu par les Américains comme un sanctuaire invulnérable. Avec les attentats du 11 septembre qui les frappent au cœur de leur puissance économique, militaire et politique, ce mythe s'effondre. L'ensemble des pays occidentaux sont frappés à leur tour dans les années qui suivent (l'Espagne en 2004, le Royaume-Uni en 2005 et la France en 2015).

■ La médiatisation des attentats du 11 septembre assurée par les médias occidentaux nourrit le sentiment de vulnérabilité de nombreux États face à un ennemi protéiforme, sans assise territoriale permanente. C'est d'ailleurs l'objectif recherché par Oussama Ben Laden, qui cherche à les déstabiliser au nom du djihad.

■ L'organisation terroriste Al-Qaida, structurée en réseau avec des relais en Irak, au Yémen et en Afrique du Nord, démontre ainsi sa capacité à agir à l'échelle mondiale, très loin de sa **base afghane**. Les activités d'Al-Qaida se poursuivent aujourd'hui avec des attentats qui frappent principalement le Moyen-Orient, l'Afrique et l'Asie. De plus aucune bataille décisive (selon le modèle de Clausewitz) ne permet de mettre fin à ce type d'actions.

À NOTER
L'Afghanistan, alors dirigé par les talibans, accueille en effet les centres d'entraînement des djihadistes d'Al-Qaida. C'est pourquoi, dès le mois d'octobre 2001, la riposte militaire américaine frappe cet État.

Conclusion

[Bilan] Ainsi, les attentats du 11 septembre 2001 sont bien caractéristiques d'une nouvelle forme de guerre au XXIe siècle : la guerre irrégulière et asymétrique. Perpétrés par des petits groupes de terroristes contre des cibles civiles, ils échappent au schéma classique de l'affrontement entre armées régulières. De plus, en touchant le cœur des États-Unis, ils rappellent que leur champ d'action est planétaire. **[Ouverture]** La « guerre contre le terrorisme » lancée par le président américain George W. Bush dès le mois d'octobre 2001 semble vouée à l'échec compte tenu de la complexité de cette nouvelle forme de conflit.

2. ÉCHANGE AVEC LE CANDIDAT (10 min)

Voici quelques-unes des questions que le jury pourrait poser à la suite de votre présentation, ainsi que des réponses possibles. N'oubliez pas qu'on peut vous interroger sur d'autres thèmes du programme.

■ En quoi le 11 septembre 2001 marque-t-il un tournant historique ?

Les attentats du 11 septembre remettent en cause un monde unipolaire dominé par l'hyperpuissance américaine depuis 1991. Ils sont désormais confrontés à un nouvel adversaire (après l'URSS) qui semble insaisissable. Cependant, la riposte militaire des États-Unis (intervention en Afghanistan en 2001, puis en Irak en 2003) souligne leur immense potentiel et leur capacité à réagir.

À NOTER

La notion d'hyperpuissance, forgée par le Français Hubert Védrine, désigne la puissance complète et sans rival des États-Unis à l'issue de la guerre froide.

■ Comment les Etats-Unis entretiennent-ils la mémoire des attentats du 11 septembre ?

De 2006 à 1011, un mémorial et un musée en hommage aux victimes des attentats ont été construits sur le site des anciennes tours jumelles du World Trade Center de New York. Chaque année une cérémonie commémorative y est organisée. Le 11 septembre 2011, le président Barack Obama et son prédécesseur, George W. Bush y ont participé.

■ Quelle autre organisation terroriste islamiste se développe dans le monde dans les années 2010 ? Quelle différence majeure avec Al-Qaida ?

Il s'agit du groupe État islamique (Daech) qui naît en 2006 et monte en puissance dans la décennie suivante.

La différence majeure avec Al-Qaida est que l'État islamique se constitue un vaste territoire, à cheval sur la Syrie et l'Irak. Il bénéficie donc d'une solide implantation territoriale.

3. ÉCHANGE SUR LE PROJET D'ORIENTATION (5 min)

Comment avez-vous choisi votre sujet ? En quoi est-il en lien avec votre projet d'orientation ?

• J'ai choisi ce sujet car je m'intéresse particulièrement aux questions géostratégiques du monde contemporain. De plus, le 11 septembre a été l'objet d'une médiatisation très émotionnelle.

• Je me destine à des études de journalisme en passant par une licence d'histoire. En effet, une solide culture générale est indispensable pour préparer les concours d'admission dans de bonnes conditions, et je pense important de prendre du recul sur le traitement de ces sujets dans les médias.

Les méthodes du bac

1 La dissertation

En bref *L'exercice de dissertation consiste à traiter un sujet donné dans un devoir argumenté et structuré, comportant une introduction, un développement et une conclusion.*

I Quels sont les objectifs de la dissertation ?

La dissertation doit respecter des règles formelles. Il vous est demandé :
- d'élaborer une **problématique** permettant de traiter le sujet ;
- de mobiliser et organiser vos **connaissances** pour répondre à la problématique ;
- de faire preuve d'**analyse** et de réflexion ;
- de rédiger un texte pertinent, argumenté et **structuré**.

II Comment structurer la dissertation ?

Une dissertation comporte une introduction, un développement et une conclusion.

■ L'**introduction** requiert le plus grand soin. Elle compte 5 étapes :
- d'abord, une accroche permettant de situer le sujet dans un contexte plus large ;
- la définition des mots clés du sujet ;
- la fixation des bornes chronologiques et spatiales ;
- la formulation d'une **problématique**, c'est-à-dire d'une question qui va vous servir de fil directeur ;
- l'annonce du plan.

■ Le **développement** est construit selon le plan en **2 ou 3 parties** que vous aurez préalablement préparé au brouillon. Chaque partie doit comporter :
- une introduction partielle présentant l'idée directrice de la partie ;
- deux ou trois sous-parties, à raison d'un paragraphe pour chacune ;
- une conclusion partielle suivie d'une transition vers la partie suivante.

CONSEIL
Soignez votre problématique : c'est elle qui montre au correcteur que vous avez compris les enjeux du sujet.

À NOTER
Si le sujet s'y prête, vous pouvez intégrer une production graphique à votre développement. Un fond de carte vous sera parfois fourni.

■ La **conclusion** doit répondre à votre problématique, en reprenant les idées directrices de chaque partie. Elle s'achève par une ouverture vers un autre sujet.

III Comment rédiger ?

■ Vous devez vous exprimer correctement en respectant les règles orthographiques, grammaticales et syntaxiques. Privilégiez les phrases courtes.

■ Soyez également précis(e) dans le vocabulaire utilisé. La maîtrise des notions spécifiques est un des critères de l'évaluation.

LES ÉTAPES CLÉS

Construire une dissertation

Étape 1 Analyser le sujet

Sujet de dissertation

Formulation
- Groupe nominal, affirmation ou question ?
- Que vous demande-t-on ?

Bornes chronologiques et/ou spatiales
- Quand ?
- Où et à quelle(s) échelle(s)

Type de sujet
- Sujet évolutif ? tableau d'une situation ?
- Sujet analytique ? dialectique ?

Notions et mots clés
- Quels sont les mots clés du sujet ?
- Quelle est leur définition ?

Étape 2 Dégager la problématique

▸ La problématique sert de **fil conducteur** à votre devoir : il s'agit de la question générale à laquelle vous allez tenter de répondre.

▸ La problématique doit souligner les **enjeux du sujet** mis au jour dans la première étape de votre travail. Elle intègre les mots et notions clés et, si possible, indique les limites (chronologiques et/ou spatiales du sujet). C'est une **question ouverte** à laquelle on ne peut simplement répondre par oui ou par non.

Étape 3 Construire le plan

▸ Le plan doit permettre de **répondre à la problématique**. Il est organisé en deux ou trois parties, elles-mêmes subdivisées en deux ou trois sous-parties.

▸ La construction de votre plan doit être cohérente avec le type de sujet (ex. : à un sujet évolutif correspond un plan chronologique).

▸ Au **brouillon**, vous devez mobiliser vos connaissances pour élaborer un plan le plus détaillé possible (avec les informations essentielles et les exemples). À ce stade, il n'est pas nécessaire de rédiger.

2 L'étude critique de document(s)

En bref *Cet exercice se compose d'un titre et d'un ou deux documents de nature différente, accompagnés d'une consigne. Vous devez analyser ce ou ces documents dans un développement construit et argumenté.*

I Quels sont les objectifs de l'étude critique de document(s) ?

On attend que vous soyez capable :
- d'élaborer une **problématique** à partir du sujet et du (ou des) document(s) ;
- de comprendre le **sens général** du (ou des) document(s) ;
- de sélectionner les **informations** extraites du (ou des) document(s), de les hiérarchiser et de les expliciter ;
- de prendre un **recul critique** dans la réponse à la problématique, en vous appuyant sur le contenu du document et sur vos connaissances personnelles.

II Comment structurer l'étude critique de document(s) ?

Comme pour la dissertation, votre devoir doit comporter une introduction, un développement en plusieurs parties et une conclusion.

■ L'**introduction** **présente** de façon détaillée le ou les documents, en les replaçant dans leur contexte. Elle se poursuit avec la formulation de la problématique et l'annonce du plan.

■ Le **développement** est construit selon le plan que vous aurez élaboré au brouillon. Afin d'assurer sa cohérence, suivez toujours la démarche suivante : affirmation / justification (en citant le document) / explicitation du document.

> **À NOTER**
> La présentation d'un document précise sa nature, son genre, sa source, son auteur, sa date, son contexte, son échelle, son destinataire et le thème abordé.

■ La **conclusion** répond à la problématique, reprenant les idées directrices de chaque partie. Elle s'achève sur un bilan critique du (ou des) documents(s) : quel est leur intérêt historique et géographique ? Quelles sont leurs limites ?

III Comment rédiger ?

■ Soyez attentif à la justesse et la précision de votre expression.

■ Faites le plus possible référence au(x) document(s), en les citant (pour les textes) ou en en relevant des informations ciblées.

> **CONSEIL**
> Lorsque le sujet contient deux documents, veillez à les associer en évitant de consacrer un paragraphe entier à chacun d'eux.

LES ÉTAPES CLÉS

Construire une étude critique de document(s)

Étape 1 Identifier le(s) document(s)

Document(s)

Nature, genre, source
- Quel type de document ?
- Quelle provenance ?

Date et contexte / Espace et échelle(s)
- Au cours de quelle période ?
- Où et à quelle échelle ?

Auteur et destinataire
- Qui a réalisé le document ?
- À qui s'adresse-t-il ? (le cas échéant)

Thème
- De quoi est-il question ?
- Quel est le point de vue, l'intention ?

Étape 2 Comprendre la consigne

- La consigne qui accompagne le(s) document(s) vise à orienter votre travail. Pour bien comprendre ce que l'on vous demande, repérez les **notions et mots clés** et définissez-les.
- Déterminez les bornes chronologiques et spatiales.
- Ensuite, faites appel à vos connaissances pour dégager les **enjeux** du sujet.

Étape 3 Dégager la problématique et construire le plan

- À partir de l'analyse de la consigne, formulez la question qui servira de **fil conducteur** à l'étude du (ou des) document(s). La problématique comprend les notions et mots clés de la consigne.
- Votre plan doit permettre de **répondre** de façon logique à cette problématique. Construisez-le en sélectionnant dans le(s) document(s) les informations pertinentes. Regroupez-les de façon logique en deux ou trois parties.
- Lorsque vous avez affaire à **deux documents**, mettez-les en relation dans chaque partie : selon le cas, ils peuvent se conforter, se compléter ou s'opposer.

CORRIGÉS DES TESTS

1 Affirmations de puissance, rivalités et coopérations → P. 10-11

1 **1.** b et c • **2.** a. Vrai ; b. Faux ; c. Faux.

2 **1.** a. 1957 ; b. 1961 ; c. 1965 ; d. 1981 ; e. 1969 ; f. 2011 ; g. 2020 • **2.** c.

3 **1.** a. Vrai ; b. Vrai ; c. Faux • **2.** c.

4 **1.** a et c • **2.** Mer territoriale : A ; haute mer : B ; ZEE : C ; eaux intérieures : D ; zone contiguë : E.

2 La Chine : à la conquête de l'espace, des mers et des océans → P. 38-39

1 **1.** Objectifs géoéconomiques : **a, d, e ;** Objectifs géopolitiques : **b, c, f** • **2.** a. Faux ; b. Vrai ; c. Vrai.

2 **1.** a et b • **2.** a. Longue Marche 7 ; b. Tiangong 3 ; c. Chang'e ; d. Tianwen 1 • **3.** Océan Pacifique : A ; Mer de Chine orientale : F ; Mer de Chine méridionale : C ; Îles Senkaku : E ; Îles Paracels : G ; Îles Spratleys : B ; Ligne en neuf traits : H ; Détroit de Malacca : D • **4.** b • **5.** a. Faux ; b. Faux ; c. Faux.

3 Formes de conflits et modalités de construction de la paix → P. 56-57

1 **1.** b • **2.** a • **3.** a. Faux ; b. Vrai ; c. Faux.

2 **1.** c. • **2.** a. • **3.** **irrégulières ; asymétriques ; idéologiques ; humaines ; spatiales ; temporelles ; impuissants.**

3 **1.** b • **2.** a. 1648 ; b. 1659 ; c. 1618 • **3.** a. Faux ; b. Faux ; c. Vrai.

4 **1.** b • **2.** a. Faux ; b. Vrai ; c. Faux • **3.** a. 2001 ; b. 1998 ; c. 2000.

4 Le Moyen-Orient : conflits régionaux et tentatives de paix → P. 86-87

1 **1.** b et c • **2.** a. Faux ; b. Vrai ; c. Faux • **3.** **échelles ; acteurs ; Bachar el-Assad ; islamique ; Arabie saoudite ; Iran ; États-Unis ; Russie.**

2 **1.** c • **2.** a. Faux ; b. Vrai ; c. Vrai • **3.** a. 1978 ; b. 1948 ; c. 2000 ; d. 1964 • **4.** **1967 ; Égypte ; Jordanie ; Syrie ; le Sinaï ; Gaza ; la Cisjordanie ; le Golan ; 242 ; l'ONU.**

3 **1.** a • **2.** b • **3.** a. Faux ; b. Faux ; c. Vrai • **4.** a. 2014 ; b. 1980 ; c. 1991 ; d. 2003.

5 Histoire et mémoire, histoire et justice → P. 106-107

1 **1.** a • **2.** a. Vrai ; b. Vrai ; c. Faux ; d. Faux • **3.** b.

2 **1.** **Arméniens ; Nuremberg ; de l'homme ; rétroactif** • **2.** b.

3 **1.** c • **2.** a • **3.** a. Vrai ; b. Faux ; c. Vrai ; d. Faux.

4 **1.** a. Locale ; b. Nationale ; c. Internationale • **2.** a. Vrai ; b. Vrai.

6 Histoire et mémoires du génocide des Juifs et des Tsiganes → P. 134-135

1 **1.** b • **2.** a. musée de guerre ; b. musée *in situ* ; c. musée narratif • **3.** a. Vrai ; b. Faux ; c. Vrai.

2 **1.** c • **2.** a. Faux ; b. Vrai ; c. Vrai • **3.** b • **4.** **recensement ; criminels nazis ; Klaus Barbie ; négationnisme.**

3 **1.** a. Primo Levi ; b. Marvin Chomsky ; c. Alain Resnais ; d. Claude Lanzmann ; e. Art Spiegelman • **2.** b • **3.** a. Faux ; b. Vrai ; c. Vrai ; d. Faux. • **4.** b.

7 Le patrimoine → P. 154-155

1 **1.** **a.** Moyen Âge ; **b.** Époque contemporaine ; **c.** Renaissance • **2.** **a.** Vrai ; **b.** Vrai ; **c.** Vrai • **3.** **Révolution** ; **clergé** ; **vandalisme**.

2 **1.** **a** • **2.** **b** • **3.** **a.**

3 **1.** **c** • **2.** **a** • **3.** **c.**

4 **1.** **c** • **2.** **a.** Falaises de Bandiagara ; **b.** Gao ; **c.** Djenné ; **d.** Tombouctou • **3.** **a.** Vrai ; **b.** Faux ; **c.** Faux ; **d.** Vrai ; **e.** Vrai.

8 La France et le patrimoine → P. 182-183

1 **1.** **b** • **2.** **a.** Vrai ; **b.** Vrai ; **c.** Faux • **3.** **Journées européennes** ; **labels**.

2 **1.** **b** et **c** • **2.** **b** • **3.** **c.**

3 **1.** **a.** 89 ; **b.** 45 ; **c.** 50 % ; **d.** 137 • **2.** **a** et **c** • **3.** **a** et **b** • **4.** **a.**

9 Exploiter et protéger l'environnement → P. 202-203

1 **1.** **a** • **2.** **b** • **3.** **a.** mise en culture d'un terrain boisé ou d'une friche ; **b.** indice calculant l'impact écologique des activités humaines ; **c.** ensemble des êtres vivants d'un même milieu physique.

2 **1.** **a** • **2.** **monarchie** ; **Colbert** ; **exploitation** ; **rural** ; XIXe.

3 **1.** **c** • **2.** **a.** Faux ; **b.** Vrai ; **c.** Faux.

4 **1.** **b** • **2.** **b** • **3.** **a.** Faux ; **b.** Faux ; **c.** Vrai.

10 Les États-Unis et la question environnementale → P. 230-231

1 **1.** **a.** Henry David Thoreau ; **b.** John Ford ; **c.** John Muir • **2.** **a** • **3.** **c** • **4.** **b.**

2 **1.** **a** et **b** • **2.** **fédérales** ; loi **Littoral** ; **Californie** ; **Paris** ; **État.** • **3.** **b** • **4.** **a.**

3 **1.** **b** • **2.** **c** • **3.** **a.** Faux ; **b.** Faux ; **c.** Vrai.

11 Produire et diffuser des connaissances → P. 250-251

1 **1.** **a.** Vrai ; **b.** Faux ; **c.** Vrai ; **d.** Faux • **2.** **b** • **3.** **c.**

2 **1.** **a.** Monde hellénistique (Grèce) ; **b.** Califat de Bagdad ; **c.** Italie du XVe siècle • **2.** XVIIIe ; **savantes** ; **vulgarisation** ; **spécialisées**.

3 **1.** **a** • **2.** **a** • **3.** **a.** polonium ; **b.** modèle de l'atome ; **c.** radioactivité artificielle.

4 **1.** **c** • **2.** **a** et **c.**

12 Le cyberespace → P. 278-279

1 **1.** **a.** Faux ; **b.** Vrai ; **c.** Faux ; **d.** Vrai • **2.** **c** • **3.** **a** et **b** • **4.** **a.** zone grise ; **b.** dépendance technologique ; **c.** position dominante • **5.** **couches** ; **physique** ; **territorialisée** ; **transmission** ; **cognitive**.

2 **1.** **a.** Faux ; **b.** Faux ; **c.** Vrai ; **d.** Faux • **2.** **a** et **c** • **3.** **b** • **4.** **a.** ministère de la Défense ; **b.** Premier ministre ; **c.** ministère de l'Intérieur • **5.** **cyberpuissance** ; **stable** ; **Paris** ; **2018** ; **coordination** ; **crise** ; **européenne**.

CRÉDITS PHOTOGRAPHIQUES

Rabat2-h ph © Yamil Lage / AFP Photo • **Rabat2 - bg** ph © Carlos Fabal / AFP Photo • **Rabat2 - bd** ph © Gilles Bassignac / Divergence • **Rabat3 - hg** ph © World History Archive / Aurimages • **Rabat3 - hd** © SpaceX 2020 • **Rabat3 - b** ph © Akg-Images • **3** ph © SpaceX 2020 • **4** ph © Laurent Van der Stockt / Getty-Images • **5-h** ph © Beata Zawrzel / NurPhoto / AFP Photo • **5-b** ph © Jean-Marie Liot / hemis.fr • **6** ph © Jonathan Blair / National Geographic Creative • **7-h** ph © Anton Balazh / Shutterstock • **7-b** ph © Deepol / Plainpicture • **9** © SpaceX 2020 • **13** ph © Ifremer • **15** © Marco Langbroek / SatTrackCamLeiden • **17** © US Navy Photo, courtesy Northrop Grumman Newport News Shipbuilding • **21** © Nasa Orbital Debris Program Office (ODPO) • **37** ph © Xinhua News Agency / Sipa Press • **41** ph © Xinhua News Agency / Sipa press • **55** ph © Yamil Lage / AFP Photo • **63** ph © Collection G. Dagli Orti / Aurimages • **65** ph © Sean Adair / Reuters • **69** © Dessin paru dans Le Monde du 13 mars 2012. Plantu • **71-h** ph © Yamil Lage / AFP Photo • **71-b** © Dessin paru dans Le Monde du 13 mars 2012. Plantu • **85** ph © Laurent Van der Stockt / Getty-Images • **91** ph © Esaias Baitel / AFP Photo • **95-h** ph © Laurent Van der Stockt / Getty-Images • **95-b** ph © Ron Edmonds / AP / Sipa Press • **105** ph © Akg-Images • **109** ph © Gonzalo Fuentes / AFP Photo • **111** ph © Ullstein Bild / Photo12 • **113** Coll. Kharbine-Tapabor • **115** ph © Bertrand Gardel / hemis.fr • **117** ph © Walter Dhladhla / AFP Photo • **119** ph © Mustafa Ozturk / Anadolu Agency / AFP photo • **120** Coll. Kharbine-Tapabor • **121 ph ©** Akg-Images • **127** ph © Philippe LOPEZ / AFP • **133** ph © Beata Zawrzel / NurPhoto / AFP Photo • **137** ph © Nicolas Tavernier / REA • **139** ph © Joel Philippon / PhotoPQR / Le Progrès / Maxppp • **141** © « Je suis le dernier Juif », de Chil Rajchman, Le Livre de Poche • **142-h** ph © Getty-Images / AFP Photo • **142-b** © « Si c'est un homme », de Primo Levi, Editions Pocket • **143-h** ph © Georges Gobet / AFP Photo • **143-b** Coll. Claude Lanzmann / Christophel • **153** ph © Gilles Bassignac / Divergence • **161** ph © Takashi Murakami / Pierre Verdy / AFP Photo • **163** © Andrew Dunn CC BY-SA 2.0 • **165** ph © Fabien Barrau / AFP Photo • **167** ph © Nicolas Remene / Le Pictorium / Maxppp • **169** © Claudia Manzo • **170** © Andrew Dunn CC BY-SA 2.0 • **171-h** ph © Nicolas Remene / Le Pictorium / Maxppp • **171-b** © Claudia Manzo • **181** ph © Jean-Marie Liot / hemis.fr • **185** ph © Tuul / Robertharding / Photononstop • **187** ph © PhotoPQR / La Voix du Nord / Maxppp • **189** ph © Eric Feferberg / AFP Photo • **190** ph © Tuul / Robertharding / Photononstop • **191-h** ph © PhotoPQR / La Voix du Nord / Maxppp • **191-b** ph © Jean-Marie Liot / hemis.fr • **201** ph © Carlos Fabal / AFP Photo • **205** © Bundesarchiv • **209** ph © Christian Guy / hemis.fr • **211** ph © vladimir krupenkin - stock.adobe.com • **213** ph © Ragnar Th. Sigurdsson - www.agefotostock.com • **216** ph © Christian Guy / hemis.fr • **217** ph © Carlos Fabal / AFP Photo • **223** ph © Mamunur Rashid / NurPhoto / AFP Photo • **229** ph © Jonathan Blair / National Geographic Creative • **232** ph © Granger Coll NY / Aurimages • **233** ph © Photoshot / Aurimages • **234** ph © Archive PL / Alamy / Photo12 • **235** ph © jovannig - stock.adobe.com • **237** ph © Max Whittaker / The New York Times-Redux-REA • **238-h** ph © Photoshot / Aurimages • **238-m** ph © Archive PL / Alamy / Photo12 • **238-b** ph © Granger Coll NY / Aurimages • **239** ph © jovannig - stock.adobe.com • **249** ph © World History Archive / Aurimages • **252** ph © Bertrand / Neco / Sipa Press • **253** ph © Los Alamos National Laboratory / Science Photo Library • **255** ph © Erich Lessing / Akg-Images • **256** inimalGraphic - stock.adobe.com • **257** © Nature journal • **259** © UNESCO, Organisation des Nations Unies pour l'éducation, la science et la culture • **261** ph © Gary Sheahan / US National Archives and Records Administration / Science Photo Library • **263** ph © World History Archive / Aurimages • **266-h** ph © Gary Sheahan / US National Archives and Records Administration / Science Photo Library • **266-b** ph © World History Archive / Aurimages • **267** ph © Hindustan Times / Getty-Images • **277** ph © Anton Balazh / Shutterstock • **284** ph © 123levit - stock.adobe.com • **285** ph © Getty-Images / AFP • **297** ph © Deepol / Plainpicture • **299** Doc. « Ma Thèse en 180 secondes : la science pour les nuls » • **303** ph © pankajstock123 - stock.adobe.com • **305** ph © Prod DB © Ingrid Chabert - My Box Productions / DR • **309** ph © Deepol / Plainpicture

Maquette de principe : Frédéric Jély
Mise en pages : Nord Compo, Soft Office
Schémas : Nord Compo
Cartographie : Philippe Valentin
Iconographie : Hatier Illustration
Édition : Catherine Jardin et Aude Marot

IMPRIM'VERT — Votre imprimeur agit pour l'environnement

PAPIER À BASE DE FIBRES CERTIFIÉES

Hatier s'engage pour l'environnement en réduisant l'empreinte carbone de ses livres. Celle de cet exemplaire est de : 1.1 kg éq. CO_2
Rendez-vous sur www.hatier-durable.fr

Achevé d'imprimer en Italie par L.E.G.O. S.p.A. - Lavis (TN)
Dépôt légal : 09468-0/01 - Mai 2023